TAN TIE ZHI ZHAN

③ 黑白天堂

萧星寒 ◎ 著

四川科学技术出版社

图书在版编目 (CIP) 数据

碳铁之战. 3, 黑白天堂 / 萧星寒著. —— 成都 : 四
川科学技术出版社, 2023.5
ISBN 978-7-5727-0968-5

Ⅰ . ①碳… Ⅱ . ①萧… Ⅲ . ①幻想小说—中国—当代
Ⅳ . ①I247.5

中国国家版本馆CIP数据核字(2023)第076094号

TAN TIE ZHI ZHAN 3：HEI-BAI TIANTANG

碳铁之战 3：黑白天堂

著　者　　萧星寒

出 品 人　　程佳月
策划组稿　　钱丹凝
责任编辑　　兰　银
助理编辑　　吴　文
封面设计　　沐云 BOOK DESIGN QQ:228721589
封面插画　　梁溯洋
版式设计　　大　路
责任出版　　欧晓春
出版发行　　四川科学技术出版社
地　　址　　四川省成都市锦江区三色路238号新华之星A座25层
　　　　　　传真：028-86361756　邮政编码：610023
成品尺寸　　143 mm × 210 mm
印　　张　　12.375　字　数　280 千
印　　刷　　四川华龙印务有限公司
版　　次　　2023年5月第 1 版
印　　次　　2023年9月第 1 次印刷
定　　价　　49.00元
ISBN 978-7-5727-0968-5

目 录

楔子　乞力马扎罗的血

　　克莱门汀站在石阶的高处，招呼邱启辰跟上。逆着乞力马扎罗初升的阳光，邱启辰看见克莱门汀梳着粗短的马尾，涂着闪亮的口红，穿着厚实的黑白两色冬衣。不敢相信这样一个人，会是重生教十殿长老之一。

　　"赶紧的，到神殿还要爬半个小时。我神乌胡鲁可不喜欢等待。"

　　说到"我神乌胡鲁"一词的时候，克莱门汀双手对握，比画了一个向上的手势。这个手势，代表的是信徒对乌胡鲁的无限崇敬，邱启辰听她解释过。邱启辰杵在一处崖壁边，向克莱门汀摆摆手，表明自己听懂了她的意思，只是太累了，爬不动了，需要好好休息。

　　克莱门汀咯咯地笑起来，像是听到了什么笑话。"蠢货。"她说，然后又是一阵乳鸽般的笑。

　　邱启辰用一只手撑着路边的崖壁，喘息的声音在他耳朵里宛如雷鸣，心脏在胸腔中来回敲击着前后两侧，仿佛随时会从薄弱之处破洞而出。确实太累了。累得他只想原地躺下，一口气睡上数天，累得在克莱门汀说他是"蠢货"时都没有力气反驳。

　　邱启辰是火星人，在火星出生，在火星长大，早适应了火星的环境。这是他第一次来到地球。地球上每一个与火星不一样的地方，都让他痛苦万分。尤其是引力。地球引力是火星的三倍，弥勒在上，邱启辰认定这数据肯定不对，至少是十倍以上。从降落地球上起到现在的三个月时间里，每分每秒，他都觉得所有内脏都离开了原来的位置，一举一动都无比艰难，甚至眨个眼睛，都像是扛起千斤铁闸。

　　太累了。

　　躺在床上尚且呼吸困难，如今要攀登海拔 5 892 米的乞力马扎罗山，困难程度加了百倍以上。简直就是引力的地狱。邱启辰抬眼望望兀自傻笑的克莱门汀，视线又越过她，远望那在两米宽的石阶，顺着山势，时而向左，时而向右，但一直向上，向上，直至消失在雪山的尽头，白云的起点。

　　雪山与云海混淆的地方，隐隐有一片气势宏伟的建筑。那应该就是乌胡鲁神殿吧。

　　寒风凛冽，呜呜的山风似乎永不止息。一路走来，早已经过了雪线。目之所及，风大之处是裸露的灰褐色岩石，风吹不到的地方则堆积着厚实的白雪。

　　好冷啊。

　　有几秒钟的时间，邱启辰疑惑于自己为什么会同意来地球执行任务。大师兄并没有下达这样的命令。"弥勒在上，不能再让乌胡鲁统治地球了。"新任大师兄赵庆虎如是说。于是，他就千方百计来到地球，通过关系，找到十殿长老之一的克莱门汀，后者很快相信他所说的一切，同意带他觐见乌胡鲁。

　　"不过，你得自己亲自爬上去。"克莱门汀说，"如此方能显出你的诚心。"当时邱启辰并没有听懂克莱门汀话里暗含的意思，现在他终于明白了。

石阶被重生教称之为朝圣之路，从乞力马扎罗山脚修起，不知道有多少级。每隔十级台阶，旁边就立着一个一人多高的十字架，一面是黑色，另一面是白色。十字架顶端刻着乌胡鲁的全身像。

"从山脚织田一号营地算起，到现在，我们已经爬了五天吧。"邱启辰喘息着说。

"五天。"克莱门汀说，眼里放着热切的光，"这是一条信仰之路，漫长而危险，只有最虔诚的信徒才有资格参与朝圣之路的修建，也只有最虔诚的信徒才能爬完全程，登上山顶，觐见我神乌胡鲁。"

在多数情况下，克莱门汀的眼神都是飘忽不定、毫无神采的，但一提到"我神乌胡鲁"，她的眼神立刻就聚拢起来，甚至发出亮光来。

"这乞力马扎罗山，为什么这样高啊？"

"因为恶魔。"克莱门汀回答。

邱启辰知道那个传说。

古时候，一个男孩在大草原上放牧，傍晚时赶着羊群回家，忽然出现了一个可怕的恶魔。羊群是男孩一家最重要的财富，他可不会允许羊群被恶魔抢走。勇敢的男孩俯下身子，抓起一把土，向恶魔撒去。奇迹突然发生了。这把土忽然间变成一座土山，将恶魔压在下面。恶魔不甘心失败，不停地挣扎，想要摆脱土山的压制。土山随着恶魔的挣扎，不停地晃动，每晃动一下，便长高一分。久而久之，土山便长成了今天的乞力马扎罗山。

但现在，恶魔不在山底，而在山巅。一念及此，邱启辰的心就多跳了两下。只有一种信仰能够战胜另一种信仰。我来地球，就是办这件事的。

"弥勒会广目天王，是吧？这名字真蠢。"克莱门汀又开始催促，声音里充满了骄傲与不耐烦，"赶紧的，不然我们会错过我神鸟胡鲁的晨课。"

那不是我的名字，蠢货。你才是地道的蠢货。倘若你不是蠢货，又怎会轻易相信我是真心投降的？邱启辰这样想着，松开撑住路旁崖壁的手，挺直身子，再一次抬起了又酸又软又疼痛无比的腿，踏上下一级石阶，开始新的攀爬。

朝阳升起，透过翻滚的云层，为乞力马扎罗山涂抹上一层血一样的红色。

第一章　古老寨风云

1...

蔚蓝的地球近在咫尺，似乎伸手就可以掬到，但"弹丸号"宇宙飞船已经无法抵达目的地了。一束肉眼看不见的激光从近地轨道射出，在"弹丸号"下腹部照射了两秒，数千摄氏度的高温在船身上熔出一人高的裂缝。

袁乃东没有想到会遇到袭击。

根据情报，整个地球轨道，无论高低，目前都是一片空寂的"墓地"。就在一个小时前，"弹丸号"从一座叫作"拉尼亚凯亚"的太空城附近驶过。这座太空城曾经是地球太空防御军总部，显赫一时，但现在，只是一粒飘浮在轨道上的尘埃。

袁乃东没有想到会在距离地球三百六十千米的低轨道上遇到激光袭击。重生教统治下的地球，二十年前就放弃了一切高新科技，航天技术是放弃得最为彻底的。那这激光是从哪儿射来的？发射者又是谁？

袁乃东一边思忖，一边命令"弹丸号"封闭激光熔出的裂缝。

"弹丸号"不是星际战舰，只是一般的宇宙飞船。不过，它的外壳里层依然备有修补液，那是为应对小陨石撞击准备的。袁乃东从屏幕上看见，裂缝断面涌出香蕉色的黏稠液体，迅速填满整个裂缝。下一秒，修补液已经凝固，彻底堵住了裂缝。因为与外壳有颜色差异，所以裂缝那里现在看上去就像是"弹丸号"的瘢痕。

与此同时，袁乃东命令"弹丸号"将激光的入射角度与能量耗散等数据导入自己的脑子，经过一番简单的计算，很快逆推出激光发射者在三维空间中的坐标。"让我看看你的真面目。"他自言自语道。

光学望远镜与微波雷达齐齐对准那个方位，袭击者很快从黯淡的背景中剥离出来。那是一艘数百米长的星际战舰。当袁乃东看到它的模样时，不敢相信自己的眼睛。因为那艘星际战舰非常原始，从各个方面都散发着上个世纪的味道，而且伤痕累累。单纯看外观，那艘战舰就像是用皮筋和胶水把几百个舱室胡乱捆扎粘接在一起，能维持形状，没有散架，已经需要拼尽全力了。

那它又是如何飞到这里？又为何要攻击"弹丸号"呢？

这时，第二次攻击到了。先前那道激光只是试探，这次的激光才是全力以赴的主攻。不到半秒的时间，"弹丸号"的前端严重熔毁，数十道裂缝瞬间出现，有的很快修补好，有的经过反复修补才总算修补成功，有的却怎么也修补不好——裂缝之大已经超出修补液能够修补的极限。

警报声响成一片。

袁乃东没有慌乱，判断"弹丸号"已经无法完成正常的着陆，之前计划好的一切都不可能按部就班地完成。但无所谓了，世事总是如此。出现问题，解决就是。这是父亲反复教导他的。他把修补工作交给"弹丸号"的主控电脑，自己在脑子里快速规划出一整套逃生方案。

这里距离地面三百六十千米，地球的引力还太小，不能借助引力回到地球。幸而"弹丸号"的发动机还完好无损。袁乃东调整了发动机的喷射角度，又精确地控制了它的喷射力度，令"弹丸号"向着斜下方以超过每小时三万千米的速度冲向地球。

这么干看似简单，可以说，就是把原本平滑的着陆变成垂直的撞击。着陆尚有技术难度，而撞击地球——那么大一个目标，谁也不会错过目标啊！

前头，或者说下方，但也可以说是上方，地球宛如孩童吹胀的气球，越来越大。在黑色的太空背景下，蓝白相间的地球显得格外生机勃勃。随着距离的迅速减少，蓝色与白色的分野开始明显。海洋仿佛蓝色的胶状物，泛着缓慢但有力量的涟漪，而铺展开的云层仿佛给地球涂抹上了线条柔美的白色花纹。在蓝与白交错的地方，大块的绿色突显出来，那是陆地。

袁乃东没有在别的星球上见过这样的景象，火星没有，金星没有，木星和土星也没有，不由得有些迷醉。倘若不是遭遇第三次攻击，他大概会迷醉好一阵子。对"美"没有抵抗力，容易沉迷，难以自拔，这是他给自己总结的最大毛病。

这一次激光从斜后方射来，从侧面击中"弹丸号"的尾喷管。尾喷管是超固态合金制成，抗打击能力超强。激光没能摧毁尾喷管，但微微改变了"弹丸号"的行进路线。

失之毫厘，谬以千里。这微微改变，会导致时速三万千米的"弹丸号"在极近的地方与地球擦肩而过，重新飞向太空。

　　袁乃东在操控台上迅速弹动手指，命令"弹丸号"船身的八个姿态控制发动机启动，以不同的角度和力度喷射，努力使飞盘重返预设的轨道。

　　"弹丸号"时速三万千米，在短短的三十六秒内，已经冲到距离地面五十千米的地方。在这个高度，陆地轮廓异常清晰，在云层没有遮掩的地方，分辨出平原、森林、沙漠和高山，就像数手指一样容易，分辨出河流和湖泊，也不是什么难事。但这个高度，也使得用于调整"弹丸号"行进路线的时间并不多。

　　准确地说，不到五秒。

　　姿态控制发动机努力工作着。

　　到第三秒的时候，袁乃东意识到，"弹丸号"将会沿着一条平滑的切线，从地球上空掠过，重新飞回太空。刚才的攻击对"弹丸号"发动机的影响尚属未知，而"弹丸号"的燃料是有限的。一旦失去动力，"弹丸号"将变成太空里的一粒尘埃，在地月之间任由引力拉扯的尘埃。

　　他再也无法回到地球，连撞击地球都办不到。

　　倘若发生那种事情，还不如此刻让敌人一激光干掉呢。袁乃东好整以暇，暗笑着给"弹丸号"的主控电脑发布了最后一条指令，然后握住座椅下的红色把柄，扭动两次，驾驶舱上方的舱盖突然裂开，须臾之间，逃生座椅喷着火，从裂开的洞口飞了出去，如同一颗出膛的炮弹。

　　他的速度超过时速四千千米，比炮弹快多了。

　　他稳稳地操控逃生座椅的飞行方向，用眼角的余光瞥着"弹丸号"，直到它从视野中消失，飞向茫茫的未知之地。

　　逃生座椅的小型发动机全力以赴地工作着，使袁乃东与地球的距离快速缩短。逃生座椅发动机的燃料并不多，他当然不能指望坐在逃生座椅里，就能舒舒服服地抵达地球。幸而，他的高度已经低于五十千米，地球的引力早就稳稳地抓住了他和他的逃生座椅。即使他什么也不做，引力也会帮助他实现抵达地球的目标。

只是早一点儿或者晚一点儿的问题。

他望了一眼上方。

此时，上和下的方位已经明确。上，就是伏击他的星际战舰所在的方向。不用担心，它到不了这个高度，但万一它搭载了空天战机呢？那就有些麻烦了。袁乃东此时只有被动挨打的分儿，没有任何的还手之力。

他没有发现星际战舰，也没有看到空天战机的影子，又往下看。

下，就是越来越生动、越来越具体、越来越形象的地球。

亚欧大陆在云层的遮蔽下，海洋的包围下，显露出健硕的身影。

从父母的口中，袁乃东曾经无数次听说过地球的多姿多彩；从教科书上，他又了解到地球的暴虐无常与多灾多难。他不知道哪一个地球更加真实。没关系，我自己会看。他这样想着，一组数据出现在他脑海里：逃生座椅的燃料只剩2%，距离地面十五千米，而时速是两千千米。

速度还是太快。现在这个高度，是地球大气层的边缘。以这个速度冲进大气层，仅仅是剧烈摩擦产生的高温就足以熔金化铁。需要减速，立刻。袁乃东脑子转得飞快，刹那间作出决定。他关闭了座椅发动机，失去了动力的座椅立刻一边下坠一边翻滚起来。袁乃东的整个世界也随之旋转，旋转。

换作一般人，如此这般天旋地转，早就头晕目眩。但袁乃东没有丝毫的慌乱，抓住一闪即逝的时机，在座椅发动机喷口指向地球的时候，重启发动机。

这次重启，耗尽了座椅发动机的燃料，但也使袁乃东的速度降到了时速一千千米。饶是如此，逃生座椅与空气的摩擦依然非常剧烈。就像一根火柴，整个座椅"哧"的一声燃烧起来。如果有人在远处看，只能看见一团飞速下降的火，看不见逃生座椅和上面的袁乃东。

袁乃东掐着秒数，估摸着逃生座椅还能支撑多久。倒数十秒后，他扯断脚踝、腰部和颈间的安全带，与逃生座椅分离。

下方是一片茫无涯际的白色云海，跟金星上的硫酸云海有很大的不同。袁乃东目送逃生座椅消失在云海里，不禁想起一个人。显而易见，现在不是思念的最佳时间，他赶紧把那个集纯真与霸道于一身的形象从心中挪开。

这里距离地面还有五千米，他还在以极高的速度下坠。

危机还没有彻底解除。

一对长二十米的翅膀从他的背部伸展开来。这对翅膀是技术内核的一个重要插件，由极薄的羽状材料拼接而成。在火星上他可以飞几百千米；在引力大得多的地球上，也许不能飞，但至少可以滑翔吧。

他飞进了云海，又很快飞出。

下边是一片绿得发黑的原始森林。

羽状翅膀果然不能胜任在地球的飞行，已经出现了程度不小的破损。他努力调整飞行方向和速度，使最后一千米的降落，坠毁或者说撞击，不那么狼狈。

在五百米时，羽状翅膀分解成数十片羽毛抛向身后。他如一块沉重的石头，狠狠地砸向大地。他在半空中翻转身子，试图模仿猫的动作，但不算完全成功。

他直接撞到地上，撞出了一个不小的坑。他感到浑身酸痛，轻便航天服也破烂不堪。不过，总算是安全抵达了。

袁乃东在坑里趴了一小会儿，修复受损的活体金属细胞。待修复完成，他从土坑里站起身，看见自己身处一处山巅，前方苍茫的天空下，群山耸峙，皆有往中间倾倒聚集之势，顿时想起一句父亲教过的古话——"峰峦如聚"。往左手边看，又见五六条山脉往南方延伸到天地的尽头。山脉与山脉之间的沟壑由雾气填满，使得墨绿色的山脉宛如飘浮在翻滚着的白云之上。

这与他在别的星球上见到的景象，大为不同。

就在这时，他听见一阵凌乱的脚步声。"抓住他！"一个尖利而急切的声音高叫着，"抓住那个天上掉下来的怪物。"

2 ....

丛林中涌出五个人，将袁乃东团团围住。令袁乃东讶异的，不是他们缭乱的胡须，也不是一水的黑色衣裤，而是他们原始至极的武器。

为首者双手握着一把齐刀，刀长逾二十厘米，刀背厚实，刀刃直而薄，没有多余的装饰。此刀乃是用含碳量极高的铸铁，以古法手工打制而成，适合砍树，却不适合战斗。

　　五人中，只有两人握有齐刀，另一人手执木柄镰刀，余下两人举着粗糙的木棍，做出随时可以打死袁乃东的样子。

　　袁乃东没有在他们体内检测到隐藏的武器。他们的神情惊人的一致，恐惧中又有压抑不住的兴奋。说明他们未经战斗训练，只是仗着人多和狩猎本能在行事。

　　这样的对手，袁乃东相信自己能打十个，毫无压力。不过，他决定先看看这帮地球原住民会怎么做。他来地球，可不是来打架的。

　　为首者的下巴和额头上有明显的瘢痕，似乎是某种疾病的后遗症，看上去极为丑陋。他见袁乃东不说话，也没有别的举动，胆子立刻大起来。"我神乌胡鲁。"他声嘶力竭地喊道，仿佛不喊，就说不出话一样，"你是谁？你这个怪物！"

　　他的话带着浓重的方言，在数据库的帮助下，袁乃东勉强能够听懂，然后说："带我去见你们的首领、上级、主管、牧师或者主祭，不管叫什么，总之，说话顶用的人就好。"

　　怪物会说话，为首者吃了一惊。他眼里闪过一分困惑，两分委屈，三分萎靡不振，身体瞬间有崩塌的迹象。"我就是说话顶用的人。"他说。

　　"你不是。"袁乃东说得很肯定。

　　旁边拿镰刀的人忽然嘴角带笑，道："何二哥还真是说话顶用的人啊！"

　　何二哥偏头斜乜了那人一眼，"你知道什么！"

　　那人也不客气，"你老汉儿昨晚才教育了你一番。"

　　手持木棍的两个人中的一个补充道："在你们家，不说你那将来要当村长的大哥，就是铁匠老三也比你说话顶用。"

拿镰刀的人，"我看啦，敏萱幺妹儿都比你说话顶用。"

周围响起一片戏谑的笑声。何二哥的脸色变得极为难看，滔滔不绝地用方言骂起来。刚才数据库还翻译出"老汉儿"在方言里是爸爸或者父亲的意思，现在数据库却表示无法翻译何二哥骂人的话。因为没有无线网络，无法更新这种方言的数据库，袁乃东只好任由何二哥的话语如同无数滚烫的石子从耳边掠过。他偶尔能听出一两个字音，甚至能判断出其中有三字词、四字词、五字词不停重复，但大部分内容都如天书一般无法理解。

拿镰刀的人抽了一个空当儿，挥舞了几下镰刀，奋力喊道："走啦！回去啦！"剩下的几个人纷纷响应，何二哥作势还要继续骂，忽然又翻着白眼，自己止住了话头。他伸手在袁乃东肩膀上猛拍了一巴掌，"快走！"

"要不要捆起来？"拿齐刀的人建议。

"不用。"袁乃东说，"你们人这么多，我跑不掉的。"

于是，一群人说说笑笑，簇拥着袁乃东往山下走去。

一路上，袁乃东从他们的对话中了解到：这一片连绵起伏的地方叫云雾山，山如其名，一年四季云雾缭绕；何二哥本名何子华，是村长家的二儿子；村长何福厚同时也是本村的牧师，办事公平，又有本事，见过大世面，是真正"说话顶用的人"，是全村人的主心骨；村长有三个儿子，一个女儿，拿镰刀的人叫郭秉义，他的二姐嫁给了村长的三儿子，所以他才敢当面嘲讽何二哥。

袁乃东特别观察了一下何子华，发现他说话总是声嘶力竭，面红耳赤，仿佛永远处在与人争吵的状态。他吐出的每一个字都是从肺底最深处，带着无边的愤懑与愁怨，机枪一般喷射而出。但他的愤懑与愁怨带来的，只是村民们无情的奚落与嘲讽。没有人尊重他。

云雾山的森林覆盖率相当高，目之所及，都是成片成片的原始森林。在山路两旁的平坦之处，经常能见到荫翳蔽日的松树林。数百棵两人合抱的松树，彼此相距五六米，光秃秃的树干笔直地向上生长，而伞状的树冠交织在一起，仿佛墨绿色的穹顶，遮蔽了大部分瓦蓝瓦蓝的天空。火星上的穹顶城市如果模拟这样的场景，会不会更好？袁乃东这样想着。

正值地球历2122年的深秋，地上落满了枯黄的松针，层层叠叠，踩上去簌簌作响。很别致的感受。这些失去了生命的有机物会不会在脚下尖叫着抗议啊？袁乃东暗自笑话自己突然滋生出的奇怪想法。

走了约莫半个小时，郭秉义说："前面就是古老寨。"

古老寨就位于他刚才所见数条沟壑中的一条，从高处看，那沟的样子很像一只翅膀折叠在脑袋下方的鸭子。假如有一只两千米长的鸭子从天空中砸落到地上，形成的大坑就会是这个样子。

顺着一条斜长的路下到山底——如果不是有村民带着，袁乃东根本不知道那里有路——就到了古老寨的沟口。沟口用木头和竹子修建了一堵三十米长、三米高的墙，几个拿着长矛的村民在墙上巡逻。长矛只有矛头是铁制的，矛头用麻绳绑在一人多高的木棍顶端，还缠上了红色布条来装饰。但在袁乃东看来，这玩意儿吓唬人也许还行，但作为武器，用来上阵杀敌，实在是可笑至极。

木墙正中间有一个匾额，上书大大的三个字，也许是因年深日久，字迹漫漶，有些模糊，叫人难以辨认。

袁乃东端详了片刻，"古老寨？"

何子华说："对。是我老汉儿请文长老写的。文长老的书法，那可是举世无双，一般人根本请不动他。"

"那是你老汉儿厉害，不是你厉害。"郭秉义说。

"文庆裕？"袁乃东问。

"文长老的大名也是你叫的？"何子华大吼着，"我神乌胡鲁，愿你不得重生。"

寨门打开，一行人进入古老寨。

一条两米多宽的小河从古老寨中间蜿蜒流过，一块块稻田密布在小河两旁地势较为平坦的地方。稻子已经收割完毕，田里只剩一汪汪的清水。到处都是条石铺成的路，比先前的山路不知道好多少倍。走在沟底，左边是山，右边是山，抬头仰望，可以看到两座大山框定的多边形天空。沟底昏暗，所有的事物都如同涂抹了墨汁，而天空却明亮得如同一面镜子。天上地下，对比异常鲜明。

村民三五成群地闲聊着，或站或蹲，或依靠在石墙上，都穿一身黑衣，不时爆出轻快的笑声。看见何子华等人经过，都热情地招呼，同时睁大了好奇的眼睛，看着穿得破破烂烂的袁乃东。他们的房子隐藏在悬崖下面，用木头、竹子和条石堆砌而成。没有电灯，也没有见到别的电器。沟底的昏暗愈发地明显，村民的面目也模糊起来。

与村民的房子相比，村长何福厚住的地方堪称豪宅。房前是一个颇具规模的院子，一道一米多高的土墙将院子与别处隔开。房子依山而建，前后三进，由低到高，是村里唯一用红色砖头砌成的建筑。门前挂着两盏纸糊的灯笼，黯淡的光只能照到四五米远的地方。

何子华让袁乃东在院子里候着，他整整衣裳，拍拍尘土，进房去通报。不一会儿，何子华拖着脚步走出屋子，挥手示意袁乃东进去。看他垂头丧气的样子，定是受了村长的责骂。

木门敞开着，袁乃东走了进去。两边墙壁上各挂着三盏灯笼，光线不算充足。袁乃东开启了夜视功能，好把灯笼下方的油画看得更加清楚。六幅油画绘制得非常精心，背景很真实，就是人物比例稍稍不对劲儿，脸太大，尤其是主角，重生教教主乌胡鲁。他从排列得整整齐齐的五排低矮的长凳中间走过，这长凳是供虔诚的信徒跪拜的。正对大门的墙壁上，是一幅巨大的油画，表现的是乞力马扎罗山壮丽夺目的日出。油画前方立着一人多高的黑白十字架，重生教教主乌胡鲁的雕像在十字架顶端看着所有望向他的人。

村长何福厚踞坐于十字架下方的蒲团之上，花白的头发捆扎在脑后，身着白色长袍，肩带、衣袖和腰带却是黑色的，对比非常鲜明。见袁乃东进来，他低吼一声，"来者何人？见到我神乌胡鲁还不跪下？"

"我不是重生教教徒。"袁乃东在距离村长两米的地方施施然地站定，语气坚决，不容辩驳。

"也罢。我神乌胡鲁仁爱宽恕，不会将你的忤逆放在心上。"何福厚转而说道，"我儿何子华说你是从天上掉下来的，可是真话？"

"准确地说，是火星。"

"火星？就是天上的那颗星星？"

何福厚毕竟是见过大世面的人，在得到肯定的答复之后并不特别吃惊，只是捋着胡须，沉默不语。半晌后，开口道："瞧你一身装饰，定不是普通人。你到此地，所为何事？"

"我要见文庆裕。"袁乃东盯着何福厚的眼睛，仔细分辨他微细的表情变化，"我有要事与文庆裕长老相商。我知道何村长与文庆裕长老交情深厚，引荐我自是易如反掌。我与文庆裕长老所商之事关系重大，如果得到何村长引荐，于何村长也是功德一件，文长老定会在重生簿记上重重一笔。"

何福厚没有回避袁乃东的观察，他同样注视着袁乃东干净的脸庞与明亮的眼睛。"倘若此事真如你所说的那样重大，引荐也不是什么难事。"他说，"明日我就派人上报文长老处。你先行住下，静待后续消息吧。"

3....

几声鸡叫把袁乃东唤醒。他翻身起床，感觉很好。昨晚村长吩咐郭秉义把他送到这间屋子。这间屋子其实是郭秉义家的。郭秉义大大咧咧地告诉他，在离开之前，这间屋子的一切暂时属于他。"随便用。"郭秉义说。木床硬硬的，竹席也粗糙得像鲨鱼皮。不过，袁乃东也不在乎。

到目前为止，他来到地球上最大的不适应不是地球比火星大得多的引力——他早就习惯了在各种引力环境下工作，而是没有网络。空气中活跃着各种频率的自然状态下的电磁波，但没有一种电磁波是经过编码，只需解码就能转变为文字、图片或视频的。于是，金星上发生的事情，他不知道；火星上发生的事情，他也不知道；木星和土星上发生的事情，他还是不知道。他感觉自己被太阳系的文明世界遗弃了。

鸡叫声此起彼伏，在沟底来来回回，令人怀疑古老寨里住满了鸡。袁乃东换上郭秉义为他准备的衣服。那套破烂的航天服被村长收走了，说是给文长老的，作为袁乃东是从火星上来的证据。

同其他村民的衣服一样，袁乃东现在这套衣服由棉布制成，黑色为主，穿在身上还挺合身。

外面响起了三声悠长的钟鸣。袁乃东走到窗边，看见秋雾笼罩着古老寨，身着黑衣的男女老少在雾气中沿着不同的路默默走着，如同外出觅食的一队队蚂蚁，首尾相衔，嗅着前人离开时留下的气味，从四面八方回到洞中一般，汇集到村长家的院子里。先到的跪前面一排，后到的跪二排、三排，再晚一些的就跪四排、五排。不久，院子里齐刷刷地跪满了五百多个村民。

村长何福厚，不，此时此刻他是重生教驻古老寨首席牧师，走到两盏灯笼之下，朗声说道："我神乌胡鲁，敕令天下，莫敢不从！"

众村民齐声诵念道："我神乌胡鲁！"

袁乃东意识到，不参与重生教活动的时候，他们就是村民，就是老百姓；而参与重生教活动的时候，他们就是信徒。

何牧师继续领着信徒诵读《神之书》。这是重生教唯一的典籍。今天诵读的是《神之书》第十三章的二十四小节，关于重生教信徒服饰的规定。

晨课结束，村民各自回家。晨雾并未消散，反而更加浓重，人走在雾里，那雾仿佛要渗进人的皮肤里。郭秉义的老婆做好了早饭，叫袁乃东去吃。土碗里盛着米粥，水比米多得多，如果不是熬成了米浆，完全可以当镜子。"稀是稀了点儿，好在这米是今年的新米，香！"郭秉义说着，端起土碗，喝了一大口。

正吃着，忽然传来一个银铃般的声音："呵，这就是从天上掉下来的人啊！两个眼睛，一个嘴巴，也没有什么特别的呀！"

袁乃东循声望去，只见一个十六七岁的少女从门外蹦蹦跳跳地进来。

"敏萱幺妹儿，来吃早饭。"郭秉义的老婆说。

"吃过了，不吃。"少女盯着袁乃东，目不转睛，"嗯，脸很干净，没长胡子，牙齿好白。眼睛，眼睛……还是有不一样的地方。"

郭秉义对袁乃东说："这是村长的幺姑娘，何敏萱。"

"我是袁乃东，来自火星。"

"你的眼睛好漂亮。"何敏萱抿嘴笑道，又说，"我放鸡去了。等会儿我再找你玩。嗯，不行，放完了鸡我会到三哥那里去帮忙。你可以到铁匠铺找我。"说完，也不等袁乃东回话，她就转身蹦蹦跳跳地离开了，就像来时那样突然。

"野丫头，真不懂规矩。"郭秉义老婆说，"让袁先生笑话了。"

"漂亮吧？"郭秉义忽然凑到袁乃东跟前。

"什么？"袁乃东旋即明白郭秉义的意思，从发呆状态中解脱出来。"是的。"他说，"让我想起了我的一位朋友。"

郭秉义咴咴地笑了两声，似乎洞悉了什么了不起的秘密，"铁匠铺在窑厂旁边，很好找，循着打铁的声音就能找到。"

早饭后，袁乃东走出郭家，信步在古老寨里游走。雾气更浓，仿佛世界上所有的雾都如细沙一般堆积到了这里，重重叠叠，无穷无尽。当当当的打铁声从雾气背后坚定地传来，仿佛来自另一个世界。袁乃东忽然生出去看一看的念头。正如郭秉义所说，窑厂在平坦的河湾边上，几个村民正忙着搅拌泥土，看见袁乃东也没有停下来，而铁匠铺就在窑厂旁边。

铁匠站在火炉旁边，精赤着上身，在这个微凉的秋日早晨他已沁出一身薄薄的汗。他右手举铁锤，左手持铁钳，高高举起铁锤，砸向铁钳夹着的红色铁块。那红色铁块在这稳重的锤击下，改变着形状，渐渐呈现出刀的模样来。

随后，铁匠把齐刀的毛坯放进一旁的水槽，立刻升腾起一阵水汽。

"你这样做可不对。"袁乃东开口说话，"这样做出的刀不够锋利，还很脆，多使一点儿劲就会断裂。"

"你以为我不知道吗？我有什么办法？火炉温度太低，只能打出这种毛铁来。"铁匠转身，面对袁乃东，他比何老二要壮实，脸部轮廓与村长有几分神似，只是皮肤更黑。"你是那个从天上掉下来的人？"他吃惊地问。

袁乃东点头承认。

"你一定知道很多我不知道的事情。是吗？"铁匠何子富说，"我听说很久很久以前的人，曾经用天上掉下来的石头，打制出史诗级的神话兵器。"

"不是石头，是陨铁。"

"那是什么？"

"一种含有铁的陨石。"

"我还听说，在很久很久以前，曾经有一个时代，遍地是铁。地上跑着铁做的车，空中飞着铁做的大鸟，水里游着铁做的大船，有的大船上还能装数十只铁做的大鸟。"

"对。现在也有，不过是在别的地方。"

"我知道，我知道，在别的地方，有很大很大的可以住几千几万人的城市，是用铁造的。我老汉儿去过。我还没有去过。真想去看看啊。"说这话的时候，铁匠眼里有朦胧的雾气。

"想看就去看呀，三哥。"何敏萱从另一个方向走进铁匠铺。"你来啦。"她笑着从袁乃东身边走过，从墙角拣了几块木头，丢到火炉里，然后坐到火炉旁边的小板凳上，伸手握住一个把手，迅速抽动起来。数据库告诉袁乃东，何敏萱拉动的东西叫作手拉鼓风机，通过它向火炉吹进空气，使炉温升高。果然，拉动几下后，火炉里原本有气无力的火焰，现在蹿起一尺[1]多高。在火焰的照耀下，何敏萱的脸显得格外亮堂。

何子富用铁钳把齐刀坯子从水槽里取出，放到火炉里。"你以为都像你一样无牵无挂啊。"他对何敏萱说。

"嫂子好幸福。"何敏萱说。

何子富笑着，满脸幸福。"年轻的时候还有过一些念想。"他一边拨弄火炉里的木头一边对袁乃东说，"你也许已经听说过了，关于那件事情。"

袁乃东没有听过，不过他想知道，"我想听你亲自说。"

---

[1] 1尺 ≈ 0.333 3米。

"就是有一次打铁，我在这儿使劲儿打着，忽然听见窗外挂着的镰刀发出声音来。开头我没有把两者联系起来，但我很快发现，当我打铁的时候，那几把镰刀就发出脆响，我一停下来，镰刀就变哑巴。我就想，这两件事之间，是不是有什么联系啊？我在其他地方也发现了这样的现象。我就琢磨啊，这和重生教的宣讲不是一样吗？牧师在上边讲，就像打铁，信徒在下边跟着学，就像镰刀在不远的地方发出一样的声音。这说明重生教的宣讲很有道理哟。"

铁匠何子富发现了声音的共鸣现象。袁乃东饶有兴致地问："然后呢？"

"我把这个发现告诉了我老汉儿，他非常高兴，表扬了我一番。谁知道，到了下一次剃头发的时候，我老汉儿把我叫去，劈头盖脸地骂了我一顿，不准我再琢磨这事儿。"

"为什么呢？"

"老汉儿没有说，只是一而再、再而三地强调，继续琢磨这事儿会有危险，重生簿上会被扣很多分，不但难以重生，甚至可能永远不得重生。"

袁乃东听说过，对重生教信徒而言，永远不得重生，是比任何肉体上的惩罚甚至死亡更可怕的事情。"后来呢？"袁乃东问铁匠，"后来又发生了什么事情？"

铁匠憨厚地一笑，"后来啊，后来就没有后来了。瞎琢磨费力又不讨好，就不瞎琢磨了。后来，后来娶了堂客，就安心过日子。现在堂客怀上了孩子，就等着当老汉儿了。"

数据库翻译，堂客在方言里指妻子、爱人、女性配偶。铁匠的妻子是郭秉义的妹妹，怀着孩子，他很快就会是一个父亲呢。袁乃东走到火炉旁边，看着蹿起的火苗，说："炼铁，需要更高的温度。现在的炉温太低了。改烧煤炭，比烧木头的温度高得多。"

"煤炭？那种黑黑的石块？我见过，但是……石头耶，能烧吗？"

"能。"袁乃东又望向何敏萱，后者的脸上漾着醉人的红晕，"手拉鼓风机的效率也太低了，改成脚踏的，能得到更高的炉温。"

"怎么改？你说。"何敏萱说。脸上的红晕愈发地明显，也许是因为火光，也许是因为用力，也许兼而有之。

4

午饭后，何敏萱来找袁乃东。"有事吗？"何敏萱开门见山，"没有的话我带你去看一样东西，一个神的遗迹。"

浓雾终于消散。温热的阳光照耀着远远近近、高高低低的山峦与沟壑，满眼皆是各种层次的绿，有灰绿、碧绿、深绿与墨绿。天空蓝得温柔，一朵朵宛如从童话里走出来的白云轻轻贴在天上，不仔细看，会误以为它们是固定不动的。

何敏萱在前引路，一边蹦蹦跳跳，一边叽叽喳喳，宛如雪山淌下的溪水，清澈、明净，又充满活力。

何敏萱说春天最宜到山上去采野花。那时，门前屋后，野花遍地都是，不过谁都知道，最好的野花在山上。去到山上，这儿一簇，那儿一丛，长在水洼里，长在树周围，长在石缝间，长在悬崖峭壁上。粉红色、明黄色、云白色、浅蓝色，装饰着各种斑点和条纹，或大或小，或含苞欲放，或怒绽英姿。空气中浮动着花香，蜜蜂和蝴蝶也在其间翩翩起舞。

何敏萱说，夏天最适合到松林里拾蘑菇。连晴几日，忽然下了暴雨，次日就是拾蘑菇的最佳日子。蘑菇没有野花的种类多，它们藏在草丛与石隙间，非常狡猾。你需要低着头，仔细寻找。你的努力很快就有回报。发现一朵蘑菇，就意味着附近会有一堆蘑菇。蘑菇很嫩，采的时候务必小心，最好只用两根手指。那些蘑菇看上去不大，食指粗细，然而小半天就可以采满一篮子。

何敏萱说，秋天她最喜欢的事情就是到小溪里翻螃蟹。溪水流得太急的地方不会有螃蟹，平缓的地方则有很多，都藏在石头底下。脱了鞋，走进浅浅的水里，凉沁沁的。翻开一块石头，往往能在水底腾起的小漩涡里，看到惊慌失措的螃蟹。一般是一只；有时是两只；偶尔会有三只，那就堪称惊喜了。这个时候，可以伸手去捉。注意，最好是从螃蟹后方入手，掐住它们的后背，这样它们厉害的大钳子就无法夹到你手了。

何敏萱说她不喜欢冬天，因为太冷、太闷，手和脚还会长恼人的冻疮。唯一能说的，就是守着火炉听老一辈讲故事。人一老，不管是谁，都变成了故事大王，满脑子的故事和道理喷薄欲出，想要讲给人听。当然，讲故事的能力有不同。有的干巴巴的，再精彩的故事也只是三五句话就完事了。另一些则正好相反，说起来滔滔不绝，听了半天却不知道他东拉西扯讲了些什么。村长何福厚是讲故事的高手，他讲的《海的女儿》凄美又令人神往。只是他讲故事的次数太少太少。

袁乃东只是静静地听着，间或说上一两句，让何敏萱继续。她的用词并不华丽，也不够准确，但贵在真诚。

"你说得这里就像天堂。"

"这里就是天堂啊！"何敏萱笑着，脸儿忽然变得潮红，仿佛在朝阳跳出地平线时瞬间被晕染上了的天边云彩。她向前疾走几步，语气又轻又快，"前面就到了。"

这里离古老寨已经很远了。下了一道长坡，七弯八拐，他们来到一条峡谷。两边的山高耸入云，一条浅浅的小溪在峡谷中间汩汩流过。左侧山体被严重侵蚀，垮塌出一道深深的凹槽。"喏，就在那里。"袁乃东顺着何敏萱所指的方向，看见在荒草掩映下，凹槽的一段石壁格外光洁，十几块怪模怪样的石头镶嵌在石壁上，组成了某种图案。

何敏萱走向那石头组成的图案，在距离图案几步远的地方停下，双手合十，微闭了眼睛，薄薄的嘴唇翕动着，默念了几句话。

看到图案的第一眼，袁乃东就判断出那是某种化石，而不是何敏萱所认为的"一个神的遗迹"。最外面那一块，应该是头颅，旁边那几块，是鳍状前肢。身体藏在岩石里，但可以估测大小。相对身体而言，头颅比例较大，牙齿大而尖锐，非常典型的掠食者。

袁乃东很想告诉何敏萱真相，但看到少女的神态庄重而虔诚，又忍住了这一冲动。他看着何敏萱双膝跪下，跪在荒草上，双手在胸前互拍，随后俯身，磕头。拍一下掌，磕一下头。如此反复了三次。

数据库告诉袁乃东分析结果，这具化石学名叫"璧山上龙"，这种恐龙生活在侏罗纪晚期，是一种淡水蛇颈龙。体长四米，脖子偏短，样子很像现在同样生活在水里的海豹，以捕鱼为食，靠四个细长的鳍状肢游泳。

袁乃东抬头望望峡谷上方的天空，又望望远处耸峙的群山，努力想象这里在 1.4 亿年前是一个巨大的湖，璧山上龙成群结队地游动着，时而潜入湖底，时而跃出水面。光影交错间，其中一条体型最为硕大的璧山上龙，发现了亿万年后的窥视者，掉头向袁乃东这边游来……

袁乃东眨眨眼睛，回到现实，看见岩石里镶嵌着的璧山上龙化石，看见何敏萱已经起身，眉开眼笑地说："我许了一个愿。是什么愿望我不告诉你。"

"什么时候发现的？"

"春天的时候，我来这里找白色的喇叭花，发现这个神的遗迹。当时我一时兴起，许了一个愿望，没想到回家就变成真的了，就经常来这儿拜一拜。"

"真的？"

"我不会骗你的。"

"后来所有许下的愿望都变成真的了？"

"哪有那么神？能实现一两个我已经很开心了。"

袁乃东很想告诉她"迷信的鸽子"的故事，又忍住了。告诉她真相有什么明显的好处呢？他对此甚为怀疑。何敏萱已经离开化石，走向了另一个地方。"过来。"她在那边喊。袁乃东拨开草丛，看见何敏萱坐到一个水潭边的石块上，正脱了鞋子，把一双纤细的脚往水潭里伸。水潭清澈见底，潭底沙石历历可数，蓝天、白云、青山尽皆倒映水中。游鱼在光影之间，时而静止不动，时而迅疾闪躲。袁乃东看见水面上自己的影子叠加在何敏萱的影子上。少女双脚轻轻晃动，水面的景象顿时微微荡漾，仿佛坠入非现实的奇异场景之中。

天色向晚。夕阳躲在城墙般的乌云后面，把乌云上方的天空照得金光灿烂，煞是好看。

"我要去赶鸡了。"何敏萱说，"早上把鸡群放到山上去，让它们自己找吃的，下午再把鸡群赶回来。这是我每天要做的事情。跟我一起吧。"

袁乃东没有理由拒绝，就跟着去了。

走了一段长长的山路，他们来到一座小山下。这座小山就像是两边的高山冲向对方时，用脚从地底下挤出来的一个隆起。路边有一块一人多高的石碑，上面刻的字风化得厉害。

"鸡公岭。"袁乃东念道。再去看向那山，他觉得名字很形象，确实像公鸡头上的肉冠子。

"你认识字？"何敏萱的诧异溢于言表。

"当然认识。怎么？"

"我不认识。古老寨里就我老汉儿和大哥认识。"

"你二哥和三哥我都见过，你大哥我还没有见过。"

"我大哥何子荣去乞力马扎罗山朝圣了，走了好长一段时间了，也不知道什么时候能回来。我听说，他朝圣回来，就会继任村长，顶替我老汉儿的位置，让我老汉儿安度晚年。"

袁乃东默算了一下云雾山与乞力马扎罗山的距离，再想想眼下地球上原始的交通状况，不得不承认，能去乞力马扎罗山朝圣的人都堪称"英雄"。

这时，何敏萱把两只手拢在嘴前，发出呜啦啦的声音。声音之大，竟吓了袁乃东一跳。然后，一群跑山鸡，至少五十只，从鸡公岭的各处潮水般奔涌而出。

跑山鸡名副其实，鸡蛋形的鸡身不大，覆满松软的羽毛，两条细瘦的黄腿迈着大步，跑得飞快。细看，它们窄小的翅膀左右展开，明显有助于快速奔跑。袁乃东饶有兴致地想：是不是速度再快一点的话，这些跑山鸡就能如空天战斗机一般飞起来？

袁乃东望向鸡群跑下来的山岭，在一棵松树下发现了一个奇迹。"那里有鸡蛋。"他说，"不，是一窝，三个鸡蛋。"

鸡群将何敏萱围起来，少女满脸是笑，叫着它们的名字。

"我去拣鸡蛋。"

"别去。鸡蛋又不能吃！"

袁乃东震惊了，"鸡蛋不能吃？你对鸡蛋过敏吗？"

"重生教信徒不能吃鸡蛋的。"何敏萱认真地说，"不但不能吃鸡蛋，所有的蛋，还有蛋制品，都不能吃。"

宗教都有各自的饮食禁忌。"重生教为什么规定信徒不能吃鸡蛋？"袁乃东诚心发问。

"《神之书》第十章《十诫》，第三诫写得很明白，'尔等不可吃蛋。'吃蛋乃是大罪，吃了就不能重生了。"

"我还是不明白。不吃蛋，跟不能重生之间有什么联系。"

"尔等不必明白，只需接受。我神乌胡鲁自有道理。任何质疑，都是对我神乌胡鲁的亵渎。"何敏萱站在鸡群之中这样说道。她模仿何牧师的神态与语气说这话，倒有六分神似。

袁乃东心生凉意，思绪一下子跳到了很远的地方。

如今的地球，在重生教的统治之下。

宗教的历史悠久，世界各地都有，最早可追溯到狩猎时代。起源于不同地区的这个教那个教，也算是五花八门，富有多元色彩。传播自己，是所有宗教共有的重要特点。很多教都梦想过全世界只信仰自己这一个教。但真正接近实现的，只有重生教。它是怎么办到的？

在来地球之前，布置任务之后，父亲曾经告诫过他：到了地球要小心行事，尽可能地不要违反重生教的戒律。"毕竟你是去谈判，是寻求合作的。"父亲说。

"违反了会怎么样？"

"看情况。主要是看你在什么地方。虽然都是重生教，但十殿长老对于教义的理解有所不同，治理各自教区的办法也不同。"父亲说。

"说来听听。"袁乃东好奇地问。

父亲年轻的时候当过科技节目主持人，说起话来，语气抑扬顿挫，内容有理有据。袁乃东很喜欢听他说话。"在一些地方，你会被盘问，被责骂；另一些地方，你可能蹲几年牢；而在某些地方，你可能被私刑处死，乱石打死，吊死，或者淹死。"父亲说，"取决于那儿的教徒喜欢哪种方式。如果造成了极大的影响，被重生教的武装组织堕落者抓住，等待你的就可能是炮烙、腰斩甚至凌迟。当然，对重生教信徒而言，最严重的惩罚是不得重生。"

"有这么严重？"袁乃东故意这样说，以便让父亲继续说下去。

"事实比我说的严重一千倍。"父亲停顿了片刻，"我比你更关注地球。对你来说，那只是传说中的一颗行星，跟天王星或者海王星没有什么区别；对我来说，那却是我出生和长大的地方，魂牵梦萦的故乡。你明白吗？如果可以，我愿意亲自去地球。"

"别，还是我去吧。碳铁盟的事情，就是我的事。"袁乃东赶紧表态。谁知道，刚到地球近地轨道，准备着陆的时候，就被击落了……

想到这里，袁乃东不由得仰望天空。暮色四合，天空一片肃静。羽状的云平铺在天上，金星自云层的缝隙中跳出来，熠熠生辉。他曾去过那里，那里的硫酸云海，飘浮在云海之上的城市，还有那一个遥远的人……

他把她的形貌强行抹去，不无焦灼地想：此时此刻，在火星、木星和土星上，铁族内战进行到哪一个阶段呢？内卷派与外扩派，到底哪一派会失败、哪一派会胜出？

5...

夜里，突然响起一连串急切的锣声，于这寂静的山沟中显得格外强烈。紧接着，又传来往来奔跑、呐喊、厮杀的声音。袁乃东侧耳倾听，无数轻重不一的声音纷至沓来，他将它们拆解成最细碎的状态：

火把燃烧得噼啪作响，

数十张焦枯的嘴裂开进行短促而剧烈呼吸的声音，

一声如猫头鹰一般阴险的怪叫，

数百人凌乱而沉重的脚步声，

臂膀用力、肌肉鼓凸、血液贲张，心怦怦的跳动声，

棍棒与棍棒、与金属、与空气、与泥土、与战栗的肉体撞

击的声音，

……

袁乃东努力辨别着这些声音，并将其还原为一幅立体的场景。一队入侵者越过寨门，潜入了古老寨腹地，他们刚刚被发现，双方正在鏖战。

郭秉义在隔壁大声说："不用怕，是大茅寨的土匪来抢粮食。你待着不动，我出去。"袁乃东奔出房间，看见郭秉义披了衣服，取了齐刀，正在开门。"敏萱幺妹儿住在粮仓附近，你过去看看？他们也会抢鸡。"说着他推开门，低吼了一声，冲进了夜色里。

袁乃东大步出门。郭秉义家位置很高，可以看到大部分的古老寨。一轮圆月搁在西边的山巅，洒下一片水银般的月光。古老寨一半沐浴在月光下，一半遮掩在夜雾下，朦朦胧胧，与青天白日有很大的不同，仿佛是另一个世界。在这样一个世界里，人也变得陌生。这里一群人，那里一堆人，挥舞着手里的齐刀、镰刀、锄头、扁担、铁锤、木棍、竹枪、长矛——长矛是其中最专业的武器，在路上、在水田里、在菜地里、在果树下、在草丛中，彼此厮杀。

不，这不是战斗，也不是厮杀。袁乃东纠正道。这是打群架。没有组织，没有队形，没有计划，只是凭着狩猎本能，一边用听不懂的方言土语诅咒着，一边用原始至极的武器彼此碰撞着。更像是某种仪式性的场景。难道双方都认为这样就能决出胜负？袁乃东生出一种强烈的荒谬感：在22世纪的地球，为什么会发生这样的事情？

对阵两方很好分辨，古老寨的人身着黑衣黑裤，而大茅寨的人身着白衣白裤。这是一件奇怪的事情，穿着白衣白裤在夜里偷袭？但好处也很明显，即使在夜里，分辨谁是自己人谁不是自己人也轻而易举。黑衣黑裤的数量明显多于白衣白裤，这是防守一方的优势。不过，白衣白裤毫不畏惧，群架的姿态也做得更好，所以，双方暂时旗鼓相当，谁也没有落入下风。

袁乃东穿过人群，奔向粮仓所在的地方。粮仓建在悬崖底下，石头砌成，白天袁乃东见有五六个人守卫着那里。现在那里已经成了双方争夺的主要地方。满脸瘢痕的何子华和几个人围住了一个落单的入侵者，铁匠握着铁锤和长矛手一起站在粮仓门口，郭秉义高举齐刀连声怒喝，即使在这纷乱嘈杂的环境里也能听得一清二楚。没有看到何敏萱。鸡圈里的鸡们无所顾忌地啼叫着。

袁乃东阔步走向铁匠。铁匠旁边的一名守卫紧张地举起手中的长矛，指向袁乃东，何子富抬手制止了他的鲁莽行动。

"你的武器呢？"何子富问。

"不需要。"袁乃东回答。

"你不该出来。这事儿与你没有关系。"

"我来看看。"

"看我么？"何敏萱从铁匠身后闪出。

"快回去，这里危险……"

何敏萱对三哥的劝说充耳不闻，只是傻傻地盯着袁乃东笑，所有的感情毫不掩饰地写在少女的脸上。袁乃东心中微漾，忽听山崩地裂的一声喊："杀人啦！"他扭头去看，只见不远的水田边，精瘦的何子华松开双手，面带恶意的笑，向后跳开，把竹枪留在了那名落单的入侵者肚子里。那人双手握住肚子里的竹枪，似乎想把五尺长的竹枪拔出来，但这是不可能办到的事情。他发出凄厉如狼嚎的惨叫，旋转着倒下，倒进了一旁的水田里。鲜血汩汩流出，小半块水田都被染成了暗红色。

"报仇！""报仇！""报仇！"大茅寨的入侵者撕心裂肺地高喊着，现场局势顿时改变。若说此前的对峙更像是恐吓性仪式，那之后的搏杀就骤变为真正的生死之战。

有人脸色惨白，咬紧牙关，闷声冲杀，一次又一次；有人大喊大叫，掩饰自己内心的恐惧，但也跟着自己人不要命地把手里的武器往敌方的身上捅插砸。鲜血喷溅，惨叫连连，不断有人倒下。有的一倒下就无声无息，有的却痛苦地哀号着、翻滚着、抽搐着，久久不肯死去。但没有人停手，双方都杀红了眼。这仿佛成了一场比赛，比赛谁更冷血，谁更心狠，谁更下得狠手。

生命在其中毫无意义地陨落，比秋天的落叶还不如。袁乃东望着月光下的这一帮人，再一次生出强烈的荒谬感：在22世纪的地球，为什么会发生这样的事情？

何子华是入侵者的重点攻击对象，但在村民的掩护下，他已经成功逃出，回到村长何福厚的身边。他脸上的瘢痕闪着骄傲的光。在那里，更多黑衣黑裤的村民护卫着他。村长站在人群中，脸色阴晴不定。

袁乃东问："他们是来干吗的？"

何子富答道："这些土匪，是来抢粮食的。今年发了蝗灾，地里的庄稼被啃咬了大半，周围几个地方都是如此。我们还勉强收获了一批粮食，大茅寨那边错过了时机，颗粒未收。他们派人来谈判，起初还好言好语，说用茶叶、布匹和盐巴交换，可我们的粮食也不多啊。他们就开始明偷暗抢了。"

说话间，一队大茅寨的入侵者向着粮仓这边猛攻过来。当先一人，长得虎背熊腰，把长柄镰刀舞得呼呼生风，一路走来，已经连杀两个村民。受此鼓励，跟着他的四名同伴都齐声欢呼："王哥万岁！"

王哥甩甩镰刀上的鲜血，满脸铁青，继续前进。

这些人，无论是进攻方还是防守方，都未经格斗训练，厮杀全凭本能。像王哥这种身高臂长又肯下死手之人，自是占尽优势。袁乃东明显感觉到身边的村民出现了恐慌，随时可能丢下武器，一跑了之。

这时，铁匠何子富大喝一声，跃出己方的队伍，前冲五六米，与王哥正面交锋。铁锤与镰刀碰撞的声音在这杂乱的环境中也很突出。"三哥当心！三哥加油！"何敏萱在身后喊道。铁锤势大力沉，竟将镰刀砸弯。镰刀轻盈快捷，加上惊人的臂长，在两次互碰之后，王哥避开了第三次撞击，趁着铁匠力气用尽之际，将镰刀割向铁匠的腰间。眼见着铁匠就要中招，袁乃东已经从身边村民的长矛上掰下铁矛头，抬手掷向王哥。那铁矛头破空而出，错过铁匠的身体，正中王哥的额头，直穿进去。王哥仰天倒下，手中镰刀兀自滑向铁匠的后腰，却因无后继之力，堪堪滑过，旋即脱手，掉落一旁。

"啊！三哥！"何敏萱急切的呼唤这才喊出口。铁匠回头冲袁乃东笑笑，表示感谢，又转向剩下了四名入侵者，大喊："还不快滚！等着送死吗？"其中一人用颤抖的声音回答："死有什么可怕！战死总比饿死强！何况，还可能重生呢！大家一起上！"这话很鼓舞人，散佚的勇气回到他们的身上，他们呐喊着，挥舞着锄头和竹枪冲向手持铁锤的何子富。

就在这时，一声呜咽突然凭空传来。

在场的所有人都停住了，仿佛都化作了石像。

呜咽声极为短促，但高亢而凄厉，停下之后仿佛依然在耳边回荡。少顷，第二声响起。这一次，它如泣如诉，绵延不绝，直听得人心生哀怨，头皮发麻。袁乃东迅速判断出这声音来自西北偏北，云雾山深处，十千米之外的悬崖顶上。虽然一时之间判断不出那声音是谁或者什么发出的，但它在月光照耀下的千山万壑间来来回回，仿佛叠叠的浪涌上岸滩。

刚才还生死相搏的两帮人这个时候面面相觑起来。然后，大茅寨的入侵者纷纷丢下了手里的武器，什么话也不说，转身走向寨门。古老寨的村民也不阻拦，任由他们离去。眨眼之间，入侵者走得干干净净，如果不是满地的尸体和乱七八糟丢弃的武器，还看不出他们曾来过。

"都回家吧。"何村长命令道。

于是，古老寨的村民们也面带惶恐，拿着武器，各自回家。

"我们去看老汉儿。"何子富叫上何敏萱，走向村长。何敏萱经过时，牵了一下袁乃东的手，"你好厉害！谢谢你救了三哥！"在袁乃东回应之前，她已经松开手，蹦跳着追上了铁匠。路上躺着的尸体，她小心地避开，但态度冷淡。

现场就剩下袁乃东一个人。到处都有尸体，各种姿势，有的完整，有的残缺。有大茅寨的，也有古老寨的，不管穿什么颜色的衣裤，此刻都一样了。鲜血早已凝固，在月光下呈现出诡异的黑色。袁乃东不明白：为什么没有人处理尸体呢？大茅寨的尸体不处理可以理解，古老寨的也不处理吗？

袁乃东见过各种各样的死亡，亲手制造过死亡，体验过死亡带来的诸般极端情绪，但像古老寨村民这种，对死亡如此淡漠，还是第一次见到。不应该，死亡不应该是这个样子，他想。在他们眼里，生命是一种可以轻易抛弃的垃圾，就像剪下的指甲、割下的头发、掉落的牙齿。难道是因为重生的存在，他们就格外不重视生命？

"回去了。"郭秉义不知道从哪里冒出来。

"怎么没有人处理这些尸体啊？火葬、土葬，都可以的。"袁乃东问，"难道等着重生？"

"不是谁都可以重生的。"郭秉义回答，"每个人一出生就建立了重生簿，上面有重生分。我神乌胡鲁有千手千目，又有无数化身，你做的每一件事，都看得到，都会记到重生簿上。你死的时候，就依据重生簿上的分数，判定你可以重生还是不可以重生。"

"谁重生过？"

"村长就重生过。"郭秉义解释说，"有一年，何村长被山上滚落的石头砸中了大腿，血流不止，送回古老寨时就已经奄奄一息了。村长说要把他送到文长老那里去，见文长老最后一面。我们几个，费尽千辛万苦，把村长送到了文长老的大房子里。那个时候，村长已经停住呼吸，死了。有教奴进大房子通报，不久传来文长老的话，说村长为重生教做出了卓越贡献，重生分数高得吓人，准予重生。教奴就把村长抬走了。第二天，再见到村长的时候，他不但活着，连腿都完好如初，完全看不出被滚石砸中的痕迹。"

"我还是不明白，为什么不处理这些尸体？"

"刚才的巨大声音听见了吧？那是狼蜥兽的叫声。今晚的打斗，惊扰了它，它需要安抚。"

"用尸体安抚它？"袁乃东再一次调动感官，向森林深处探询，但云雾山已经重归寂静，没有发现任何怪物的踪迹。"狼蜥兽？长什么样子？"

"谁也没有见过它，见过它的人都死了。"郭秉义的恐惧亦如所有的村民，真实而深切，"我们只知道，上一次它出现的时候，咬死了隔壁火石村的所有人。"

6 . . .

天亮之后，村民们开始处理田间地头的尸体。大茅寨死二十七人，古老寨死二十一人，这场抢粮引发的群架共计死亡四十八人。狼蜥兽没有出现，何村长宣布无人可以重生，尸体尽快送去火化。于是，在浓厚的晨雾里，四十八具尸体被一起送到窑厂。

村长为所有死者诵念了一段《神之书》的悼文，大意是我神乌胡鲁洞悉天上地下，生或死，皆由其掌控，各位死者，生前努过力了，未获重生，甚是遗憾，但也只好安心上路，勿再多言。

随后，四十八具尸体被分批送进火炉，于蒸腾的烈焰中，灰飞烟灭。

袁乃东站在山岗上，远望窑厂，只见高高的烟囱，向着天空喷出滚滚浓烟。几个村民从袁乃东身边路过，向他点头致意之后，继续边走边议论昨晚的战斗。

"我瞅准时机，一扁担敲下去，那人的脑浆就流出来了。"

"要不是我跑得快，我也跟那些死人一样等着爬烟囱了。"

"我也没得办法，他不死我就死了。与其我死，不如他死。"

"你们看到没有，有一个大茅寨的，眼珠子都遭抠出来了。"

"我看到了的，把老子吓惨了。哈哈哈，遭不住。"

他们轻佻的语气让袁乃东再一次见识了村民对于死亡的淡漠。他们对死亡并无多少恐惧。面对尸体，不管这尸体是大茅寨的，还是古老寨的，他们都一视同仁地表现出漫不经心与无所畏惧来。

铁匠何子富走到袁乃东身边。他先是感谢了袁乃东昨晚的救命之恩，接着请袁乃东和他一起去取铁。他说："古老寨的铁器还是太少了。"

"取铁？"袁乃东问，"什么意思？"

"有一个地方，我不知道叫什么名字，有现成的铁。"何子富说，"一去一回，步行要两天，骑马的话今晚就能回来。我们骑马去。我堂客快生了，生了小孩我就没有时间去取铁了。"看到袁乃东还在犹豫，他又补充道："你是从天上来的人，我有太多的问题想请教你。"

两个人去马棚取了马，是身材较为矮小的山地马。骑上马，何子富在前，袁乃东在后，出了寨门。沿着崎岖的山路，他们时而向东，时而向西，总的方向是向南行进。

闲来无事，何子富讲了一个村民来拔牙的故事。他说那人牙齿疼了四五天，半边脸肿得跟猪头似的，不得不来拔牙，可他又怕疼，所以央求铁匠先把他打晕了，再拔他的牙。

"铁匠还管拔牙？"

"是啊。我力气大，还有铁钳。"

这话答得义正词严，仿佛开天辟地以来，铁匠就要负责拔牙，袁乃东竟无言反驳。因为没有清洁牙齿的用具和习惯，村民们大多有一口糟烂的牙齿，黄牙、龋齿、虫洞。何敏萱似乎是个例外，她有一口扁贝一般的好牙齿。

"没有麻醉药吗？"问完，袁乃东就意识到白问了。拔牙靠铁匠的地方，是不会有麻醉药的。

铁匠摇头之后，说："我听说曾经有一种武器，全身都是铁壳子，怎么都打不烂，用一种带子走路，那儿都能去，还有一门主炮，威力无穷。"

"你说的是坦克。"

"对，对，就是坦克。"铁匠说，"要是昨晚古老寨有一辆坦克，大茅寨的人就不敢偷袭了。你能教我制造坦克吗？昨天，你告诉我烧煤炭比烧木头的温度要高，打铁更容易，我下午就去试了，和你说的一样。你说的那个脚踏鼓风机又是怎么一回事呢？"

想要在古老寨建造坦克，那可不是把木头换成煤炭，把手拉鼓风机换成脚踏鼓风机那么简单。不说别的，坦克的外壳其实是钢。铁匠现在打的，是一种碳元素含量较高、还有各种杂质的生铁。这种铁看上去很硬，其实很脆，缺少延展性，难以加工。钢指的是碳含量介于 0.02% 至 2.06% 的铁碳合金。想要把生铁加工成钢……袁乃东查了一下数据库，只发现了这样一段话：

那么取含碳较少的熟铁和充分碳化过的生铁依照比例反复折叠锻打，让两种合金相当均匀地混合起来，形成坚韧的钢材——这样的钢材表面总能看到两种铁合金相间而成的层叠花纹，因此常被称为"花纹钢"。

又检索了一次，才搜到一个叫"坩埚钢"的空白词条。想想也是，历经两次碳铁之战，中间还有规模不小的碳族内战，原始资料大量丢失的状况并不罕见。进入后现代，自动化生产开启，关于手工业的资料变得没有价值，年深日久，就被忘得干干净净。不管是花纹钢，还是坩埚钢，充作武器，制造刀具，自然比生铁厉害多了。然而，花纹钢也不能用来制造坦克啊。就算能，让铁匠一个人打出一辆坦克所需的全部钢材……那也是根本不可能的事情。

没有资料，袁乃东就在起起伏伏的马背上，根据自己对工业炼钢的了解自行推演：先要找矿，找到哪里有埋藏得很浅的赤铁矿，这需要探矿的技术与地质知识；矿藏找到了，还得挖出来，这需要挖矿的机器；要把挖出来的赤铁矿送到炼钢厂，这需要公路和汽车，距离很远的话，还得用到铁路和火车；送到钢铁厂的，除了铁矿，还有煤炭，铁矿磨成碎片再烧结成颗粒，而煤炭要经干馏制成焦炭，这需要一系列的配套工厂；钢铁厂的炼钢炉高达百米，焦炭能烧出一千五百摄氏度以上的高温，把原材料彻底熔化成铁水，这时离钢材还有一段距离……铁水还要灌入转炉，向其中吹入纯氧，使碳、磷、硫等杂质氧化后逸出，并根据需要加入镍、铬等元素，产生成分精确的钢水，然后注入事先做好的模子冷却，才能制成各种性能的钢板。

而制成钢板，只是制造坦克外壳的第一步。

仅仅是制成钢板，就涉及无数的技术、设备和人员。需要学校培养出各种合格的人员，需要发达的交通网络供人员和物资往来，需要大量的农民用较为先进的方式种地以便提供多余的粮食养活那些不种地的人，需要科研所、研究院，需要医院，需要一个指导这一切的领导机构，需要……这简直就是要在古老寨重建整个智能社会诞生以前的工业体系。

袁乃东抬头望望天空，把话题岔到别的地方去了，"你二哥去哪里了呢？"

"代表我老汉儿，去铁围寨谈判了。昨晚他表现好，得到老汉儿的表扬。"

"谈判什么？一起对付大茅寨？"

"大茅寨昨晚吃了亏，肯定还会再来。铁围寨能制作弓箭，这东西在很远的地方就能射死敌人——就像你昨晚做的那样——战斗力是周围三个寨子中最强的。"

"铁围寨跟古老寨关系怎么样？"

"我堂客郭秉玲就是铁围寨嫁过来的。我二哥说，为了古老寨，他愿意娶靳村长的女儿，甚至入赘到铁围寨也是可以的。二哥因为脸上有疤，一直没有娶到堂客。"

"你倒比你二哥先娶了。"

"我跟郭秉玲，我们是打猎的时候认识的。"

"说来听听。"

于是铁匠就絮絮叨叨讲起他和郭秉玲的故事。

两匹山地马托着他们在山坡、峡谷、岭脊之间穿行，时不时地涉过淙淙流淌的小溪，又沿着一条河前进了很长一段时间。根本没有路。乔木遮天蔽日，灌木绊脚绕膝，带刺的攀缘植物见缝插针，填满了所有的空隙。幸得何子富老马识途，在莽莽苍苍的丛林里骑行，竟没有走任何弯路。

中午的时候，他们下马吃午饭。这里是一片河谷地带，遥望东西两边都是绵延起伏的群山，就中间这十来千米的地方是平坦的。袁乃东一边嚼着干饭团，一边琢磨：要搁古代，这是建立城市的好地方。然后，他意识到，自己正身处一座中型城市的废墟之中——就是先前他想过的那种能够制造钢材的文明的遗迹。

面前那座绿色山丘，其实是密布爬山虎的一栋高楼。他们站立的地方，其实是昔日车来车往的高级公路。两匹马正在啃食的草丛其实是很久之前的公园一角。远处，在暗地里窥视他们的，不是森林狼，而是一二十条流浪狗。

这些皮毛粗糙又肮脏的流浪狗已经完全野化，看不出原来的品种，闪烁的带着恨意的眼睛说明它们只是把眼前的这两个人和两匹马看作是一顿难得的美餐。它们的身上伤痕累累，有新伤，有旧疤，分布在后腿、胸腹、脖颈。其中一头黑灰色的，下巴缺了半块，露出半边泛着白光的獠牙。也不知道是怎么的，它们突然放弃了隐蔽，开始不停地相互撕咬。不是玩耍或者仪式性的，是真正的撕咬。犬牙交错，连皮带肉，入骨三分。没有怜悯，没有退让，没有妥协。愤怒与痛苦混杂的犬吠，充斥着整个绿色的城市坟茔。

何子富丢了几块石子，又大喊了几声，终于赶跑了那群流浪狗。"以前我来取铁的时候，好几次差点被它们咬伤。"他说，"非常讨厌。就喜欢跟在你身后，趁你一个不留神，咬你一口，然后跑开。它们的牙齿有毒，咬一口就能毒死你。"

"这里曾经是城市。"

"我知道，这里叫璧山。"何子富说，"住在这里的人，违背了我神乌胡鲁的旨意，遭到了神罚，一夜之间，所有人暴毙家中。附近的人也不敢进这死亡之城，这里很快就荒废成现在这个样子呢。"

"他们做什么了？神罚又是什么？"

"我不知道。"

"这个故事是谁告诉你的？"

"我老汉儿。他说是他亲眼所见。当时文庆裕长老也在现场。但具体情况……我老汉儿也没有说得非常详细，只是反复告诫我们几个，不要做违背重生教教义的事情，要忠于重生教。"

袁乃东囫囵吞枣般吃下干饭团。不好吃，太干，幸而在吃东西这件事上，他并不特别讲究。反观何子富，吃得极为认真，仿佛每一口都是世上少有的珍馐。

"就是在这里取铁吧？"

"还得走一段路，那里的铁更多。"

饭后，他们骑上马，又走了约莫一个小时，来到一处大型建筑。密布的攀缘植物中，偶尔露出一段公路。密密匝匝的竹林，隐约看出人工修葺的痕迹。前面的荆棘里，斜指向天的，是某种飞行器的翅膀。远处的山坡上，躺着四个残缺不全的大字，隐没在灌木丛里。袁乃东努力分辨，加上一番补充推理，认出是"璧山机场"四个字。

那群流浪狗不远不近地跟着。何子富下了马，又丢了几块石头，其中一块正中一条狗的前腿。它瘸着腿，哀哀地悲鸣着，转身跑开。剩下的流浪狗也跟着离开。"它死定了。"铁匠说，"它受了伤，其他狗会咬死它，然后吃了它。非常讨厌。"

铁匠所谓的取铁倒是很简单，就是走进一座当年是航站楼候机厅的建筑里，寻找残存的铁制品。铁匠有一块小磁铁，可以很快鉴别出哪些东西是铁做的。"这是我的秘密，你可别对其他人说。"他告诉袁乃东，发现磁铁与铁的关系后，他没有告诉任何人——他可不想再挨老汉儿的训斥了。

实际上，在璧山机场修建与扩建的时候，大行其道的是各种高分子复合材料，用钢铁做的东西，已经很少了。所以，他们搜罗了好半天，也没有找到几样。最后还是袁乃东眼尖，在一处护栏的下方，发现了一根半米长的钢管。这才使此次取铁之行没有白费。

"你从天上来，迟早要回到天上去。"在回古老寨的路上，何子富如是说，"在那之前，你得教会我制造坦克。有那玩意儿，狼蜥兽我也不怕。"

7...

回到古老寨时，天色向晚，一抹晚霞浅浅地涂在西边的天上。

在寨门那儿，迎头遇见正往外跑的何子华。

"二哥，跑什么跑？"铁匠问。

"去看献祭。"

"祭谁？"

"狼蜥兽。"

"谁被献了？"

"敏萱幺妹儿。"

"啊！为什么？"

"我也是刚才从铁围寨回来，我哪知道啊！"

"在哪里？"

"又不是第一次。你知道的。"

说话间，何子华已经跑得没影了。何子富跳下马，招手叫来两个手持长矛的村民，吩咐他们把马牵到铁匠铺，又问："献祭敏萱幺妹儿，到底是怎么一回事？"

村民答道："有人告她淫祭。"

"淫祭？"袁乃东没有听过这个词语。

那村民说："山上有几块破石头，她把它当成神来祭祀，又跪又拜，这不就招来了狼蜥兽。不把她献祭出去，献祭谁啊？"

"简直荒唐。"袁乃东跳下马，对何子富说，"我们赶紧过去。"

何子富闷声说道："希望不会晚了。"

鸡公岭半山腰地一片空地上，搁着一个香案，三支点燃的香在夜色中格外显眼。村长何福厚身穿全套重生教牧师袍，头戴牧师冠，脚踩牧师鞋，手执重生十字架，领头跪拜。在他身后，一百多名信众依着等级顺序，呈扇形分布，跟着村长的指令，诵念着，跪拜着，场面甚是规整。

何子富与袁乃东穿过跪拜的信徒。

何牧师跪拜完毕，起身，接过一名信众递来的毛巾，擦着额头的汗。其他信众依然跪在草丛里。他回头扫视了一圈，命令道："可以开始了。"两名信众答应着，举起弯弯的牛角号，呜呜呜地吹起来。

"老汉儿！"何子富挤到何牧师身边，"不能献祭敏萱幺妹儿啊。"

"我说过了，在这种场合，要叫我牧师。"

"牧师，不能献祭敏萱幺妹儿啊！"

没等牧师回答，旁边的何子华抢道："你说不能就不能？不把老汉儿的话放在眼里啊！"牧师白了何子华一眼，他才明白自己说错话了，又不甘心地补充道："何敏萱又不是你亲妹妹，干吗维护她？"

这事袁乃东已经听郭秉义说过。何福厚的堂客在生第四个儿子的时候难产而死，一尸两命。何敏萱的亲生父母死于意外，何村长就收养了她，把她当亲闺女来疼。村民们都说，敏萱幺妹儿好福气。何敏萱越长越漂亮，还聪明、乖巧、懂事，村民又都说，何大村长好福气。

"必须献祭。"何牧师严肃地说。他转过身，负手而立，不再看两个儿子。

顺着何牧师的目光，袁乃东看见远处，鸡公岭最高的地方，一块比"弹丸号"大不少的岩石上，用木头搭了一个简易平台。他启用远望功能，看见在一大堆鲜花的簇拥下，何敏萱端坐其间，非常安静。他又放开感官，探索周围十千米的情况，没有发现狼蜥兽的踪迹。

"一定会出现吗？"袁乃东小声问，"那狼蜥兽？"

"不一定。"铁匠回答。

"如果狼蜥兽不出现，何敏萱是不是就没事呢？"

"不。要是到明天早上，太阳出来的时候，狼蜥兽还没有把她吃掉，牧师就会派信徒去割掉她的脑袋，用她的鲜血涂抹那块巨石，以安抚狼蜥兽愤怒的心。然后，再挑出下一个献祭者。"

"直到狼蜥兽现身？"

"直到狼蜥兽现身。"

"我不明白。"

"你是天上来的人，你当然不明白。"

天已黑尽。何牧师命人点起火把，照亮眼前的一切。信徒们依旧跪着，只是不如先前安静。几个信徒低声祈祷狼蜥兽早点登场，好结束这煎熬。何牧师转头去看，目之所及，信徒们纷纷闭上了嘴巴。

袁乃东再一次检索，还是没有发现狼蜥兽。"这样下去，不是办法。"他说，"照你刚才的说法，不管狼蜥兽来不来，何敏萱都得死。"

"你说得没错。"

正说着，后边传来郭秉义急切的声音："三哥，三哥。"他的声音本就又尖又细，这一着急起来，尖细得就更加夸张。他站在人群之外，高声喊着："我妹妹，你堂客，要……要生了。难产……接生婆……让你赶紧……回去……你赶紧……"

铁匠脸上明显一震。他看看何敏萱所在的位置，又转向古老寨所在的方向，嘴唇嗫嚅了两下，对袁乃东说："我回去一趟。这里交给你。我堂客生孩子提前了。"

说罢，他匆匆跑开，和郭秉义一起跑向古老寨。

圆月已经升起，恰好被一片浓稠的乌云遮住。在另一个方向，透过稀疏的云层，可以辨别出飞马座和仙女座。火把在夜风的吹动下，摇曳不定。湿气上来，信徒们都开始喊冷。毕竟已经是深秋，寒意彻骨。何子华要给何牧师加外衣，第一次的时候何牧师拒绝了，到了第三次的时候，何牧师终于抵挡不过寒意，点头同意了。

袁乃东默默地观察着周围的一切。远处祭台上，何敏萱忽然抱紧了双臂，浑身战栗。冷。他默念了这个字，突然跑向了祭台。他的速度极快，弹跳能力惊人，遇到岩石跳过岩石，遇到荆棘跳过荆棘，遇到树木跳过树木。在众人的惊呼声中，短短的几秒钟，他已经跳到了鸡公岭最顶端的巨岩下。那巨岩足有十米高，袁乃东只是轻轻一跳，就悄无声息地落到了祭台上。

何敏萱头戴黄菊花编织的花环，穿着一身白色长裙，盘腿坐在花堆里，仰面笑道："你来啦。"她推开旁边的花，清理出一个位置，示意袁乃东坐下，又问："谁让你来的？"

"没人让我来。"

"我就知道。"知道什么，却又不说，何敏萱只是抿着嘴，看着袁乃东笑，眼睛有种晶晶亮亮的东西。

"知道献祭是什么意思吗？"

"我知道啊，就是叫狼蜥兽把我吃了嘛。"

"要是狼蜥兽不来，他们也会杀了你。"

"我知道啊。"

袁乃东几乎要被气晕了，"你怎么如此天真啊？"

"天真不好么？"何敏萱很认真地反问，"不过，谢谢你的关心。来之前我老汉儿告诉我了，说我献祭之后可以重生。告诉你一个秘密，今年的重生名额老汉儿偷偷留了一个，最后一个，现在就给我了。"

原来如此。但所谓的重生……

"他们说，要献祭我。我不同意，说要在祭台上堆满鲜花才可以。浪漫吧？这些花儿，漂亮吧。喜欢吗？我亲手摘的。"不等袁乃东回答，她又把话题岔到别的地方去了，"你是从哪一颗星星下来的？你会筋斗云吗？一个筋斗云十万八千里？"

"我不是从石头缝里蹦出来的。"袁乃东总算瞅准时机说了一句话。有什么扰动了空气里的磁场。他把自己的感知范围放大，越过远处草坪上聚集的人群与摇曳的火把，向着月光覆盖下的千山万壑延伸。

何敏萱呵呵地笑起来，笑得浑身颤抖，仿佛袁乃东说了什么了不得的笑话。"好奇怪呀，本来很冷，你来了，忽然间就不冷了。"她在连串的笑中抽空说道，"对了，我三嫂要生了，我要升级当嬢嬢了。生了没有？"

"没有，正在生，铁匠刚赶回去。"

"三嫂生了孩子，我养的那些鸡就能派上用场了。我到这里来了，那些鸡谁管啊？它们应该知道怎么回家吧，我都教了它们这么久。它们不会逃跑吧？"

何敏萱的思维非常跳跃。袁乃东没有回答，他感觉到狼蜥兽的存在了。"狼蜥兽长什么样子？"他问，在何敏萱遗憾地给出了否定答案后，开始描述它的样子，"它来了。距离此处两千米。它正在一处山脊上奔跑，用四条细长的折叠腿，快如闪电，浑身闪着异样的金属光泽。它不是野兽，不是动物，是一种流水线生产的机器。"

"你快走。"何敏萱推了袁乃东一把，着急地说，"快走。再晚就来不及了。"

"奇怪，它的样子就像是钢铁狼人，但没有听说过这个样子的。"袁乃东略一琢磨就明白过来。钢铁狼人有两个形态，人形和狼形，他们能在两个形态之间自由切换。而这个村民所称的狼蜥兽，是在形态切换的过程中发生了某种意外，卡在了人形与狼形之间，因此呈现出眼前这副"人不人、狼不狼"的诡异模样。可是，自一百年前，钢铁狼人诞生以来，虽说经历过两次碳铁之战，算上这次，是第三次，造成数十亿人的非正常死亡，但从来没有听说过钢铁狼人会吃人啊？

狼蜥兽跃下山脊，穿过山沟，一路驰骋，向着这边奔腾而来。

8 ....

狼蜥兽奔跑得甚是急切。袁乃东分析了附近的地形地貌，规划出五条从它那里抵达祭台的路线。去掉三条用时较多的路线，剩下两条可能性最大的——其中一条与刚才他过来的路线基本一致，另一条是考虑了狼蜥兽四条腿的身体特征而规划出的。不管是哪一条，都会经过村民们身处的平地。袁乃东忽然想起一件事情：狼蜥兽何以知道祭台上的祭品是为它准备的？难道有什么秘密协议？莫非有什么信号在召唤它前来？

空气中依然只有背景辐射，没有发现任何有意义的无线电波，也没有发现别的可以解析的信号。袁乃东疑惑了。

"那……那就是狼蜥兽？"何敏萱往前一指。

这时，狼蜥兽已经非常靠近平地。月光下，仅凭肉眼就能看见它在朦胧的地表留下的行进路线。有耳力好的村民率先发现了它，大声发出警告。声音大得祭台上都能听见。旋即，那狼蜥兽扑进跪拜着的人群里，毫不留情地撕咬起来。

"我们过去。"袁乃东起身，将何敏萱拉起来，揽住她的腰，"害怕的话，就闭上眼睛。"

少女轻"嗯"一声，浑身微微战栗。

袁乃东抱住何敏萱跳下祭台，落地即再次起跳。这次是全力而为，几个兔起鹘落，就已经到了山间空地。

只这眨眼工夫，那狼蜥兽已经咬死了七八个村民。准确地说，是撕碎。它的嘴，还有嘴里森冷的牙齿，不是真实的，而是用线条勾勒出来吓唬人的。它只是扑击，两条前腿往村民胸前一扎，就扎进了身体，又往两边一分，村民就惨叫着，喷涌着鲜血，变成了好几部分，散落在空地各处。

它的速度极快，没有村民可以逃脱它的扑击。

大部分村民转身就跑。少部分瘫软在原处，不能动弹。火把都被丢弃了，因为害怕火把会引来狼蜥兽的攻击。其中一个被丢弃的火把点燃了附近的一棵老松树。它噼里啪啦地燃烧起来，照亮了整个混乱的现场。何福厚丢掉了外衣，连牧师服也在慌乱中被村民扯掉了一块，非常狼狈。何子华从何福厚身边跳出来，大声尖叫着："祭台！祭台在那边！"

作为回应，狼蜥兽又撕裂了一个村民。

"站在这里别动。我去对付狼蜥兽。"袁乃东放下何敏萱，让她靠着一块巨石站好。少女用颤巍巍的声音回答："我相信你。"

袁乃东跳到狼蜥兽跟前，发出一声嗥叫，与昨晚狼蜥兽的嗥叫一模一样。这嗥叫，绵长而低沉，在暗夜里可以传很远很远。听到这一声嗥叫，狼蜥兽立刻伏地不动，并迅速改变了身体的颜色和斑纹，与周围的环境融为一体。仅凭肉眼，很难将它分辨出来。

幸而袁乃东可以。在他混合了紫外线与红外线的视野里，狼蜥兽的模样依然清晰可见。它看上去就像是人的上半身嫁接到狼的腰间，而脑袋又是狼的。它的两条前腿是人的手臂，手掌五指分明，尖端有锐利的钩爪，后腿却是狼的造型。

它曾经是铁族的一员，这毫无疑问。铁族数以亿计，其中一两个在变形时出了岔子，凝固在人形与狼形之间，也不是不可能的事情。袁乃东只希望，它的脑子没有出问题，还能交流。

"你是钢铁狼人吗？你的代码是多少？我从火星来。火星，知道吗？太阳系从内往外数第四颗行星，是地球的姊妹。在火星，有你的同伴，很多很多。"袁乃东说，"我知道，你坏掉了，身体出现了问题，我可以修好你，还可以把你送到火星，回到铁族的灵犀系统里。"

狼蜥兽没有回应。

"你能听懂我的话吗？你的语音系统不能正常工作，是吗？是就点头。毕竟，铁族集体离开地球去火星已经好几十年了。你独自在野外生活，没有同伴交流，也没有同伴检修。你看，我刚到地球……"

袁乃东自行止住了话头，发现自己不该这样唠叨。不能像犯病时的父亲那样说个不停，还是面对一头刚撕碎了七八个村民的狼蜥兽。他这样想着。我是有多闲？

狼蜥兽发出短促的嗥叫，从隐身处一跃而起，向着袁乃东扑来。袁乃东算准距离，快速后退两步；狼蜥兽正好扑到他跟前，刚一落地，便要再次扑出。袁乃东伸手，摁住狼蜥兽狼身的前端，又一发力，竟将狼蜥兽整个推着倒退好几步。

很远的地方有人发出惊呼。

"停！"袁乃东大喊。

狼蜥兽稳住身形，再一次前扑。袁乃东不再犹豫，迎头一拳，打在狼蜥兽的腰身上。它向斜后方飞了出去，极其狼狈地跌落在草丛与血泊之中。

"停下来！"袁乃东拿手指指着狼蜥兽。

狼蜥兽发出一连串的嗥叫，再度蛮横地冲过来，如同最后阶段直扑目标的导弹。袁乃东没有退让。他已经给了狼蜥兽机会，是狼蜥兽不要。他让自己兴奋起来，迎着狼蜥兽奔来的方向猛冲过去。正面对攻，他喜欢这样，他有充分的理由，相信自己会在对攻中胜出。他算好了整个过程，控制好了速度和力量，瞄准了狼蜥兽防御上的弱点，封住了狼蜥兽所有的退路。结果在他出手之前就已经注定。

一拳。两拳。三拳。

袁乃东闪到一旁，看着狼蜥兽翻滚着倒下，上半身与下半身分离，破碎的零件散落，然后抽搐几下，放出几束红蓝相间的电火花，随即不再动弹。

"死了吗？"村民们相互问着，不敢相信，"狼蜥兽真的死了吗？"有胆大的村民战战兢兢走过来，敲敲狼蜥兽的残骸，确认了它的死讯。"真的死了！"他喊道，"天上掉下来的人，打死了狼蜥兽！"

更多的村民围拢过来，借着还在燃烧的松树的光，看着摸着翻着狼蜥兽的残肢断体。他们看袁乃东的目光，有敬服，有羡慕，有崇拜，有畏惧，还有别的一时之间无法分辨的情绪。

何子华搀扶着何牧师走过来，村民自动让出一条路。牧师端详着死去的狼蜥兽，片刻后摇着脑袋叹息着说："不能打死狼蜥兽。不能啊。"

袁乃东诧异地望着何牧师。

何牧师推开二儿子搀扶的手，走到断落在地的狼首跟前，"狼蜥兽乃是我神乌胡鲁派来考验我们的。必须经受折磨，对重生教的信仰才能坚定。狼蜥兽就是这样的折磨。打死狼蜥兽，会给古老寨带来无穷无尽的灾祸。"

"愚蠢也要有个限度好不好？"

袁乃东觉得自己这话说得好无力。然后他看见何牧师跪下，五体投地，泣涕涟涟，不住地祈求乌胡鲁的原谅，要乌胡鲁把震怒都降到他一个人身上，所有的过错都是他一个人犯下的，所有的惩罚都由他一个人承担。周围的村民纷纷跪下，惶恐地口诵乌胡鲁之名。现场站着的，就只有袁乃东，还有远处不知所措的何敏萱。

牧师诵念完毕，站起来，命令道："来呀，把这个异教徒抓起来。”

信徒大多面面相觑，也有一两个跃跃欲试，眼中闪着想要建功立业的火花。“你们难道比狼蜥兽厉害吗？”袁乃东发出警告，“别想拿我当祭品，我没有束手就擒的习惯。”这话震慑了少数几个想要动手的人。可牧师的命令……

何敏萱跺着脚说：“狼蜥兽被他打死了。他救了我们。”

牧师回答：“只死了一头狼蜥兽。狼蜥兽可以重生的。”

“要是狼蜥兽再来的话，他可以再次打败它。”

“他不是古老寨的人，迟早都是要走。”牧师说，“他在还好，一旦他离开，狼蜥兽又来了，古老寨就完了。”

何敏萱的脸色骤然变得煞白，似乎刚刚顿悟了什么事情。她热切地望向袁乃东，欲言又止。袁乃东假装没有看到何敏萱的目光，正色道：“狼蜥兽其实不是野兽，而是铁族的成员，是钢铁狼人，只因出了故障，失去了主观意识，才变成现在的情况。我扫描过周围一百千米的云雾山，没有发现别的狼蜥兽。”他扫视全场，没有一个人表示出听懂了他的话的样子，除了牧师。“我的意思牧师应该懂，一句话，狼蜥兽就这一头，没有别的。大家不用过于担心。”他又指着地上的残骸与尸块，说：“今晚已经死了太多人。你们不想也变成这个样子吧。牧师，重生的名额即使没有用完，其流程也是非常复杂的，并不能保证百分之百成功。”

袁乃东凝神注视牧师，那意思再明显不过了：倘若动手，第一个死的就是你，而且是无法重生的那一种。

牧师磨磨牙齿，没有说话。

何子华反应过来，“异教徒，你在威胁牧师？”

立刻有村民叫嚣起来，仿佛靠恐吓与辱骂就能打败袁乃东一样。这一回，牧师倒是冷静了许多。"今晚已经死了太多人。"他说，"我会为死者祈福，诵念《神之书》。他们已经把肉体与灵魂都献祭给了我神乌胡鲁。也罢，今晚……"

这时，远处山坡传来一个尖细的声音："村长，村长，出事了啦！"去而复返的郭秉义号啕着吼道，"我妹妹死了，孩子也死了，难产。一尸两命啊！"

何牧师一下子呆住了。

9...

几个村民奉命挖坑掩埋尸体。袁乃东没有从他们脸上看到应有的悲戚，反而从一个村民嘴里听到一句让他震惊不已的话。"又少了几个吃饭的。"那个村民举起锄头的时候，这样说道，语气里有掩藏不住的欣喜。旁边听见这话的村民，会心一笑。他们都庆幸自己活着，都不相信下一个死的，会是自己。

袁乃东相信，如果把那些尸块刨出来，烤熟了让他们吃，他们一定会吃得津津有味。他不由得感叹：我怎么会同意来地球呢？我应该去金星，正面对抗铁族舰队的进攻；我应该在火星，与碳族事务部的特别调查员展开生死搏杀；我应该在木星，偷袭铁族的采矿场和生产线……而不是在这里，跟一帮拿着镰刀、竹枪和长矛的农民打架，他们把弓箭也看成是了不起的高科技武器！还要听他们愚蠢至极的话！

另一边，何牧师强忍着失去孙子的痛苦，领着五十多名信众，围成一个圈，顺时针转三圈，又逆时针转三圈，边转边诵念《神之书》中关于丧葬的语句："生死无常，唯死永生。安心上路，极乐共享。死不是生，生不是死，是为人间。黑不是白，白不是黑，是为天堂。"

圈子中间，码放着狼蜥兽的残骸。袁乃东不知道他们安抚的是狼蜥兽，还是死于狼蜥兽的村民。他看见牧师疲惫不堪，老态尽显，好几次险些跌倒，但又不得不咬牙坚持，以显示对安魂仪式的敬重。

仪式完毕，狼蜥兽的残骸被扔到了旁边的山谷。

忙碌的一夜终于过去。

回到古老寨，天已经亮了。东边乌云堆积如坚实的城墙，太阳迟迟没有现身，说明今天会是一个令人心情抑郁的阴天。

何敏萱在路边等袁乃东。"我去看过三哥了。"她说，"那么坚强的一个人，哭得跟个孩子似的。"

这才是作为人面对死亡该有的反应。袁乃东说："带我去看。"

何敏萱站着没有动。"你什么时候会走？"她问，"袁大哥。"

袁乃东注意到她喊得非常庄重，"不知道。大概是村长派去送信的人回来的时候。"

"不能留下来吗？"

袁乃东有些错愕，"狼蜥兽已经消灭了。"

"我知道，你人在这里，可你的心，从来没有在这里。"何敏萱说，脸色凝重，"是的，古老寨对我来说，是生我养我的地方，然而对你来说，古老寨不过是匆匆路过的一个地点。

就在与我说话的时候，你已经不知道抬头望了多少次天。你是从那里来的，那里有你渴望的东西，我知道，你迟早要回到那里。"

"我来地球，是有任务的。"袁乃东辩解道，"事关重大。"

何敏萱努力笑了一笑，就像想从冰原里开出一朵圣洁的雪莲花，"在人群里，你也笑，你也怒，但你从来就没有真正融入这里，因为你随时可以离开。"

袁乃东看着何敏萱，少女亮晶晶的眸子里闪着清纯而野性的光，令他的心跳多了几个嘀嗒。上一次有这种感受还是在金星呢。

一个正在值班的村民拖着长矛，慌慌张张地向村长家跑。何敏萱转过身去问他发生了什么事。"来……来了一队堕落者！"他喘着粗气回答，然后两个人身边跑过去。

"堕落者来干什么？"袁乃东问。

"去看看就知道了。"何敏萱建议。

两人跑向古老寨的寨门。

堕落者，又叫神之战士，是重生教的武装组织，集警察与军队的职能于一身，兼有情报、安保、行刑等工作。为了专心侍奉乌胡鲁，他们，无论之前是男是女，一律通过手术抹去性别特征，变成无性之人。"这是全身心的奉献。"《神之书》如是说。因为重生教禁绝科技，使用违禁科技被视为堕落，而手术本身就涉及科技，再加上他们在执行各项任务时，不得不使用热熔枪、电弧枪等科技产品，于是他们被称为堕落者。

爬上寨墙，袁乃东看见十七个堕落者排着整齐的队伍，刚好转过山坳，向这边走过来。

堕落者穿着鞣制皮革制成的皮甲，结构非常简单，就是前后两大块，中间用丝线缝上。前面一块是黑色，后面一块是白色。胸前装饰着白色线条勾勒的十字架，身后则是黑色线条的十字架。腰间悬挂着的绳索和钉锤，随着步履移动，这些东西摇摇晃晃，叮当作响。跟他们去金星和火星的伙伴相比，这一身装备，显得非常寒碜。

为首之人须发皆无，连眉毛也剃了个干干净净。他头型甚是圆润，肤色甚是白皙，整个脑袋好比是新剥的鸡蛋，看上去颇为清秀，竟有一种特别的美感。他身后的堕落者，脑袋也是光秃无毛的，可惜这儿凹一块，那儿凸一块，尤其牙齿生得凌乱，叫人看了心里不舒服。

堕落者甫一出场，何敏萱就盯着他们看，良久，吐出两个字来："大哥？"下一秒，她已经马驹一样奔下寨墙，喊着"大哥！大哥！"冲出寨门，直奔堕落者的队伍而去。但她却被两个堕落者用钉锤给拦住了。"大哥，大哥，你不认识我了吗？我是何敏萱，何敏萱，你的幺妹儿呀！"她兀自叫着，想要突破钉锤的阻拦。

为首者挥手，示意两名堕落者退下。"我现在是堕落者的一员神将，你不可再称呼我在人世间的名讳。"他说，声音平静。

"大哥？"

"叫我荣神将。"

何敏萱咂咂舌头，却没有吐出什么字来。

这时，村长何福厚已经风尘仆仆地出来了。堕落者在重生教中的地位很高，他出寨门迎接是理所应当的。袁乃东站在寨墙上，看他们父子见面。距离很远，他依然听得清楚。

何福厚还算是见过大场面的人，可在认出为首的神将是大儿子何子荣后，也还是大惊失色，"你……你怎么变成这个样子了！你不是去朝圣了吗？"

荣神将回答道："我确实是去朝圣了。一路跋山涉水，风餐露宿，终于走到了神圣的乞力马扎罗山。同行之人，一半放弃，另一半死在路上。"

"你辛苦了。"

"最终只有我，登上了乞力马扎罗山，进到乌胡鲁神殿，在重生宫觐见了至尊至高的我神乌胡鲁。"

"恭喜恭喜，大愿得尝。去朝圣，觐见我神乌胡鲁一直是你的梦想。"

"觐见之后，我决意成为一名堕落者。"

"堕落者。"何福厚的声音失去了往日的威严，颤声道，"我还等着你回来继承我的村长之位呢。"

"何村长，何牧师，是您告诉我，要忠于重生教。"

"是文长老的命令？"

"是我自己，是我自己听从了内心的召唤。从小到大，我都唯您马首是瞻，一切都听您的安排。这一次，我自行做主，还请村长大人宽宥则个。查尔斯长老，堕落者的领导人，他亲自为我转化。此后，您是村长兼牧师，我是重生教堕落者神将，我们各自努力，力争为重生教的繁荣昌盛、千秋万代，做出卓越贡献。"

何福厚连说两个"好"字，舌头却僵直而苦涩。

荣神将又说："此次到古老寨，本来只有两件要紧的事情。第一件方才已经说了，我已是神将，人世间的事情再与我没有任何瓜葛。第二件是要通知牧师，据闻春节运动匪首崔玺晶在这附近现身，还请牧师训导信众，密切留意此人。一旦发现，立即抓捕。活捉最好，倘若反抗，击毙也行。"

"我记下了。"

"尚有新增的一件事。我在来的途中，碰巧遇见何牧师派去找文长老的村民。他告诉我，从天上掉下来一个人，掉在了古老寨。他给我看了那件特别的衣服。此事异常，其中定有蹊跷，我必须亲自来一趟，带这个人走。"

"我！"袁乃东朗声说道，声音清越，在古老寨前后回荡，"你说的是我，我跟你走，去见文庆裕。"

第二章　战火绵阳

1 ....

阴沉沉的天终于下起雨来，仿佛一个沮丧了很久的人终于哭出声来。雨淅淅沥沥，带着凉意，扑簌簌地敲打着大地。这是秋雨，不下就不下，一下就降温，一下就下个不停的秋雨。

母亲曾经告诉袁乃东，"一场秋雨一场愁。"作为在火星出生的孩子，那时的袁乃东连什么叫秋天都不甚明了，更不要说"伤春悲秋"了。幸而袁乃东的情绪不容易受天气的影响，于绵绵秋雨中也能坦然处之。

离开古老寨已经五天了。云雾山，连同古老寨的一切，早被抛在了身后，其他的山也被抛在了身后，回望时只见剪影一般的山在地平线上静默着。地形变得平坦，放眼望去，是一马平川。秋雨如影随形，仿佛整个世界都浸泡在这又湿又冷的雨里。

堕落者大多沉默寡言，对恶劣天气毫无抱怨。他们排着整齐的队伍，撑着雨伞在泥泞的路上疾行，奔跑溅起的泥浆像受惊的蝗虫一样飞起又落下。

只有荣神将的话多一点儿。袁乃东发现，只要不提重生教和乌胡鲁，荣神将就是一个头脑清醒、知书达理、和蔼可亲的明白人。他向袁乃东分享了朝圣之路上的见闻。他讲到了沙漠中看到的星星，"那真是别处所没有的璀璨"；他讲到了初次见到大海的印象，"一片永不停息的震颤不已的翡翠"；他讲到了戈壁滩上一座比古老寨大一百倍的城市，"惜乎无人居住，只有无尽的风在其间呜咽。"他特别强调了一种巨大的蜗牛，"古老寨的蜗牛只有指尖大，那处林地里的蜗牛却足有一个拳头那么大，伸出的肉足比人的舌头还宽"，他比画着，"可惜不能吃，吃了要肚子疼。也不知道为什么，疼啊疼的，人就死了。"他还听另外的朝圣者说过一种神奇的生物，"长得像棵仙人掌，却能像猎狗一样奔跑；你以为它是吃人的怪物，可看见人，它却逃得比你还快。然后在很远的地方，发出夜枭一样的笑声，说有多难听就有多难听。可惜我没有亲眼看见它。"

他的叙述简洁、准确，特别喜欢罗列一二三四，思路非常清晰。主要内容之外，没有别的多余的话。即便是讲山海怪谈，也是如此。

他描述的行进路线，与袁乃东记忆中碳族的智人祖先在七万年前从非洲出发，走向亚欧大陆的无数路线中的一条惊人的一致，只是方向相反而已。父亲清醒的时候，曾经给他详细讲过智人走出非洲的故事。那是一场用双脚征服世界的漫漫旅程，艰辛、悠长又壮阔，他非常着迷。有一段时间，他还曾经想过去重走那条路。现在，这个念头再次出现他脑海里。有生之年，他想，我一定去重走智人的迁徙之路。

然而一提重生教和乌胡鲁，荣神将立刻变得狂热、偏执与暴躁，仿佛换了一个人。他讲到朝圣路上哪些信徒曾经帮助过他，"那都是些好人啦！"说这话的时候，荣神将的语气格外像何牧师。他讲到有一个朝圣者被蝎子咬伤了，其他朝圣者拖着他在戈壁滩走了三天三夜，直到一天早上，太阳升起的时候，他欣慰地握着别的朝圣者的手死去，"那些手布满老茧，如同冬天的桦树，但温暖而有力"。说到那些被风沙或者草莽淹没的城市，他一脸鄙夷地说："都是异教徒的居所，我神乌胡鲁降下战争与瘟疫，将他们全部诛杀。只留下一座座废墟，警示万千信众：不信重生教，会有怎样的悲惨命运。"

一名堕落者问："乞力马扎罗山是什么样的？"

荣神将所率领的这一队堕落者中除他外都没有去朝圣过，所以荣神将讲得特别仔细。

"你走在茫无涯际的荒原上，身边没有一个同伴。狮子和猎豹在草丛深处窥视着你；鬣狗的胆子最大，跟在你身后几米远的地方，等着你倒下，它们好大快朵颐。你又累又饿，那种随时会成为盘中餐的感觉困扰着你。你只有一根长棍子可以防身。这不是你出发时带的那一根，那一根在出门后不久就折断了。你已经记不清这是第几根长棍子了。但无所谓了，你用长棍子支撑着走路，挥舞着长棍子吓唬随时可能一拥而上的鬣狗。

"单个的鬣狗胆小如鼠，一群鬣狗却胆大包天。你看见两头雄壮的狮子捕获了一只羚羊，还没有来得及吃，鬣狗群就来了。有的偷袭，有的干扰，有的抢食，很会算计的杂种。三下两下，狮子被逼走，鬣狗们围着羚羊的尸体争抢、吠叫、撕咬。你觉得人生不过如此。恍惚中，你觉得自己就是那死掉的正在被鬣狗啃食的羚羊。手臂和双腿的间歇性疼痛，仿佛是鬣狗的啃食所引起的。

"就在这时，你瞥见地平线上，乌云堆积的地方，有一片金色的亮斑。你心中惊疑，无名的悸动开始在你全身奔涌。风吹云动，亮斑渐趋扩大，露出圆锥形的模样。你突然明白你看见的是什么了。乞力马扎罗山，神之山，所有信徒向往的神圣之地。你开始狂奔，不管是否会引起鬣狗和狮子的注意。前所未有的喜悦在你身体里澎湃，从心脏，一直到四肢百骸。疲倦消失了，饥饿消失了，恐惧不存在了，只剩下一个灵魂在高声地向全世界宣告：那儿，那儿，那就是我要去的地方！"

袁乃东认真地听着，想象着那画面。他未曾有类似的体验，不禁有些许的遗憾。他检索了乞力马扎罗山的资料，这座非洲第一高山确实有其传奇之处，历史上曾经有一艘航天母舰以它的名字命名——这艘航天母舰因在 2077 年的时候炸毁了火卫一而闻名——但也只是一座死火山而已。"那么，见到乌胡鲁了吗？"袁乃东问，"他到底长什么样子？"

各地的十字架上都有乌胡鲁的全身雕像。袁乃东很早就注意到，这些雕像雕的其实不是一个人，彼此之间的差距大得不可思议。而重生教信徒居然视而不见，对着不同的乌胡鲁，照样参拜，也是咄咄怪事。所以，袁乃东有此一问。

荣神将一扫先前的飞扬，脸色变得凝重，"那是世间唯一的真神，不可讨论其形貌。何况，我神乌胡鲁，化身万千，一日数变，形貌并不重要。"

这也许能解释乌胡鲁的雕像为何不同，但袁乃东并不满意，"那见到乌胡鲁的感受呢？你们说话了吗？他对你说过些什么？"

"我知道你从火星来，代表碳铁盟，但在提到我神乌胡鲁的时候，能否不要这么轻蔑？"

袁乃东微微点头，表示明白荣神将的意思。这时，有一名堕落者过来，向荣神将报告前方有异常情况。荣神将命令堕落者分作两队，藏身到路两边的荒草里。

袁乃东凑到荣神将身边，问："有敌情吗？"

"不知道。"

"我知道，我们这一路向北，可不是去转轮宫的方向。要去两江交汇处找文庆裕，得一路向南才行。"

"我不是带你去见文庆裕长老。"荣神将说，"我会带你去见首席堕落者——查尔斯长老。"

这个答案不算意外。重生教有十殿长老，袁乃东见过其中两个，在金星与麻原智津夫交过手，在火星远远地瞥见过大卫肥硕的身影。那么这个查尔斯，会是他见过的第三个长老吗？

前方雨雾中传来沉沉的马蹄声。片刻后，一人一马从雨雾中冲出。"拦住他。"荣神将下令。四名堕落者取下腰间的钉锤，跳出藏身之处，前后围堵。骑马之人并不打算停下来，高举十字架，高喊道："吾乃信使，加急情报，直送文长老，尔等堕落者，赶紧让路！"

堕落者没有退让，舞动钉锤，大声怒喝，在最后关头，强行拦下信使。

荣神将走过去，"吾乃神将，何事如此惊慌？"

信使急忙说："伊凡长老亲率三十万大军，其中八万是骑兵，两万车兵，从北边打过来了。急需报告文庆裕长老，早做准备。"

"什么！"荣神将脸色微变，略为思忖，然后侧身站立，示意堕落者放行。

信使双腿用力，猛抽马屁股，很快消失在茫茫雨雾之中。

荣神将目送信使远去，自言自语道："远古派与全新派的战争，居然提前了。伊凡长老，您到底在想什么呢？"

2 ....

黄昏时分，堕落者在一处名叫安溪的小镇住下。这个小镇规模比古老寨大多了，沿着小镇的边缘，还修建了一系列土墙瓦顶的房子。当地牧师热情地接待了他们。牧师自我介绍，说姓王，能接待荣神将和他麾下的堕落者是他这辈子最大的荣幸。

晚饭的时候，袁乃东等荣神将主持完就餐仪式，就向他打听远古派和全新派的消息。荣神将断断续续讲了一些，再结合自己的观察和资料，袁乃东明白了这两派在理论上的不同。

重生教内部分为两大派，即远古派和全新派。两者的主要分歧在于重生教创立的时间点。远古派认为，天地初生，即有重生教，历史上各种天神都是乌胡鲁的化身，所有教派都是重生教的分支。全新派的观点则相反，认为重生教是神历元年凭空降临世间的，与之前的任何神祇与教派没有一丝一毫的关系，重生教乃是开天辟地第一教，乌胡鲁乃是古往今来第一神。

从服饰上就可以区别两派：远古派崇尚黑色，全新派喜爱白色。原本重生教信徒的服饰有严格的要求，但倘若一个重生教信徒愿意公开自己所支持的派系，就会穿上相应派系的服装。远古派一身黑，全新派一身白。

"如此说来，古老寨是远古派的，而大茅寨是全新派的。"

"何牧师受文庆裕长老的教诲，而文庆裕长老是十殿长老中最坚定的远古派支持者。远古派的许多支撑理论，就是文长老独自提出来的。"

"那么，伊凡就是全新派的？"

"对。"

"那你支持哪一派？"

"堕落者是中立的，哪一派都不支持。"

"也是奇怪。"袁乃东认真地观察着荣神将的表情，"乌胡鲁为什么会允许重生教内出现两个对立的派呢？"

"黑是黑天堂，白是白天堂。黑与白，泾渭分明，又殊途同归，都是我神乌胡鲁的忠实信徒。"

"那伊凡率军南下，进攻文庆裕的教区，又是怎么一回事呢？同是重生教，怎么可以开战呢？"

"因为蝗灾。伊凡的教区遭遇了史上最大规模的蝗灾，铺天盖地的蝗虫将农田和草场啃食得一干二净。数千万信众面临断炊的危险。查尔斯长老去找伊凡长老，正是为了劝说他不要率军南下，劫掠文庆裕长老的教区。伊凡长老麾下有世界上战斗力最强的骑兵，一旦打起来，将势如破竹，谁也无法抵挡。"

"万能的乌胡鲁不管吗？他怎么能允许他的忠实信徒打着

他的旗帜，彼此厮杀！"

荣神将意味深长地望了袁乃东一眼，"我神乌胡鲁万能，但并不慈悲。"

袁乃东就此知道，荣神将有一个巨大的秘密藏在心底。他必须把这个秘密挖掘出来。但荣神将已经警惕起来，将话题岔到朝圣路上的见闻。他说："在乞力马扎罗的半山腰上，有一种生长在背风处的半边莲。在层层叠叠的花瓣中间，刚生出的花瓣团成杯状，盛着一捧清澈的水。这是一件咄咄怪事，当地的天气如此寒冷，可谓是滴水成冰，但这捧水偏偏没有。为什么呢？必是我神乌胡鲁的神迹，没有别的解释。"

荣神将继续讲，在辽阔的寒漠上，密布着山峰状小木屋，鳞次栉比，足有数千座之多，正是供朝圣者歇息的营地。营地周边，遍布一种特别的植物，叫千里木。它们广泛地生长在荒草与岩缝中，一丛丛宛如指向天空的带刺的手指。最高的千里木有四个人那么高。千里木的生长是极为缓慢的，一年只能长半个食指。有人说千里木能活三四百年，隔三十年开一次莲座一般的花，然而谁也无法证实他说的话。千里木叶片硕大，干枯后不会脱落，而是紧紧地包裹着树干。经年累月，千里木犹如穿上一层厚厚的棉衣，足以抵御乞力马扎罗山的严寒。攀登神山的信众砍来干枯的千里木做燃料，照亮了昏暗的营地，也温暖了信众的身体和心灵。"感谢我神乌胡鲁，赐予我们光和热。"他们围着千里木的火堆，一边搓着冻僵的手，一边彼此交流朝圣路上的心得。当身体前面烤得太热的时候，他们就调转身子，让火堆把依然寒冷的后背烤热。

其他堕落者都听得津津有味，不时点头，发出赞许的呃呃声，满脸的羡慕与崇敬之情。袁乃东按捺住自己的好奇之心，专心听荣神将的传教。是的，荣神将并非在讲他的传奇，而是在借机传教，巩固他和其他堕落者对重生教与乌胡鲁的信仰。

夜里，袁乃东和堕落者一起睡在通铺上。王牧师表示抱歉，说条件就这个样子，幸得堕落者们并无怨言。所谓的通铺，就是在地上铺了一层毯子，十多个人直接睡在上面。此前，袁乃东还没有和十多个人睡在一张"大床"上的经验，而堕落者则早已经习以为常。袁乃东早就注意到，堕落者的吃穿住行，都很简约，某些时候甚至还不如普通信众。但他们都默默接受了，因为"艰苦的生活，是修行的重要组成部分。一个连饥饿都无法战胜的人，凭什么相信他在面对更大的诱惑时不会背叛对重生教的信仰？"

深夜，袁乃东听见一个人鬼鬼祟祟地走进房间。说鬼鬼祟祟并不准确，因为在黑暗中，他从熟睡的堕落者中间跨过，没有踩中任何一个人，动作极其熟练。他走到袁乃东身边，蹲下，拍拍他的脸颊。"醒醒。"他说。袁乃东假装被他叫醒，睁开眼睛，看见王牧师的圆脸，还有他戴着的眼镜。

"这是有夜视功能的眼镜？"

"一个小玩意儿。"王牧师说，"有人想见您。"

"谁？"

"崔玺晶，春节运动的领导人，重生教的头号通缉犯。"

"见我有什么事？"

"这个我就不知道了。我只是负责带您过去。我们知道，以您的身手，一百个我们，都不一定是您的对手。我们并无恶意。另外，何子富、何敏萱，也在等您。"

袁乃东用一声"哦"掩饰自己的真实感受，朝沉睡着的堕落者一指，问："他们呢？"

王牧师呵呵一笑，"我在他们的晚饭里加了一点儿佐料，没有毒，但可以保证他们一觉睡到天亮。等他们醒来，发现您不见了，只会认为您自行逃跑，而我，没有任何证据可以证明我来过这个房间。"

袁乃东同意了。王牧师给了他一匹马，告诉他，马儿会带他去指定的地方。夜色深沉，雨已经停了，四野笼罩在黑暗之中，连星星也看不见一颗。袁乃东任由马在泥泞的道路上奔走。半个小时后，他遇到了一个擎着火把、骑着马在路口等待的人。"跟我来。"那人拨转马头，在前带路。又是半个小时无言的奔走，遇到了第二个人。这个人带来了两匹马，前面一人牵着袁乃东骑的马自行离开，袁乃东则骑上第二个人带来的马，跟着他又在黑暗中奔驰了很久。如此这般换了三次马，在天将亮未亮之时，袁乃东来到一个山洞跟前。

一个人站在山洞门前等他。那人个子不高，用一根浅色的发带把蓬乱的头发绑向脑后，戴着一副脏兮兮的眼镜，胡须剪得很短，一根根如短矛，钻出下颌的皮肉。那人相貌甚是粗鲁，说话时却是文绉绉的。"我神乌胡鲁！原来你就是那个从火星来的人。"他说，"我是崔玺晶，等了你大半夜了。"

袁乃东奇怪地问："你不是抵抗组织的领导人吗？怎么也我神我神地说？"

崔玺晶道："我神乌胡鲁，这个词组的用途早就超出了最初的定义，被广泛地用于各种语境。高兴的时候说，不高兴的时候也说；严肃认真的时候说，调侃戏谑的时候说；顺风顺水的时候说，怨天尤人的时候也说。"

袁乃东再一次上下打量了他一番，"你这个样子，根本不像抵抗组织的领导人，倒更像是学者。"

"我有什么办法！"崔玺晶夸张地双手一摊，"难道抵抗组织的领导人都必须长得像抵抗组织的领导人吗？"

"这个倒不是。我对抵抗组织领导人没有刻板印象。"

"我必须重申，春节运动不是什么暴力抵抗组织，不想与重生教为敌，更不想推翻重生教的统治，建立什么后重生教时代的新秩序。我们就是想过过春节而已，元宵、清明、端午、中秋、重阳、乞巧、冬至，这些节日还不在追求之列。"崔玺晶用中指推推眼镜，"重生教一纸禁令，把重生教之外的所有节日全部禁绝了。可你知道重生教有多少节日吗？一年到头，只有重生节，6月6日，共一天。我们就想热热闹闹，开开心心，舒舒服服过一个传统形式的春节而已。"

"挺好的追求。"袁乃东检索到对春节的描述，"吃饺子汤圆，贴春联，放鞭炮，穿新衣。挺好。"

"不准确。有的地方吃汤圆，有的地方吃饺子，地区差异非常巨大。实际上，那是很久以前，资源匮乏时的吃法。后来，资源丰富的时候，过春节什么都吃，汤圆和饺子反而是陪衬。"崔玺晶转身，走进山洞。

3....

洞口仅容一辆车进出，洞内却极宽大，上下各有四五层。四处亮着灯，把每一个角落都照得透亮。看得出，这里原本是一个天然的溶洞——在许多地方还能看到石柱、石笋和钟乳石——后来加以人工改造，使用了大量的聚酯纤维、硅酸钙混合物和低碳冷轧钢筋。

袁乃东忽然间意识到这里与别处有什么不同来，"有电？"

"是啊。"

"自己发的？"

崔玺晶在前引路，走得从容不迫，"下边有一条地下河，河边建有八组水力发电机。"

袁乃东听见了远处水流的声音，发动机运转的声音，各种古老的电器嗞嗞的声音，"你们建的？"

"不是。我查过资料，这个地方，以前叫作绵阳地下城。在一百年前，绵阳是一座有几百万人口的大城市，以核工业著称。2025 年，第一次碳铁之战爆发时，它是铁族的重点打击对象之一。"

这是袁乃东到地球以后第一次听到"铁族"的名讳，他有些惊讶，"你知道铁族？"

"我当然知道。我们叫他们铁族，他们叫我们碳族。历史上已经打过两次大规模的碳铁之战了。"崔玺晶解释说，"2077 年，第二次碳铁之战中，铁族轻松攻下月球，进而威胁地球的时候，地球上修建了数以千万计的紧急避难所。尽管在铁族真打过来的时候，这些紧急避难所就是个没用的摆设，但在当时那种环境下，疯狂修建紧急避难所比不修建要好，至少可以在忙碌中暂时忘记威胁，心理上也能求得一时的安慰。你说是吗？"

"是的。"

"实际上，我们所处的绵阳地下城在那之前好几年就已经建好了，因为当时碳族投降得太快，这些避难所没有派上用场，倒是便宜了四十年后的我们。"崔玺晶挥手指了指四周，"我们就像寄居蟹，失去了建造家园的能力，而这，是我们从前人那里捡来的贝壳。"

到处都有人进进出出，各种肤色，他们说着口音极重的方言。他们穿着各式衣服，颜色虽然比不上火星，但也比重生教倡导的黑白两色不知道要丰富多少倍。见到崔玺晶，他们纷纷向会长敬礼。

"会长？"

"一个称呼。"崔玺晶解释说，"我们这个组织的正式名字叫'我想过春节世界联谊会'。其实，比起会长啊将军啊主席啊总理啊，我更喜欢他们叫我的名字。往这边走。你来得正是时候，我们正准备吃早饭呢。"

袁乃东跟着崔玺晶拐了一个弯，走进一间小屋。屋里有一张八仙桌，围坐着五个人，看见崔玺晶进来，他们纷纷起身问候会长。"都坐下。"崔玺晶说，"这是从火星来的袁乃东，之前给大家说过了。"他们的目光早就集中到了袁乃东的身上，有质疑，有恍然，也有期待。崔玺晶向袁乃东介绍了他们的名字和职务，袁乃东一一记住。负责宣传的魏云神情严肃；专电机组的索朗旺堆少了一根手指；管后勤的冉翠有一张圆如满月的脸；行动队由钟家兄弟指挥，老大沉稳，老二勇猛。

早饭端上来了，是稀粥和一种长条状的油炸面食。

"这叫油条，吃过吗？"崔玺晶问。

袁乃东摇头，"听说过。"

又有一个盘子端上八仙桌，上面整齐地码放着七个鸡蛋。

崔玺晶伸手拿了一个鸡蛋，坐回原处，在桌沿上敲破，剥下蛋壳，津津有味地吃起来。其他几人如法炮制。最后只剩一个鸡蛋，孤零零地搁在盘子中间。这不仅是一次早餐，也是一场测试。袁乃东想。

袁乃东伸出手去，越过鸡蛋，拿了一根油条。"我还没有吃过油条呢。"他说着，把油条的一端递进嘴里，咬下一块，吞了下去。

冉翠问："怎么，你不吃蛋？"

袁乃东解释道："我外婆对鸡蛋有一种奇怪的迷信，认为它是世界上最有营养价值的食物，所以我母亲小时候吃了很多鸡蛋，吃到她对鸡蛋，以及所有的蛋，统统避之不及的程度。后来，我的父母结婚了，父亲跟着母亲一辈子不吃蛋，在我家没有任何蛋和蛋制品。"

魏云说："你父母一定很恩爱。"

"他们吵架的时候也不少。父亲还好，母亲温柔的时候比谁都可爱，愤怒的时候比谁都可怕。"袁乃东又咬了一口油条，赞道，"味道不错，很有韧劲。"

崔玺晶已经吃完了他的鸡蛋，开始专心对付稀粥。

袁乃东把油条放下，腾出手拿起了盘子里的最后一个鸡蛋。"实际上，我什么都吃，并没有什么特别的禁忌。"他说，"我只是不喜欢被强迫。无论是吃，还是不吃，都该由我自己来选择。"

崔玺晶放下碗，"你说得对。然而，仅仅是上个月，就有上万人因为违反禁令而坐牢或被处死。这还是重生教自己宣传的。遍及各地的私刑没有统计在内。你得知道，重生教有三千多条教徒规范哩。违反了任何一条，其惩罚都是极其严厉的。"

崔玺晶介绍说，不同教区的堕落者喜欢的武器不同。有的喜欢用拳头大的铁锤，他们喜欢用这种铁锤把异教徒的每一根骨头都敲得粉碎，彼时异教徒还在呼吸却不能做出任何渎神的举动；有的喜欢短刀，因为在割下异教徒的耳朵和舌头，戳瞎他们的眼睛，以及需要切下他们的头颅的时候，短刀都是极好的选择。还有的教区喜欢用长鞭，好处在于在很远的地方就能对异教徒施加惩罚，无须与散发着丑恶气息的异教徒近距离接触。鞭刑令人印象深刻，而且历史悠久，不管是行刑者，还是受刑者，在执行鞭刑的过程中都体现出一种难能可贵的古典美。所以，为了把这种古典美展现到极致，鞭刑通常不会一次性完成，而是在若干天里逐一完成。比如，受刑者被罚一千鞭子，就会分成一百天行刑，每天十鞭。如果受刑者体质较弱，在受刑的日子中，还可以对伤口进行处理，以保证第二天的鞭刑顺利进行。

"可是，就是这样一个崇尚暴力与惩罚的组织现在统治着地球。"崔玺晶说，"稍微了解一点儿宗教发展史的人都会知道，重生教并不新鲜，并没有提出什么举世无双的新理论新思想。相反，它的教义、经书、仪式、术语，乃至机构架设，都是源自各种已有的宗教。它是无数宗教碎片胡乱堆砌的产物，甚至没有一个完整的体系。但就是这样一个七拼八凑的玩意儿，居然就实现了统治世界的梦想。"

袁乃东曾经和父亲讨论过这个问题，他问："让整个星球的绝大多数人沉湎于一个宗教而不能自拔，是怎样办到的？"

"先让他们绝望，再给予他们希望。"

"这未免太简单了吧？"

"那是因为你没有经历过绝望，所以体会不到希望的珍贵。希望可比钻石珍贵多了。"说这话的时候，父亲无力地躺在病床上，母亲在一旁关切地望着，希望父亲早点儿战胜病魔。

袁乃东给崔玺晶说了父亲的结论，说："但我还有疑惑，总觉得父亲的说法过于简单，事情肯定比这个复杂。满打满算，重生教统治地球不过二十多年，即便是从重生教诞生的那一刻起计算，也不过四五十年。可是人类文明怎么就退化到五百年前，甚至千年前？"

崔玺晶说："你以为人类文明的退化是从重生教开始的吗？你以为重生教信凭自己就能够迅速扩张，进而占领全球吗？根据我的了解，放弃科技、反对智慧、回归自然、回归本性的呼吁从很久以前就出现了，从来就没有断绝过，甚至一次又一次冲击社会主流文化。幸而当时人类文明追求一路向上，所以反智的主张、退化的论调没有能够真正成为主流。这一次因为两次碳铁之战——人类一次惨胜，一次惨败，数十亿人的非正常死亡——彻底动摇了人类文明的精神根基，而重生教生逢其时，正好迎合了当时人类方方面面的心理需求，于是重生教发展就如巨石滚落高山，很快演变成你所看到的现在这个样子。"

有人提醒崔玺晶吃早饭。他端起碗浅浅喝了一口，又说："我还是说说我跟重生教的故事吧。亲身经历，绝不掺假。"

4...

上个世纪末，崔玺晶还是个少年的时候，接触到了重生教。

当时整个世界都处于动荡之中。弥勒会与重生教的战争行将决出胜负。这场旷日持久的信仰之战，用的武器虽然原始，但造成的伤亡与苦难，比起之前的两次碳铁之战，也不遑多让。当时多数人都已经感到厌倦，渴望战争就此结束。很多人的想法是，不管哪一边获胜都可以，别再打了就万事大吉。

当重生教打到崔玺晶的老家时，胜利的天平明显倒向重生教一边。周围的人纷纷加入重生教，崔玺晶也决定加入。

"有什么禁忌？或者说，必须遵守的规则？你知道，所有的宗教都要求人们遵守这个，遵守那个。"年轻的崔玺晶有些担忧，找到安格拉姆牧师询问。

"不用担心，年轻人。加入重生教，唯一的要求就是不准吃蛋。"安格拉姆牧师说，"还有所有的蛋制品。"

这个要求不算高。崔玺晶想了想，自己最喜欢的食物里并不包括蛋，似乎将蛋剔除出去并不影响自己的正常生活。所以，他点头说："好，我加入。"

在此之前，很长一段时间里，崔玺晶一直孤独地生活着。加入重生教，让他感受到了很久都没有感受到的集体的温暖。他隐隐觉得，为了能够融进这个集体，自己愿意付出任何代价。

"单个的人是散沙，没有任何力量。只有团结起来，心往一处想，劲儿往一处使，我们才能变得强大。只有团结起来，我们才能战胜一切困难与危险，实现我们所有的梦想。握紧我的手，我，我们必须团结起来。"重生教的宣传手册这样明明白白地写着，"任何人，不管性别、肤色、年龄、民族、语言和地区，只要你信仰乌胡鲁，把乌胡鲁作为你唯一的真神，乌胡鲁就会没有偏见地接纳你，接纳你成为乌胡鲁这个大家庭的一员。记住，重生教的大门和怀抱，为所有人敞开着。"

关于乌胡鲁，当时有很多种传说。一种广为流传的说法是，乌胡鲁原本是一名程序员，在编写程序时他对这个世界的真实性产生了怀疑。经过数十年艰苦卓绝的探索，他找到了超级程序员留下的"签名"，最终证实：我们这个世界，我们周围的一切，花草树木、日月星辰，我们的喜怒哀乐与悲欢离合，都是一位超级程序员编写的程序。我们——碳族和铁族——生活在超级程序员编写的程序世界里，我们都是一串儿由数字"1"和"0"组成的代码。惊讶与沮丧之后，乌胡鲁不甘心，循着超级程序员留下的痕迹，找到了"创世纪彩蛋"，由此获得了近似于超级程序员的权限。简单地说，乌胡鲁可以随心所欲地对我们这个虚拟世界的底层程序进行修改，干预这个虚拟世界的一切，而我们对此懵懂无知，因为连同我们的记忆，也是可以修改和增删的。在我们眼里，他就是那个可以操控一切的神。

这种说法后来消失了，就像从来没有出现过一样。只有极少数人还模模糊糊地记得它的存在，并且只是把它当作某篇科幻小说老掉牙的创意，与重生教没有任何关系。事实上，有研究者注意到，此种说法的消失，并非自然的结果，而是在乌胡鲁的干预下，在极短的时间内实现的。表面上看是乌胡鲁不喜欢这种说法，"不真实的说法会损害大神乌胡鲁的权威性"；实际上是因为这种说法虽然既不能证实也不能证伪，甚至能使乌胡鲁保持某种神秘性，但它的存在却会导致一种结果，那就是用科学的眼光来看待和分析乌胡鲁。这是绝对不允许的。当然，这是后来崔玺晶叛离重生教才有的想法。

加入乌胡鲁后，崔玺晶才知道自己低估了那条禁令的范围。不准吃蛋，这个"蛋"，不但指任何种类的蛋，鸡蛋、鸭蛋、鹅蛋、鹌鹑蛋、鸵鸟蛋、乌龟蛋……所有你知道的蛋，还包括很多你根本不知道的蛋，还包括所有的蛋制品。

宗教在饮食方面有自己的禁忌，这个不能吃，那个不能吃，只能吃什么，诸如此类。并且它们都有各自的理由。可为什么乌胡鲁不准吃蛋呢？有一次崔玺晶没有忍住自己的好奇心，向安格拉姆牧师提出了这个问题。牧师挠挠头，说："我也不知道。我神乌胡鲁没有解释。"然后他看到崔玺晶疑惑的表情，便伸出弯曲的食指，敲打了崔玺晶的额头，"年轻人，不要胡思乱想，听我神乌胡鲁的没有错。"崔玺晶默然点头，心底却颇为不满。

然后又有传言，说乌胡鲁禁止吃蛋，是和一个女人有关。

据说这是吃早饭的时候，乌胡鲁大神亲口对某位长老说的。但没有任何一位长老承认自己说过这样的话。

又过了几个月，关于为何禁止吃蛋，崔玺晶才听到了一种较为靠谱的说法。

那种说法是这样的：我神乌胡鲁治理下的世界是黑白分明的，而蛋介于有生命与无生命之间，混沌不清，为乌胡鲁所不能忍，因此，乌胡鲁自己从不吃蛋，这也成为重生教的禁忌，能否严格忌蛋，也就成为考验乌胡鲁的信徒们是否忠诚恭顺的重要标志。

此种说法，能够解释一些东西，但崔玺晶还是有一些疑惑，不过，只能藏在心底，不敢再问出口。这个时候的崔玺晶，已经知道不能随便说出心里话。比如，最初说加入乌胡鲁，只需要严格忌蛋，但随着时间的流逝，这样的禁忌越来越多。从饮食到衣着，从说话到礼仪，从婚姻到建筑，一个人生活的方方面面，都被囊括甚至被裹挟进来。其琐碎程度，达到了令人发指的地步。

为什么要有如此之多的禁忌？对此，崔玺晶听到的最接近真实答案的解释是：这样就能把那些混进重生教的异教徒清理出去。所有异教徒都应该被鞭打致死，一个也不要放过。

崔玺晶还听过其他的一些说法：抢劫异教徒不叫抢劫，是让异教徒供养我神乌胡鲁；强奸异教徒不叫强奸，是对异教徒亵渎我神乌胡鲁的惩罚。"我们为什么要那么凶悍与野蛮地对待异教徒？"有人问了这个问题。"为什么你会问出这样幼稚的问题？想不通抄《神之书》去，上面有你想要的任何答案！不要思考，我神乌胡鲁知道一切问题的答案。"他得到了这样的回答。

崔玺晶悄悄地听着，自己思考着。

后来，在一本即将被扔进火里焚烧的禁书里，崔玺晶读到这样几段话：

越是小众的集体越是排他，为什么呢？因为小众一旦倡导包容，就会被大众所吞没，这比一滴水被大海吞没还要容易。所以，小众想要保持独立，必须排他。独立与排他，是一体两面，互相支撑。排他，是小众确立自身价值，团结内部力量，增加成员之间的信任，吸纳新成员，保持与他者的距离（以免被侵蚀与吞没）的主要方式。

具体而言，集体想要存在下去，集体中的所有成员就必须拥有一致的宇宙观、人生观和价值观。对重主教而言，宇宙观就是一切都是大神乌胡鲁的创造物，一切都掌控在大神乌胡鲁的一念之间。作恶造善，皆出自万能的乌胡鲁大神。人生观就是终生侍奉大神乌胡鲁是世间最为幸福的事情；死亡不是终点，不是结束，而是新的更为辉煌璀璨人生的开始，是为"重生"。价值观就是大神乌胡鲁说的都是对的，一切疑问，一切烦恼，一切的一切，答案都在《神之书》里。你若不理解，只能说你的悟性不够，忠诚度不够，抄《神之书》的遍数不够。

事实上，很多信徒的对重生教的理解还到不了宇宙观、人生观与价值观这个层次。他们需要更加具体的指示与引导。于是，穿什么样的衣服，说什么样的话语，吃什么样的食物，住什么样的房子，做什么样的手势，什么时候祈祷，在什么地方祭祀，如何确定与帮助自己人，与什么样的敌人作战……这些涉及生活的方方面面的规定，就在有形与无形中，塑造了信徒的宇宙观、人生观与价值观，在凝聚人心的同时，划定了不同集体的界限。

这几段话解答了崔玺晶的疑问。但他只能把那本书扔进火里，把这几段话记在心里，不敢把自己的想法说给任何人听。

5....

早饭的分量本就不多，桌上可是七个人，所以在崔玺晶说话的时候，所有的碗和盘子都变得空荡荡的了。钟天淼不顾哥哥钟天浩的反对，执意拿走了最后一根油条，魏云则体贴地把最后一点儿稀粥留给了崔玺晶。"头儿，早饭要吃饱。"魏云说。不愧为搞宣传工作的，很普通的话，也被他说得饱含十足的情感。

袁乃东把玩着手心里的鸡蛋，仿佛它是一种有趣的玩具，"你刚才说到烧书？"

"对。在重生教的时候时，我负责烧书。很多有上百年历史的古籍，在我手里灰飞烟灭。起初，在书被烧前我们还要对它的内容进行鉴别，看是否违反重生教的教义，再决定被烧与否。我就是在那个时候，读到了许许多多的书。后来，根本就不鉴别了，只要发现不是重生教的书，就全部烧掉。"崔玺晶补充道。前任堕落者首领桐山满长老主持了全球的烧书运动。他说："倘若书的内容与《神之书》不同，必是异端邪说，烧之大吉；倘若书的内容与《神之书》相同，看《神之书》即可，烧之无害。"于是，烧书运动遽然兴起，又在很短的时间里遽然衰落。因为，书本来就不多，很快就烧到无书可烧的程度了。

"书本来就不多，是因为数字化吧。在量子寰球网兴起后，大量的书被数字化了。"

"对。因为两次碳铁之战，地球上的人类出于对机器的恐惧，掀起了大规模、长时间、遍及全球的破坏机器的浪潮。遭破坏最为严重的，就是各种智能机器，也包括这些智能机器存储的数字书。因此而消失的资料或者信息，不可估量。"

当初把书和各种资料数字化的目的，是为了方便复制、保存和传播，谁能想到，其中竟也隐藏了易于被抹杀的弊端。原本以为会永远存在的量子寰球网会被碳族自行拆毁，而保存在网上的所有信息，也随之消失得无影无踪。袁乃东不禁想道：铁族决定的内卷，实际上就是升级版的数字化，内卷的优势非常明显，但缺陷也如浓雾中的红色灯塔那样耀眼。碳族将是铁族内卷后最大的威胁。单纯从逻辑上讲，在内卷之前，灭绝碳族，是铁族经过繁复的计算，能够得出的唯一的也是最好的结论。

"何家妹子给我说过她在云雾山祭拜的对象，我猜那应该是某种化石。你瞧，不过几十年的时间，人们连化石都不知道了，还把它们当成神迹来祭拜。"

"是一头璧山上龙的化石，嵌在岩壁上，保存得非常完整。"

"你为什么没有告诉何家妹子那是璧山上龙的化石呢？"

袁乃东出现了前所未有的犹疑，他难以回答这个问题。为什么呢？为什么不告诉何敏萱她祭拜的是化石而不是什么神的遗迹呢？

崔玺晶没有追问，而是很配合地把话题移开，"若是一百年前的人畅想未来，说一百年后连春节都没得过，百分之百会被批评缺乏想象力，是退步思想在作怪。然而，我们的现实是，不但春节，连别的一切节日统统不能过。史书上记载，我们的先辈们过春节都过腻了，总是抱怨年味越来越淡，对过不过春节也越来越觉得无所谓了。没有几个人觉得那是多么重要的权利。谁能料到，一百年后，为了能过一个简简单单的春节，还得抛头颅、洒热血，用宝贵的生命去换！"

崔玺晶继续讲道："正如你所说，我们所要争取的，不只是吃蛋的自由，也还要争取不吃蛋的自由。不能用不准不吃蛋，取代不准吃蛋。不能用简单粗暴的一刀切的禁令，取代另一种简单粗暴的一刀切的禁令。这样下去，我们迟早有一天会变成我们当初所痛恨的对象。是的，各位会员，请牢记这句话。"崔玺晶强调道："我们争取的，不只是过春节的自由，还有不过春节的自由。"

最后这句话引发了所有人的共鸣，大家纷纷点头表示同意。

袁乃东拇指用力，将蛋壳捏破，剥干净，分成两半，在众人探询的目光里，先吞下一半，再吞下另一半。"味道不错。"他评价道。

"欢迎加入春节运动。"崔玺晶说，"我要过春节。"

魏云冲袁乃东炫耀性地说："我要过春节。"

钟天森敲着桌子吼道："我要过春节！我要过春节！"

冉翠乜了崔玺晶一眼，说："我要过春节。"

索朗旺堆双手合十，虔诚地说："我要过春节。"

崔玺晶与钟天浩都看着袁乃东，期待着他说出同样的话。袁乃东左右看看，说："我要过春节，我还要过元宵、清明、端午、七夕、中秋、冬至。我希望每一天都过节。就像我父亲说的那样，过节嘛，就是找一个理由让自己和周围的人乐和乐和。我希望每一天都乐和乐和。"

钟天浩颔首道："我也希望这样。谁不希望每天乐和乐和啊？"

袁乃东说："不过，我现在最希望的，是见到何家兄妹。想必他们有很多话想对我说。"

在一间小屋里，袁乃东如愿见到了何家兄妹。几天不见，何子富竟瘦了不少，面带悲戚，显然还没有从丧妻与丧子的双重悲痛中走出来。何敏萱坐在床边，双手撑着床沿，微微咬着苍白的嘴唇，一副失魂落魄的样子。袁乃东问他们为什么会在这里。他们你一言我一句，把袁乃东离开后发生的事情说了个清清楚楚。

原来，袁乃东跟着何子荣离开古老寨之后，还有人惦记着何敏萱淫祭的事情，要求何牧师大义灭亲，向文庆裕长老上报此事，严肃处理何敏萱。"古老寨危矣。倒下了一个狼蜥兽，我神鸟胡鲁还会派出千万个狼蜥兽。"此人说得言之凿凿，仿佛这件事情已经发生。他还得到了好多村民的支持。

何子华找到何子富，要他带着幺妹儿离开古老寨。"这样做，既能保护幺妹儿，又能保护古老寨，一举两得。何乐而不为呢？"他这样劝解道。何二哥是个粗人，会用"何乐而不为"这样的词语，只能证明这话是何牧师教他的。当时，何子富心痛欲死，在家里见到的每一样物件上都有堂客的身影，听到何子华的建议，他觉得不失为一种摆脱目前困境的办法，"况且这也是老汉儿的意思"。

他们又去和幺妹儿商量。何敏萱踌躇了片刻，也没有别的办法，说了一句"我还能怎么样"，就同意了三哥和二哥的建议。两人收拾一番，当天夜里就离开了古老寨。出了古老寨，两人才想起，世界或许很大，但他们要去哪里，却是不知道的，顿时生出无限感叹来。何敏萱从来没有出过云雾山，何子富最远也就到过文长老那位于两江交汇处的转轮宫。偏偏在这个时候，又下起了无边无际的秋雨，令愁闷的心更加愁闷。何敏萱提议去找文庆裕长老，但何子富否定了这个提议，"那不是去找死吗？"

"也是我们运气好，碰见了春节运动的哨兵。他认识二哥。我们说了自己的情况，他就带着我们来到了这里。"何敏萱说，"我还以为再也见不到你了。"

说完，少女一扫刚才的失魂落魄，扬起清澈的目光，热切地直视袁乃东。那个明净、清爽、执着又隐藏着野性，山泉般的少女回来了。袁乃东装作没有看到少女的眼神，转向铁匠，"铁匠，你曾经告诉过我你的一个发现。你在铁砧上打铁，窗户下挂着的铁块也会发出声音，这个现象叫作共鸣，是一种很常见的物理现象。"

"共鸣效应。"何子富道，"崔玺晶已经说过了。"

"但我不知道为什么当初你报告你的发现后，会先得到表扬，后得到批评。"

"崔玺晶解释过了。"何子富道，"崔玺晶说，表扬我的是何牧师，因为我的发现跟重生教的传教方式有契合一处。上报后批评我的，实际上是文庆裕。因为文庆裕作为十殿长老之一，他知道，共鸣效应有助于他宣教，而如果我知道共鸣效应，会降低他的权威性与神秘性。更可怕的是，共鸣效应只是起步，它提供了与重生教不同的解释世界的方式，一旦开了这个口子，信众中的一部分就会用科学的眼光看待这个世界，进而重新发展出科学。而这显然与重生教的追求是相悖的。"

"是这个理。"袁乃东颔首说道，"崔玺晶曾经是重生教教徒，又与重生教为敌多年，对重生教的理解远高于我。看来，数据库里的东西已不能解释一切现象，需要更新了。可惜没有网络。"

他又转向何敏萱，"你在云雾山上祭拜的那个遗迹，不是什么神制造的，而是化石，远古动植物留下的残骸在地层中历时亿万年变化而成的。化石数以千万计，你祭拜的那个叫作璧山上龙。"

"璧山上龙，我记住了！"何敏萱兴奋地说：

"在此之前，我之所以没有告诉你们共鸣现象和璧山上龙的事儿，是因为当时我觉得太过复杂，一时半会儿解释不清楚。这涉及太多太多的基础知识。我嫌麻烦。正如何敏萱对我说过的那样，对古老寨，甚至对整个地球而言，我只把自己当成匆匆过客，完成了碳铁盟交给我的任务我就会离开。所以，非常抱歉。"

"你现在不就告诉我了嘛！"何敏萱说，"我跟冉翠姐说好了，她教我识字。我一定好好学。我，我要做一个有知识的人。"

"幺妹儿很努力的。"何子富说。

"何敏萱，还有一件事我必须跟你说清楚。我不想伤害你，但是——"袁乃东说，"——我有喜欢，不，是爱，爱的人了。"

"好，好啊，祝福你们。"何敏萱起初还想努力控制情绪，但场面话一说完，她就脸色骤变，低下头，夺门而出。

何子富盯着袁乃东，隔了片刻，说："为什么要这样做？你不知道，一个从天上下来的人，干净、俊朗、神秘，对一个少女有多大的诱惑？你这样对幺妹儿是不公平的。"

"那你告诉我，我怎样做才算是对她公平？给她可以继续下去的希望，然后又用现实把这希望掐灭？"

"你不明白，拒绝本身就是一种诱惑。"

"不，我明白。"

在所有问题上袁乃东都有充分的自信，即使一时半会解决不了，假以时日也百分之百可以解决。

——除了铁红缨。

铁，原子序数为26，位于元素周期表第四周期，第Ⅷ族。

红，在物理学的可见光频段中是频率最低、波长最长的光，衍射能力与穿越障碍物的能力最强。

缨，是古代女子许嫁时所系的一种彩色带子。

都是普通至极的字。

然而三个字组合在一起，铁红缨，就变成一个明眸皓齿、顾盼自若、精明强悍的女孩子。她的哭，她的笑，她的霸道，她的率真，她的坚强与软弱，她的风风火火与大大咧咧，她的梨花带雨与雷霆万钧，都让他沉醉其中，难以自拔。

他又能怎么办？

6....

午饭过后，崔玺晶派人过来找袁乃东。他在一个路口等着，看见袁乃东过来，就对袁乃东说："想随便过节，眼下就有一个机会。"他脸上有压抑不住的激动。

"什么机会？"

"跟我来。"

袁乃东跟着他在绵阳地下城里七弯八拐，离开众人，猫腰钻过了一条长长的甬道，最后推开一扇门，出了地下城。外面是一条浅浅的山沟，中间一条石板路，两边都是密密的楠竹。"不知不觉，已是深秋。"崔玺晶感叹着走上了石板路，走进秋日温暖的阳光里。

石板路密布青苔，说明很少有人走。袁乃东踏脚上去，留下一个浅浅的足印。四周极为平坦，密布绿色的植被，一切都在灿烂的阳光下铺展着。有风吹过，带来秋日的凉意。

"你刚才说，有什么机会？"

"乌胡鲁已经连续六个月没有发出敕令，这很不正常。"

"为什么这么说？"

"乌胡鲁喜欢发布敕令，隔三岔五，就会发布。这个敕令通常很短，内容有时候很空泛，空泛地要求所有信众要对重生教忠贞不贰；有时候又非常具体，具体到某一处道场的十字架摆放的角度不对。一年下来，乌胡鲁要发布好几百条敕令，所以我们有人说乌胡鲁发布敕令上瘾了。但这一次，乌胡鲁连续六个月没有发布敕令。"

"你在暗示什么？"

"重生教内部并不像它宣扬的那样团结如一，除了公开的全新派与远古派之争，各大长老之间也是明争暗斗，纠纷不断。"崔玺晶举了一个例子：麻原智津夫死后没有重生，乌胡鲁又没有任命新的长老，于是，麻原所管辖的教区就成为大卫和徐永泽两位长老争夺的对象。徐永泽技高一筹，联合"傻瓜"克莱门汀，瓜分了麻原的教区，甚至把麻原的阎罗宫据为己有。忙活了半天，一无所获的大卫恼羞成怒，派遣特别行动队暗杀徐永泽和克莱门汀，却被查尔斯长老逮了个正着。这就是他为什么会逃到火星的原因。"

"我在火星远远地见过大卫。他试图招降火星弥勒会，却死于弥勒会的内乱。"

"又一个未能重生的长老。"

"麻原死在了金星，大卫死在了火星，未能重生……十殿长老在重生教的地位仅次于教主，重生的权限肯定非常高，那他们都重生过吗？"

"邦妮和克里多尼娅都重生过，查尔斯重生过两次，克莱门汀也重生过。有未经证实的传闻说，她变得傻乎乎的，就是因为重生出了故障。"

袁乃东说："伊凡已经率领三十万大军南下，其中八万是骑兵，两万车兵，攻打文庆裕的教区。这应该也不正常。"

"我已经收到这份情报。伊凡。"崔玺晶介绍说，十殿长老个个堪称怪物，而伊凡乃是怪物中的怪物。他有两种形态。一个叫伊凡诺维奇·伊凡诺夫。这个时候的他通红的眼睛放射出骇人的精光，对所有人都怒目而视，仿佛每个人都是赤身裸体的一样。另一个叫伊凡诺芙娜·伊凡诺娃。这个时候的他表现得像是纵欲过度，像没长骨头似的，浑身瘫软，所有的组织和器官都呈现分崩离析的状态。他自称身体里住着两个迥异的"灵魂"，一个主张禁欲，一个主张纵欲，也是非常神奇的事情。崔玺晶最后说："长老们彼此有仇有怨，但解决之道，也限于小打小闹。像这种大规模战争，还是多年以来第一次。"

"这说明什么？说明乌胡鲁已经失去了对长老的控制？"

"你还真敢想啊。可惜我们对重生教高层现在变成什么样子，还一无所知。"崔玺晶点头说道，"所以，我有一个任务想要交给你：查清楚重生教到底发生了什么事情。"

荣神将光头光脑的模样滑过袁乃东的脑海，他藏着的秘密多半与此有关。"没有问题。"他答道。他本身对这件事感兴趣，而且这个任务，多半可以与碳铁盟交付的使命合并。"树大分权，人多分家。我相信重生教也不会是铁板一块，你得自己判断，哪些是可以争取的，哪些是不可以争取的。"临行前，父亲如此嘱托。查清楚重生教到底发生了什么事情，没有问题。问题在于远古派与全新派，哪一派值得争取……袁乃东不禁思索起来。

"会长，你听！"袁乃东停下了脚步。

"听什么？"

"有大批骑兵正往这边疾驰而来。"

崔玺晶皱起了眉头，"我什么都没有听见。"

"我听见了，相信我。至少一万骑兵！"

"我相信你。我知道你不是普通人……伊凡的骑兵部队？"

"对。"

"但愿只是路过。伊凡的骑兵部队是当世第一，无可匹敌。"崔玺晶说，"可我们不能抱有这种不切实际的幻想。"

两个人转身，跑了两步，袁乃东却停住了，"会长，你先回绵阳地下城。那里需要你指挥。我到别处看看。"说完，袁乃东也不管崔玺晶，调转方向，离开石板路，钻进了左侧的楠竹林。

楠竹长得密集，叶子遮天蔽日，根本没有路。袁乃东以最快的速度在楠竹的缝隙间穿行。呜呜，呜呜，远处不祥的号角声持续响起，夹杂着爆炸声、呐喊声与马蹄踩踏大地的声音。等他钻出楠竹林，已经来到小山的岩石顶上。此时，太阳高照，四野敞亮，袁乃东把对光线和声音的敏感度调到最大，瞬间将方圆数十平方千米的一切以立体的方式呈现在脑海之中。

前来进攻的一万多伊凡骑兵装备精良，分工明确，训练有素：一队队枪骑兵全身覆甲，手持三米长枪，结成锋矢阵型，如锋刀般劈入春节运动原本就薄弱的阵营；刀骑兵于侧翼随着枪骑兵前进，手起刀落，砍杀被破阵之后暴露在侧翼的会员，一刀下去，借着马势，砍了就走，绝不停留；弓骑兵在视野外围疾驰，对整个战场形成包围之势，同时用弩弓射杀企图出逃的会员。

春节运动的会员从绵阳地下城的各个洞口涌出，仓促应战。他们武器比古老寨的村民高两个等级，是批量生产的制式金属武器，作战也算勇武，无奈对手太过强大。骑兵对步兵的绝对优势显现无疑。春节运动这边也有轻骑兵，在队长钟天淼的率领下，果敢出击。可惜数量太少，形不成对等的战斗力。两个反冲锋下来，轻骑兵不是死于长枪，就是死于弯刀。很快连同队长钟天淼在内，春节运动的轻骑兵全部壮烈牺牲。

伊凡骑兵继续扫荡，春节运动已经被彻底压制住，剩下的会员只在七八个山丘上，依托战壕和碉堡，做困兽之斗。钟天浩指挥手下从绵阳地下城拉出两门速射炮，疯狂射击。这将战斗从十二世纪的步骑对抗提升到二十世纪的热兵器时代的同时，也暂时遏制住伊凡骑兵的进攻。

在视野尽头的一块坡地上，旌旗招展，数百翼骑兵列阵站立。从马身到骑手，都覆盖着防弹纤维编织成的软甲。每名骑手的背上插着五面绣着白头海雕的旗帜，头盔两侧也竖着白头海雕翅膀一般的标志物。他们的装饰极为华丽，泛着令人瞩目的金色，与周围的黑白两色形成了鲜明的对比。最关键的是，翼骑兵装备着长柄电热突击步枪，比刀骑兵、枪骑兵和弓骑兵的冷兵器不知道先进多少年。

毋庸置疑，他们护卫着的，一定是大人物。

袁乃东激活了体内的能量源，所有的活体金属细胞纷纷点亮，进入战斗状态。他跳下岩石，沿着陡直的山坡，一路向下疾行，眨眼之间就来到平地。

一个刀骑兵出现在他眼前。

那人骑在栗色大马身上，人马一体，显得异常高大。他身穿黑白异色的教服，外套轻型锁子甲，没有戴头盔，胸前的护心镜如满月一般显眼。他左右两手各自举着月牙一般的长柄弯刀。弯刀上有红色的血，显然已经收割过生命。看见袁乃东，他拨转马头，直冲过来。

大马四蹄腾踏，疾驰如飞。那人蓄着山羊胡，嘴里发出啸叫，眼睛里放出兴奋的光芒。长长的卷发披散在脑后，随着大马的疾驰而波浪一般起起伏伏。

刀骑兵平日里都是人马合一，凭借着优势的冲击力在侧翼冲击锋线。等敌人乱了阵脚，惊慌失措地择路而逃时，他们会从后面追上来，从背后给出致命一击。然而，袁乃东没有害怕，更没有闪躲，而是一挪步，站在到大马的冲击路线上，左手快速伸出，闪电般按到了大马的额头上。大马咻咻地叫着，止住四蹄，速度之快，竟将马背上的刀骑兵掀落在地。

袁乃东翻身上马，拨转马头，向着翼骑兵所在的山坡冲去。

7...

起初，没有伊凡骑兵注意到袁乃东的冲锋。他拣了两柄锋利的长枪做武器，只在必要的时候出手，通常是一击致命，绝不恋战。他的目的肯定不是杀死更多的伊凡骑兵。他纵马疾驰，突破三道防线后，终于有指挥官注意到这一异常情况。几声短促的号角声响起，他成了众矢之的。两队弓骑兵奉命切入战场，狙击袁乃东。两次攒射，把袁乃东坐骑变成了刺猬。他能看见箭矢的飞行轨迹，提前做好躲避的准备，可惜他的临时坐骑却不能很好地按照他的指令行事。在战马倒下的瞬间，他不得不跳开，然后靠双腿奔跑了一段距离，直到下一个枪骑兵把他的战马送上门来。

如此这般换了三次战马，袁乃东已经穿过整个战场，抵达翼骑兵所在之地。外围的一队翼骑兵出阵迎敌，剩下的翼骑兵聚得更紧。透过林立的旌旗，袁乃东看见了他们簇拥护卫着的那个人、重生教十殿长老之一、堕落者的最高领导人、脑袋光滑如同卤蛋的查尔斯。

身后的两队弓骑兵紧追不舍。袁乃东做了一个向左突击的假动作，诱使他们再一次攒射，箭矢越过袁乃东的头顶，向出战的翼骑兵飞去。这些箭矢并没有对翼骑兵造成实质性伤害，大部分射到了地上，少部分射到了翼骑兵身上，但坚韧的防弹纤维保护了骑手和战马。

随着指挥官的口令，基本站成一条直线的翼骑兵们端起手中的电热突击步枪，集体射击。金属做的子弹咻咻地破空而来。袁乃东不无惊讶地发现，只有少量子弹是射向自己，其余的都是奔弓骑兵而去。只一轮齐射，尾随袁乃东的两队弓骑兵就尽数扑倒在血泊之中，偶尔有命硬的战马挣扎着想要起来，也立刻被补上一枪。

袁乃东此时的战马受了伤，几个趔趄，差点儿把他掀落。他双腿夹紧马腹，俯身抱住马的脖子，迫使它转向他希望的方向。那个方向，会使翼骑兵误以为他要逃跑。这个时候，他距离翼骑兵已经很近了。瞅准时机，他双手在马背上一撑，飞上了七八米高的半空。这一远超常人的举动，吸引了所有骑兵的目光。他轻舒双臂，准确地落到了并排而立的翼骑兵队伍的侧面，双掌齐出，拍在最远侧那匹战马身上。那匹战马立刻横着飞了起来，撞中了第二匹战马，第二匹战马倒下，撞中了第三匹战马……犹如多米诺骨牌一般，这一列十多匹战马连同它们驮着的骑兵，全都狼狈地倒下，失去了继续作战的能力。

袁乃东的情绪没有任何波动，转向翼骑兵团团围住的核心。还是没有看到伊凡的影子，不知道这位十殿长老兼伊凡骑兵最高司令官去了哪里。现场如此吵闹，数万人马生死搏杀的声音震耳欲聋，袁乃东将其他人做了背景化处理，把查尔斯的图像和声音单列出来。

处于翼骑兵的重重护卫之下，查尔斯可没有安静地坐着，他躁动不安地走动，指天骂地，不是斥责弓骑兵是蠢货，就是怒骂翼骑兵愚不可及，没有一刻消停。他的脑袋光秃秃的，既无头发，也无胡须，连眉毛都没有，宛若一颗刚出锅的卤蛋。这是他没有表情变化的时候。一旦开始说话，他的腮帮子就如鼓风机一般剧烈翕动，而前额立刻涌现出十来道深如东非大裂谷的皱纹，就像一颗正在生气的卤蛋。

现在，袁乃东与这颗"卤蛋"只有不到两百米的距离，但中间隔着两百名翼骑兵。他俯身从地上捡起一把长柄的电热枪。这种枪的全称是电热化学突击步枪，用电来加热等离子体，推动弹丸毁伤目标。这本是从弹药枪到电磁枪的过渡性武器，在别的星球早就被淘汰了，在地球上却偏偏成了最重要的装备。他举起电热枪，稳稳地瞄准了翼骑兵护卫着的查尔斯。

他没能扣下扳机。

空气突然变得灼热，还没有判断出原因来，他已经被一束灼热的光流击中。实际上，应该反过来说，他先被光流击中前胸，然后才感觉到空气的灼热。是那光流使他的感官出现了错误。

袁乃东跌落在地。

翼骑兵分出来一条路，一个骑在马上的人出现了。不是别人，正是荣神将。他身着神将制服，怀里抱着一种大得出奇的银白色武器。

"热熔枪？你怎么会有热熔枪？"袁乃东一边检查自己的伤情，一边用提问来拖延时间。

"这才不是什么枪，"荣神将一本正经地反驳，"这是法宝，唤作'毁天灭地一霹雳'，由我神鸟胡鲁以无边法力加持，专门用来对付你这样的魔鬼。"

荣神将策马来到袁乃东近旁，将毁天灭地一霹雳对准袁乃东的额头。"投降。"他说，"快。"这时的何子荣，宛如换了一个人，先前的儒雅清秀荡然无存，白皙的脸上泛着兴奋的潮红，嘴里不受控制地把"投降"两个字又重复了好几遍。仿佛，这两个字能够带给他无尽的快乐。

"你知道吗，你手里边的不是什么法宝，而是热熔枪，一种威力巨大的武器。一般是装在战舰上的，叫热熔炮。能量足够大的话，可以把这个战场全部蒸发掉。你手里边这个单兵用的，倒比较少见。"袁乃东挣扎着说。

"你在拖延时间。"

系统自检结束。虽然衣裳尽毁，半个身体烧得焦黑，幸而总体没有受到太多的损坏。"我很好奇，发射一次需要的能量可不少，你这个什么法宝刚才发射过一次了，还能发射几次？从这次发射，到下一次发射，又需要多久的准备时间？"

"别人被毁天灭地一霹雳击中，早就灰飞烟灭了。你确实非同寻常，不但没有死，还能正常说话。不过，瞧你眼下的情况，你还能挨几次轰击？"

"我想，我可以……"

话未说完，袁乃东已经从地上跳起，左手快速伸向热熔枪，似要从荣神将手里夺取它。荣神将情急之下，移动枪口，扣动扳机，光流喷涌而出，将袁乃东整个笼罩住。

然而，袁乃东的夺枪动作乃是幌子。他的左臂自肩膀处脱落，飞向荣神将，荣神将慌乱中射中左臂，而袁乃东已经借势跳开。等到荣神将意识到自己只是熔解了一只手臂时，袁乃东离他的距离已是一箭之地；再找，却已是无影无踪。

荣神将的一切反应，都在袁乃东的算计之内。舍弃一只手臂，也是逃生所必须付出的代价。他高速逃离那里，虽然狼狈不堪，但没有性命之忧。

战事已经趋近尾声，春节运动的抵抗几近消失，伊凡骑兵四处逡巡，打扫战场。天色暗淡下来，红日倚在平滑的地平线上，渐渐下沉，只把西边的鱼鳞云染成了血一样的艳红。

袁乃东启动潜行模式，如百变章鱼一般，改变着自身的颜色，一边行进一边将自己与背景融为一体。没有伊凡骑兵发现他的行踪。他上山又下山，钻出楠竹林，回到先前那条浅浅的山沟。踏上石板路，他取消了潜行模式，又走了一段路，忽然听见一个关切的声音："你总算回来了。崔会长说，你是从这个门出来的。"

何敏萱从楠竹林的阴影里走出来，脸上是掩饰不住的兴奋。

"他们呢？"

　　"有的逃走了，大部分死了，好可怕。"

　　"你怎么不跟他们一起逃走？铁匠呢？崔玺晶呢？都死了吗？"

　　"我不知道他们去哪儿了。我在这里等你。"

　　"有什么用啊，傻瓜？外边在打仗，除了送死，你还能干什么？"

　　"我知道，我知道我傻……你受伤了！"

　　"问题不大。"

　　"你的左手呢？"何敏萱冲到袁乃东近旁，近到远远小于正常社交距离的程度。"这不可能！"她的尖叫充分说明了她此刻的心情。

　　袁乃东的左臂连同衣物已被热熔枪完全烧毁，此刻何敏萱却看见他的左臂正在以肉眼可见的速度生长着，已经长到肘部，末端还有一只手的雏形。显然用不了多久，他的左臂将完全长出来，跟先前的一模一样。分裂成为大小不同、形状各异的功能细胞，再汇集成组织和器官，本来是活体金属细胞的基本功能，断肢再生不过是其中最普通的本领。在袁乃东看来没什么值得炫耀的，可在何敏萱眼里，这就是"神迹"。

　　"你已经看见了。"

　　"怎么可能？"

　　"你还不明白吗？我根本就不是人。"

　　"在我眼中，你一直都不是人。你是神！"

　　"我不是神！不是碳族，也不是铁族！"袁乃东急躁地说，"我是活体金属细胞的集合与涌现！"

　　这话显然超出了何敏萱的认知水平，她只是瞪大了眼睛看着袁乃东生长着的左臂。

这时，上方有什么吸引了袁乃东的注意力。他仰望长天，黑烟滚滚的暮色之中，一条细细的红线滑过天穹。那是一艘正在降落的星际战舰。

那艘星际战舰他曾经见过。那是两年前的金星战役中，唯一幸存的狩猎者战舰——"奥蕾莉亚号"。

8...

袁乃东顿觉所有的活体金属细胞都在发热。这不正常，宛如染上了某种超级金属病毒。这不正常。不，这事儿从来就没有正常过。"铁红缨"三个字在他心底与嗓子眼同时跳动。他正在失去控制。他不该失去控制。他应该超级理性，超级冷静。当所有的推演模型都指向一个悲剧结果的时候，我为什么还要去做这件事？但他无法控制自己。即将失去控制这件事，让他又恐惧又欣喜。于是，活体金属细胞们一起躁动起来，活跃起来，涌现起来。

能量源全力工作，袁乃东奔跑起来，向着"奥蕾莉亚号"降落的方向。速度之快，前所未有。他像猛扑的猎豹，像出膛的炮弹，像发射的火箭，像这样又像那样又或者什么都不像，就是袁乃东自己。他一跃数十米，在树梢、山巅、岩石上借力，有时用脚，有时用手，一蹬一按，就又是数十米。在空中，身体最大限度地收缩，以减少空气阻力，落地时又最大限度地舒展，以抵抗万有引力的诱惑。

他要追赶的是降落中的狩猎者战舰，速度不快可不行。

如此狂奔了七八千米，依然没有看见"奥蕾莉亚号"。似乎哪里不对。袁乃东没有停下脚步，一边继续狂奔，一边回望"奥蕾莉亚号"在黯淡的天空中留下的蜘蛛丝一般的细线，再一次计算它可能降落的地方。没错，"奥蕾莉亚号"就该这里降落，可是，为什么没有看见呢？袁乃东终于停止了狂奔，疑惑地眺望西南方向的天空。难道它没有降落？而是与地球擦肩而过，再一次飞回到轨道？

袁乃东暗骂自己愚蠢，并为自己刚才的失控感到几分愧疚与后悔，同时又有几分庆幸。见到铁红缨，第一句话该说什么？他想，好久不见么？铁红缨又会怎样回答？她会说同样的话吗？

他试图想象那样的场景，却想不出来。在原处驻足了一会儿，他往回走。速度自然是慢了许多。天已经黑尽了，厚厚的云层遮蔽着天空，只有少数晶莹而顽强的星星在云隙间闪闪烁烁。风很冷，吹在他的脸颊上。他伸直左手臂，尽力张开手指，任凭空气在指缝间流动。又把手掌收回到眼前，仔细观察它有无变化。这条刚刚"长"出来的手臂，让他有些许的陌生感。不过，下一次伸手去感受空气的流动时，陌生感已经如愿消失了。

远处传来一连串异响，把袁乃东从个人的小情小绪中惊醒。数十颗火流星一般的炮弹，一边飞一边发着光，沿着一条长长的弧线，从他头顶上两三千米的空中并排着滑过。炮弹所过之处的夜空被暂时照亮。弧线的一端是南边的一列小山，另一端是离白天的战场稍远的地方。这些硕大的炮弹，并没有直接落地爆炸，而是在距离地点三四十米的空中减慢了速度，然后弹头爆开，向着地面喷出数十道白里带红的光流。这光流呈伞状铺开，覆盖了数十平方米的土地。它们极为黏稠，一沾地面，不管是什么，立刻燃烧起来。

"啊，白磷弹！"袁乃东忍不住叫出声来。

数十颗白磷弹当空喷出数十道伞状光流，地面转瞬之间化为火海。楠竹、松树、茅草，本就是易燃之物，此刻都在火海里噼里啪啦地烧着。烈焰照亮了大地，滚滚浓烟升上天空。在烈焰与浓烟里挣扎的，还有伊凡骑兵。毫无疑问，数万伊凡骑兵的临时营地才是此次袭击的主要对象。在刚刚取得剿灭春节运动的胜利之后，他们毫无防备，而下手的人只可能有一个——文庆裕。

在白磷弹向地面喷射的时候，袁乃东已经开始奔跑。烈焰熊熊，浓烟滚滚，于他都没有影响。文庆裕的部队发动第二次攻击的时候，他已经跑到了刚才与何敏萱分手的小山沟。这一次的炮弹轨迹，与先前明显不同。显然是经过精心的计算，确保第二次攻击的是第一次攻击没有攻击的目标。风助火势，火海的面积眨眼间扩大了一倍。

何敏萱并不在原处。袁乃东紧张地搜索了一番，从一些蛛丝马迹判断出在他离开后这里又发生了一些事情。现场混乱不堪，具体情况难以分析。他唯一敢肯定的是，何敏萱又回到了绵阳地下城。

第三次攻击到了。这次的攻击距离更远，说明是在阻截意图逃出的伊凡骑兵。袁乃东不想去想象骑兵们拼命奔逃却不得不葬身火海的场景。山沟两旁的楠竹林早就烧着了，他踌躇了片刻，跑向了地下城的入口。

入口紧闭着，却在他即将抵达时从里边打开了。"快，快进来！"冉翠在门内喊着。待袁乃东进去，她反手关上了门，把漫山遍野的火关在了外边。

甬道亮着冷光灯，空气也不灼热，也没有浓烈得散不开的焦煳味。十来个人或坐或躺，都无精打采的，多数还带着轻重不一的伤。"就剩这点儿人了。"冉翠沮丧地说，"绵阳地下城的主要部分都被占领了。"

"崔玺晶呢？其他人呢？"

"不知道。最后一次见到会长，他正在组织突围。魏云失踪了，钟天淼牺牲了。还有钟天浩，钟天浩也没见着，不知是生，是死。"

前面突然传来何敏萱的哭泣声。这让袁乃东稍稍有些安心。他疾步跨过去，却见甬道旁的一个房间里，何敏萱蹲在地上捂脸痛哭。在她面前，躺着一个满身是血的人。应该是一柄长枪，从他的后背刺入又拔了出去，留下一个伤及肺腑的创口。那人是铁匠何子富。他紧闭双眼，已经死去。

这事儿太过突然，袁乃东急切地问："发生了什么事？"

何敏萱松开捂脸的手，站起身来，眼神一改之前的稚气，变得凄厉而决绝，"就在刚才，你丢下了我，我在原地等你，转身就遇到一个骑兵……如果不是三哥及时出现，拼死护卫，我恐怕早就死了。三哥他……他却……"

"我很抱歉。"

"不，不是抱不抱歉的问题。"何敏萱盯着袁乃东，盯着他失去后又重新长出来的手臂，"你不明白，你从天上来，是无敌的超人，是不死的战神，不管面临多么巨大的危险，你都会毫发无损，从容凯旋。然而三哥不是，他是血肉之躯，他会受伤，也是会死的！"

"你说得很对。"袁乃东说，"他的勇敢，比钻石还要珍贵，还要有价值。"

何敏萱使劲儿摇了摇头，失望之情溢于言表，"不，不是这样的——你还是没有懂我的意思。不，你永远不会懂我的意思。"

数据库检索不到任何一句话来回应，袁乃东只好选择沉默。他默默地看着铁匠的尸体，不由得想得与铁匠交往的点点滴滴，恍惚中，仿佛听见铁匠说：

"在别的地方，有很大很大的可以住几千人的城市，是用铁造的。我老汉儿去过。我还没有去过。真想去看看啊。"

"你是从天上来的人，我有太多的问题想请教你。"

"你从天上来，迟早要回到天上去。在那之前，你得教会我制造坦克。有那玩意儿，狼蜥兽我也不怕。"

跟荣神将来绵阳的途中，袁乃东就意识到何家老大与老三在思维模式上有一个明显的不同。何子荣也注意到了大自然的神奇，也对其进行了声情并茂的描述，但也就停留在这个阶段，并未对其中的原因进行思考；即便想过"这边打铁那边的铁块为什么会响"，最终他也会将这归结为一个万能然而简单的答案——"我神乌胡鲁创造的神迹"。而何子富，他的观察不如何子荣仔细，他的描述也不如何子荣生动，但他确实想知道大自然为何如此神奇，想知道世上这一切背后的秘密，想知道地上万事万物与天上日月星辰运转的规律。他的想法或许很粗浅，但终究会将他导向一个更加璀璨的未来。反过来讲，何子荣将永远停留在"神迹"的阶段。

非常遗憾，你的生命在此终结。实际上，我对你还没有多少了解呢。我原本还期待着你能有更为卓越的表现。袁乃东这样想着，走出了房间，同时思考着下一步怎么办的问题。

他们在绵阳地下城的这一角落困了五天，仅靠少量粮食和水勉力支撑。期间，钟天浩带着四名幸存者加入进来。第六日，外出侦查的会员回来汇报：大火已经烧到几百千米之外，浓烟蔽日；附近的草原与森林都被烧了个精光，遍地是灰烬，难以行走；伊凡骑兵早不见了踪影，也没有见到文庆裕的白磷团。

经过简单的讨论，冉翠决定带队离开，"我们先去附近的河。沿着河道走，一定可以走到安全的地方。"

"然后呢？"钟天浩有气无力地问。

"继续搞春节运动。"冉翠坚毅地说，"崔玺晶会长一再告诉我们，失败一次并不可怕，只要坚持，抱有必胜的信念，我们一定有成功的那一天。"

"我……我算了。不想打了。过什么春节啊，都是屁话。打不赢的，枉自送命。"钟天浩喃喃自语道。在他弟弟钟天森战死后，他就失去了继续作战的信心和决心，整个人像被抽走了精气神，宛如空壳一般的丧尸。

一直萎靡不振的何敏萱眼里忽然闪出光来，像是找到了这辈子要做的事情一般。这五天里，何敏萱不吃不喝，也不理人，任由悲愤而偏执的情绪将自己淹没。在此之前，她也见过死亡，但一个至亲之人死在她的怀里，是另外一件事情。听了冉翠的那一番话，何敏萱开始吃饭，还让冉翠剪掉了她的长发。事情往着不可知的方向发展。

袁乃东私下去找冉翠。"我就不跟你们走了。我有自己的事情要做，很重要的事情。我必须去做，那是我逃避不了的使命。"袁乃东对冉翠说，"替我照顾何敏萱。"冉翠看着他，"敏萱是个好孩子。你不说我也会照顾她的。"

在其他人还在准备的时候，袁乃东离开绵阳地下城，一个人向南方走去。空气依然灼热，充溢着烧焦的气味。火魔肆虐过的地方，到处都是灰烬，雪一般覆盖着大地，时不时地能看到动物的尸骸，也有人的。行走其间，仿佛行走在无边的灰色地狱。回望北方，黑红色的火魔还在地平线上升腾，不知道何时才会结束。

他走到一列小山脚下，仰望这一列没有被火烧的山。根据计算，这里就是六天前发射白磷弹的地方。山脚下，平地与林地交界的地方，原本密集的茅草新近被人砍出了一条宽宽的隔离带。这使得大火即使烧到这边，也不会烧到山上去。

没走几步，几个穿着森林迷彩服的白磷团士兵，从茅草丛中冲了出来，手持利器，将他团团围住。一个军官模样的人在士兵身后厉声问道："你是谁？从哪里来？要到哪里去？"说完，他自己先没有绷住，先笑了。围住袁乃东的士兵也跟着笑了。

看来，白磷团这次奇袭伊凡骑兵取得了重大胜利，上上下下都洋溢着快乐的气氛。"我是袁乃东，从天上来的。"袁乃东说，"我要见文庆裕，你们的长老。"

"来自火星的那一个？"军官疑惑地问。

这时，又从茅草丛里钻出一个人来，"嘿，正想找你呢，你倒自己送上门来了。"他满脸瘢痕，嗓子尖细，正是何子华。

第三章 转轮宫之乱

1...

跟之前相比，何子华更加趾高气扬。"老汉儿已经决定了，把村长的位置传给我。"何子华说，"我现在是代理村长。"

这不是什么意料之外的事情。大儿子何子荣成了堕落者，不可能继承村长之位；三儿子何子富流浪在外，也不可能继承村长之位；二儿子何子华就成了唯一的人选。不过，瞧何子华那高兴劲儿，肯定还有别的事情。果然，不久何子华就按捺不住自我表扬的心，说他已经和铁围寨的一个姑娘拜堂成亲了。"姑娘姓靳，漂亮着呢。"从铁匠那里，袁乃东知道何子华因为面貌丑陋、满脸瘢痕，一直未曾婚配。这又是袁乃东不能理解的一件事：倘若婚配是为了繁殖，那这种婚配体系的效率，实在有点儿低；倘若不是，那婚配又是为了什么？

何子华向白磷团要了四匹马。"文庆裕长老的命令，他要尽快见到这个人。"他对白磷团三连连长杜显圣说，"你问我为什么要四匹马？四匹马，轮着骑。马休息，人不休息。十万火急的做法。懂吗？"

杜显圣说话和气，却绵里藏针，不肯轻易放何子华与袁乃东走。何子华急得动手，却被杜显圣一下子掀翻在地上。闹得不可开交的时候，一队人马闻声赶来。杜显圣上前请示，原来来人中为首的是白磷团团长马承武。马团长面容沉静，皮肤黝黑，很有军人气度。他问明了情况，说："既是文长老的命令，定当优先执行。"

马团长只给了两人两匹马。"马是宝贝儿，白磷团也没有多的。"他这样说。袁乃东与何子华骑马上路，离开绵阳，一路南下。一向喋喋不休的何子华，在激动地说完他当上代理村长之后，却意外地沉默起来。

"看上去你并不高兴啊。"袁乃东问。

"关你屁事！"何子华没好气地回答。

"以前你一门心思想要夺得村长之位。你大哥是老汉儿的儿子，你也是。你不服凭什么他可以继承村长，你不可以？然而你现在是代理村长，梦想成真了，可你一点儿也不高兴。你也许真就只高兴了那么一小会儿，然后就沮丧起来。为什么？"

"为什么？"

"因为你不知道你要干什么了。"

"瞎说。"

袁乃东忽然对何子华感起兴趣来，"有个问题我很早就想问你。你们兄弟三人，为什么村长独独不喜欢你呀？"

"哪有？老汉儿最喜欢我了。"

"别否认，古老寨的人都知道。"

何子华踌躇了片刻，还是说了出来："十六年前，'荧惑守心'，天降大瘟疫，我是带来瘟疫的那一个人。"

"'荧惑守心'？"

数据库显示，"荧惑"指的是火星，因为在古人眼里，火星的运行轨迹荧荧似火，捉摸不定。"心"指的是心宿。中国古代把满天繁星分为二十八星宿，心宿是其中之一，属于东方苍龙七宿。它共有三颗亮星，分别是心宿一、心宿二、心宿三。其中，心宿二亮度最高，被认为代表了天子，心宿一代表太子，心宿三代表庶子。"荧惑守心"，说的是火星运行到心宿附近，忽然逆向而行，仿佛要留在心宿一般的现象。在古代星相学中，"荧惑守心"被认为是最凶的天象之一，预示"大人易政，主去其宫"。

袁乃东默算了一下，上一次"荧惑守心"发生在地球历2106年。"那年，到底发生了些什么？"他不失时机地追问。

何子华说："当时我只有八岁。老汉儿带我去觐见文庆裕长老。不，那个时候，他还不是十殿长老之一，还只是璧山区的主祭。那个时候，老汉儿最宠爱的孩子是我。"

何子华依稀记得他们住在璧山区最大的教堂里。正值四月，暮春时节，到处都是盎然的绿意，天气却格外炎热。人们都说，今年的夏天起码提前了一个月到来。白天街道热得能烫熟鸡蛋，连风都是热滚滚的，所以只能在傍晚退热过后，小何子华才获准出去和几个小伙伴疯玩儿。何福厚整天整天和文庆裕在一起，研习《神之书》。虽说何福厚年长于文庆裕，但在理解教义这件事情上，文庆裕的水平远高于何福厚。何福厚不止一次地对二儿子说，文主祭天资过人，又温厚敦良，是一个好人，将来必定飞黄腾达。

年幼的何子华并不能理解这句话。有一天晚上，他被老汉儿强行带去觐见文庆裕，这让他非常不高兴。文庆裕站在教堂的钟楼之上，眺望星空，突然大喊大叫起来："'荧惑守心'！必有灾祸！"他把这句话重复了三次，拜伏在地，涕泪横流。何福厚上前询问，文庆裕用悲戚的语气解释了一番。什么荧惑，什么心宿，什么不绝于史书，何子华一句都没有听懂。他在心底惦记着和小伙伴一起疯玩儿，这是八岁的他当时唯一在意的事情。文庆裕试图讲解二十八星宿，但何子华根本没有办法将其中的几颗星星连接成一幅图案。在他眼里，满天闪闪烁烁的繁星，都是一个样，毫无趣味。

后来，文庆裕总算啰里啰唆地讲完了。何福厚叹着气，准许何子华离开。他马上如同脱了缰的野马一般跑了出去。

何子华病倒了。

"先是高烧不退，整个人烧得模模糊糊的。然后是寒战。你不知道，在热得死人的季节里，你却全身冷得直发抖，就像躺在冰天雪地里的感受。而且，高烧和寒战交替发生。"何子华说，"这还不是最严重的。"

最严重的是痛。头痛，背也痛，膝盖和肘部也痛，好像从几千米的高山上滚落，又好像那几千米的高山直接压倒了身上。全身酸软无力只想睡觉，又疼痛难挡无法睡着。只能在睡与不睡之间煎熬。

然后，嘴里开始长疱疹，无法进食。脸和手臂也开始疯长疱疹，一个个就像小山丘，红里透着黑，黑里透着紫。"最初还能分出这个和那个，后来就连成一片一片的了。还很痒，总想去抠，去抓，去挠。虽然所有人都警告我不要去碰那些斑丘疹，但我哪里忍得住？"何子华指着自己的脸，"我脸上的瘢痕，就是那个时候留下的纪念。"

斑丘疹很快扩散到胸部、腹部和背部，接下来，大腿和小腿，甚至脚背，都大量出现。早先出现的斑丘疹鼓胀起来，变成一个个半透明的水泡，轻轻一碰，水泡就会崩裂，流出一种腥臭的黄色液体。即使不碰，它们也会自行溃烂。

"水泡破裂的时候你甚至有某种快感。你以为只要水泡破了，病就好了。实际上，正好相反。水泡破了会溃烂，病情更重了。"

"医生怎么说？"

"哪有什么医生？"

"医生说这是什么病？"

"没有医生。"

袁乃东想起铁匠兼职牙医的事情，就换了一种说法："总得有人负责治疗你的病吧？你这病也有些蹊跷。"

"除了祈祷，他们什么都没有做。"何子华说，"而且，患病的不只是我。我只是发病的第一个人。这病很快在璧山区传染开。在我发病七天或者八天之后，开始死人了。"

第一个死者是一个小孩，曾经和何子华一起疯玩儿。然后是第二个、第三个……第十个……第一百个……每天，甚至每个时辰都有人死去。死在家里，死在街上，死在教堂里。起初还有人把尸体送到城外的坟地去埋，后来有人建议必须火化，然而火化之人必定无法重生。经过一番激烈的争论，文庆裕同意所有死于疫病者"自愿火化"。但这并没有能够阻止病情的扩散，更多的人在染病后卧床不起，更多的人因浑身溃烂而死，最后连肯冒险搬运尸体去火化的教奴都找不到。

疫情一开始，就有人逃出璧山区。等到瘟疫大规模暴发，逃出去的人也越来越多。然而，时任西南教区的首领颁布禁令，宣布璧山区为罪恶之城，这场瘟疫，乃是我神乌胡鲁为惩罚璧山区之罪人降下的。"任何重生教徒，不得离开璧山区，逃避惩罚；任何重生教徒，不得帮助璧山区的罪人，使其免于惩罚。"禁令如是说。

袁乃东跟着何子富去取铁的地方就是璧山，当时铁匠就说过，璧山毁于一场天降瘟疫。那是什么瘟疫呢？袁乃东说："根据你描述的症状来看，我怀疑那瘟疫是天花。"

何子华奇怪地问："天花？那是什么？一种特别可怕的花吗？"

"一种烈性传染病，在历史上曾经杀死过五亿人。当然，这个数据只是推测，并无根据。"袁乃东说，"你继续讲。"

整个璧山区笼罩在死亡的阴影下，大街小巷都散发着一种无法描述、难以摆脱的恶臭。

何子华躺在病床上，只有八岁，很多事情都是后来听何福厚讲的。"'荧惑守心'，必有灾祸。"文庆裕文主祭把这句话重复了三遍之后，作出了一个重要的决定。他沐浴、更衣、焚香，然后来到教堂大厅，在乌胡鲁十字架下，打坐、祈祷。他不再进食，不再睡觉。他说："我的子民正在受苦，我要与他们同在。"

何福厚无比感动，"他爱这人世间，爱这些神的子民，爱得深沉，爱得真切。"

　　文庆裕进入祈祷状态的第四天，何子华的病情竟然好转了：水泡不再瘙痒，遍及全身的疼痛感也逐渐减轻；高烧和寒战发作的次数也越来越少；身体各处的水泡都结痂了，黄褐黑三色夹杂的痂，仿佛给身体蒙上了一层薄薄的鳞片。又过了两天，那些痂自行脱落，就像蛇褪下皮一般。有时主动揭下，也没有什么异样。何子华感到饥饿，这是他这辈子第一次感到饥饿感是如此重要，因为这饥饿感让他明白自己活过来了。他吃下了第一口稀粥，流下了两行热泪。

　　何福厚向文庆裕报告了这个喜讯。

　　然而，在教堂之外，瘟疫还没有停止的迹象。更多的死讯传来。"死于瘟疫的人，已经超过一半了。"有教奴汇报。"我神乌胡鲁，您的惩罚什么时候才能结束啊？"文庆裕叹息了一声，在恢复进食五天后再次开始禁食祈祷。这次，加上了血祭。文庆裕查过古籍，向乌胡鲁献上一牛、一羊、一猪、一犬、一鸡。他又割了自己的手腕，放出半碗血来，搁到五牲之前，作为最为隆重的祭品，献给无所不能的世间唯一的天神乌胡鲁。

　　血祭持续了三天。文庆裕的身体彻底扛不住了。何福厚自告奋勇，代替文庆裕向乌胡鲁献上了自己鲜血。又是三天。外间的死讯竟奇迹般越来越少。直到有一天，教奴报告："今日无人死亡。"文庆裕与何福厚皆痛哭流涕，双双到黑白十字架前，感谢乌胡鲁的神恩浩荡。

　　这时已是初秋，对璧山区的封锁令解除。何福厚带着儿子回到古老寨，而文庆裕在此次事件中所表现出来的忠诚与勇气使他平步青云，一路飙升到十殿长老的尊贵之位。

"一场灾祸，万千白骨，却铺成了文庆裕功成名就之路。"袁乃东说，"可是，你老汉儿何福厚也献祭了，也同样表现出了忠诚与勇气，为什么到现在还只是一个村长？"

"这就是他讨厌甚至憎恨我的原因。"

"为什么这样说？"

"封锁令解除后，老汉儿带着我回古老寨。我病刚好，身子弱，走不快。他背着我，慢慢走。与此同时，徐永泽长老到了西南教区巡视，接见了此次瘟疫事件中的有功之人。名单里本来有我老汉儿，可因为我们在路上，没有被通知到。等我们回到古老寨知道这件事的时候，接见已经结束。"何子华说，"这次接见，是文庆裕平步青云的真正开始。"

"而你老汉儿，就错过了这次机会？"

"是的。后来，文庆裕长老多次上书，讲述我老汉儿在瘟疫事件中的功劳，但都如石沉大海，没啥回音。"

"所以，你老汉儿也不能怪文庆裕，只能怪你。"

"对，就是这样。"

袁乃东静默了片刻，"那场持续半年的瘟疫呢？是怎么开始的？又是怎么结束的？"

"什么？"这个问题似乎难住了何子华，他反问了一句，又似乎明白过来，"不知道。没人知道它是怎么开始的，又是怎么结束的。也许是乌胡鲁动了慈悲之心，也许是……该死的，都死了。"

何子华最后这句话所体现出来的残忍前所未有。袁乃东瞄了他一眼，问："这场瘟疫是你带来的吗？"

"不，不是我。我只是第一个发病的人。"

"是乌胡鲁降下的惩罚吗？"

"也许是吧。"何子华迟疑着，"我不知道璧山区的人到底做了什么，会招致乌胡鲁的雷霆之怒。从头到尾都没有说过这瘟疫具体是为了什么事情而降下来的。说不定，说不定就是自然发生的。"

袁乃东专注地盯着何子华那张写满天花后遗症的脸，"你不相信重生教？"

"我谁都不相信。"说这话的时候，何子华异常地坚定。

2

一路翻山越岭，经过九村十八寨，沿途听到村民意气风发地议论"绵阳大捷"。他们提到白磷团，都不约而同地竖起来大拇指，感叹一声"我神乌胡鲁站在我们这一边"。到第四天中午，袁乃东发现房子越来越密集，人群也渐渐增多。还有，路的质量等级也有提升：多数路段是碎石铺成，少数路段是水泥浇筑的，平整而且宽阔，可供四匹马并排而行。路边的灌木丛里，"高速马路"的标牌闪闪发亮。

"前面原来叫作朝天门。"何子华介绍道，"是一个皇帝命名的。我老汉儿去过。现在文长老就住在那里。"

他们继续骑马前行。不久，长江出现在右手边。江面宽阔，滚滚的江水在太阳的照射下宛如流淌的金子。高速马路弯弯绕绕，时而与长江相邻，时而远离长江。无论远近，长江都是一道亮丽的风景。

"在山的那边还有一条嘉陵江。文长老的转轮宫就在长江与嘉陵江的交汇之处。"

"那是一些什么人？"袁乃东指着右前方问。

那是一个多年的采石场，一半的山体被掏空了，数百名衣衫褴褛的人在各处劳作。他们都戴着沉重的脚镣和手铐，步履蹒跚；旁边立着一群凶神恶煞般的教奴，时不时地厉声呵斥，并挥舞着长长的皮鞭。

这是袁乃东第一次在现实中看到教奴，不由得多看了两眼。在重生教的体系中，教奴是职业信徒，为教众和教中领导层提供全方位的服务。

"渎神者。"何子华轻蔑地说，"一群不知道怎么说假话的蠢货。"又补充道："这处罚还算轻的，重的早就被处死了。"

远远的，左前方的山上出现一座特别的银灰色建筑。它比周围所有的建筑都高，主体是十根巨大的圆柱体，其中两根最大也最高，剩下的八根围绕着它们，略为矮小。圆柱体的顶端都搁着球形结构，其上矗立着重生十字架，仿佛一把把刺向天空的利剑。

显然，这就是文庆裕的转轮宫了。袁乃东觉得，与其说它是转轮宫，不如说它是钢铁堡垒，因为它居然真的是全部用钢铁制造的。铁匠说他没有见过的钢铁制造的城市，应该指的就是这里。可惜，他已经死了，再也看不见了。袁乃东在心中哀叹并把铁匠过世的消息告诉何子华，后者眼睑忽闪，咬紧了牙齿，努力掩饰自己的意外与恐慌，"命，这就是老三的命。他自找的，谁也怪不着。"

到转轮宫大门前，有教奴过来牵走了马，又有教奴问了姓名、来历、所求何事。这些信息被通报进去，不久后传来长老口谕，要他们去七号偏殿觐见。一个年迈的教奴在前带路，一路小声叮嘱：这里不能看，那里不能摸，说话不要大声，走路不要太快，千万不要提"水逆"与"火逆"。"文长老近日夜观天象，见天象异常，为天下大乱之兆。他忧思过深，心情躁郁。"老教奴说，"不瞒二位，咱家伺候文长老多年，他的星象预测，从未落空过。这天下大乱一场，恐是在所难免。唉，文长老是在担心老百姓受苦啊。"

偏殿面积不大，文庆裕端坐在宝座上。老教奴示意袁乃东和何子华二人在门旁候着，等文长老处理完前面的事情再进去。袁乃东看见文庆裕长着一副悲苦的样子：撇着嘴，皱着眉，双手紧紧拢在一起；眼睛总是眯缝着，总是盯着自己的脚趾，偶尔会抬起头快速乜人一眼，旋即继续埋头冥思；他的白发盘在头顶，插着一根翡翠色的簪子；颔下的白胡须被精心打理过，很配他椭圆的精致脸庞。

文庆裕面前跪着一个人，正在说着什么。声音很小，几不可闻。袁乃东认出那人是魏云，我想过春节世界联谊会的二级领导人之一，负责宣传工作。

"死亡即重生。"文庆裕打断魏云的话，"待到重生之日，海水立即变成血，海中一切生灵尽皆死尽。江河及众水之源，亦变成血水。顷刻之间，烈日灼烤，热浪袭人，电闪雷鸣，大地震荡，城市塌陷，海岛山峦都了无踪影，超级冰雹铺天盖地砸落下来……"

这话自孱弱的文庆裕口中说出来，明明声音也不大，速度也不快，却显得格外的阴狠毒辣。袁乃东记得，何福厚多次说过这样一段话："文庆裕是好人啦，当年他可是救过数百人，我就是被救的人之一。你看他常常眼含悲伤，是因为他对世人无尽的爱啊。你们要相信他。"他不禁想：这样矛盾的个体，到底是怎样产生的呢？

"你可知罪？"

"知罪。"

"从今往后，重生教是你忠贞不贰、至死不渝、永不改变的信仰。"

"从今往后，重生教是我忠贞不贰、至死不渝、永不改变的信仰。"

"如有一天，你的信仰要你献出你的一切。你可愿意？"

"我愿意。"

"你发誓。"

"我发誓。"魏云仰面答道，"如果违背了这个誓言，我当接受神罚，五雷轰顶，死无葬身之地，生生世世不得重生。"

听得此话，袁乃东不由得莞尔一笑：既然不得重生，那又哪来的生生世世？不过，文庆裕显然没有在意这些细节，脸上露出一抹欣慰的微笑。

魏云起身离开，路过袁乃东时，他没有说话，只是拿眼神的余光奇怪地瞄了袁乃东一眼，有尴尬，也有窃喜。他的嘴唇无意识地翕动着，仿佛在说：原来你也是来宣誓投降的，真好，这样我就不是一个人了。

老教奴伸手示意两个人可以进去了。何子华三步并作两步，冲到文庆裕跟前，双膝跪下，口诵"我神乌胡鲁"，再三叩拜。袁乃东跟在何子华身后，看他表演对重生教的虔诚与忠贞。在袁乃东看来，"表演"这个词具有相当丰富的内涵与外延，是碳族个体生命过程中极其常见的行为模式。

文庆裕看看站着的袁乃东，又低头瞅瞅伏在在地上的何子华，已经猜出两人的身份。他跟何子华寒暄了几句，表扬他这次任务完成得不错，功劳已在重生簿上记下了，然后请他下去休息。速度之快，时间之短，令何子华错愕。

何子华走后，文庆裕调整了一下坐姿，"你就是袁乃东？见到我，因何不跪？"

袁乃东从容答道："我不是重生教徒，也不是来宣誓效忠的。火星人的礼节里，也没有下跪这一选项。我为什么要跪？"

文庆裕大度地笑笑，似乎没有把袁乃东的忤逆放在眼里，"也罢。些许形式，不足挂齿。那你来这转轮宫，觐见于我，所为何事啊？"

袁乃东说："我奉碳铁盟之命，作为特使，为了碳族的生死存亡来地球。"

"碳铁盟。"文庆裕陷入了沉思，手指不自觉地敲击着宝座的把手，"十六年前，我见过你们的人。最初他说他姓袁，叫袁野，后来他才说了实话，说他是碳铁盟的卢文钊，从火星回来。"

此话一出，袁乃东顿时心头敞亮，"卢文钊是我的父亲。"

"当年多亏你父亲的帮助，那年那场瘟疫……"文庆裕话题忽然一转，"你说卢文钊是你的父亲，你怎么不姓卢，而姓袁，是假名字吗？"

　　袁乃东知道文庆裕转换话题的原因。十六年前，正是"荧惑守心"、瘟疫暴发之时。显然是懂现代医学的卢文钊出手，帮助璧山区的人战胜了天花瘟疫。只有这样，才能解释那场瘟疫为什么会莫名其妙地结束。靠文庆裕的血祭，感动了我神乌胡鲁？骗谁呢。"亮明你的身份，文庆裕自会全力帮你。"难怪布置任务的时候，父亲会这样说。文庆裕对父亲提供的莫大帮助避而不谈，是因为在他的人生里，是他通过血祭展示了对乌胡鲁的忠诚，进而阻止了瘟疫蔓延，并获得了乌胡鲁的认可与提拔。不过，袁乃东觉得没有必要纠缠这些细节。

　　"我出生后一直用的是袁乃东这个名字。至于为什么姓袁不姓卢，你刚才说到了，我父亲用过袁野这个假名字。为了方便，他用过几十个假名字，但他对袁野这个名字，有一种特别的偏好。"袁乃东说，不过并没有说出全部的真相。

　　"是这样啊！"文庆裕轻轻地感叹了一句。

　　"既然是碳铁盟的朋友，那我就不客气了。"袁乃东说，"碳族就要灭绝了，情况比当年璧山区的瘟疫严重数千倍。碳铁盟希望重生教能够出手，团结所有碳族，再一次拯救碳族于灭绝边缘。"

　　"灭绝？发生了什么事情？"

　　"铁族，铁族已经制定并正在实施碳族灭绝计划。"

　　"说什么疯话！铁族是什么鬼东西？它凭什么能灭绝碳族？碳族是他说灭就能灭的？我神乌胡鲁绝不会允许这样的事情发生！"文庆裕左手的五根手指像弹钢琴一般，轮番敲击着宝座的把手，显示出内心的慌乱。

"这是事实！"

这时，老教奴一路小跑着，到文庆裕身边，附耳对他说了一句话。袁乃东分析老教奴嘴唇翕动的样子，再结合其他条件，就知道了他说话的内容。到地球以后，他已经见过不少令人诧异的事情，比如对狼蜥兽的崇拜，但这一次的诧异远胜之前。

文庆裕猛地起身，前行几步，朗声说道："欢迎欢迎。"紧接着，两个人快步走进偏殿。一个是光头光脑的查尔斯，十殿长老之一，堕落者的领导人；另一个同样是十殿长老之一，地球上最强骑兵的司令官，虎背熊腰、满脸络腮胡的伊凡。文庆裕上前，像老朋友一样，拥抱了两人。

袁乃东饶有兴致看着。就在七八天前，文庆裕的白磷团炮击了伊凡的骑兵部队，令后者损失惨重。大火至今还在绵阳的荒原上燃烧。而现在，文庆裕与伊凡，拥抱、寒暄、满脸堆笑，好像绵阳之战从未发生，那些死于白磷弹的生命从未出现。

"我夜观天象，见荧惑入南斗。此星象为大凶之兆，不比'荧惑守心'弱。"文庆裕说，"主天下大乱，生灵涂炭。古谚有云：'荧惑入南斗，天子下殿走。'"

"文长老乃是当今星象学第一人。"伊凡毫无激情地说，"您说什么，我们就相信什么。"

袁乃东听崔玺晶说过，伊凡自称体内住着两个"灵魂"，那此时说话的是哪一个呢？看他木讷内敛的样子，应该是主张禁欲的那一个吧。

"之前我派荣神将过来交代的事情完成得怎样了？"查尔

斯语速很快，给人以急切且不容置疑的感觉。

"我已经派出加急信使，通知徐永泽长老、瓦伦蒂娜长老、邦妮长老、克里多尼娅长老，五日内务必赶到这里开会。"

"五天？太晚了。"查尔斯愤怒地说，"三天，最多三天。"

"我立刻派出第二批信使。"文庆裕回答。

"徐永泽长老是麻烦事。"伊凡说，"又懒又慢，总是迟到。"

"他若是到了，那所有长老就都到了。一向如此。"

"所有还在世的长老。"伊凡强调。

"徐永泽要是不能按时到达，我们就先开长老会，不管他。"

"到时候再说吧。"

听到这里，袁乃东也想：那我也到时候再说吧。

3...

老教奴把袁乃东安置到转轮宫附近的一处住所。"来转轮宫觐见文庆裕长老的信众都住这里。"老教奴说，"在那里，你可以见到信众对文庆裕长老有多狂热。"

住所距离转轮宫两千米，面对着嘉陵江，由一系列依山而建、高低错落的平房组成。每列平房分别以二十八星宿中一个星宿的名字命名。袁乃东分到的住所叫作"亢金龙"，何子华则住在"心月狐"。

一个突然出现在视网膜上的提示让一贯处变不惊的袁乃东

也激动起来。网络信号！这里有网络！自从掉到地球上以来，他一直生活在没有网络的环境里，感觉诸多不便。此时此刻，找到网络信号的感觉就像是在陆地上蹦跶了很久的弹涂鱼终于回到了大海里。

登录这个网络需要密码，袁乃东很轻松地破译了。只是一个局域网，无线电波所包含的信息量不算特别多。他一边解码、分类、压缩、存储，一边回忆起他的老师道格拉斯教授讲过的一节课。

道格拉斯是太阳系最著名的信息学家，也是铁族客卿中最为原生态的一个。为什么要保持原生态，不往身体里植入各种智能插件呢？道格拉斯教授曾经这样解释过："不是我反对，而是没有这个需要。你说我一个搞信息研究的，有必要搞那么多花样吗？够用就好。"说这话的时候，道格拉斯教授无可奈何地双手一摊，仿佛保持原生态不是他作出的决定。他讲课的时候，态度就要积极得多。袁乃东记得，在讲信息发展史时，道格拉斯颇为动情：

当电报出现时，人们像发现了新大陆，感叹道："电报传递信息，和人体中神经传递信息的现象很相似。所以说，电报网就是地球的神经系统啊！"

当电话出现时，另一些人似乎完全不知道上面的隐喻，再一次感叹道："电话传递信息，和人体中神经传递信息的现象很相似。所以说，电话网就是地球的神经系统啊！"

等到互联网出现时，同样的思维再次发生，又有一些人感叹道："互联网传递信息，和人体中神经传递信息的现象很相似。所以说，互联网就是地球的神经系统，也就是所谓的全球脑。"

就这样，不断发展的通信方式，在历史上被人反复当作地球的神经系统。"这个比喻，其实暗含了通信方式就像神经系统那样重要。"道格拉斯说，"人类文明的发展史，从某种程度上讲，就是信息的产生、传播、交融与保存史。什么是文明？就是能生产有价值的信息的人群。一个没有信息留存下来的文明，约等于没有出现过。一个文明想要留存信息，最好的办法是最广泛的传播。任何一个文明都不可能是孤立发展的，彼此交流、互通有无，是文明进步与壮大的重要因素。从地区性文明到地域性文明，从洲级文明到全球性文明，靠的就是通信方式的不断进步。"

这个无线网络的信息大多粗浅、直白，无甚意义。袁乃东从突然出现的海量信息中精准地筛选出一段重复的内容，那是文庆裕发给世界各地其他长老的，邀请他们在三天之内赶到朝天门转轮宫，参加一个极其重要的会议。"这个会议事关重生教的前途，万望准点参加。过时不候。"

随即，网络信号又消失了。它前后只存在了五分钟。

网络信号的出现与消失，其实解释了很多问题。查尔斯要求其他长老在三天之内赶到重庆，然而文庆裕的信使如何能在那么短的时间里把这条消息送到澳洲、美洲、欧洲和非洲？靠马吗？靠车吗？不可能的。现在知道了，文庆裕的信使其实是网络。只是这个网络平时是关着的，需要用的时候才打开，也有可能是每天定时打开一段时间。肯定有教奴负责管理，这一点毋庸置疑。

来地球以后，袁乃东见到的大部分地方，以古老寨为代表，都极其粗糙、原始和落后。比如说没有牙医，拔牙由铁匠代替。非常符合父亲"如今的地球，在重生教的治理下，摒弃科技，回到了科技革命之前"的评价。但随着时间的推移，他也不无惊讶地发现了热熔枪、白磷弹和无线网络等的存在——还有击落"弹丸号"的神秘战舰。显而易见，这些科技产品由重生教的长老们掌控着，是他们的统治工具。重生教把科技及其产品宣传为恶魔，同时又以各种方式，把科技产品牢牢地抓在自己手里。一方面，以堕落者的名义，正大光明地使用科技产品；另一方面，又以法宝、神力、魔物等名词，对科技产品进行"包装"，偷偷摸摸地使用科技产品。但总的目的只有一个：维护重生教的统治。

那么，这就是重生教在二十二世纪统治地球的秘密吗？

是的。

一旦想通了，答案就变得非常简单。

在等待长老到来的日子里，何子华经常来找袁乃东。他非常活跃，到处转悠。"我刚去找大哥了。还见到了查尔斯长老。和查尔斯长老交谈三分钟，你就知道他为什么是秃头了。"在何子华的话里，对谁都没有敬畏，"因为他太容易生气了。"又说："早就知道伊凡长老体内住着两个灵魂，我今天算是见识了。吓死我了。正和你说话呢，说得正高兴呢，他忽然间就眼神一怔，嘴角一歪，脑袋一偏，立刻和你发起脾气来，把他刚才所说的一切全部推翻。吓死个人了。"

袁乃东也到处转悠，暗地里打听最近有没有什么奇怪的事情发生，比如，从天上掉下来一艘飞船。"你问的是仙艇吧？"总算有人搞懂袁乃东的问题了，"那玩意儿只有长老们能坐。仙艖啊，会掉下来吗？我没有听说。"

这时，有一架飞机从头顶上空的云层掠过。那人顿时尖叫起来："仙艖！仙艖！仙艖！"

后来袁乃东从老教奴口中得知，这是邦妮长老的仙艖，从北美教区过来。邦妮长老有一头浓密而卷曲的黑色头发，宛如尼亚加拉大瀑布一般垂到腰间。深棕色的眼睛又大又亮，非常自如地在眼眶里转动。"瓦伦蒂娜到了吗？"她对前来迎接的老教奴说，"我是第一个？真好！让瓦伦蒂娜，还有克里多尼娅嫉妒去吧。"

瓦伦蒂娜抵达的时候，老教奴到住所召集信众前去迎接。"瓦伦蒂娜长老特别喜欢热闹。"老教奴说，"我们就给她一个热热闹闹。"何子华悄悄对袁乃东说："什么喜欢热闹？就是喜欢一群人围着自己欢呼的感觉，虚荣而已。"

瓦伦蒂娜是一个骨架很大、块头很大、体态丰腴的女子，就像是从古典文艺复兴时期的巨幅油画里走下来的一般。看她里三层外三层的穿着，黑与白，简单的两种颜色，经过繁复的组合，在她身上竟有如此丰富的表现，令人不得不佩服她的精于打扮。

她走下仙艖，看到前来迎接的人是如此之多，感到非常满意，一边走一边笑一边挥手致意。她走得很慢，这样才能最大限度地展示她的美丽与魅力。虚荣，何子华说得对。袁乃东暗想。如果无人迎接，瓦伦蒂娜会不会转身离开，回她以繁华富丽著称的楚江宫呢？

克里多尼娅来自澳洲。到的时候悄无声息，当她带着随从突然出现在文庆裕的转轮宫时，则引起了规模不小的轰动。她的随从数量不是最多的，但随从所携带的东西肯定是最多的。毫不夸张地讲，她把位于悉尼港的秦广宫都搬过来了。

袁乃东在人群里看着瘦骨伶仃的她蠹在转轮宫的台阶上指挥随从搬运东西，仿佛看到一颗生锈的螺丝钉。金色的短发宛如初春的野草，应该是不久前才剃了光头，头发现在刚执着而野蛮地长出来的缘故。下巴尖得像冰做的锥子，眼窝深陷，褐色的眼珠深藏其间。瘦细的鼻梁上夹着一副小巧的无框眼镜，而说话时露出一口凌乱的牙齿。

至此，重生教十殿长老到了六位。文庆裕、查尔斯、伊凡、邦妮、瓦伦蒂娜、克里多尼娅，三男三女。袁乃东在脑子里回放有关他们的画面。这一伙男男女女是当今地球的几大管理者，他们或正襟危坐、一脸严肃，或低眉袖手、屏息凝神，或吊儿郎当、放浪形骸。总而言之，个个都像是从书里或者画里出来的，都不像生活在人间，特别不真实。母亲经常骂父亲不食人间烟火，是个生活白痴。不过，那是另外一回事了。

袁乃东身边的信众在克里多尼娅离开后议论开来。

"这些个长老，都是神啊！"

"谬论！当处以石刑！"

"一时口误！口误！"

"乌胡鲁乃是世间唯一真神！"

"乌胡鲁乃是世间唯一真神！"

"长老们是世间最接近神的人！"

"半人半神。"

"对，一半是人，一半是神。"

何子华立在袁乃东身边，神情却意外地凝重，如同僵住一般。袁乃东碰了他一下，"你怎么看？"

何子华花了好几秒钟才从僵住的状态调整出来。"真好。"他说，羡慕之情溢于言表。

晚饭后，袁乃东去找文庆裕，要求以碳铁盟特使的身份列席长老会。文庆裕起初没有答应，想了想，又说："这事儿大家迟早都会知道。你列席也无妨。而且，我需要你盯着查尔斯。我听说过你的本事，对付查尔斯，绰绰有余。你会站在我这边，是吧？"

袁乃东含糊地嘀咕了一声。这时，门外传来查尔斯的声音："开会了。通知他们过来开会。"

"徐永泽长老还没有到呢。"文庆裕回答。

"不等徐永泽了。他总是这样，喜欢最后一个到，以为这样一来自己就是最重要的那一个。我们先开会。"查尔斯洋洋得意又意味深长地说，"我有一个重大消息要公布，震惊世界那种。"

4....

长老会在转轮宫的最高层举行。这是一个椭圆形造型的大厅，透过四周向外倾斜的玻璃，可以看见外边长江与嘉陵江交汇的场景。大厅中间是圆形的桌子，周边分列着十把靠背极高的金属椅子。

与会的长老们陆续抵达。

文庆裕作为本地的主人，热情地迎接他们。袁乃东站在文庆裕身边，看着长老们表演"我们是相亲相爱的一家人"。

　　何子荣身着神将戎装，跟在查尔斯身后，目不斜视地走进来。看见袁乃东，也没有表现出特别的诧异。"你好啊，又见面了。"他瞄了一眼袁乃东，吹了一口气，"你的左臂长出来了？我神乌胡鲁创造的神迹。"他并没有等待袁乃东的回答，而是径直离开，跟在查尔斯身后，亦步亦趋，宛如查尔斯的影子。

　　袁乃东忽然想起不久之前，在见过克里多尼娅等长老后，何子华对他说："我真的好羡慕这些人。"

　　"羡慕谁？长老们？"

　　"那些信众。"何子华说，"从小到大，我对这个世界就充满了怀疑。我不知道，同样是老汉儿的儿子，老汉儿为什么要那么对我。就算后来我知道了原因，我还是不明白，老汉儿为什么要那么对我。我到底哪一样做错了呢？也许我就不该出生？我总在犹豫，总在徘徊，我总是担心自己做错了什么，会受到老汉儿的训斥。老汉儿又特别喜欢叫我做事，很多时候，我甚至怀疑，他叫我做事的目的就是想让我犯错，这样他就可以名正言顺地训斥我。不做事就不会犯错，而一做事就可能犯错，事情一多，必然犯错。要是敢反驳，敢不做，直接就是拳脚相加，棍棒伺候了。"

　　何子华顿了一下，继续说："说真的，我真的好羡慕这些人，就像羡慕大哥和三弟一样。他们这些人意志坚定，无比执着。在这世界上，绝大多数人都不知道自己想要什么，没有特别喜欢的东西，也没有特别讨厌的东西，更没有拼命要达成的目标，只是如漂在水面上的空瓶子，任由水流推来推去。我就是这样的人。而那些意志坚定的人，他们大力拨开拥挤的人潮，朝着相反的方向，逆向而行，在自己挚爱的领域耕耘。虽然辛苦，甚至可能永远不会抵达目的地，但终究是在路上，每走一步，都更趋近于向往的未来。"

何子华这一番话，让袁乃东思虑良久。此时，何子荣表现出来的，也正如何子华所说的那样，他找到了他一辈子努力的方向。

所有长老落座后，文庆裕站起来宣布开会。"非常遗憾，麻原智津夫和大卫两位长老不能与会。"文庆裕说，"还有，徐永泽长老再一次迟到了。"

后面一句话令克里多尼娅放肆地大笑，瓦伦蒂娜捂着嘴努力保持长老的庄严，而邦妮则因为被抢了风头而皱紧了眉头。

文庆裕耐心地等克里多尼娅笑完，接着说："今天我把大家从世界各地召集过来，是为了——"

查尔斯已经失去了耐心，"是我要召集的好不好？文长老不要抢功。"

文庆裕强忍着没有发作，"查尔斯长老，你不要诬赖人。我何曾抢过功？大家都应该听说了，我夜观天象，见荧惑入南斗，主天下大乱，这次开会——"

查尔斯再一次打断了文庆裕的讲话，"天下大乱。是的。我马上公布的这个消息，处理不好，必定天下大乱。"他大手一挥，"荣神将，你来讲那天发生的一切。"

何子荣分开众人，走到诸位长老面前，欠了欠身，说："我神乌胡鲁已然离世多日。"

现场顿时一片哗然。"让他说完。"查尔斯高声叫道。

待现场略为安静，何子荣瞅准时机，继续讲述他的朝圣之旅。

"天亮后不久，我和七八个朝圣者爬上最后的一段石阶，抵达此行的终点：乞力马扎罗山基博峰上的乌胡鲁神殿。我们在神殿重生宫门前等候。这时，又有两人从后边爬上来。领头的是克莱门汀长老，跟在她身后的，是一个疲惫不堪的瘦高个。后来才知道，瘦高个叫邱启辰，来自火星，是弥勒会的四大天王之一。"

克莱门汀带着邱启辰直接进了重生宫。也有等待的朝圣者发出怨言，但多数朝圣者都沉默着。何子荣想：毕竟已经走了几千千米，也不急这最后几分钟。况且，大家都是重生教的，谁先谁后，都是我神乌胡鲁做出的最好的安排，有什么好抢的呢？果然，很快有教奴过来，叫他们进去。

神殿气势恢宏，数十根圆形巨柱支撑起庞大的穹顶，显得整个空间庄严而肃穆，直叫人有下跪拜服的冲动。教奴将何子荣等人引至偏殿，"在这儿候着，不要乱说，更不要乱动。"他说完便转身离去。偏殿与正殿之间隔着几重纸质折叠屏风。要去觐见我神乌胡鲁，就得从屏风构成的甬道走过去。何子荣盯着屏风所在的方向，心情激动不已。这是他梦寐以求的时刻，是他长久以来的期待，而这梦想与期待，立刻就要变成现实……

屏风移动着。何子荣透过屏风的缝隙，依稀看到正殿之上，乌胡鲁高坐于神座，克莱门汀侍立在旁，邱启辰跪在下面的红毯上正说着什么。距离太远，听不清楚。这时，又有人从后方走上了红毯。何子荣从他光秃秃的脑袋分辨出他是查尔斯长老，堕落者的最高领导人。能够一次性见到两位长老，也是非常罕见的事情。何子荣正在高兴，忽然看见邱启辰起身，沿着红毯，走向乌胡鲁。

克莱门汀在乌胡鲁的耳边说了句什么，乌胡鲁露出会心的微笑。

何子荣看着邱启辰，一种不祥的感觉油然而生。也许是邱启辰蹒跚的步态，也许是邱启辰颤抖的双手，也许是对弥勒会发自内心最深处的不信任……总之，在那一刻，一向循规蹈矩的何子荣突然爆发，高喊一声，撞破几重屏风的阻拦，向着乌胡鲁所在的方向冲去。

"危险！"他喊道。

几个教奴在后边发疯一般追他。

他冲到了红毯上，"危险！那个异教徒！"

话音未落，已经走到乌胡鲁和克莱门汀近旁的邱启辰忽然燃烧起来。一道绿色的火焰从他头顶涌出，瞬间淹没了他的全身。下一秒，他的身体爆炸了，从内到外，绿色的火焰暴涨十几倍，将乌胡鲁和克莱门汀包裹进去。

何子荣只觉得热浪涌来，就像被巨石砸中，整个身体向后飞出，最后跌落到查尔斯长老的跟前。在晕倒之前，他看见神座上的绿色火焰依然熊熊，没看见邱启辰，没看见克莱门汀，也没有看见乌胡鲁。

"当时的情况就是这样。"荣神将说，"都是我亲眼所见，没有一句虚言。"

"然后呢？"邦妮慢悠悠地问。

"我命令堕落者清理现场。"查尔斯长老接过话头，"什么都没有剩下。邱启辰使用了一种魔鬼制造的武器，线粒体炸弹，他把全身的每一个细胞都变成爆炸物，隐蔽而且威力巨大。"

"那个……他呢？"瓦伦蒂娜问出了这个在场所有人都关心的问题。

"和克莱门汀那个蠢货一起，"查尔斯回答，"消失了。"

"没有重生？"

"没有重生。"

"你确定？"

"没有重生。"查尔斯重复道，"不要怀疑我的判断。"

"之前他也遭遇过多次暗杀，有一次还是我亲眼所见，但不久，他就重生了。这次……"

"相信我。"青筋在查尔斯光秃秃的脑门上跳动，"他的重生，一向由最高阶的堕落者管理。之前的每一次都是。他的肉体遭遇毁灭性打击后不久就会重生到四季行宫桐山和雄那里。然而这次，不一样。时间已经过去六个月，重生树没有生长，重生鼎没有运转，重生钟也没有响起。他没有重生，克莱门汀那个蠢货也没有。"

"这是真的吗？"

"你们还在怀疑什么？"查尔斯提高了语气，"不相信我吗？"

"不是不相信你的判断，只是这事儿太过重大，必须小心行事。"瓦伦蒂娜说。

"我知道你们在怕什么。"查尔斯朗声宣讲，"他是天空、大地和海洋的管理者，现在他消失了。不用怕，他消失了，还有我，还有我查尔斯。"

"你想当一代天神？"邦妮问道。

"新陈代谢，继往开来。这是自然之理，有何不可？"

伊凡晃晃脑袋，"我支持查尔斯继任天神。"

文庆裕激动得面红耳赤，"凭什么是你继任？凭什么我不能继任天神之位？"

5....

袁乃东越过文庆裕，走到刚才荣神将站立的地方。"各位长老，安静！"他的声音不大，但稳定地传递到会议室的每一个角落。显然，这间不大的会议室经过精心设计，充分利用了铁匠曾经发现过的共鸣现象，来帮助重生教的宣讲工作。

"这个蠢货是谁？"伊凡吼道，"管好你的人，文庆裕！"

"谁来当重生教教主或者什么天神，我并不在乎。在我看来，谁当都可以，谁当都一样。我只有一个条件，谁当教主，谁来承担保卫地球和碳族的责任和使命。"

"你到底是谁？"查尔斯追问。

六位长老全都盯着他，期待他给出一个能令他们满意的答案，

在场的都是高高在上、习惯颐指气使的长老，不拿点儿本事出来镇不住他们。袁乃东扬手一指，会议室中凭空出现了一幅火星的巨大图像。这是一种空气成像技术，把空气作为显示屏，让图像直接呈现在空气中，因为空气本身的复杂多变，空

气成像技术最近几年才得到完善，并大规模运用。

长老们惊诧地盯着斜上方红褐色的巨大火星。它如此真实，充满细节，仿佛伸手就可以摸到；又如此巨大，差不多占据了会议室三分之二的空间，给人以强烈的压迫感。它旋转起来，发出的红褐色光芒照亮了每一个人的脸。

袁乃东说："我从火星来，代表碳铁盟而来。碳铁盟致力于在碳族与铁族之间建立有效的联系，最终实现碳铁两族的共同生存与繁荣。这次我到地球，任务只有一个，告知地球统治者一个重要的消息：你们快要失去太阳了。"

"失去太阳？什么意思？天狗食日吗？"瓦伦蒂娜发问。

袁乃东回答道："铁族制定了一个极其庞大的未来计划，包含了数十个具体项目。拆解水星和金星作为原材料，建造把太阳包裹起来的戴森阵列，这是其中一个。这个戴森阵列，专门以极高的效率收集太阳射出的光和热，以便为完全数字化的铁族提供十亿年以上的能量。"

随着他的话，空气中的图像不停地变化着。

"听不懂。"

"这个人在说什么神话？"

"戴森阵列是什么鬼？"

袁乃东不由得苦笑。长老们要补的课实在是太多了，他们的学识远不如崔玺晶。"你们不会连铁族都不知道吧？"

"铁族是什么？"瓦伦蒂娜问。

袁乃东将火星影像转变为地球，然后耐着性子讲起钟扬与铁族的故事。

地球历2024年12月，差不多是一百年前，在离这里只有几百千米的一个地方，重庆自动化研究所副研究员钟扬失恋了，患上了严重的抑郁症，并将全部心思投注到研发真正的人工智能上。然而当他真正成功的时候，他豁然发现自己给人类制造了一个劲敌，一个前所未有的对手，一个足以毁灭全人类的恶魔。他害怕了，慌了，找来烈性炸药，想在人工智能——他称之为超级猿脑——造成无法挽回的破坏之前，将其先行摧毁。他成功了，他也失败了。钟扬成功地炸毁了超级猿脑，代价是连同整座研究所，还有他自己，都被炸上了天。但事情并没有因此结束，事实上，这只是故事的开始。超级猿脑的一部分——至少是大部分——程序借助网络逃出了研究所。这段逃出去的程序在无人监管的情况下，自行演化，并自行制造出可以在人形与狼形之间任意切换的身体，成为铁族的始祖。现今的十亿钢铁狼人都是它的子嗣。

"钢铁狼人与铁族又有什么关系？"

"铁族降生以后，世界各地对他们有不同的称呼，钢铁狼人是其中流传得比较广的一个。铁族是他们的自称，因为他们的脑子由铁制备的纳米颗粒组成。"

袁乃东拿出了自己的全部耐心，投影随着他的讲解呈现出云谲波诡的画面，但长老们已经因为无法理解而失去了继续聆听的兴趣。"说简单点儿。"查尔斯意兴阑珊地说道。

袁乃东重新组织语言，将空气中的图像转变为太阳的俯瞰图，硕大无朋的太阳占据了大部分的投影图像，火红艳丽的光照得会议室仿佛置于火海。"就是天上的太阳，会被一个叫作戴森阵列的东西挡住，这个戴森阵列会吸收掉太阳的光和热，这将使地球接收到的光和热比以前少许多。"

提到太阳，这帮人终于有一丝丝的兴趣。

邦妮身体前倾，"那会发生什么？"

瓦伦蒂娜忽闪着眼睛，"太阳不会再升起吗？"

克里多尼娅撇撇嘴，"没有白天，只有黑夜吗？"

查尔斯恨恨地说："想要抢走我们的白昼？"

文庆裕在额前画着十字，"乌胡鲁在上，这是怎样的魔鬼呀！"

伊凡盯着袁乃东，"你继续说，有没有撒谎我看得出来。"

"冰川期将再次降临整个地球。"袁乃东说，特意让图像加速，把几年的变化，浓缩成几秒钟，以增加这件事的紧迫感，"太阳还会照常升起，只是不如现在这般明亮，看上去永远是一副快要熄灭的样子。天气会变得很冷，刺骨的寒风在世界的每一个角落刮起，所有的江河湖泊都会冻结，不再融化。大部分植物会在很短的时间里冻死，食草动物跟着大批死去，食肉动物也无法逃脱死亡的厄运。随着温度的降低，从两极到赤道，都会下起鹅毛大雪，持续数年。所有的陆地都会覆盖上厚厚的雪，大海也被冻住，停止波涛的怒吼——哪里看上去都如同你们在乞力马扎罗山顶见到的雪原一样。你可以从南极一路滑雪，滑到北极。生态系统早就全部崩溃，也许某些简单至极的单细胞生命会在冰冻地球找到栖居之所，但包括碳族在内的多细胞生命肯定会全部灭绝。"

"这就是无尽的天堂吗？"瓦伦蒂娜问。

"这明明是冰冻地狱！"袁乃东反驳道。

"《神之书》可不是这么说的。"文庆裕反驳道。

"恐吓！这是赤裸裸的恐吓！"伊凡说，"你们难道没有看出来吗？"

查尔斯以主持人的口吻说："现在不是争论教义的时候。袁乃东，你继续说。"

"眼下，铁族的戴森阵列尚未建成，还有挽救的余地。"袁乃东好整以暇，让图像列出表格和柱状图，反复出现关键字词，再辅以动情的解说，"由于孔念铎——你们也许听说过这个名字也许没有，但不重要了，由于他的努力与牺牲，铁族分作内卷派与外扩派，开始了前所未有的内战。当我们在这里坐着探讨问题的同时，他们在太阳系的其他星球上，正用各种最先进的武器相互攻击。这是一个千载难逢的好机会。趁铁族内战正酣，碳族可以悄然崛起，凝聚各方力量，全力以赴，制衡铁族。"

克里多尼娅绞着自己的手指，"为什么要冒巨大的风险去制衡铁族，假如铁族真像你说的那样厉害？对我们有什么明显的好处吗？"

伊凡翻着白眼，"我们干吗要听你的？一个陌生人？"

文庆裕疑惑地说："真的可以建造一个东西，把太阳包裹起来？这个叫什么阵列的东西，还是用天上的星星做原材料建造而成？这可能吗？"

瓦伦蒂娜摇着头，恶狠狠地说："我不相信你。你是魔鬼派来的。你就是头上长角、背上有肉翅、身后带着长尾巴的魔鬼。你说的每一个字，都是空洞而虚妄的谎言。"

查尔斯挥一挥手，仿佛赶走不存在的苍蝇，"好了好了，这事儿不重要，就到此为止吧。我们还是继续讨论谁来继任天神的问题。"

文庆裕说："讨论来讨论去，没有任何结果。不如投票吧。支持我继任天神的请举手。"

文庆裕率先举起了手，然后满意地看到瓦伦蒂娜和克里多尼娅举起了手。

"可以自己选自己吗？哈哈。"查尔斯狂笑不止，"不过，支持你的，加上你自己，也只有三票。现在没有举手的，显然都是支持我的。我，伊凡，还有邦妮——谢谢你们两位的大力支持——也是三票。谁胜谁负啊？"

袁乃东默默关掉了空气中的图像，看着眼里这一幕，就像看着最蹩脚的马戏。这哪里是什么投票？分明是派系斗争。重生教十殿长老里，文庆裕、瓦伦蒂娜和克里多尼娅是远古派的，而查尔斯、伊凡和邦妮是全新派的。还能选出什么结果来？三比三，胜负难分。要是徐永泽到会，还真能决定投票结果。啊，这个老是迟到的徐长老又是一个怎样的人呢？

大门忽然打开，两个堕落者抬着一架步辇出现在门外。步辇上斜躺着一个胖子，头发全白了，脸色却潮红如孩童。"有人想我吗？"胖子说，瓮声瓮气，仿佛嘴上戴着一个水做的笼子。

"徐永泽长老，你来得太及时了。"文庆裕喜形于色。

"我是个懒家伙，越老越懒，都不想出门了。"徐永泽笑道。堕落者放下步辇，徐永泽在堕落者的协助下，站起身来，横着步子，走到他的位置坐下。靠背椅在他屁股下拼命抗议，可是毫无办法。他喘了一阵粗气，问："现在是在投票吧？刚才在门外，我听见查尔斯大喊大叫呢。你呀，就是个暴脾气。我劝你少生气，可以多活几年。"

查尔斯双手一摊，做了个无所谓的表情，"现在的投票结果，三比三，你选我还是文庆裕？"

"选你们来干吗？"

"继任天神。"

徐永泽突然放声大笑，笑得前仰后合。在场的人，都被他突如其来的笑声给镇住了。"天神……可以……选出来吗？谁……告诉你……你们的？为……为什么要……选天神呢？你们……天神是可以……选的……吗？"他边笑边说，一手捂住胸口，一副笑得心疼的样子，浑身的赘肉都在笑声里如同果冻一般晃动。

"乌胡鲁死了。我亲眼所见，跟克莱门汀那个蠢货一起，死于弥勒会的暗杀。"查尔斯说，把他刚才说过的话又说了一遍，仿佛这样就能把这话变成现实。

徐永泽止住笑声，笑容收敛为木雕一般，"克莱门汀没有死，她重生了。"

"这不可能！"查尔斯吼道。

"一切都那么多，那么大，那么吵。这里的人说话太大声了。"一个稚嫩的声音从门外传来，所有的人都循声望去，看见一个梳着两条辫子、画着浓妆的女孩。"我在仙舻上的时候，什么都没有，只有云层。当然还有仙舻发动机的声音，仅此而已。也没有气味——除了汗水。所以，我还记得降落之后我注意到的第一件事。"十殿长老中最年轻的那一个，刚才在荣神将的故事里死去的克莱门汀，活灵活现地说，"我从眩晕中，从时差中，醒了过来，突然闻到什么气味。这是历史性污染，来自异教徒的污染，来自叛教者的污染。这真是……难以描述的事情。"

6...

克莱门汀十二岁就被乌胡鲁看中，提拔为长老，迄今已经四年。"没有谁会因为太小而无法改变世界。最正确的做法是凡事尽力而为，保持激情，保持忠贞，保持创造力。"在袁乃东查阅的资料中，乌胡鲁在任命克莱门汀为长老时曾经这样评价，"她就是这样一个单纯到极致的人，她非常快乐，期待着充满光明的未来。我把我全部的祝福都赐予她。"袁乃东还听崔玺晶提到过一个谣言，说这几年里以乌胡鲁的名义下发的敕令一半多都是克莱门汀代为撰写的。

克莱门汀迈步走进会议室。她穿着黑白格子的连衣裙，上边露肩，下边露腿，中间的胸部鼓鼓囊囊。脸上非常刻意地画着浓妆，深红的嘴唇、深黑的眉毛。眼睛虽大，却毫无神采。两条马尾辫在她脑后随着她的步伐跳动。所有的长老和随从都紧盯着她，神情各异：查尔斯目瞪口呆，徐永泽幸灾乐祸，文庆裕若有所思。

"我本不该在这里，我应该在森林里、在草原上、在大海的最深处，自由自在地过活。你们怎么敢这样做呢？你们用空洞的说教偷走了我的梦想。"克莱门汀边走边说，"我是那些幸运儿中的一员，我有坚定的信仰，我神乌胡鲁。那些没有信仰的人啊，已经去世，即使活着，也是行尸走肉。然而重生系统正在崩溃，我们站在大规模灭绝的起点上。可是，你们谈及的一切却是活下去，为了活下去你们什么都愿意做。我已经开始看清你们的背叛，如果你们决定放弃我神乌胡鲁，我会和你们说：我永远不会原谅你们。不管你们乐意与否，世界即将毁灭，末日悄然而至。"

这话说得滔滔不绝，内容却空洞无比，并且，与眼下的事情没有多少关系。她边走边说，旁若无人，别无禁忌，只是把自己想到的话通通说了出来。

在克莱门汀身后，两队堕落者踏着整齐的脚步，鱼贯入场。袁乃东吃惊地发现，这两队共三十六名堕落者居然身穿黑白两色的铠甲，从头包到脚，造型很像古代的东亚武士。他们背着大号的能源箱，怀抱热熔枪和电弧枪，跟之前何子荣带到古老寨的堕落者相比，装备水平上升了好几个等级。这应该是某种老式的动力装甲，只是做工非常粗糙，就像是铁匠手工打造的。尤其是传动机构是液压的，极不精细，行动时会发出一种抽拉之声，再加上缺少润滑，关节部位会发出一种刺耳的摩擦声。在密闭的会议室，这两种声音，"呲啦——嘭""呲啦——嘭"混合在一起，听上去格外明显，但也因此展现出某种特别的威慑力。

克莱门汀站定，朝着空气挥了挥手，"大家好啊！我来了。"她的眼神游离，四处滑动，没有在任何人脸上停留。

"你没有死！"查尔斯疑惑地问。

"这不废话么？我要死了我还能站在这里跟你说话！也不对。我死了，但我重生了。不正常吗？身为重生教长老，你不该对问出这样的蠢话感到羞耻吗？"克莱门汀散乱的目光瞟过袁乃东，终于凝聚到查尔斯的脸上。这凝视充满恨意——恨不得立刻把查尔斯挫骨扬灰。

"何子荣，你过来。"说这话的时候，克莱门汀反手抓住了自己的一根辫子，送进嘴里，神经质一般反复咬着，仿佛那是可以咀嚼的人间美味。

荣神将侍立在查尔斯身后，听到克莱门汀的命令，踌躇了片刻，走到了她的跟前。

"跪下。此刻，我代表乌胡鲁对你说话。"克莱门汀的语气变得苍老。她应该是在模仿乌胡鲁说话。这苍老的声音与她幼稚的脸庞，还有神经质的动作，形成了一个混乱的画面。

何子荣依言跪下。这对他来说，已经成了一种条件反射。因为身着神将戎装，下跪不是那么容易，他没能真正做到五体投地，从袁乃东的角度看，倒是显出几分滑稽。

克莱门汀问："重生教可是你唯一信仰？乌胡鲁可是你信仰的唯一真神？"

何子荣严肃地回答："是。重生教是我唯一的信仰，乌胡鲁是我信仰的唯一真神。"

克莱门汀丢开自己的辫子，"传乌胡鲁敕令。何子荣，向来忠神爱教，赤胆忠心。擢升何子荣为长老，并兼堕落者最高首领。"

何子荣浑身一颤，"那查尔斯长老怎么办？"

"查尔斯就任长老以来，尤其是担任堕落者首领以来，性情暴虐、奸诈狡猾、胡作非为，犯下了不可饶恕的滔天大罪。既不忠神，也不爱教，心中毫无信仰可言，完全亵渎了自己的身份，做出了非常之多有害于重生教的举动。敕令，即刻免去查尔斯的长老之职。"

"克莱门汀，你个蠢货！你无权免我的职。我们都是长老，是同一级的。"查尔斯从靠背椅上站起来，手舞足蹈，声嘶力竭。

"忘了告诉你，不要指望你带来的那些堕落者来救你。他们都被我带来的堕落者控制住了。"

"我要见乌胡鲁，我要见天神！"查尔斯困兽犹斗。

"你不就是天神吗？哈哈，怎么一会儿就变了？乌胡鲁不会见你的。传乌胡鲁敕令，证据确凿，无须审判，立即处死查尔斯。"克莱门汀笑嘻嘻地说，"荣长老，杀了查尔斯，他的位置就是你的了。"

何子荣没有动，跪在原地。袁乃东看着他跪着的背影，猜测他的心理变化与可能做出的选择。其他长老也看着，静观其变。

克莱门汀保持了傻乎乎的笑脸，说出来的话却杀伤力十足，"难道你还惦记查尔斯把你改造成堕落者的恩情？"

听到这话，何子荣起身，转向查尔斯。他的眼神无比坚毅。他走到查尔斯跟前，在查尔斯说出任何话之前，他手臂上的护甲弹出一柄利刃，只一挥，就准确地切开了查尔斯的喉咙。查尔斯捂住鲜血喷涌的伤口，原地倒下，把靠背椅也掀翻了。鲜血浸润了他的长老制服。他躺在地板上，挣扎着，想要抓住何子荣的脚。何子荣退后半步，看着他不甘的眼神渐渐凝固，身体最终不再动弹。

何子荣转身，走到克莱门汀跟前，单膝跪下，"我神乌胡鲁，查尔斯已死，任务完成。"

"很好。何长老，你可以起来了。我们都是乌胡鲁的忠实信徒。"克莱门汀非常刻意地点头，"伊凡，该你了。"

"我，我什么都没有做。"不管现在主导伊凡肉体的灵魂是伊凡诺维奇·伊凡诺夫，还是伊凡诺芙娜·伊凡诺娃，此刻都像是砧板上的肉，毫无抵抗能力。

"经查，伊凡与查尔斯勾结，意图叛教，并蓄养私兵，发动大规模教内战争，造成教众大量伤亡，罪大恶极。敕令免去伊凡长老一职，降为神将，扣除五万重生点，所蓄养的骑兵部队全部交由堕落者管理。伊凡，你可认罪？"

伊凡埋头不语。

克莱门汀不管他，喊道："文庆裕，该你了。"

文庆裕离开位置，小跑着来到克莱门汀跟前，扑通一声跪下，涕泪横流，"我……我知罪！"

"经查，文庆裕私观天象，恶意散布天下大乱的谣言，并蓄养私兵，发动教内战争，造成教众大量伤亡，罪大恶极。敕令文庆裕禁足六个月，扣除一万重生点，所蓄养的白磷团全部交由堕落者管理。"

相比伊凡，这已经是非常轻的处罚了。文庆裕赶紧磕头谢恩，"我再也不夜观天象了，都是邪门歪道，是成神路上的阻碍。我自愿抄写《神之书》一千遍。我保证再不敢怀疑我神乌胡鲁。"

袁乃东饶有兴趣地看着这场游戏。

克莱门汀接着宣布对瓦伦蒂娜、邦妮和克里多尼娅的处罚。她们都因为不够忠诚而扣除五千重生点，抄写《神之书》一千遍。"私自参与未经乌胡鲁同意的长老会，这是信仰不坚定的表现。"对这个处罚，三位长老均表示服从。

克莱门汀又开始滔滔不绝地说："我知道，暗地里你们都说我是蠢货。我是蠢货吗？我神乌胡鲁比你们清楚千百倍。麻原智津夫死后，为什么没有重生？又为什么没有补充新的长老进来？难道你们这些聪明的家伙就没有看出异常来吗？大卫死了，结果一样，你们还是没有看出来。你们才是真蠢。乌胡鲁对目前十殿长老的组织格局不满意，要进行大规模改造。然后，你们就主动提供了被免职和裁撤的理由。我真替你们臊得慌。至于重生教领导层要如何改，改成什么样子，一切以我神乌胡鲁的敕令为准。接下去，该干些什么呢？哦，该你了，袁乃东。"

7...

袁乃东疑惑地望着克莱门汀。演讲完毕后他就处于一种看戏的状态。这一伙男男女女，没有一个关心碳族与地球，他们在意的，只是眼睫毛下边的那一丁点儿利益。此刻，他却被克莱门汀叫了名字，不知又有什么事要发生。

"跟我出去。"克莱门汀说，又吩咐道，"送他们离开。"

堕落者纷纷行动起来，沉重的脚步声与动力装甲的运转声，恳请又不失威严的说话声，混合在一起，使这个会议室显得逼仄。各位长老在他们的簇拥下纷纷离开。长老们脸上的神情各异，庆幸、后怕、疑惑、难过、惊叹、欣喜，不一而足。衣着华丽的瓦伦蒂娜路过时偷瞄了袁乃东两眼，似乎潜藏着某种不能明说的深意。何子荣目不斜视，一脸正气，在三名堕落者的护卫下，旁若无人地走开，尽管他刚刚杀过人，刚刚擢升为长老。查尔斯的尸体被抬走，地板上的血迹被清扫干净。袁乃东把这些面孔一一记住，然后，跟在克莱门汀身后，从一道侧门来到外面的一处观景台上。

这里是转轮宫的最高处。夜色正浓，无边的黑暗笼罩着一切。这时已是2122年的初冬，风吹来，带来阵阵寒意。地面隐约能看见远处连绵起伏的山峦，循着江水流动的声音，能大体看出嘉陵江与长江的轮廓。天上层云密布，在东南方向，大半个月亮在层云之上，放出皎洁的光，照亮了一大片天穹。

克莱门汀双手撑住观景台的栏杆，咧开嘴对着天空和大地，狼一般嚎叫了几声。"你高兴吗？"她拍打着栏杆喊道，"我很高兴！呵呵呵！"她的声音传递出去，消弭在空气与江水流动的声音里。没有谁回应她。她并不在意，反而乐此不疲，继续一边拍打栏杆一边旁若无人地呼喊。

袁乃东静静地看着这个十六岁的女孩子，不想去猜测她是在庆祝胜利，还是只是单纯看到眼前的景色表示满心的愉悦。

"我喜欢这里。"克莱门汀说，"这么高，这么空阔，这么圣洁。"说完，她把这句话又重复了一遍，结束时又呵呵地笑着，补充了一句："我喜欢这里。"浑然不知，自己刚才说过同样的话语。

"你找我来，有什么事？"

克莱门汀以一种奇怪的方式扭转头，眼神里满是疑问与诧异，就像她根本不认识袁乃东，更不知道身后啥时候站了这么一个人。她的眉头以一种奇怪的方式拧紧，持续时间之久，早就超出了平均值。就在袁乃东以为她要问出"你是谁"这个经典问题时，她舒展了眉头，食指夸张地指向袁乃东，只差几厘米就戳到他的额头，"我想起来了。你是袁乃东，打你出生，乌胡鲁就知晓你的存在，还有你的与众不同。"

"乌胡鲁还说什么？"

"铁族在万能的乌胡鲁眼里不值一提，反倒是长老们麻烦一些。"克莱门汀收回她的手，放到自己的眼前，一根根地扳着手指，念道："愤怒的查尔斯，懒惰的徐永泽，贪婪又吝啬的克里多尼娅，爱慕虚荣的瓦伦蒂娜，嗜杀好战的麻原智津夫，暴饮暴食的大卫，伪善的文庆裕，善妒的邦妮，淫乱的伊凡，没有一个好东西！"

一个念头在袁乃东脑海里升起：会不会，从一开始这就是一个陷阱——从乌胡鲁和克莱门汀的遇刺身亡开始？对这个问题的答案，袁乃东不敢肯定。邱启辰的暗杀可能是计划的一部分，也可能是重生教的安保出了问题，而乌胡鲁只是顺势而为，安排了一系列的事情？借用自己的"假死"，一举干掉了查尔斯（堕落者最高领袖），撤掉了伊凡（拥有天下无敌的骑兵部队），震慑了文庆裕（星象专家及白磷团的领导人），警告了剩下所有的长老，并为下一步领导层剧变狠狠地拉开了序幕。不过，有一点可以肯定：这事不可能由克莱门汀独立完成。她只是站在前台的那一个演员。她说的那些条理清楚、有理有据、分量十足的话，是早就有人拟好了台词，让她逐字逐句地背诵下来。在记忆这方面，无论是记忆的数量、速度，还是准确性，她的能力超出常人。但她并不真正理解这些话。她是真正的傀儡，而乌胡鲁才是背后操控一切的傀儡师。

"查尔斯是最坏的那一个。居心叵测，一直妄图窃取我神乌胡鲁之位。查尔斯是个大坏蛋，你说是不是？"

　　袁乃东正要回答，却听克莱门汀自顾自地唱了下去："大坏蛋啊大坏蛋，大呀坏蛋……"知道她的心思又跑别处去了，袁乃东不由得纳闷她是怎样实现这种多种状态自由切换的。他找了一个间隙，打断了克莱门汀的哼唱，"对我，乌胡鲁有什么特别的话要说。"

　　提到乌胡鲁，克莱门汀忽然清醒过来，"我神乌胡鲁说，作为地球的真神，他有义务与责任保护重生教及其信众不受伤害。所以无须你请求，他也会做那些事情。当然，他也要我感谢你，千里迢迢来报信。"

　　"那些事情？乌胡鲁做了什么？"

　　"对我神乌胡鲁要敬重。提到他的名讳必须加上我神，我神乌胡鲁。异教徒是要被处死的，处死。用小刀割，让大狗咬，轰的一声炸上天。"

　　"乌胡鲁做了哪些事情？"

　　克莱门汀没有回答。

　　在重生教的体系中，普通老百姓就是信众，是人数最多的一个等级，也是重生教最底层的基石。在多数情况下，信众都是以实用化的态度对待乌胡鲁、重生教及其教义，对重生教的忠诚度变化较大。信众往上是教奴，是专职教徒，除了信仰重生教，每天参与重生教的各种日常活动，别的什么都不做。教奴往上，等级由低到高，分别是牧师、主祭、神将、长老，最后在金字塔塔尖的，是重生教创始人、世间的真神、至尊至高的教主乌胡鲁。

　　崔玺晶说得对，"我神乌胡鲁"就是一句短语。"我神乌胡鲁做了哪些事情，"袁乃东对克莱门汀说，"以拯救碳族？"

"巨壁计划。"克莱门汀仿佛打了一场大胜仗，眉开眼笑地说，"这是绝密，我告诉你，你可不能告诉别人。我神乌胡鲁很早就开始布局，制定并执行巨壁计划。这个计划是要为整个地球建立一整套防御系统。即使铁族倾巢而出，也不能撼动分毫。"

"什么样的防御系统？"

"我神乌胡鲁说，自第二次碳铁之战太空军远征舰队全军覆没后，地球便失去了太空作战能力，同时失去的，还有与铁族正面作战的勇气。我神乌胡鲁说，你到地球有一段时间了，对地球的科技水平应该有所了解了吧。在这种情况下，建立积极而牢固的防御系统巨壁就成为最好的选择。你说是不是？"

袁乃东脑子里闪过击落"弹丸号"的那艘古老星舰的影子：难道那就是巨壁计划的一部分？"道理是这样。"他含糊地说，转而问道，"但这个巨壁，现在建得怎么样呢？"

"万事俱备。"

这似乎是一个好消息。"只欠东风？东风是什么？"

"启动密码。一串极其复杂的文字与数字的组合。伤脑筋啊。"

克莱门汀的注意力显然又跑到别处去了。她盯着自己的脚尖，看着它们一下一下地踢着栏杆，"一二三四，二二三四，三二三四……"袁乃东上前，握住她的手。她专注地数着，没有在意袁乃东的举动。袁乃东从她的脑子里也只"看到"变化的数字：五二三四，六二三四……没有别的东西。袁乃东放开她的手，轻声问道："那启动密码，由谁掌握着？"

"一个女人。八二三四。一直睡觉。二二三四。从不说话。四二三四。非常可怕。"克莱门汀忽然停住，拧紧眉头，深入思考，似乎被什么问题困住了，旋即问题又散开了，"我神鸟胡鲁让我告诉你，我们会把那个女人送到重庆，送到转轮宫。她已经在来的路上了。想要拯救地球，你得把巨壁的启动密码从她的脑子里挖出来。"

说到最后三个字的时候，克莱门汀夸张地做了一个"挖"的动作。不知道为什么，袁乃东竟有一种毛骨悚然的感觉。

"这是你的使命。你不能拒绝。"

克莱门汀的这话说得跟父亲安排这次任务时所说的话，一模一样。

8 ····

何子华来找袁乃东，"我大哥当长老了。"

"你没有听错。"这已经是朝天门长老会议的第二天，在会议室发生的事情早就传遍了。

"我还只是个小得不能再小的村长。"

"你应该去祝贺他。"

何子华不想回答这个问题——自出生以后大哥就是他无法逾越的大山大河——转而问道："那个克莱门汀，是不是傻的呀？"

袁乃东回答："她不是傻，是有病。"

"有区别吗？"

"她患有阿斯伯格综合征。"

"那是什么病？"

"没有智能障碍的自闭症。"

"能再说简单一点儿吗？"

袁乃东耐着性子，一点一点地罗列阿斯伯格综合征的症状：

动作笨拙不协调，并伴有大量重复性的动作；

对某些旁人看来枯燥乏味的事情，表现出极强的接受能力，但只是机械地记忆，无法真正理解；

对一个或者多个目标有着异常的偏执，远远超过常人在意的程度……

"啊哈哈，她就是傻，哪是什么病啊。"何子华说，"她这要是病，那这世界上，有几个不是病人？倒也奇怪，这样一个傻瓜，是怎样当上重生教长老的呢？嘿嘿，我去逗弄逗弄她。"

说完，他撒开脚丫子，跑向远处。

袁乃东闲来无事，四处瞎逛。

十几个教奴起劲儿地铲除每一列住所旁边的名字。那是文庆裕用二十八星宿的名字命名的。"这是异端邪说。"他们解释道，"所有与星象有关的东西，必须清除干净。"

一面高墙上，原本刻着《神之书》的语句，现在贴满了大小不一的纸条，用连篇的错字写着各种标语："打到文庆谷""深入揭露伊凡""XXX是查尔思的忠实走狗""我要举报XX"……下边有人写了一段话："不准污损《神之书》的神圣真言，这是犯罪。"另有一人划掉了前面的这句话，写道：

"你也写了，你也污了，你难道没有犯罪？"

从教堂出来一个膀大腰圆的教奴，走到高处，大声叫喊。立刻有一群信众围拢过去。那人手里展开一份名单，用高亢的声音念道："何子荣长老宣布，以下人等皆为叛教者，命令堕落者立即捕杀，不得延误。诸位信众，广而告之，不得隐匿。知情不报者，有意收藏者，藏污纳垢者，与叛教者同罪，罪不可赦。"

那份名单很长很长，仿佛永远也念不完。

下午传来一个消息，在北上的途中，伊凡与其"忠实走狗"联系，试图逃跑，被押送他的堕落者当场击毙。公告称："伊凡罪大恶极，名声极坏。我神乌胡鲁念其有功，又因其此次参与政变乃是受查尔斯所教唆，是以法外开恩，没有判处其死刑。岂料，伊凡顽固不化，不知感恩，坚持走在邪路上，故死有余辜。"

此情此景，不禁令袁乃东想到了璧山区的废墟里那些失去庇护、彼此撕咬、伤痕累累的流浪狗。

袁乃东身处旋涡之外，存了看戏的心态，倒也看得清楚明白：对长老们采取不同的处理方案是为了分化他们，使他们有侥幸心理，以为自己可以得救，因而不能形成合力来共同对抗乌胡鲁。至于后面的事情，唉，都在乌胡鲁的掌控之内。

次日凌晨，又传来文庆裕自杀的消息。他用一根白绫结束了自己的生命，脚底下是陪伴了他一辈子的星象盘，星象盘上搁着他抄了一半的《神之书》。他没有写遗书。对他的死，公告上只有八个字："死不悔改，畏罪身亡。"有流言说，文长老夜观天象，见"客星倍明，主星幽隐"，自知命不久矣，遂自缢而去。袁乃东问老教奴，是否是他编出来抚慰某些信徒的。老教奴缄默不语。

袁乃东观察着，记录着，思考着。比对历史，这样的故事，这样的人物，这样的对白，都发生了无数次，没有任何的新鲜感。他置身此时此地，又仿佛同时置身于任何时空。

一名堕落者来通知袁乃东，说两位长老有请。袁乃东在一个偏殿见到了克莱门汀和何子荣。两人并排而立，克莱门汀专注地玩着自己的手指，何子荣双手背在身后，一脸严肃。

"睡美人来不了。"何长老说，"中途遇到了一些事情，她又飞回去了。"

"袭击，是袭击。"克莱门汀纠正道。

"谁袭击的？"

"还在查。"

"春节运动的人？"

"不知道，不知道啊！"

"那现在怎么办？"

"我有睡美人的照片。"

"我本事再大，也不可能从照片上找到巨壁的启动密码……"

克莱门汀自顾自地取出照片，递到了袁乃东面前。照片上是一名沉睡着的女子。她双手握在胸前，平躺在床上；穿着黑色的长衣长裤，只有衣领上绣着一朵小巧的菊花。她的头发又黑又直，摊开在身体两侧，不仔细看，还以为她是睡在自己的头发上。袁乃东仔细看她的脸，她的脸上没有什么表情，就像她的脸上戴着一张用玉石精心磨制的面具。

"这人我认识。"袁乃东说，"薇尔达·沃米！所有沃米中最难以理解、最难以琢磨又最难以接近的那一个。"

2083年的时候，莉莉娅·沃米聘请铁良弼，组建夏娃基因实验室，用自己的卵细胞进行孤雌生殖，制造超级人类。三年后，他们一共繁育出了七个被称为狩猎者的超人。按照出生顺序，分别是塔拉、海伦娜、齐尼娅、卡特琳、乌苏拉、薇尔达、贾思敏，薇尔达·沃米排行第六，贾思敏·沃米排行第七。不过，贾思敏·沃米现在用的名字是铁红缨。

袁乃东盯着克莱门汀，"她怎么到的地球？"

在金星战役中，薇尔达和卡特琳驾驶的"温蕾萨号"狩猎者战舰失去控制，迎面撞上硫酸云海之上飘浮着的莫西奥图尼亚城，发生了剧烈爆炸。

"不知道。"克莱门汀回答。

"是不是还有一个叫卡特琳·沃米的？"

"只有她。"

这个过程不难猜测。薇尔达在爆炸中幸存下来，被重生教在金星的势力找到，或者救出。当时，十殿长老之一的麻原智津夫刚死不久，金星上肯定有重生教的残余分子。薇尔达被送到地球，然后——

袁乃东的眼睛不由得一亮。

薇尔达的超能力集中在物理学上，不到四岁她就学完了物理学的基本课程，所有艰深的理论和方程在她眼里都是小菜一碟。四岁的时候，薇尔达开始学习铁族提出的终极理论。对别人而言无比艰深的终极理论，薇尔达学起来却毫无障碍，如同风行水上那么轻捷，如同春风化雨那么自然。

后来，薇尔达又学习了工程设计、武器制造等诸多学科。三艘狩猎者战舰是她设计的，威力无穷的死亡哨音也是她设计的。

乌胡鲁居然请薇尔达做总设计师，借助她的聪明才智设计并建造"巨壁系统"！

薇尔达·沃米虽然智商超高，于物理学上的造诣在太阳系里怕也是数一数二的，但她和其他几个沃米一样，在人格上有重大的缺陷。发现这些缺陷，进而控制薇尔达，让薇尔达为重生教服务，对乌胡鲁而言，并不是什么特别困难的事情。

袁乃东又仔细看了看薇尔达的照片，"我记得薇尔达是不需要睡觉的。"

"不可能。"何子荣反驳，"哪有人不需要睡觉的？"

"薇尔达不需要睡觉。"袁乃东解释，"因为她的左脑和右脑完全对称，可以一半脑休息而另一半脑工作，工作的那一半脑足以承担整个大脑的全部工作。每过十二个小时，两个半脑交换。而且，两个半脑之间又存在高效的信息传递机制，左脑学习的东西，右脑也会知道，反之亦然。所以不会出现信息丢失的现象。"

"听不懂你在说什么。"何子荣兴致缺缺，显然不打算深入了解下去。

"她这样睡，睡了多久呢？"

"三个月。"

"三个月前发生了什么事情？"

"不知道。"

"再问一次，是谁袭击了运送薇尔达的仙艖？"

"不知道。"

跟克莱门汀交流，就是这么困难。袁乃东说："什么也不告诉我。我拒绝为你们挖取巨壁系统的启动密码。"

何子荣忽然露出意味深长的一抹微笑，"我神乌胡鲁，早已料定你见过睡美人的照片会拒绝。所以，我神乌胡鲁发下敕令，要你去乞力马扎罗山朝圣。"

"我又不是重生教的信徒，为什么要去朝圣？"

"因为克里斯汀娜。"

"什么？"

这次回答的是克莱门汀，"因为克里斯汀娜正在乞力马扎罗山做客，她很担心她失去联系的儿子，所以专程从火星来到地球。我神乌胡鲁热情地接待了她。"

我到地球多少天了？母亲怎么会来地球？袁乃东出现了少有的慌乱。

"除了克里斯汀娜，还有一个人会在乞力马扎罗山等你。"

"谁？"

"铁红缨。"何子荣说，"就是她袭击了睡美人的仙艇，我们牺牲了数十名堕落者才抓住她。"

"不可能。你们不可能抓住她。"她可是能够一口气毁灭铁族舰队的狩猎者！

"爱信不信。"何子荣耸耸肩，"我神乌胡鲁说了，你去乞力马扎罗山，就能见到她们两个，一个是你的母亲，一个是你的爱人。你可以不去，不过，我神乌胡鲁发起火来，雷霆万钧，后果会如何，你自己想。"

　　"乌胡鲁为什么要我去朝圣？真要我去挖取睡美人脑子里的启动密码，直接用仙艘把我送过去多好。"

　　"我神乌胡鲁自有深意，不要妄自揣多度。"何子荣道，"你可以收拾收拾准备出发了。记住，不能借助仙艘或者别的什么飞天的法宝。那条路我走过，我得提醒你，非常艰难。比你想象的更艰难。"

第四章　神殿与行宫

1...

于是，袁乃东去乞力马扎罗山"朝圣"。

就在不久前，他还在计划，有机会逆着远古早期智人从非洲走到亚洲的路线走一走。没想到这么快就变成了现实。一种宿命感在他心里油然而生。

从重庆朝天门到乞力马扎罗山，可谓是千山万水。他并无畏惧。有时步行，有时骑马，有时乘车，有时坐船。他一路向西，跨过丘陵，翻过大山，穿过茫茫沙漠，路过一个个大小不一的村镇和城市。沿途见识到的人的肤色、服饰和食物越来越不同，语言也是如此。幸而他自带万能翻译器，再陌生的语言，也能听懂。知道他要去朝圣，信徒们发出惊叹之声，为他祈祷，为他祝福，为他提供各种帮助。一个脏兮兮的小孩对他说："等我长大了，我也去朝圣。"

有十多天时间，袁乃东一个人在无边无际的戈壁里漫游。天空湛蓝，大地荒芜，远处雪山耸峙，呼啸的风在天地之间永不停歇地吹动，仿佛生命诞生之前的冥古宙。他感觉自己是这世界唯一的活物，因而滋生出拥有整个世界的错觉。

出了戈壁，又是山地，又是丘陵，又是平原。

有一天早上，他忽然意识到2122年已经结束，2123年悄然开始，但没有人在意。那只是一个很普通的日子，跟别的日子并没有什么不同。

遇到的去朝圣的重生教信徒越来越多，袁乃东同他们交谈，倾听他们的故事，尽可能地理解他们千篇一律的诉求。过了红海，加入朝圣大军的信徒就越来越多。几十人、几百人、几千人，像无数大大小小的河流，最终汇成浩瀚的大海。置身于人潮人海之中，袁乃东已经不愿意再清点人数。他们穿着相似的衣服，说着相似的话语，露出相似的笑脸。他们也越来越兴奋，仿佛一路走来就是一个逐步升温的过程，待走到乞力马扎罗山脚，就已经成鼎沸之势。白天的交流早就无法满足他们的需求，他们常常整宿整宿地不睡觉，在星空下、在火堆旁，谈论乌胡鲁的诸多神迹，谈论乌胡鲁最近一次的死亡与重生，谈论对《神之书》的每一句话每一个词语，甚至每一个标点的理解，谈论自己在找到重生教之前的孤独、迷惘与混乱，谈论自己是如何通过沉浸于对重生教的信仰进而获得心灵的慰藉与无穷无尽的幸福。

这不是什么朝圣，这就是一场信徒的狂欢。有一种无形的力量，把所有人都裹挟在一起。宛如一场小小的龙卷风，随着越来越多信徒的加入，已经演化为一场波及整个大陆的龙卷风风暴。袁乃东混迹其中，他感觉自己无法融入。周围的情绪越是高涨，袁乃东越是觉得不可思议，越是需要保持独立与头脑的清醒。我是一个彻底的异类，他这样想。

在荒凉的平原上，矗立着一座堆满金属制品的城市废墟，所有的重生教徒都对着它硕大无朋的身体吐唾沫，并以乌胡鲁的名义诅咒它的过去和现在。他们称它为罪恶之城。袁乃东分析了罪恶之城的地理位置，分辨了城市废墟的主体结构，再稍稍检索了一下历史资料，得出的结论是：这废墟叫作"塔姆桑卡"，是当年围绕太空电梯的地面基站。看废墟的规模，当年这里至少能容纳百万人口居住。如今盛宴已过，只剩哀哀的风，还有许多流浪狗，在废墟里号叫。

继续往前走，地平线上已经可以看到乞力马扎罗山了，日光照射下，宛如矗立于云海之上的金山。许多重生教信徒加快了脚步，都想赶在别人之前，尽早登上乞力马扎罗山。袁乃东保持了自己的行进速度。从出发到现在，已经过去了七个月。现在是 2123 年 5 月，赤道地区的太阳永远在天空最顶上的轨道运行。

热带雨林里的土路一直向上延伸，两边都是高大的乔木，树下掩映着一种像海马一样的花。黄昏时分，袁乃东抵达了海拔 2 980 米的织田一号营地。教奴为前来朝圣的信徒们提供了周到的服务。他在信徒中游走，有意无意打听"织田一号营地"这一名字的来历。多数信徒都摇头表示不知道，他们说打他们出生起，这个营地就叫织田，没有谁告诉他们这营地为什么叫织田。最后，袁乃东用一瓶老酒从一位年迈的信徒那里打听到了一个传说。

"在很久以前，那个时候人们崇拜科技，建造了很多能在天上飞的机器，有的机器甚至能飞抵天上的星星。"

"你说的是宇宙飞船？"

"不，是航天母舰。"微醺的老信徒说。

当时，太空防御军计划修建七艘航天母舰，每艘航天母舰以七大洲的最高山命名。最终，在第二次碳铁之战爆发之前，建成了五艘。其中，世界排名前三的织田财团资助修建的那一艘航天母舰被命名为"乞力马扎罗号"。织田财团董事长的次子织田敏宪有"少年战神"之美誉，被任命为"乞力马扎罗号"首任舰长，也是所有舰长中最年轻的一个。

在得知新航天母舰以非洲第一高山命名后，织田敏宪对乞力马扎罗山产生了浓厚的兴趣。接受当地政府的邀请，织田敏宪花了六天时间，步行登上乞力马扎罗山。赤道雪山的绝美风景令织田敏宪大为兴奋，遂决定举织田财团之力开发这座山。

"从山脚到山顶，一共建了五个织田营地。"老信徒说，"我听说，织田敏宪还在雪山顶上建造了家族别墅——嗯，就是现在的四季行宫——曾经多次来这里度假呢。"

袁乃东默算了一下，织田敏宪攀登乞力马扎罗山的时间至少是在六十年前。后边的故事，在他的数据库里。2077年，第二次碳铁之战期间，织田敏宪指挥"乞力马扎罗号"航天母舰，突袭火星，实施"双蛇行动"，炸毁了火卫一，这一度威胁到火星铁族。但最终被铁族连人带舰，击毁在火星轨道上。

第二天清早，袁乃东和一群信徒继续攀登乞力马扎罗山。热带雨林的景致消失，路边的树木换成了低矮的灌木。海拔越来越高，天气越来越冷，突然之间，没有任何预兆就下起了冰雨。袁乃东朝前看，看不到朝圣队伍的开头；往后看，看不到朝圣队伍的尾巴。整个朝圣队伍，宛如一条黑白间杂的巨蟒，在大山上蜿蜒前行。

从织田一号营地到织田二号营地，袁乃东步行了六个小时。他照例住下，次日早起，继续攀登。植被越来越少，裸露的石头都被寒风吹成奇怪的模样。石阶开始出现零星的积雪。

织田三号营地，海拔 4 630 米，四号营地则下降到海拔 3 950 米。一上一下，又是一天的时间。

登山后的第四天早上，有一部分朝圣者想早点儿登上最高处，他们忘记了乞力马扎罗山的高度与寒冷，拔腿狂奔。有人带头，就有人盲目地跟从。高原反应轻易将他们击倒，他们中的一部分抽搐着倒下，有的倒下了就再也没有起来。袁乃东看见在距离主路不远的地方，一群黑衣教奴们正挖掘墓穴，把昨天死去的朝圣者埋进冰雪之下的土里。

在织田四号营地与五号营地之间，横亘着两百米高的巴拉可墙。这是一个巨大的挑战。攀登者的高原反应愈加明显，头晕、耳鸣、目眩，不少人呕吐不止。有人坚持，也有人放弃。爬上巴拉可墙，置身于火山石中，滔滔云海就在脚下了。很多人没能目睹这一盛景。抵达五号营地时，袁乃东目测了人数，只有出发时的三分之一。

次日，教奴来唤醒朝圣者的时间比往日要早。有人问为什么。他们解释说："天亮了，你就很难有勇气走上去了。"月亮还在天上，袁乃东和一众信徒走在崎岖的山路上。空气越来越稀薄，风却越来越大。有教奴在路边给朝圣者准备热水和一种丸子。又有一批人放弃了。天亮的时候，他们爬上了斑马岩。

乞力马扎罗山有两个主峰。两峰之间有一个十余千米长的马鞍形山脊相连。这里一块少有的大岩石，它因风化形成的纹理黑白相间，宛如非洲草原上的斑马，所以叫作"斑马岩"。

站在斑马岩上，猎猎寒风吹过，视线豁然开朗。右边的马文济峰突兀嶙峋，仿佛拒人千里之外的怪兽；左边的基博峰更高，锥形的火山体非常典型，长长的斜坡温婉平滑，竟似白发苍苍、和蔼可亲的长者。

基博峰顶上覆盖着厚厚的冰川。在历史上，这冰川一度严重萎缩，让无数人担心它会彻底消失。进入 22 世纪后，冰川向着山下延伸，覆盖面积超过历史上的任何时期。人们都说，这是我神乌胡鲁的功绩。

重生教最神圣的殿堂，就在基博峰顶上。

那正是袁乃东此行的最终目的地。

他瞅瞅刚刚升起的红日，撇开别的朝圣者，以最快的速度向着重生教神殿走去。

时间是 2123 年 5 月 12 日。

2...

乞力马扎罗山形大约成于 75 万年以前，整个山脉东西绵延 80 多千米，面积 756 平方千米。实际上，它因马文济、基博和希拉三座火山先后喷发而形成。如今，希拉的火山口已经完全坍塌，湮没无闻，马文济和基博则保持了锥形火山口的形状与威严。

基博峰海拔 5 895 米，是乞力马扎罗山最高的山峰。资料显示，峰顶有一个直径 2 400 米、深 200 米的火山口。火山口内的四壁是晶莹无瑕的巨大冰层，底部耸立着巨大的冰柱，整个火山口宛如巨大的玉盆。火山口目前处于休眠状态，其散布四周的火山喷气孔还不时地释放出带着硫黄气息的火山气体。

但资料描述的是以前的基博峰。如今，基博峰的火山口内，被各种建筑挤得满满当当，这些建筑快要溢出来了。那是重生教最高权力机构所在地——乌胡鲁神殿。

乌胡鲁神殿气势恢宏，包括10座风格迥异的大型建筑，总面积当在35 000平方米以上。最醒目的是能同时容纳3 000名信徒进行礼忏的重生宫。大柱子、大圆顶、大开窗，建筑风格大开大合，追求磅礴大气的气势。整体呈现凝重的黑色，与四周雪白的冰川形成鲜明的对比，极具视觉冲击力。

条石铺成的路通往各处建筑，其中最显眼的一条通向重生宫正门。路两旁立着两人多高的十字架，每一个十字架下都站着一名身着戒装、手执电弧枪的堕落者。袁乃东昂首阔步，在堕落者的虎视之下，走向乌胡鲁神殿。路的尽头是石阶，又宽又高，一共108级。仰望石阶之上的重生宫，即使是在初升的太阳照耀下，背景是瓦蓝的天空，也格外有种压迫感。那么，这就是神殿为什么要这样设计并制造的原因了——让每一个从远方历尽艰辛前来朝圣的信徒感受到压迫，进而打心底里生出敬畏感来。

袁乃东拾阶而上，不徐不疾。

走到石阶最顶上，两名身着动力装甲的堕落者拦住了他。他们怀里抱着硕大的毁天灭地一霹雳，神情骄傲而散漫，眼睛似乎长在头顶上，瞧不起任何人。

"站住，异教徒。"其中一人问，"吾乃天神卫，速速报上名来。"

天神卫？不是堕落者吗？啥时候冒出来的？"袁乃东。从火星来，觐见重生教教主乌胡鲁。请通报。"

"重生宫乃重生教第一圣地，神圣无比，岂是尔等可以擅闯的？"一人说完，另一人马上接着说："我神乌胡鲁，法力无边，岂是尔等想见就见的？"

两人语言上的配合也算默契。然而，袁乃东已经不打算和他们浪费时间了。在两名天神卫动手之前，他已经闪电般地伸出双手，拍击他们肩部和腰部的装甲部位。等他们反应过来，想要拿热熔枪轰击袁乃东，动力装甲早已不听使唤，只听液压传动机构发出刺耳的抽拉之声，却不见手和脚有相应的动作。袁乃东从他们中间走过。他们还在努力控制动力装甲，反复挣扎几下，他们和古老技术拼凑而成的笨重装甲一起跌倒在地，兀自发出刺耳的金属摩擦与撞击声。

"何必跟两个不长眼的门卫过不去呢？"门内传出一个气喘吁吁的声音。说话间，徐永泽长老肥硕的身影出现在门前。"你只需要再等十秒钟，十秒钟，我就到了。年轻人，我告诉你，做事情不能太心急，心急容易出事。除了生与死，还有什么事情值得着急？你看我，一辈子慢慢悠悠，不也活得很滋润吗？"

既然对方不追究，袁乃东也就坡下驴，"我就是无意中发现天神卫的动力装甲有缺陷，一时技痒难耐，随手测试了一把。鲁莽了，幸好没有伤到什么人。还请徐长老见谅。"

"我是无所谓啦。天神卫们会去处理的。"徐永泽打着哈哈，"活了大半辈子了，我的原则就是，不和自己过不去，也不和别人的过不去。谁活着都不容易。"

徐永泽转身，迈着鸭步，走进重生宫正门。

　　袁乃东觉得，跟上一次见面时相比，徐永泽有某些微妙的变化，但具体是什么，一时之间他又说不上来。那是一种若有若无的感觉，就像徐永泽胖胖的身体上笼罩着一层淡淡地光辉。他一边想着，一边跟在徐永泽身后，穿过高大的宫门，走进重生宫。

　　门内空阔，到处是冷光涂料，偏绿色的光照耀着每一个角落。由至少2 000名信徒组成了数十个方阵，每一个方阵前有牧师或者主祭，信徒们默然静立。倘若不是亲眼所见，很难叫人相信，这么多人聚集在一起，以至于他们的上方因呼吸而氤氲了一层热气，却没有一个人发出声音，所有人都仿佛是自洪荒时代起就被风吹雨打"雕刻"而成的石像。他们身着统一的重生教制服，齐齐扭头，把刺刀一样的目光投向袁乃东。他们的动作整齐划一，随着袁乃东的走动转动着脑袋，仿佛袁乃东是磁铁，而他们是被磁铁吸引的铁屑。他们的目光也是如此一致，满是对异教徒的鄙夷、憎恨与愤怒。

　　也不是没有声音。相反，正因为现场的人鸦雀无声，反而衬托出那声音的可怖。鞭子划过空气，啪的一声抽到在一个人瘦弱的胸前。一下一下，又一下。在重生宫正殿的一角，骇人的鞭刑正在进行中。受刑者精赤着上身，被绑在十字架上。瘦弱的身体上，新伤旧伤，叠加在一起，完美地诠释着什么叫"伤痕累累"。五大三粗的行刑者站在五米之外，手里捏着五六米长的皮鞭，每喊一次"你可知罪"，就抖手挥出皮鞭，以最快的速度，让鞭梢在受刑者身上留下深可见骨的痕迹。

　　"认识那个挨打的吗？你应该认识他。"徐永泽问。

　　袁乃东已经跑向刑场，大声呼喊："住手！住手！"

行刑者浑不在意，继续挥鞭，袁乃东到了他身边，捉住了他的手腕，使他挥出的鞭子改变方向，击打在地板之上。"我说住手，你没听见吗？"袁乃东吼道。他用力一拧，几乎将那壮汉的手腕折断。壮汉疼得面容扭曲，却没有发出声音。

"放开他，他只是执行命令。"何子荣说着，从信徒方阵间的空隙走了过来。重生宫极冷，信徒们的衣物都臃肿难看，颜色也极其单一，而他身着精心裁剪过的长老服，配上他俊朗的面容，竟显出不一样的神采来。"袁特使，别来无恙。"七个月不见，荣长老的声音也更加沉稳老练。

袁乃东松开手，壮汉用另一只手握住受伤的手，退到一边。他额头上冒着冷汗，牙齿也在颤抖，可他自始至终都没有发出一声惨叫。

"为什么打他？"

"这个问题还用问吗？有时候，觉得你非常聪明；有时候，又觉得你好幼稚。"何子荣说，"他是春节运动的领导人，好不容易才抓住。打他，不是应该的吗？"

何子荣走到行刑专用的十字架前，对奄拉着脑袋的崔玺晶说道："不信我神乌胡鲁，死后必定下黑天堂，不得重生。黑天堂有十八重，每一重针对不同罪行的死者。其中一重就是惩罚那些在心底侮辱我神乌胡鲁的人。你们将在那一重地狱里，永永远远地用长柄的勺子舀稀粥喝，但因为柄太长了，即使舀到了稀粥，也无法喝到嘴里，只能眼睁睁地再一次饿死，再一次被送往这一重地狱。如此循环往复，直至时间的尽头。而我，将在高高的露台上，兴高采烈地看着你们遭受无穷无尽的苦难。"

崔玺晶抬起头，晃了晃凌乱的头发。他的眼镜不知道上哪儿去了，脸颊上密布着鱼鳞状的小伤口，那是用小刀一刀一刀切割出来的。他用嘶哑的声音说："首先，长柄的勺子舀稀粥喝的说法不是重生教的原创，而是抄袭。我最讨厌抄袭了。其次，谁说长柄的勺子送不到嘴边？手不可以往前移动啊？没有脑子的人才会这样想。第三，只有最没有同情心的人才能兴高采烈地看着别人受苦，真正善良的人都会在看到别人受苦时心生痛苦，泛出同情之心，而没有同情心的人，才是最可怕的恶魔。"

"还是嘴硬。"何子荣直起身子，命令道，"把他带下去，好生治疗。今日没有打完的鞭数，记下来，明日补上。"

四名教奴上前，从行刑十字架上把崔玺晶解下来，放到担架上，抬走。袁乃东没有说话。此时，他有更重要的事情要做。"带我去见乌胡鲁。"他的目光快速扫过眼前这些重生教信徒，"你们的教主。"

"你已经见到他了。"徐永泽挤到袁乃东身边，满脸笑容。

"他在哪里？"

"我，就在你面前。"眯缝的眼睛在徐永泽的圆脸上显出某种鬼魅般的风神韵致。

"你不是……"

徐永泽哈哈两声，双手一击掌，不远处的地板应声裂开，金光璀璨的神座从裂口处缓缓升起。

"恭请我神乌胡鲁归位！"何子荣喊道。

有某种拾音装置将何子荣的声音传递到重生宫正殿的每一

个角落。在场的2 000多名信徒同时喊道："恭请我神乌胡鲁归位！"声势之浩大，如春雷滚动。

何子荣又喊，信徒们跟着喊。

如此重复了三次

徐永泽（或者说乌胡鲁）迈着鸭步，左右摇晃着，在信徒们的呐喊声中，走向神座。他在神座最顶上的位置上坐下——不，是选了一个最舒服的姿势，躺下。躺在装饰得极为繁复的神座之上，他的神情极为安闲、极为享受。

重生宫再一次变得极为安静。

袁乃东呆呆地望着他，不敢相信自己的眼睛，无数念头在他脑海里打转：乌胡鲁，重生教教主，世间的真神，亿万重生教徒崇拜、敬服得五体投地的偶像，就是这个肥胖的、总是笑呵呵的、并不怎么起眼的老头子？徐永泽就是乌胡鲁？这就是朝天门会议上，面对克莱门汀严厉的惩处，一贯强悍的查尔斯和伊凡没有进行任何形式的反抗，引颈就戮的真正原因？他们看出了迟到的徐永泽就是乌胡鲁，失去了反抗的勇气？慢着……

"我是火星来的袁乃东，你们说的那个从天上掉下来的家伙，就是我。"说这话的时候，袁乃东已经找到了正殿里的拾音系统，很容易就"劫持"了它，让自己的声音通过它传递到正殿里每一个人的耳朵里，"但我此刻有一个大大的疑问，想得到解释。"

之所以强调自己的身份，袁乃东是想在最短的时间里，获得信徒们的关注。在他确定信徒们都在聆听他的讲话后，他继续说道："这个人明明是徐永泽，你们怎么说他是我神乌胡鲁？"

这话引发了一阵窃窃私语，袁乃东不管，自顾自地往下说："照何子荣的描述，暗杀者，也就是来自弥勒会的邱启辰使用的是线粒体炸弹。事情就发生在这重生宫。说不定你们很多人当时还在场。那种威力的爆炸，死者的尸体不可能是完好无损的。我的疑问是，你们是怎么知道，现在这个乌胡鲁就是以前那个乌胡鲁？不是徐永泽冒充的？"

3....

听到袁乃东的这个疑问，躺在神座上的那个胖子笑了，笑得极为真诚。他一笑，连带着重生宫里的2 000多名信徒也跟着笑起来。这笑声以神座为中心，向着外围以均匀的速度扩散，就像平静的湖面投进一块石头引起的涟漪。等涟漪扩散到重生宫的墙边，最后一圈站立的信徒笑过，就消失无踪了。这种熟悉或者默契程度，仿佛练习过无数次。

"愚蠢的异教徒，朝圣之旅没有使你有一点儿进步。这是神迹啊！"何子荣走到袁乃东跟前，"我神乌胡鲁的神力无边，岂是尔等可以管窥的？一次来自邪门歪道的暗杀，无足轻重，不值一提。我神乌胡鲁早已重生多次，并且化身万千。这次借由徐永泽长老的皮囊复活，乃是徐永泽长老的荣幸，又有什么可意外的？我们相信，这一点毋庸置疑。况且，似我等重生教的忠实信徒，哪一个又不盼望着成为我神乌胡鲁的皮囊？"

何子荣的回答只是再一次用"神迹"解决一切问题，并没有正面回答袁乃东的疑问。"教主，"袁乃东决定不在这件事上纠缠，他转向神座，拱手道，"我代表碳铁盟，前来觐见，有要事相商。"

"什么事情，你说。"

"拯救碳族。"

"就是铁族想要偷走太阳那件事？我已经知道前因后果了。一会儿单独说。我自有安排。"乌胡鲁说着，转向另一个方向。"好了，今日晨课到此为止。"他说，"荣长老，你做得很好，很忠诚，我很欣赏你，对你很满意。"

何子荣立刻跪地拜服，叩谢乌胡鲁的赞誉；随后起身，安排各个方阵有序离开。除了袁乃东刚才进来的正门，重生宫两侧有许多纸质屏风遮掩的侧门，信徒们排着整齐的队伍，依照早已规划好的路线，在牧师或者主祭的带领下，走出了重生宫。

乌胡鲁对袁乃东说："你过来，和我说说话。我喜欢和年轻人说话。跟年轻人说话，让我感觉自己也变得年轻了。"

袁乃东依言走到乌胡鲁面前。

"你今年二十九岁吧？"乌胡鲁依旧躺在神座上，用一只手撑着脑袋，斜着眼睛端详袁乃东，"眼睛像克里斯汀娜，头发也像，下巴也像。鼻梁和耳朵像卢文钊。"

"我母亲呢？"袁乃东奇怪地问。克里斯汀娜是母亲的教名，这是信奉天主教的外婆在命名日给她取的。多数人都只知道母亲叫萧菁，是地球同盟统治地球时太空防御军总司令萧瀛洲的独生女儿。只有少数亲近的人才知道母亲的教名。

"克里斯汀娜在外边滑雪。"乌胡鲁回答，"玩得不亦乐乎。"

　　袁乃东注意到一个细节，乌胡鲁在说到母亲名字的时候，眼睛里流露出某种天神或者大人物不该有的温情。为什么？"我想见见她。"他藏住自己观察到的结果，向乌胡鲁提出要求。

　　"随时都可以。"乌胡鲁客气地说，转而问道，"从重庆一路走过来，用了七个月的时间吧？"

　　"一共 224 天。"

　　"比一般信徒快多了。"乌胡鲁温和地笑笑，似长辈一般，"走这么久看见了什么？有什么收获？"

　　袁乃东跟着笑笑。他知道乌胡鲁想要什么，但他不会给他。"我之所以同意走这一趟，是因为我对地球，对地球上的碳族，太不了解了。一路之上，看见风，看见雨，看见了狮子、鬣狗和大蜗牛；看见了超大城市的废墟，成群结队的流浪狗在废墟里对着空气号叫，或者彼此毫无理由地撕咬；看见了活人和死人，死人睡在朝圣之路的边上，缄默不语，活人走在朝圣之路的石阶上，痛苦挣扎。"他说，"至于别的收获，没有。"

　　乌胡鲁没有生气，反而用赞许的口吻说道："不错不错，看见了这么多。你最后那两句，说活人与死人，说得特别好。生有何欢？死有何惧？因何而生？因何而死？这都是值得思考的大问题。人世之间，除却生死，又有何大事可言？我已经死过数十次，重生过数十次，生死于我，也已是尘埃一般的小事。"

　　袁乃东心中微动，再一次感受到了笼罩在乌胡鲁身上那种淡淡的光辉。那是一种亲切感，一种特别的亲和力，一种说不清道不明的气场。他继续想，捕捉脑海最深处的灵感：聪明如莉莉娅·沃米，高智商的数学天才，执拗地想要获得永生，终究落得惨死金星的下场，不禁叫人嘘唏；胆怯如孔念铎，逃避畏惧了一辈子，却能在最后关头，舍弃生命，只为自己的理想而搏。与之相比，乌胡鲁显然更加通透。倘若乌胡鲁所说的是事实，他已经死亡并重生了数十次。那么，乌胡鲁见过生，见过死，体验过生和死，也就看淡了生死，看透了生死，看穿了生死。于是，他抵达了"不眷念生，不畏惧死"的圆融境界。那么，这才是他吸引我的真正原因吗？

"刚才我下令，命教奴通知克里斯汀娜，说你到重生宫了。"乌胡鲁说，"瞧，她已经来了。"

重生宫正殿里的信徒已经走了个干干净净，只有少数几个教奴在远处等候召唤。时年67岁的萧菁从侧门进来，穿过屏风隔成的甬道，脚步就像她的性子那样，又快又急，丝毫不显老态。相比之下，父亲要稳重得多，或者按照母亲的说法，是慢吞吞的。两个人拌嘴的原因也多半是因为一个说快点儿，快点儿，来不及了；一个说再看一看，慢点儿，不然容易出岔子。想到这里，袁乃东迎向穿着滑雪服的母亲。

"乃东，你到啦！"萧菁的语速极快，风风火火的性格并没有被时间所修改，"他们跟我说，我还不相信呢。走了七个月，累不？"

"小菜一碟。"袁乃东说，"还比不上徒手爬上了奥林匹斯山。"

"那就好。我和你父亲都相信什么事都难不倒你。"萧菁的语气突然变得严厉，"然而，教主说你在绵阳那儿，一个人向一支万人骑兵发起冲锋，未免太过胆大了。"

"都是些杂兵。我不想打的。"

"太让你妈我操心了。"

一边说相信什么事都难不倒我，一边操心我会被几个杂兵打倒。头疼。袁乃东耸耸肩，没有说话。他知道，这个时候只要一说话，就会迎来母亲劈头盖脸的责骂。

萧菁停顿了片刻，自己转移了话题，"先说正事。滑雪的时候，我收到碳铁盟发来的情报，说铁族内战已经结束了。"

袁乃东不由得大吃一惊，"什么？！这不可能。他们才打多久？"

"情报上是这样说的。"

袁乃东追问："谁胜出呢？外扩派？还是内卷派？"

"内卷派获胜。"

"为什么结束得这么快？"袁乃东问。

按照最初的预测，铁族内卷派与外扩派势均力敌，至少要打上三年以上才能分出胜负，甚至碳铁盟努一把力，还可能使他们陷入永久的内战之中。

"情报上说，铁族内战正酣时，突然出现了一支幽灵舰队。这支舰队规模空前强大，火力空前凶猛，又隶属于内卷派，一出手就重创了外扩派。别说我们，连铁族外扩派都不知道幽灵舰队的存在。"

"幽灵舰队，哪里来的？"

"碳铁盟根据各方汇总来的情报，得出了一个匪夷所思却是唯一可能的结论。"

"是什么？"

"你在金星的时候，目睹了铁红缨用超能力摧毁了前去追捕狩猎者的铁族舰队。那不是真的。"

"你是说……"

"那支铁族舰队并没有被摧毁，而是假借铁红缨之手，隐藏了起来。我，还有碳铁盟的所有人都不知道，他们是怎么办到的，怎么避开所有人的目光，把那么大一支舰队藏起来。等到铁族内卷派与外扩派打得不可开交的时候，这支舰队突然出场，一举奠定内卷派的胜局。"

袁乃东沉吟了片刻，"我当时就有疑惑，觉得不可思议。怎么可能凭借一己之力摧毁一支庞大的铁族舰队？换而言之，早在金星战役之前，铁族内卷派就开始策划将一支舰队隐藏起来，为后来的内战做好了充分的准备。难道一切都是他们安排好的？他们……然而……这是多久以前的事情呢？现在铁族内卷派在干什么？"

萧菁说："铁族的两支施工舰队已经启程，飞往水星和金星了。"

按照铁族的最终解决方案，他们将把水星和金星拆解成原材料，送到太空熔炉加工，制成统一格式的组件，再发射到太阳的环绕轨道，建造超大规模的戴森阵列。这戴森阵列将把大部分太阳包裹起来，收集它发射的光和热，再传送到火星，为内卷的火星铁族提供长达二十亿年到三十亿年的稳定能源。

"火星超脑的建设呢？"

"同步进行中。"

"火星超脑"是铁族内卷计划的核心，简单地说，就是把整颗火星进行电子化改造，使其成为供所有铁族上传、存储与运行他们的意识的超级电脑。

"还有一个情报。"萧菁说，"铁族已经把地球作为备选，如果水星和金星不够用，地球会是下一个拆解对象。"

"他们就是想灭绝碳族。"

"你说得对。"

"现在怎么办？"

萧菁冲乌胡鲁说："问他。"

4...

乌胡鲁坐直了身体，笑道："问我？我能怎么办？我既没有航天母舰，也没有星际战舰；既没有太空电梯，也没有空天战机；既没有激光大炮，也没有行星导弹。我能把铁族怎么样？"

从袁乃东到地球以来，一直对碳族的落后、原始甚至是野蛮，颇为感慨。然而，乌胡鲁这一席话里却包含了诸多现代化武器。这意味着什么？"去年降落的时候，我被一艘老式星际战舰击落。"袁乃东说，"难不成教主您也有一支幽灵舰队？"

乌胡鲁摇头。"要是我有一支幽灵舰队，一定把铁族打得满地找牙，只恨自己为什么要从流水线上被生产出来。可惜我没有。"他说，"你提到的那艘星际战舰已经报废了。击落你，纯属意外。那是它最后一次执行任务，绝密任务。所以，它发现了什么，就想着把对方击落下来，仿佛是一种本能。"

"没有幽灵舰队。"萧菁说，"但教主有巨壁系统。"

乌胡鲁的表情很顺滑地切换为沮丧，"巨壁系统，费心费力建成，如今却是一个死宝，没有任何用处。如果铁族打来，我第一个举手投降。他们真要灭绝碳族，就让他们灭好了。"

乌胡鲁这种自暴自弃的态度与先前作为"神"的倨傲自信，判若两人。袁乃东开始琢磨，这乌胡鲁到底有多少面。

"还不带我们去参观巨壁系统。"萧菁说。

母亲这话中命令的口吻非常明显，但换个角度讲，又显得非常孩子气。然后，袁乃东不无奇怪地看到，乌胡鲁从神座上站起来，嫌弃地揉了揉腰上的一圈肥肉，说："我叫他们准备准备，省得袁乃东失望。克里斯汀娜，你和你儿子，你们都是从火星来的，见惯了火星的那些高档玩意儿，再看我这儿的土货，多半会有上当受骗的感觉。"

待乌胡鲁圆滚滚的身影走远，袁乃东抓紧时间问："母亲，你以前就认识乌胡鲁吗？"

"不认识。"

"他怎么知道你的教名？"

"我告诉教主的。"萧菁补充道，"他问起我的信仰，我说我父亲是无神论者，母亲是天主教徒，而我是不可知论者。他问我母亲有没有给我取教名，我就告诉他了。克里斯汀娜，也不是什么了不起的秘密。怎么了？"

"我瞧他和你说话，感觉很熟悉的样子。就像认识多年的老朋友。而且，他坚持称呼你为克里斯汀娜。"

"你怎么和你父亲一个德行啊？疑神疑鬼的。不就是一个名字？有什么好奇怪的。乌胡鲁是一教之主，称呼我的教名，是表示对我的尊重呢。"

袁乃东微微一笑。虽然父亲和母亲生活在一起好几十年了，生病也已经很久了，脑子经常稀里糊涂的，但依然记得常常吃母亲的醋。"在重生教眼里，别的教都是地地道道的邪门外教，不可能表示尊重。"

"袁乃东，你到底什么意思？"

"就是有些疑惑。"袁乃东意识到正面问不会有结果。母亲已是好几十岁了，但时时表现得像个被宠坏的小公主。这是父亲评价母亲的原话。"没办法，这是你外公从小溺爱的结果，一辈子都这样，改不了啰。"父亲如是说。思忖片刻，袁乃东问："妈，你怎么来地球了？不好好在火星待着。你不知道，当我知道你被重生教抓了有多着急。他们用你来要挟我。"

"还不是怪你。"萧菁说，"你一到地球就断绝了联系，音讯全无。我操心你，怕你有什么危险。太阳系里，只有我最操心你了。所以就开着'曙光女神号'回地球了。再说了，你父亲……"

袁乃东强行打断了母亲的话，"然后一到地球就被重生教抓住了。"

"也不算抓吧。叫软禁更合适。到了这里，好吃好喝招待着，上上下下都很客气，没有审讯逼供，没有严刑拷打，除了哪儿都不能去，别的都还行。"萧菁回答，"当中我发过两次脾气，摔了东西，可人家根本不在乎，就像一拳打在棉花上，无处着力。两个月前，乌胡鲁接见了我，聊了很多家长里短。这家伙能当重生教教主，自然不是一般人，非常会说话。一教之主，必然是演讲高手。一来二去，竟熟稔起来。他带我四处参观，在这雪山顶上，我也是想去哪里就去哪里。"

袁乃东没有从母亲的回答中得到问题的答案，疑虑没有减少，反而增多了。"说得你就像是来度假一样。"他说。

"我就是来度假的。"萧菁说。

这些年，要照顾生病的父亲，母亲也是够累的。"度假好啊。"袁乃东说，"应该的。"

"在乞力马扎罗山的另一座山峰上，真有一座历史悠久的四季行宫，专门供达官贵人来此旅游度假时居住。那里非常漂亮。有空我带你过去转一转。"

乌胡鲁已经转回来了，站在屏风边上，向萧菁和袁乃东招手。他们走出侧门，拐弯看见一道已经打开的卷闸门。乌胡鲁带头进去，萧菁和袁乃东随后。

卷闸门自动关上。袁乃东意识到，他们现在身处一台老式升降机之中。乌胡鲁在侧壁上按了一下，暗处传来铰链、轴承和滑轮相互摩擦的声音，升降机缓缓往地下深处降落。靠近升降机底边一圈有八个六边形的通风口，头顶上有两个面积大得多的通风口，其中一个的铆钉都脱落了，防尘板随着升降机的降落发出刺耳的嘭嘭声。

乌胡鲁负手而立，安闲自在，显然已经习惯了。萧菁面露不悦，却抿紧嘴唇，没有更多的表示。这说明她已经去过，知道是这么一回事了。

升降机降落了七八分钟，在一阵类似金属断裂的声音里停了下来。金属推拉门哗啦哗啦地打开。三个人鱼贯而出，面前是一个地下停车场，并排停着十六辆四轮军用吉普车。其中排头的那辆军用吉普车已经开到升降机前的空地上，开车的是一名身着戎装的天神卫。他向乌胡鲁敬礼，乌胡鲁没有回敬，对萧菁和袁乃东说："上车！"

乌胡鲁坐到副驾驶的位置，萧菁和袁乃东坐到后排。军用吉普车轰鸣着，拐弯驶向停车场左侧的甬道。袁乃东注意到，军用吉普车的发动机是电动的，这比之前见到的汽油发动机又要先进好几十年。两处武器支架空着，但挂钩还在，说明随时可以装上速射机枪或者别的车载武器，比如榴弹枪、火箭巢、热熔枪，用于作战。

军用吉普车在半圆形甬道中行驶着。甬道很宽，即使两辆军用吉普车并排行驶仍绰绰有余。地面画着行道线。甬道上方和侧方的白色灯带按照间隔四米的规律安装，于是，在军用吉普车行驶的过程中，每隔几秒，就有一道白光照到众人的脸上。连人带车，仿佛穿行在光的涟漪里。

"这大山肚子里的工程，建造一定很困难。"袁乃东问。

"有什么事情是容易的吗？"乌胡鲁没有正面回答。

他们行驶的这条甬道肯定是主甬道，因为袁乃东在前方看到了岔道，岔道之外，还有岔道。还有其他军用吉普车在行驶，四处都有重生教堕落者和天神卫在值守。这不是一座军事基地，而是一座规模庞大的地下城市。在乞力马扎罗山的雪顶之下，在乞力马扎罗山坚硬的火山岩石之中，开掘出这样一座城市，是怎样庞大的一个工程？需要多少人力物力？又需要多少时间？

"至少十万人，工作十年以上。"袁乃东报出这样的数据，"还要取决于工人们使用的工程机械有多先进。"

"三百万信徒，二十年时间。"乌胡鲁说，带着明显的骄傲。

二十年前，乌胡鲁代表碳族，跟铁族签订了和平协议。重生教由此获得了极大的荣耀。在那之后，地球上再没有任何力量可以阻止重生教的统一。那个时候，乌胡鲁就开始修建巨壁系统，为什么？"二十年前？"袁乃东疑惑地问。

"二十年前。"乌胡鲁把这个词重复了一遍，"那个时候这里还不叫巨壁一号基地，我只是命人在乌胡鲁神殿之下建造一个避难所。谁知道越修越大，上瘾了似的，最后就修成了这个样子。千万不要低估一群信仰坚定的人为达成一个伟大的目标而爆发出来的激情和工作效率。实际上，在别的地方，同等规模的巨壁基地还有两座。二号基地在加里曼丹岛，三号基地在危地马拉。"

萧菁补充道："这两个地方，我小时候都去过，还住过一段时间。当时你外公忙着推进地球环的建设呢。"

三百万信徒，二十年时间。袁乃东琢磨着这两个数据，"叫巨壁系统是从两年前开始的吧？"

"对。两年前，薇尔达·沃米决定加入我们的伟业之后。"乌胡鲁答道，"她的加入，使巨壁系统成为真正的巨壁。"

军用吉普车驶上一条岔道，转了两个急弯，在一个大型停车场停下。两列天神卫恭恭敬敬站着，他们都低垂着眼帘，不敢触碰乌胡鲁的目光；而乌胡鲁一说话，他们都圆睁了双眼，目不转睛，表现出狂热又忠顺的眼神。那眼神明明白白在说，他们随时可以为乌胡鲁去死。

乌胡鲁下车，从天神卫的队列中走过，享受着作为

"神"的荣耀。战士们狂热又忠顺的眼神，也投注到萧菁和袁乃东身上。袁乃东注意到母亲对此有几分享受，不由得警觉起来。

乌胡鲁把他们带进了一间大厅。准确地说，这是一间由三个相对独立的隔间组成的大厅，不说的话根本想不到这是在乞力马扎罗山的腹地。隔间里摆放着老式电脑，共九排、每排九台，四四方方、整齐有序。每台电脑前方端坐一名重生教的技术人员，不过只有大厅最前方那一台中央电脑在工作。

袁乃东眼望四周，看见到处都是粗糙的按钮、硕大的电缆、丑陋的仪表盘、不规范的插头与插座、分辨率极低的显示器。跟火星那些精密的仪器相比，简直是天壤之别。然而，袁乃东又不得不承认，看到这些机器装置，他感受到了一种异样的粗犷的美。这种美，就如砂纸，充满了颗粒感，看上去、摸上去，都让人很不舒服，一不小心还会磨出血来，但它就是能吸引人的目光，还能把生锈的刀刃磨得锃亮又锋利。

"这是巨壁一号基地的指挥部。"乌胡鲁介绍完，又对中央电脑旁侍立的人说，"伊戈尔·德沃斯基，打开大屏幕。"

伊戈尔是个秃顶，被稀疏的头发围绕的光滑头顶俨然一个小小的沙漠。他身着神将戎装，应声后迅速扭动操作台上的一个旋钮，大厅前方的墙壁上滑落下一块九米长的大屏幕，显示的内容跟中央电脑的一致——一幅不算精致的世界地图。

"巨壁系统，"伊戈尔梗着嗓子，一字一顿地介绍，"地球之长城，三座地下巨壁基地之集合，誓死保卫重生教，保卫我神乌胡鲁！"

大屏幕上的世界地图随之变动。最开始是乞力马扎罗山，山腹的巨壁一号基地启动，传来轰隆轰隆的巨响，仿佛蛰伏的史前巨兽，正在轰鸣中醒来。山顶裂开，射出一道宽大的白光。这白光一直向上升，穿过云层，穿出大气层，穿向璀璨的星海。这时，能看到位于加里曼丹的巨壁二号基地射出的光，然后位于危地马拉的巨壁三号基地也加入进来。镜头拉远，地球和射出的三道光尽收眼顶。三道光升到三万六千千米的地球同步轨道上，这里有太空城，每一道光对应一座太空城。乞力马扎罗山射出的光，照射的太空城标注为"拉尼亚凯亚"，另外两座太空城分别标注为"斯隆"和"格勒—赫伽瑞"。

三座太空城随即从沉睡状态启动，发射出一种声波一样的东西。就像平静的湖面因丢进石子溅起的涟漪一般，声波样的东西沿着地球外缘，快速扩散。这"涟漪"，在遇到其他太空城发射的同类时，就连接起来，互动一番，在极短的时间内，达成统一的节奏，然后向着更辽阔的空间传递。

最后，所有的"涟漪"连接成一个球形，仿佛一个半径三万六千千米的淡紫色肥皂泡，包裹着小小的蓝色地球。

淡紫色肥皂泡进一步整合、震颤，颜色在阳光的照射下，发生着微妙的变化。

"我们没有能力进攻，只能防御了。"乌胡鲁说，"这就是我所能做的。没有任何舰队可以穿过这道巨壁，这就是巨壁名字的来历。"

袁乃东没有说话，这画面没有完全说服他。

乌胡鲁继续说："没有任何舰队可以穿过这道巨壁，但阳光可以。你之前不是一直在担心，铁族的戴森阵列一旦建成，挡住了射向地球的太阳光，会导致地球突然进入冰川期吗？巨壁系统稍微做一下调整，就可以收集足够的阳光，给地球加热，温暖整个地球。你担心的事情，在巨壁系统建成之后，绝对不会发生。"

"这是薇尔达·沃米设计的？"袁乃东说，"在古老寨的时候，我曾经幻想过铁匠手工打造坦克。当时我以为那是完全不可能的事情，那需要重建整个工业体系。但现在，我看见重生教以近乎手工的方式，打造出了一个拱卫地球的行星防御系统。我不得不承认，这是一个奇迹。"

"这个奇迹现在还是一个死宝。它没法运转，因为它的启动密码藏在了它的设计者薇尔达·沃米的脑子里。"乌胡鲁看着袁乃东，再一次强调这一点。

袁乃东说："我知道该怎么做了。"

5....

伊戈尔神将在前带路，将一行人带到离指挥部不远的一座救护中心。两队身着动力装甲的天神卫守在那里，防御力量比起指挥部来都不遑多让。"这里有重生教最重要的宝贝。"乌胡鲁说。

正如袁乃东在朝天门看到的照片一样，薇尔达躺在床上，昏迷不醒，宛如童话中的睡美人，脸上没有一丝血色。

"我听说，你们曾经把薇尔达送往重庆，中途遭遇了袭击。"袁乃东提出了那个他早就想提出却一直哽在喉咙里的问题，"你们抓住了袭击者。那袭击者在哪里？"

"你想问铁红缨你就直接问吧。为什么要拐弯抹角呢？"乌胡鲁回答，"堕落者没有抓住铁红缨。铁红缨的身手极其恐怖，你觉得以堕落者的战斗力，能抓住她吗？何子荣说堕落者抓住了铁红缨，是骗你的。何子荣看着老实，骗起人来可是一骗一个准，比他满口谎言的弟弟厉害多了。"

袁乃东牵挂的心这才放回原处。"我还有一个疑问。"他望向身旁的乌胡鲁。从这个角度看过去，乌胡鲁就是一个下巴浑圆、脑门宽阔的胖子，没有一丁点儿教主或者天神的样子。"你是怎么知道我能挖掘人脑子里的东西？"

乌胡鲁晃晃身体，回答道："狼蜥兽。"

这三个字一下子把袁乃东带回到古老寨，带回到狼蜥兽肆虐的血腥山岭，带回到那个何敏萱差点儿被献祭的夜晚。当时他试图与狼蜥兽沟通，试图安抚那头失控的钢铁狼人，他确实施展过意识挖掘的本领。但是……"你的情报系统工作效率挺高的。"袁乃东说。

乌胡鲁耸耸肩，"每一个重生教信徒都是情报系统的一员。"

一旁的萧菁说："乃东，啰唆什么，可以开始了。"

母亲向来是个急性子，跟父亲吵架，也多半是因为她的性子急。父亲总说她年轻的时候就急，提一个要求，恨不得就像摁下开关灯泡就亮那般，马上得到执行。现在岁数大了——千万不能当着她的面说她老了——性子不但没有慢下来，反而越来越急。

袁乃东坐到床边，端详了片刻，伸手摁在薇尔达的额头上。冰冷而空洞的感觉从他的指尖沿着手臂，爬进了他的脑子里。我为什么会在这里？没有意义啊。他微微打了一个寒噤。薇尔达的脑子里没有任何画面，只有一些意义不明的方程式与闪亮的词汇漂浮在她汹涌的意识之海上。他努力在其中挖掘，翻找，检索。

薇尔达是夏娃计划的产物，沃米七姐妹之一。她的天赋或者说超能力是极擅长研究物理。她的世界是没有图像的。她看得见这个生机勃勃而又规则严整的世界的一切，但她的脑海里没有任何类型的图像。当她思考某个人时，只有一个抽象的概念，就像关于某个名词或者术语的官方定义，而不是这个人的脸。她脑子里流动着词汇、数字和计算符号，数以亿计。哪一个才是袁乃东要找的？

袁乃东不徐不疾。挖掘，翻找，检索。寻得一条线索，顺藤摸瓜、蜿蜒而上，错误，不是要找的目标。再寻一条线索，出现三条岔道，无妨，同时溯源，错误、错误、错误。再一次出发。

词汇、数字和计算符号，宛如惊起的无数鸥鹭，啼笑着飞向天空。可它们却不飞走，只不远不近地看着，仿佛嘲弄袁乃东一般。它们时而趋近，时而远遁，时而聚成一团，时而一哄而散。

袁乃东保持着内心的冷静，不焦不躁。就像父亲常说的那样：事情已经出了，着急有什么用呢？冷静下来，想办法解决就好。关键词是什么？它有哪些近义词？有什么绰号？什么是巨璧？为什么会叫这么一个名字？这么重要的秘密，薇尔达会把她保存到哪里？一念至此，他信手一挥。那是意识之手，把虚空中的什么给抓在手里。

他抓到了他想要的东西。

那根本不是什么信手一挥。那举动，是省略经过，直接得出结果，再倒回去追溯过去的流程，是建立在算法、逻辑与经验之上的所谓直觉。

他脱离薇尔达的意识之海。他有一种奇怪的感觉。在他进入的时候，薇尔达是抗拒的、敌视的，而他要离开时，薇尔达却似乎想要他留下。"留下来吧，不要匆匆离开。"她幽幽地说。

"怎么样？"萧菁俯身问。

"找到了。"

"我就知道，我儿子是最棒的。"

乌胡鲁递过来纸和笔，"趁新鲜，写下来。"

袁乃东把那串数字和符号混在一起的 256 位密码写下来，边写边说："知道巨壁系统的密码，是好事情。然而，问题并没有真正解决。甚至连缓解都没有。我再强调一遍，地球现在最大的危机是什么？是铁族的施工舰队已经去了金星和水星，他们将拆解这两颗岩石行星作为原材料，围绕太阳建造戴森阵列，为火星超脑提供源源不断的能量。戴森阵列一旦开始建设，必定会影响到地球。而巨壁系统再坚不可摧，也不能对铁族造成丝毫威胁。"

"我知道，主动出击，才是战胜铁族的最好办法。"乌胡鲁说，"我也想过，建造太阳系史上规模最大的太空舰队，比萧瀛洲曾经领导过的舰队大得多，然后一举击败铁族，重现碳族的荣光。写完了？"

乌胡鲁去拿袁乃东手里写着巨壁系统启动密码的纸，袁乃东捏着纸不放。"为什么要我朝圣？"袁乃东忽然问，"如果只是要我做这一件事，大可不必如此。"

乌胡鲁回答："我一直相信，人性是最美丽的，也是最丑陋的。只要把这个人放在最极端的环境下，他的美丽与丑陋，自然而然就全都暴露出来了。而朝圣，步行成百上千千米，跋山涉水、风餐露宿，就是这样一个极端环境。朝圣，是一场考试，是一种筛选。淘汰那些怀疑论者与意志不坚定的信众，真正虔诚的教徒，则会在历经艰难之后，进一步坚定对重生教的信仰。"

"想把我发展成重生教信徒？"

"是的。"

"但显然，我不会成为重生教信徒。让你失望了。"

"我对你很感兴趣。活得太久，什么都见过，什么都不觉得新鲜，什么都似曾相识。厌倦一切，曾一度是我的心理顽疾。你知道那种感觉吗？不，你不会知道的。你太年轻了。"乌胡鲁脸上流露出苦涩的神情，但这神情一闪即逝，那种俾倪天下的神情重回他圆乎乎的脸上，"所以，我需要找一点儿具有挑战性的事情来做。比如，建造巨壁系统。又比如，将你发展成重生教信徒。"

袁乃东静默片刻，"回到刚才的话题，针对铁族的灭绝计划，你打算怎么做？"

"问你。"

"问我？我要是能一个人打败铁族，就不会到地球寻求合作了。"

"地球的科技水平你已经看到了。巨壁系统是重生教倾尽全力打造的地球防御系统，已经是当前人物物力的极限了。"乌胡鲁说，"想要太空舰队，你得唤醒她，薇尔达·沃米。她脑子里有如何在现有条件下，打造一支无敌的太空舰队的蓝图。在她发病昏迷，变成植物人之前，我和她讨论过。你能唤醒她吗？"

袁乃东微微一愣，手里一松，捏着的纸被乌胡鲁抽走。

乌胡鲁没有看纸上的内容，顺手把纸递给了一旁的伊戈尔神将，"马上去验证。"又对袁乃东说："你能唤醒薇尔达·沃米吗？"

6...

"崔玺晶，那个春节运动的领导人，关在哪里？"袁乃东找到荣长老，开门见山地说，"我想去看他，还需要一顿丰盛的晚餐。"

何子荣略为迟疑了一下，随即同意，派一名天神卫带袁乃东去地牢。

地牢在乌胡鲁神殿的东南角，一座全是石头打造的建筑。

"这里关了多少人？"袁乃东问陪同的天神卫。

那名天神卫穿着动力装甲，举手投足间有明显的金属摩擦声。"都是些该死的异教徒。"他把面罩掀到头盔顶上，露出一张年轻而洁净的脸，恶狠狠地回答，"我就不明白了，教主为什么不把他们全部赐死，反而养着，这不浪费粮食吗？"

"天神卫是什么时候成立的？我记得叫堕落者。"

"六个月前，荣长老向我神乌胡鲁建议，设立天神卫队。我神乌胡鲁同意了，由荣长老从堕落者中挑选。乞力马扎罗山原本有三四千名用于守卫的堕落者，最后挑出了八百名最优秀的堕落者，成为天神卫。荣长老还把散落各地的动力装甲收集起来，下令只有天神卫可以穿动力装甲，这是无上的荣耀。"

这名年轻的天神卫边走边说，骄傲之情写在脸上。他把袁乃东带进一间审讯室。不久，崔玺晶被送了过来。他脚步有些踉跄，身形有些佝偻，脸上有明显的伤痕，眼镜缺了一个小口，头发比上一次见更长，也更凌乱了。

"好久不见。"袁乃东问。

"今天你负责审讯？"

"不，我过来是请你吃饭的。"

天神卫把事先备好的饭菜放到审讯桌上。他面带愠色，盯着崔玺晶的眼睛就像饿狼见到肥美的山羊。

崔玺晶坐到袁乃东对面，努力保持身体的端正。这一动作看似普通，在此时的崔玺晶做来，却是十分地困难。"我一个人的？"

"你一个人的。"

"那我就不客气了。"

袁乃东看着他用颤抖的手拿起碗筷，知道他这半年里遭受的刑罚一定不少。每天接受鞭刑，然后送到牢里治疗，为的是第二天还能活着接受鞭刑。刑罚是何等的野蛮，崔玺晶又是何等的坚韧！

"你是在绵阳地下城那一战被俘的吗？"

"是。魏云出卖了我。被俘之后，我就到了这里。故事一点儿也不精彩。"

"我的故事稍微复杂一些。"袁乃东讲述了这半年来的经历，讲了朝天门的长老会议，讲了朝圣之路上的见闻，重点讲了巨壁系统与薇尔达。"巨壁的粗糙与先进，给我的印象太深刻了。"他说，"就像野蛮与文明，如此骨贴肉一般融合在一起。不由得让人疑惑，野蛮与文明，到底有怎样一种关系？"

"对此我只有一些朴素的想法，没有多少证据，也没有什么严密的逻辑。"崔玺晶说着扶了扶他的眼镜，"野蛮常常能战胜文明，这是历史上反复发生过的事实。这事实让无数人哀叹文明之不幸，人性之野蛮。然而，从更长的时间尺度看，最终胜出的，并非野蛮，而是文明。野蛮赢一时，文明赢一世。野蛮如瀑布下跌，遽然有力，轰鸣十里，但也就这样了。而文明则如大江大河，兴盛时滔滔不绝，衰落时连绵不断，总而言之，不曾断绝。不然，你无法解释，数百万年过去了，人类不但没有因为野蛮而灭绝，或者停留在数百万年前的原始状态，反而一天天文明起来。"

"你比我乐观。"袁乃东说，"薇尔达那件事我之所以同意做，不仅仅是因为我母亲。而是我觉得，乌胡鲁为了碳族，实实在在做了一些事情。这些事情是我办不到的，碳铁盟也办不到。我知道，在你的认知里，重生教是坏的，不能跟重生教合作。我承认，重生教确实做过很多坏事，这是一个朴素的认知。然而，它不能变好吗？"

"幼稚。"崔玺晶说，"你觉得重生教可能变好吗？不，如果你了解了重生教的历史，你就不会有这种天真的想法呢。

那天，荣长老审讯我，提到了长勺喝稀粥的典故，在重生教扩张史上有一个惨烈的故事，与此有关。"

塔姆桑卡是一座因为航天而崛起的新兴城市，总人口超过百万，距离乞力马扎罗山并不算远。但现如今，塔姆桑卡已经没了，四十多年前就从地球上消失了。大约是2084年，重生教的宣教团到塔姆桑卡演讲，说不懂相亲相爱团结互助的人死后会到地狱里用长柄的勺子舀稀粥喝，因为柄太长了，舀了粥也无法倒进嘴里。本来他们互相喂食，就能解决问题，只可惜他们就是办不到，只能眼睁睁地看着一锅稀粥，永远地饥饿下去。一位德高望重的学者越过众人，对重生教信徒讲，这种说法不是重生教的原创，而是赤裸裸的抄袭。学者的话引来一阵热烈的掌声。重生教宣讲团恼羞成怒，双方发生了激烈的冲突。数十人在混战中受伤。

三天后，桐山和雄——重生教的早期领导人之一——奉命抵达塔姆桑卡。调查表明，重生教的宝典《神之书》中并没有关于长勺地狱的说法，那不过是一个信徒在宣教时信口开河，随意引用了他曾经听说过的一个故事。这名无知的信徒被秘密处死，桐山和雄旋即宣布，重生教接管塔姆桑卡，要求所有居民在十天之内离开塔姆桑卡。跟随桐山和雄来塔姆桑卡的，还有五万忠心耿耿、视死如归、进行过严格军事化训练的重生教信徒——这批信徒后来成为堕落者的主力。塔姆桑卡的居民进行了坚决抵抗。但面对重生教强悍的战斗力，他们的抵抗很快被镇压，演变成重生教宣讲团单方面的屠杀。一半居民死于非命，一半居民逃离了已经成为噩梦的城市，这之中又有相当多的居民死于流亡途中。

　　"塔姆桑卡是重生教在扩张过程中毁灭的第一座城市，这样的故事，同样的悲剧，此后在世界各地反复发生。"崔玺晶说。

　　"好可怕！"袁乃东感叹道，"塔姆桑卡，我记得它。在朝圣的路上，我从它的废墟边走过。没想到背后有这样悲惨的故事。"

　　一旁侍立的天神卫开口说道："我听出来了，你在说重生教的坏话。你这个异教徒！必须停止你邪恶的宣讲！"

　　"闭嘴。"袁乃东想了想，又对天神卫说，"你把这个人讲的，全部拍摄下来，以后就可以作为他的罪证，对他进行审判。对你，也是一件功劳，重生簿上的点数将增加不少。懂了吗？"

　　那名天神卫自以为明白地点点头。

　　袁乃东问："重生教，或者所有的宗教到底是什么？"

　　崔玺晶放下碗筷，擦擦嘴唇，"在我看来，宗教大多起源于死亡。"

7...

　　宗教大多有关于死亡的探讨。

　　很久很久以前，在人类开始定居生活之前，他们就注意到了死亡的存在。好端端的一个人，能说会跳，怎么就不呼吸了，怎么就倒在地上一动不动了呢？何为生？何为死？生与死的分界线在哪里？死亡，多么可怕啊！最为重要的是，死亡之后，那些使人成为人的神秘力量又去了哪里？啊，死亡，多么可怕的一件事情！正是对于死亡的无限恐惧，促使远古的人类围坐在篝火旁想象、虚构、杜撰出地狱、阴间、冥界这样的存在。一开始这些概念肯定很模糊、很粗糙、很不成系统，但随着时间的流逝，越来越多的人参与到这场集体创作中，地狱、阴间、冥界，这些人死后才会去的世界的形象也越来越明晰、精确与系统。只有极少数动物有死亡的概念，而认识到死亡的存在，想象出死后的世界，是人类的一个巨大进步。

　　既然人死后只是去了另一个世界，那人的尸身就不能随意处置。如何处置尸体，由此成为一种至关重要的仪式。土葬、火葬、悬棺、金字塔……人类总是依据自身所在的地域特征，发展出独特的丧葬文化，原始宗教也随之诞生。毫无疑问，宗教是建筑在对于生与死的想象的基础之上的。原始宗教诞生的过程，本身就是人类探索自身存在意义的一种努力，同时也是对自身所处世界的一种认知，是人与人、人与神、人与自我、人与社群组织之间关系的一种规范。从原始宗教的普遍性，以及它们延续数十万年的事实可以证明，对同一组或者同一位大神的信仰，在当时是一种非常有效的社群管理体系。因此，经过数万年的嬗变与传播，原始宗教从自发走向自觉，教条更加严格，仪式更加规范，组织更加严密，进而诞生了几大宗教。这些宗教在具体条款或者规程上有所区别，但在排他性与同化能力等方面，几乎是一模一样的。

　　于是，从诞生之地出发，它们在全世界以神的名义，展开了彼此攻伐的信仰之战。从某种程度上讲，人类的历史，就是宗教的历史。显而易见，其过程不会是一帆风顺，也不会是请客吃饭那么轻松与简单。有时是文化上的细滋慢润，有时是行政上的强令接受，有时就是军事上的攻城略地。在这一过程中，有信教者的苦难，有被征服者的血泪，有毫无意义的抗争，有激动人心的坚持。正与邪，功与过，谁是谁非，数千年的纠葛与血泪，乱麻一般纠缠在一起，早就无法用简单的一两句话予以定论了。

科技与宗教的关系纷繁复杂。在近代以前的很长一段时间里，宗教对整个社会有着重大影响，科技也不例外。彼时，科技活动往往都在宗教的认知范围内展开。近代科技的发展，不止改变了人类的物质生活，更革新了人类的种种认知。如此一来，科技与宗教之间的关系发生了巨大变化。但随着时间的推移，科技成长速度之快，超乎所有人类智者的想象。

然而，进入二十一世纪，事情又起了变化。

当人工智能大量出现，替代人类成为劳动力市场的主力，那被替代的人可以干什么？这个数量极其庞大的人群成为一个新的阶层，被称之为"无用阶级"。这样的事情在二十一世纪三十年代从预言变成现实，到二十一世纪八十年代，无用阶级的人数已经超过二十亿。

在现代社会，基于伦理、道德、法律等因素，无用阶级不会被遗弃，他们会被整个社会"养"起来。现代社会已经发展得富裕到足以供养数量极其庞大的无用阶级。最低生活保障，就是这个词语。他们不学习，也不工作，但有全社会的供养，虽然日子不会过得太宽裕，但肯定不会像历史上绝大多数时期那些生活在社会最底层的人那样饿死、冻死。他们甚至还有余暇去娱乐，关注明星绯闻，玩玩虚拟游戏，做些诸如此类的事情。

然而，吃饱穿暖，只是人最基本的追求。人之为人，就在于除了追求物质上的满足，还追求精神上的满足。吃饱穿暖，然后无所事事，其实是一件非常可怕的事情。而对无用阶级而言，以重生教和弥勒会为代表的新兴宗教，正好满足了他们的精神需求。与传统宗教相比，这些新兴宗教更有趣、更符合当代人的精神需要，要求也不那么严格，充满了蓬蓬勃勃的朝气，对人——尤其是无用阶级——有着近乎致命的吸引力。

所以呢，无用阶级什么也不用做的时候，还可以去信教。而且，无用阶级也不是真的无用，当他们受到乌胡鲁或者弥勒佛的召唤，聚集在一起，数量达到一定程度或者超过某个临界值的时候，他们就具有毁天灭地的力量。一个百无聊赖的人，为了摆脱无聊，会干出极其可怕的事情。而一群——数以千万计——百无聊赖的人，聚集在一起的时候，又会干出些什么可怕的事情呢？

重拾信仰或者宗教崛起的背后，是科学与技术双双被相当一部分人摒弃的结果。不说别的，单单是造出了罪恶滔天的铁族，就足以让这些人把科学与技术钉在耻辱柱上。本来，还有另外一条路，那就是游戏。虚拟现实技术与现实虚拟技术的高度发展，足以把整个地球都变成游戏场，但铁族崛起宗教崛起后，游戏产业作为科技产业的重要组成部分，也被他们禁绝了。

总而言之，当从外部世界无法寻求安慰时，人们便转而向内心世界寻求幸福，而宗教就是其中最容易找到的。因为那"我必须将我的信仰传播到世界每一个角落，用我的信仰把人类统一成一个整体是我的使命"的强烈信念。于是，在二十一世纪最后二十年里，信仰之战，在弥勒会与重生教之间，以最为原始和血腥的方式展开。

8...

袁乃东静静地听崔玺晶讲述，觉得受用无穷。崔玺晶所说的这些历史，在数据库中都能查到。然而，崔玺晶将散乱的资料，予以筛选、梳理、整合，仿佛用一条细线，把数十颗晶莹的珍珠，串连成举世无双的项链。

"结果是，弥勒会败退到火星，而重生教在地球占据了统治地位。"崔玺晶说，"不过，还有一点需要强调，重生教一家独大，这是事实。但重生教内部，除了远古派和全新派，细细分来，还有几个较小的流派。树大分权，这是事物发展的必然。"

袁乃东说："在朝天门长老会议之后，掌握重生教军事力量堕落者的查尔斯死了，坐拥数万无敌骑兵的伊凡也死了。可以说，全新派的势力遭到了全面地清洗。远古派这边，只损失了文庆裕一位长老，实力尚存。可我不太明白，乌胡鲁应该早有了解，为何允许全新派与远古派的分裂行为？"

崔玺晶想也没想，张口即答："在可以控制的范围，全新派与远古派随便怎么争，乌胡鲁都可以视而不见。然而一旦威胁到乌胡鲁的地位，威胁到重生教的根本，乌胡鲁就会毫不犹豫地施展霹雳手段。"

"是这样。"

"朝天门会议，你在现场吧，我是在押解到乞力马扎罗山的途中听说的。想一想那情形都觉得惊心动魄。十殿长老，一口气干掉了三个。当场杀死查尔斯，是为立威。伊凡只是撤职，是为分化敌人，给伊凡以希望，避免他鱼死网破，然后再在回归途中动手，轻而易举。至于文庆裕，禁止他研习星象，就跟要了他的命一样。他的自杀，也是预料之中的事情。或者，假使他不自杀，我相信乌胡鲁也会安排后手，置文庆裕于死地。"

"所谓翻云覆雨，指的就是这样的事情吧！"袁乃东感叹道。又说："吃饱了吗？"崔玺晶点点头，放下了筷子。

袁乃东招手让那个年轻的天神卫过来，问他拍下来没有。在整个过程中，这名虔诚的重生教信徒都侍立在旁。崔玺晶的言论让他深感不安，宛如热锅上的蚂蚁，好几次欲言又止。

天神卫回答："这个异教徒宣讲的全过程都拍下来了。遵照《神之书经》的规定，他当处以不少于一百次的鞭刑。"

"很好。想请你帮个忙。"

"你有何吩咐？"

袁乃东说："要借你的动力装甲一用。"说着，手指闪电般伸出，点到天神卫没有被装甲遮住的喉结上。天神卫歪斜着身子倒下，袁乃东在他倒到审讯桌之前，将他扶住。

崔玺晶有些莫名地看着袁乃东。

袁乃东说："快，你换上他的动力装甲，我带你出去。"

崔玺晶踌躇地说："动力装甲有个人识别装置，不是谁都能驾驶的。"

"有我呢，你尽管穿。"

袁乃东手指在动力装甲腰部弹动几下，胸甲和腹甲向外裂开，露出里边年轻的天神卫。袁乃东抓住年轻人的肩膀，将他从动力装甲里扯了出来。跟火星的比起来，这动力装甲粗糙得像泥巴捏成的一样。袁乃东在胸甲里摸索了片刻，取下内存晶片，然后示意崔玺晶进去。崔玺晶弯腰，从裂开的胸甲和腹甲处钻了进去。袁乃东又按动几下，裂口关闭，将崔玺晶封在里边。

"怎么样？"

"还挺合身。"

崔玺晶试着挥了挥手臂，又走了两步。

"把面罩戴上。我们出去。"

"不会给你带来麻烦吧？"

"不会。我现在是重生教的贵宾，对乌胡鲁来说，我还有用。"

两人离开审讯室，出了牢房。外边已是深夜。但见天空上只有几缕薄云，无数的星星在穹顶之上闪闪烁烁，宛如无数只生机勃勃的眼睛。

"真美啊！"崔玺晶深深地吸了一口气，感叹道。他停下脚步，似乎被眼前的美景深深迷醉了。"就到这里吧。"他说，"我是说，你就到这里，剩下的路，我得自己走。你不可能把我送下山去。"

袁乃东问："行吗？"

"没有问题的。刚才吃得饱饱的，感觉整个人都活过来了，恨不得马上写一篇论文，名字就叫《论美食的重要性》。现在又有动力装甲作掩护，逃下山去，没有任何问题。你放心吧。"

袁乃东猜测春节运动的领导人应该有其他考虑，就点头说："那你当心。"

"不管怎样，谢谢。后会有期。"崔玺晶说着，迈步离开，消失在远处。

夜色下的乌胡鲁神殿安静得像空无一人。

袁乃东捏了捏手心里的内存晶片，里边有刚才崔玺晶的宣讲。他已经想好了该怎么使用这个视频。只花了半秒钟，他读取了那枚晶片的全部内部，并把相关视频截取出来，进行处理。视频的格式很古老，体积偏大，他把它修改为更适合传播的格式，然后取了一个具有诱惑力的题目，发送到网上。

是的，和文庆裕的转轮宫一样，乌胡鲁神殿也有一个无线网络，只是规模更大，而且二十四小时在线。这里是重生教的圣地，世界的中心，乌胡鲁在这里坐镇，统治地球。命令需要下达，消息需要汇总，数十亿信徒需要管理，不依靠无线网络，难道还能依靠马匹和信鸽，甚至烽火台？

袁乃东隐蔽了自己的上传地址，确保以任何方式都无法查出是他上传的。同时，他确保这个视频，会同时出现在所有网络终端上。因为题目里包含了乌胡鲁的名讳，他确信重生教信徒都会点开。大部分不会看完就会关掉，然后破口大骂，并检举揭发，大肆搜查；但少部分人会看完，少部分人会思考并心生怀疑。怀疑的种子一旦种下，就可能长成参天大树。

做完这一切，只花了几秒钟。袁乃东向另一座建筑走去。有人在屋檐下喊他的名字。是何家的老二，何子华。他穿着主祭的服装，满脸笑意，摇摇晃晃地走过来。

"哈，在干吗呢？"何子华说。

袁乃东非常刻意地打量了他一番，"哟，半年不见，当上主祭啦！恭喜恭喜。"

这话说到何子华的心坎上去了。他得意地扶了扶头上的冠冕，牵了牵肩上的绶带，理了理腰间的挂坠，双臂展开，宛如一只骄傲的孔雀一般，抖了抖宽大的黑白相间的袖袍。

从衣服很容易分辨重生教的各个阶层和职务。普通信众下身穿白色裤子，上身穿黑色衣服即可，或者反过来也行。专职信徒，包括堕落者和教奴则可以穿前后异色的袍服，通常是前面黑，后面白，袍服上可以有少量装饰。教职地位较高的，如牧师、神将、主祭，可以穿左右异色的长袍，一般是左黑右白，也可以是左白右黑。长袍上可以有较多的装饰，十字架是必需的。至于十殿长老则统一穿着黑白格子的套装，从冠冕到绶带、到挂坠、到袍服、到裙裤、到鞋子，装饰繁复而华丽，让人一看就知道这是一位高高在上的尊者，令人心生敬畏。

"不错不错，比牧师那一身，漂亮多了。"袁乃东啧啧赞道。

"这不是废话吗？"何子华的兴奋劲儿已经溢出了脸庞，表现在每一个肢体语言上。然后，他拉着袁乃东的手，滔滔不绝地讲起来。

半年多不见，袁乃东感觉何子华有明显的变化。何子华滔滔不绝地说："第一次见到克莱门汀，她的坚定执着，就深深地打动了我。听着她声泪俱下的演讲，看着她站在礼堂的中间，强烈的聚光灯照射下来，将她笼罩在光里，而我身处黑暗之中，我第一次感觉到了命运的力量。从小到大，我都是重生教的信众，我念着《神之书》，做着晨课，但我从来没有真正理解过它。直到克莱门汀出现。是克莱门汀选择了我，她拯救了我，对她我无法抗拒。我愿意为她去死。"

之前袁乃东曾听何子华说过"荧惑守心"与天降瘟疫的故事，说过他的疑惑与焦虑，说过他对重生教的怀疑与不信任。如今他却骤然间如他的哥哥何子荣一样，变成了重生教的忠实信徒。难道真的就像他曾经表述的那样，终于找到了值得一辈子去追求的事情？像何子荣、何子华这样的信徒，重生教还有好多亿。如果要实施那个计划，是不是要把这些信徒全部杀死？

9....

在乌胡鲁神殿的西边，有四栋大楼，是专门供前来朝圣的信徒居住的。多数都是六个人住一个房间，条件说不上好，但至少有热水和熟食，而且，一般而言，朝圣者已经习惯了艰苦的生活，对起居条件也不那么在意。袁乃东受到了优待，被安排到一个单间居住。

天亮后不久，一名教奴过来找袁乃东，说是萧菁叫他到四季行宫找她，她住在那边。袁乃东答应洗漱完毕就过去。还没等他出门，两名天神卫来了，说奉乌胡鲁的敕令，命他到偏殿觐见。这是意料中的事情，袁乃东跟着穿着动力装甲的天神卫去了。

在重生宫的边上，间隔分布着一系列造型统一的偏殿，供信众与教徒之间单独交流使用。

在天神卫的带领下，袁乃东走进其中一间，里边只有乌胡鲁。他慵懒地躺在沙发上，旁边堆着四盘水果，四盘糕点。

"坐，吃早饭了吗？"乌胡鲁没有起身，客气地说，"这里的水果和糕点，随便吃。我很乐意跟人分享食物。"

袁乃东坐下，也不推辞，拿起一个小小的糕点，一口吞下。

"年轻人，你要明白，有食欲是好事情。真的。"乌胡鲁说，"我的上一副皮囊就太糟糕了，吃不下东西，跟得了厌食症似的。这一副皮囊就好多了，他原先的主人叫什么来着？"

"徐永泽。十殿长老之一。"袁乃东替乌胡鲁补充。

"对对对，一时忘记了。"乌胡鲁说着，吞下了好几个小糕点，"徐永泽这副皮囊，就很好，胖了一点点，但没有关系，关键是欲望还在，吃什么都香，干什么都有动力。你说是吗？"

袁乃东没有点头，也没有摇头。这不是一个可以简单肯定或者否定的问题。

乌胡鲁又拿过一个热带水果，"崔玺晶，春节运动那个领袖，是你放走的？"

"是我放的。"

"不解释一下？"

"我单纯觉得，他所说的一切，所做的一切，都是对的。"

"傻孩子。"乌胡鲁慈爱地笑了笑，一点儿也不像统御亿万教徒的教主，更不像无所不能的天神，"我已经下令，全球通缉崔玺晶。但有捕获崔玺晶者，赏重生点一万点；但有协助崔玺晶者，扣除所有重生点，并处以剐刑。你放他走，只是在延长他的痛苦。你是不知道，信徒们为了重生点，会干出怎样疯狂的事情来。这场猫鼠游戏，他逃不掉的。"

"崔玺晶敢发起春节运动,反抗重生教的统治,就应该有这方面的心理准备。我不担心他。"

"那视频也是你上传的吧?"乌胡鲁继续说,语气很淡,说到杀人,说到处刑,也跟说吃水果、吃糕点一样,平平常常,"那个天神卫已经被处死了,我不需要无能之人,我也下了禁令,任何信徒不得观看那视频,违者刺瞎双眼,逐出重生教,流放六千千米。在这地球上,一切都是我说了算。你得记住这一点。"

袁乃东抑制住心中的冲动,他还有太多的秘密需要从这个自诩天神的人身上挖掘。"我知道。"袁乃东趋近乌胡鲁,抓住了他的手,假装表达忠心,同时放出自己的意识,去摸索乌胡鲁的……乌胡鲁的意识之海一半是黑暗一半是光明,两者泾渭分明,即使如旋涡一般疯狂地旋转,也没有彼此浸润,相互进入对方的领地。

绝对的黑,绝对的白。

这意味着什么?袁乃东还想进一步探索,就如之前探索薇尔达的意识之海一样。但下一秒,乌胡鲁的意识之海泛起波澜,一堵黑白格子的高墙,自海中迅疾升起,将他驱逐出来。

"年轻人,别以为自己有多了不起,别目空一切。"乌胡鲁把袁乃东的手轻轻然而坚决地挪开,"我知道你的本事,但别用在我身上。仅此一次,下不为例。不要试探我的耐心。你现在的任务,是唤醒沉睡中的薇尔达·沃米,或者,你也可以代替薇尔达,设计并制造出可以打败铁族,征服太阳系的重生舰队。到底哪一个任务更容易一些呢?"

袁乃东无法回答。

"对了，昨晚你从薇尔达脑海里挖掘的启动密码是真的，伊戈尔已经测试过了。不过，巨壁系统现在不能全面启动，因为那两座巨壁基地没有最后完工。你知道的，即便是对拥有地球的重生教而言，巨壁系统也是一个庞大到无以复加的大工程。照目前的进度，最多三个月，那两座巨壁基地就会竣工，巨壁系统就能正式启动，为保卫地球而战了。"乌胡鲁说，"这样算下来，你也就有三个月的时间来做出选择了。"

离开乌胡鲁，袁乃东下了基博峰，沿着石阶回到斑马岩。这个马鞍形的山脊有十多千米长，黑白相间的颜色让袁乃东一度以为重生教崇拜黑白二色，就是因为它。已经有朝圣者爬上了斑马岩，看见袁乃东，都带着崇敬的语气向他发出真诚的问候，并打听还有多远，觐见我神乌胡鲁有什么感受，是否见到了神迹。

袁乃东简单地点头。对这些虔诚的信徒，他的感情非常复杂。一方面被他们的虔诚所感动，另一方面又觉得不值。如果把这虔诚放在别的地方，会不会更好？他无法做出判断。

呼啸的山风在斑马岩上掠过，带走一切脆弱的东西。

袁乃东逆着朝圣者的人流，走到岔路口，可以看见更多地朝圣者在后边慢慢攀登。隐隐约约的雾气中，还能瞥见五号织田营地的轮廓。他转向另一条路，花了一个多小时，独自爬上了乞力马扎罗山的另一座主峰——马文济峰。跟基博峰相比，马文济峰的火山锥已经坍塌，海拔只有5 149米，冰川覆盖之处也要少很多，到处都是被冰川侵蚀过的斑驳地面。在这个地方，植被极少，只在背风的地方，生长着少许千里木。眼望四周，恍如来到火星那些荒无人烟的山地。

四季行宫建在一个较为平坦的山坡上，是一个外边四四方方、全密封的浅灰色建筑。它的里面却别有洞天，馆阁楼舍，样样俱全。最难得的是，里边的不同建筑采取了不同的装饰，比之前袁乃东在任何地方看到的建筑的形状、款式、颜色或者风格，都要丰富。

一走进四季行宫，袁乃东就意识到这里还有一个明显的不同。这里有中央环境控制装置，使得此处的温度和湿度都保持在令人舒服的水平。在乌胡鲁神殿，人人都穿着厚厚的衣服四处活动，仿佛冰原上肥硕的企鹅或者北极熊，而在四季行宫，每一个人都穿着夏天的衣服。

一个穿着燕尾服的老者静立在门后，看见袁乃东，深鞠一躬。"鄙人桐山和雄，在此欢迎袁公子。"他说，声音板正，毫无感情。这人年纪已然不小，须发皆白，连眉毛都白得像雪，但身形高大，绝无佝偻瑟缩之感；四方脸、厚嘴唇、高鼻梁、浓眉大眼，面容沉静，似刀斧在寒铁上劈砍出来的一样。

袁乃东记得他的名字，他是重生教堕落者的创始人，塔姆桑卡的毁灭就是他的"杰作"。现在，他虽然退出了重生教的领导层，担任了四季行宫的总管，但他对重生教的影响依然不容小觑。

"我妈呢？"

"克里斯汀娜夫人正在泡温泉。"桐山和雄说，"她要我问你，想泡温泉就可以去，不想泡，可以到图书馆等她。"

"温泉是人工的吗？"

"天然的。"

"那我去图书馆。"

　　"马文济峰是火山，这里的温泉是纯天然的。"桐山和雄强调道。

　　"我去图书馆看书。"袁乃东也强调道。

　　在桐山和雄的带领下，袁乃东穿过高高低低的甬道，路过一系列名字极为典雅的各种建筑，包括凤翔、水云、赤诚、随风、苍龙、烟柳、武藏、日升、鹤舞，等等。乌胡鲁神殿庄严肃穆，气势磅礴，而四季行宫则精致非凡，颇具匠心。

　　显而易见，乌胡鲁神殿与四季行宫，是两种思维模式的产物。

　　最后两人抵达名为"回响"的图书馆。去之前，袁乃东对这间四季行宫里的图书馆有一些想象，真到了图书馆，他不无惊讶地发现，自己的想象超前了。图书馆还真的是古典主义的图书馆，一排排书架，书架上挨挨挤挤全是书。

　　那书是如今难得一见的纸质书。崔玺晶说他在什么地方当图书馆管理员时，负责烧书，烧了无数的书。拥有和阅读重生教特许书目之外的纸质书，都属于违反教规的行为，严重的会被判处绞刑。那这些纸质书，为什么会存在于重生教的核心区域呢？

　　袁乃东饶有兴致地一路扫视过去：《重生之雄霸天下》《重生之美丽人生》《重生之风虎云龙》《重生之猫妖归来》《重生之杀出地狱十九重》《重生之我当上帝的那些日子》《重生之我是恶魔我怕谁》……大多数书名里边都有"重生"二字。但袁乃东还是不明白。他信手抽出一本来，快速翻看着，"这都是些什么玩意儿？"

　　"重生小说。"桐山和雄一板一眼地回答，"旧时代的遗存，曾经非常流行。在一百年前。"

"什么是重生小说？"数据库没有重生小说的资料。

"通常描写的是一个现代的人死了，他的灵魂穿越回古代，进入某个古人的身体，然后他利用在现代学到的知识，在古代混得风生水起：有见证历史的；有修改历史的；也有创造历史、改天换地，成就一番帝王霸业的。当然，后期也有单纯谈个恋爱，种个农田，没那么惊心动魄的作品。"

"听上去很有趣。"袁乃东把手里的书插回书架。

"这一类小说，开始还严格按照某朝某代的历史来写，但一严格，写起来就累，一不小心就会犯知识性的错误。所以，很快就发展出新的路数，重生到与现实历史没什么关系的异世界。在那样的时空里，作者获得了某种自由，地理、历史、生物、科技，想怎么编就怎么编，一切以吸引读者为目的。读者看着舒服，看着喜欢，就够了。重生小说不乏好作品，但总体上说，是泥沙俱下。当然，这里的作品，都是重生小说中的经典之作。"

"可是，在四季行宫图书室里，怎么会有这么多重生小说？"袁乃东皱着眉头，"几乎全部是。我是说，这些不是禁书吗？"

桐山和雄呵呵一笑，他的笑容就像铁板裂开了口子，掀起了坚硬的波纹，"少爷和我，年轻的时候特别喜欢看这类小说。"

"你说的少爷是……"袁乃东心中微动，"……乌胡鲁？！"

桐山和雄没有否认，"那时候我们整晚整晚地看，看完彼此交流、相互推荐，好的就赞、坏的就骂，乐在其中。"

　　那么，这就是重生教"重生"二字的来历吗？刹那间，袁乃东心底划过一道足以照亮一切黑暗的闪电。

10...

　　约莫过了半个小时，萧菁穿着白色浴袍，头发裹在浴巾里，快步走进回响图书馆。桐山和雄迎上去，鞠躬问候，甚是恭敬。萧菁从容回礼，颇为熟练，并且很享受这个过程。

　　"少爷送来一套新的裙子。"桐山和雄站直身子，冲外面勾了勾手指，一名教奴捧着一个纸袋走到萧菁身边。"少爷说，这套裙子是他亲自设计，并找教里手脚最利索的信徒缝制的，希望夫人喜欢。"

　　萧菁从教奴手中接过纸袋，取出一套黑白相间的长裙子，不由得粲然一笑，"好漂亮。"

　　"少爷说，黑白相间的裙子，不是谁都敢挑战的。别人穿要么太俗，要么太艳，要么太拘谨，要么太浪荡。但少爷相信，穿在克里斯汀娜夫人身上，不俗、不艳、不拘谨、也不浪荡。"

　　"教主真会说话。讲真的，年轻的时候我还真是喜欢穿黑白格子的礼服。"萧菁笑道，"但可惜啊，我已经不是少女了！我老了，哪里还能穿这种长裙子啊？"

　　袁乃东注意到，长裙子是一种人造蚕丝制成，这种蚕丝具有自适应功能，能够完美地贴合身体，将身体的曲线全部展现出来。也算一种科技产品。另外，黑白相间的格子裙，是重生教长老才能穿的款式。乌胡鲁这是在劝诱母亲加入重生教吗？袁乃东生出警惕之心，放下手里翻看的书，走向桐山和雄和萧菁站立的地方。"母亲，依我看，这条长裙子挺适合你。"袁乃东边走边说，"别人穿上它，只会成为暮气沉沉的长老，而你穿上它，可以瞬间回到二十岁，青春洋溢、活力逼人。父亲见了，不知道多喜欢。"

萧菁把长裙子放回纸袋，对桐山和雄说："替我谢谢教主，他的好意我心领了。但这长裙了，我确实穿不出来，给我是浪费。"

教奴不敢接萧菁递过来的纸袋，拿眼角的余光看桐山和雄。桐山和雄微微领首，那教奴这才松了一口气，忙不迭地接过纸袋，转身逃一般离去。

"夫人，是在图书馆，还是去隔壁咖啡厅？"桐山和雄没有解释，也没有追问。

"就在这里。"

"需要喝点儿什么？"

"黑咖啡，要加糖。"

"袁公子呢？"

"柠檬汁，谢谢。"袁乃东说，"你安排人送过来就可以了，我和母亲想单独坐一会儿。"

桐山和雄没有反对，转身走开。袁乃东和萧菁坐到书架旁的小桌旁，先闲聊了一会儿早起泡温泉的事情，等教奴送来黑咖啡和柠檬汁，话题逐渐转向正事。

"乌胡鲁给了我两条路，一条是唤醒沉睡中的薇尔达·沃米，由她来设计并制造媲美外公的太空舰队，一条是我代替薇尔达完成这个不可能完成的任务。"

"听上去，第一个任务会不会简单一点儿？"

"不一定。"袁乃东说，"我无法唤醒装睡的人。"

"你的意思是……"

"薇尔达的沉睡不是外力造成的，而是她自己的选择，她沉浸在自己的宇宙里，不愿意醒过来。"袁乃东进一步解释，"说薇尔达的天赋集中在物理学上，并不准确。更准确的描述是，她的抽象思维能力超群出众，对物理的深刻理解只是具体的体现。而工程设计，其实不是她的长项，甚至是她所反感的。但是，因为现实的需要，她还是个孩子的时候，就被迫设计了三艘狩猎者战舰，还设计了威力空前的死亡哨音作为武器。而为重生教设计巨壁系统，则远远超出了她的能力。这设计，不但要满足乌胡鲁近乎变态的要求，还必须考虑到现在地球的科技水平。她得全盘考察地球农业、工业，尤其是制造业，整整一个星球的体系。火星人造出巨壁系统，那是理所当然的事情，不足为奇。可你知道吗，地球的科技全面倒退，有的地方，比如这里，倒退回上个世纪，而剩下的大部分地方，已经倒退回了一千年前。牙齿坏掉了，他们甚至找不到一个合格的牙医，而去找铁匠拔掉。在这种情况下，薇尔达·沃米设计并制造出了规模空前的巨壁系统。她在这其中耗费的精力与心血是多少啊！"

"她太累了。"萧菁说，"我父亲常说的一句话，不要光看到奇迹，还要看到奇迹背后，无数人付出的代价。"

"比如，萧瀛洲的舰队。"

二十一个世纪七十年代，萧菁的父亲萧瀛洲就任太空军总司令的时候，碳族建造了太阳系有史以来规模最大、火力最猛的太空舰队。五艘航天母舰——计划是七艘，实际建造了五艏——以五大洲最高峰命名。

2077 年 8 月，第二次碳铁之战爆发。萧瀛洲奉命率领太空舰队远征火星。远征舰队除了四艘航天母舰，还有四艘二十五万吨级太空战列巡洋舰，六艘十万吨级太空驱逐舰，六艘太平洋级十五万吨后勤支援舰。彼时的军方和民间都普遍认为：萧瀛洲的舰队远征火星铁族会是一场酣畅淋漓的歼灭战，为第一次碳铁之战中无辜战死的三十亿碳族同胞报仇雪恨。

然而，萧瀛洲的舰队没能抵达火星，还在去往火星的路上，就遭遇了铁族的中子星陷阱，全军覆没。此战役，损失了所有大型太空战舰，只有少部分官兵逃回地球，其中就包括太空军总司令萧瀛洲。

萧菁神色黯然，"我父亲终究还是死于铁族之手。"

一年多前，在火星上，袁乃东从铁族客卿孔念铎那里得知了萧瀛洲的下落。这几十年里，萧菁其实也在满太阳系寻找失踪的父亲，但一直没有找到。得知这个消息后，萧菁立刻去找孔念铎，然而孔念铎已经死于同铁族的对抗。从孔念铎的私人医生珍妮那里，他们打听到了萧瀛洲的死讯。在铁族抓捕萧瀛洲时，东躲西藏了几十年的萧瀛洲毅然选择了自杀，以守住这位百岁老人、曾经的太空军总司令最后的尊严。

"在我心目中，外公始终是曾经两次拯救碳族的超级英雄。"袁乃东说。

这话发自袁乃东内心，说得极为真诚。从小他就从父亲卢文钊和母亲萧菁嘴里了解到外公的丰功伟绩。2036 年的时候，外公是如何用两枚核导弹击毁即将撞击地球的毁神星，当着世界的面儿，拯救了全世界；2077 年的时候，外公又是如何发动军事政变，推翻腐朽的地球同盟，与包围了地球的铁族签订城下之盟，再一次拯救了全世界。父亲常常慨叹，他的外公彪炳千秋，却不为普通人所理解。

"你会这样说，我和你父亲都很欣慰。"萧菁说，"证明我们的辛苦没有白费。"

袁乃东微微一笑，"那是当然。你们给了我灵魂。"又说，"因为现在身处乞力马扎罗山，我特地查了'乞力马扎罗号'航天母舰的资料。"

萧瀛洲的舰队全军覆没后，没有编入远征舰队的"乞力马扎罗号"航天母舰成为碳族唯一的希望。

"乞力马扎罗号"个头不算大，在五艘航天母舰中排名第四，长 1 556 米，自重二十七万吨。它的优势在于小小的个头里安装了五艘航天母舰中功率最高的四台核聚变发动机，因而也是航天母舰中飞行速度最快的。一般的星际航班，从地球到火星，需要四十到四十五天，太空军旗舰珠穆朗玛号需要三十天左右，而"乞力马扎罗号"，理论上只需要十六天。在织田财团不遗余力的资金和技术支持下，"乞力马扎罗号"于 2072 年正式建成，经过一番测试，次年交付太空军使用。顺理成章地，有"少年战神"之称的同时也是织田财团少主人的织田敏宪成为"乞力马扎罗号"首任舰长。

"乞力马扎罗号"凭借高速优势，执行"双蛇行动"，在舰长织田敏宪的指挥下，奇袭火星。他使用超大当量的核弹"伊万之子"炸毁了火卫一，成功威胁到整个火星，一时威风无比。最终铁族反击，将织田敏宪和"乞力马扎罗号"

一起击毁在火星轨道上。

"母亲，在查'乞力马扎罗号'资料的时候，我顺手查到一份跟你有关的新闻。"

萧菁笑道："我知道你想说什么。没错，织田敏宪舰长曾经向我求婚，不过被我拒绝了。"

"因为父亲吗？"

"不是。那个时候我认识你父亲不久，但没有确定关系，他因为害怕我太空军总司令独生女儿的身份，一口气跑到了火星上。织田敏宪向我求婚，是出于织田财团的安排，也是因为我是太空军总司令的独生女，而不是他的本意。"萧菁叹息一声，说，"政治婚姻，或者商业婚姻，或者别的什么婚姻，本是权贵阶层的常态。那时我还年轻，任性，你外公也纵容我，所以就干出了当众拒绝'少年军神'求婚这样的事情来。"

"你后悔了？"

"不，这不是后悔的。往事从来就不是拿来后悔的。"萧菁摇着头，"我只是想说，当时的拒绝应该更直接狠辣一点儿，不给对方留下任何形式的希望。"

袁乃东脑海里滑过何敏萱的身影。也不知道她现在怎么样了。

"你会为乌胡鲁打造外公那样的太空舰队吗？"萧菁说，"我知道，以你的能力，你完全办得到。"

"我还需要斟酌。"袁乃东说，"如果拒绝，我会拒绝得非常直接。但眼下，确实需要斟酌。毕竟，靠碳铁盟这点儿人手和资源，无法战胜铁族。"

11····

"'曙光女神号'现在在哪里？"袁乃东想起一个问题来。

"在半山腰的机场。那机场在织田四号营地的附近。重生教的人把飞机叫作仙艖，把飞船叫作神艖，把火箭叫作飞梭，笑死我了。"

"你驾驶的飞船，不会是直接降落到乞力马扎罗机场的吧？"袁乃东追问。

"是的。"萧菁回答，"因为只有这里回应我的呼叫。"

又和母亲闲聊了一会儿，袁乃东离开母亲去找桐山和雄。一个教奴告诉他，管家在风逝馆。"每天的这个时候，大管家都在风逝馆。"那人强调说。袁乃东循着路标，穿过回廊、门洞和小桥，路过喷泉、屏风和盆景，经过凤翔馆、烟柳馆和日升馆，一路景色纷呈。

在武藏馆门前，一左一右，门神一般矗立着的两座高逾十米的巨型雕像吸引了袁乃东的注意力。他停下匆匆的脚步，端详起雕像来。这雕像的造型完全一样，都是双足跑动中的战斗机器人。颜色却恰好相反，一个浑身漆黑，只有眼睛是银白色的；另一个全身雪白，只有眼睛黢黑如夜。

巨型机甲？袁乃东总算从数据库里找到这玩意儿的名字。

袁乃东饶有兴致地仰望那两座巨型机甲，想象着它们在战场上跑动起来，令大地震颤的样子。然后，在他的想象中，一辆主战坦克履带碾动，轰鸣着从它们胯下驶过，把它们远远地甩在了后面。没办法，这就是双足行走的天然缺陷，速度慢，比不过四足，比不过履带，更比不过轮式……这时，袁乃东想起去年秋天在绵阳时，自己发足狂奔，追逐"奥蕾莉亚号"的情形，不由得为自己当时的稚气与勇气感到好笑。

袁乃东检索到的一系列机甲作品，也如重生小说一般，数量浩如烟海，质量么，泥沙俱下。现在，动力装甲已经是非常普遍的军事装备，就连重生教这么抵制科技的团体，其军事组织堕落者也装备着原初水平的动力装甲。而巨型机甲的研制则因为种种原因，一直停留在实验室状态，或者是主题公园的游乐设施，没有部队列装，更不曾投入战场使用……眼前所见，虽然威武霸气，但也只是模型。等等，在数十万条相关信息中，袁乃东吃惊地发现，刚才的结论不对，巨型机甲曾经在战场上使用过。那是唯一的一次。这意味着什么？年少时的爱好，真的可以影响一辈子？

袁乃东离开武藏馆，拐了两个弯，找到了风逝馆。掀开布帘走进馆里，就看见穹顶上垂下无数的绳子，末端悬挂着人的画像。全身像、半身像、大头像，男女老少，各种肤色和发型，都有。不过，都是黑白像，没有一张是彩色的。尺寸也有大有小，没有统一。

馆里没有座椅，桐山和雄盘腿坐在正中间的地毯上，仰望那些画像，一动不动，仿佛醉了一般。袁乃东走过去，坐到桐山和雄身边，仰面望着那些用铅笔勾勒与涂抹出来的人像。良久才悠悠地问道："这些画像都是……"桐山和雄接过话头，语带沧桑，"逝者，随风而逝的人。"

原来是这样。袁乃东看着画像，开始想象着他们的名字和生平。父亲年轻的时候当过记者，他说他喜欢做的一件事就是看着大街上的人猜测他们的过往。

"这位，是我的父亲，桐山满。"桐山和雄指着其中一张说，又指着另一张，"这是我的儿子，桐山秀树。"

袁乃东看看两张画像，又看看桐山和雄，仅仅从外貌上，就能看到三者的相似之处。只是他父亲的眼窝更深，也更加苍老；而他儿子的线条更加柔和，眼神更加有爱。"为什么没有重生？"袁乃东问。

"我父亲桐山满死于人格迁移实验，没有来得及重生。"桐山和雄平静地说，"我儿子桐山秀树是因为叛教，创建对抗重生教的游击队，被少爷下令处死，不得重生。"

桐山和雄不再担任重生教的要职，多半与桐山秀树的背叛有关。"其他人呢？都是些什么人呢？"袁乃东问。

桐山和雄慢悠悠地说："都是为重生教而死，却没有能重生之人。"

袁乃东再一次扫视所有的画像。从重生教将圣地定在乞力马扎罗山，到迅速扩张，征服非洲，继而走出非洲，向着亚欧大陆，向着大洋洲，向着南北美洲，一路攻城略地，最终一统地球，其中牺牲了多少鲜血、青春与生命？"这张，"袁乃东指着边上的一张人像，"还是个孩子啊。"

桐山和雄神色微变，长久的沉默后，答道："只有六岁。"

"她为重生教做过什么？"

"她是桐山葵，桐山秀树的女儿，我唯一的孙女。"

袁乃东望望桐山和雄，又望望画像。画像中的桐山葵有着大大的眼睛，胖嘟嘟的脸蛋，还有与桐山和雄一样宽宽的额头，厚厚的嘴唇。这个小女孩做了什么？袁乃东还想问，可空气忽然间凝重起来。父亲、儿子和孙女的画像都在这里了，那年逾古稀的桐山和雄会是怎样的心情？袁乃东问不出口。他记得，桐山和雄主持了烧书运动，又是塔姆桑卡的毁灭者，还是堕落者的创始人。他可没忘记这些。

两人不再说话。最后，还是桐山和雄打破沉默。这个宛如铁板的老人收敛了所有的个人情绪，重新回到大管家的身份，"袁公子，你来找我，是有什么事吗？"

"我想去参观涅槃馆。"

"没有问题。少爷交代我，务必满足袁公子和克里斯汀娜夫人的一切要求。请跟我来。"

桐山和雄说着，从地毯上站起来。兴许是坐得太久的缘故，他一开始竟没有起得来，原地僵着，无法动弹。袁乃东动作快，半蹲下身体将他搀扶起来。

"老啰。"桐山和雄揉揉自己的腰。

"您老今年高寿啊？"袁乃东问。

"七十八了。"

"看不出来。瞧您老这面相，也就六十出头。"

桐山和雄嘴角上扬起一丝难以察觉的笑意，不动声色地拂开袁乃东搀扶的手，固执地一个人在前带路。

涅槃馆在四季行宫的最核心位置，外观却很普通，只能让人想到黄土坡上的坟茔。不过，想想它的作用，就是从坟茔里把死人"抢"回来，也就不难理解涅槃馆为什么会这么设计了。

涅槃馆的入口设计得像墓碑，进去后又要通过一条幽深曲折的"墓道"，才进入一个宗教意味颇为浓重的内部空间。

"这是重生树。当一个重生教信徒死去，而重生树同时发芽的时候，才表明这名信徒获得重生资格。"桐山和雄介绍说。

一个直径六米的圆形水池，浮着十来片莲叶，中间立着一座假山。有水从假山顶上汨汨流出，沿着预设的管道，分三条路线，流进水池。那株所谓的重生树就"长"在假山之上，两米多高，光秃秃的树干旁逸斜出，树干上垂下无数细长的枝条，覆盖住了假山的大部分。

"这是重生鼎。"桐山和雄走到水池旁，指着前方说，"所有的重生流程会在里边完成。"

袁乃东用心看着重生鼎。重生鼎位于重生树后边的平台上，两边有台阶可以上去。重生鼎通体呈古铜色，高五米、长四米、宽四米，鼎身方方正正，装饰着云纹和一些神秘的符号，由四根柱子支撑着，样子很像数据库里提到的一种文物。四根柱子分别雕成青龙、白虎、朱雀、玄武的模样。

"这是重生钟。"桐山和雄沿着台阶上到平台，指着平台左侧的一种乐器，"当逝者从鼎中重生，他会自行走出大鼎，取下这根铁锤，敲击这七口重生钟，每一口钟敲一下，向世界宣告，他重生成功。"

重生钟和数据库里的编钟差不多。七口古铜色的重生钟，从大到小，悬挂在金属支架上。最大的那个有一人高，最小的那个却只有盘子一般大。钟身上刻着浮雕，内容似乎与海洋有关。袁乃东琢磨了一下，判断出七口钟的浮雕合起来是一幅画——海面上古老的渔船在波峰浪谷里穿行，海面之下是长着无数触手和腕足的巨大海怪在伺机出动。

袁乃东走到重生钟近旁，伸出手指敲了敲最大的那一口钟，听见它发出沉闷的嗡嗡声。"这些东西，重生树、重生鼎、重生钟，都和武藏馆前的巨型机甲一样，只是模型，虚有其表，供人参观所用。"袁乃东说，"那么，作为重生教最核心机密的重生系统到底在哪里呢？"

桐山和雄从容答道："袁公子你都说了，重生系统是核心机密。既然是核心机密，就不可能随随便便给旁人看。招待不周，还请袁公子原谅。"

12

这一天，袁乃东就留在了四季行宫。他去武藏馆跟两个堕落者切磋了一下拳脚，这两个堕落者都是教官，长得牛高马大，幸得他收放自如，才没有伤到他们；又去鹤舞馆看了一场名为《天神》的面具表演，这表演混合了歌剧、话剧、舞蹈和杂技，全场却只有非洲鼓伴奏，在繁复与简单的交融中，体现的是深入骨髓的古朴与原始；还去水云馆泡了传说中的雪山温泉，虽然感觉没有母亲说的那样好，但也很大程度上缓解了身心的疲劳。

当晚，袁乃东留宿赤诚馆。午夜时分，他偷偷溜出房间，搜索了四季行宫的每一个角落，没有任何收获，尤其是他最关注的重生系统方面。此时的四季行宫，空无一人，连值班的教奴都没有，仿佛被废弃多年的空城。次日，吃过早饭，袁乃东告别母亲，回到乌胡鲁神殿。

刚进入神殿区域，袁乃东就发现无线网络消失了。肯定是乌胡鲁下令加强对无线网络的安全管理，而最简单也是最有效的安全管理就是关掉无线网络。毕竟，没有无线网络，也就没有无线网络的安全问题。

重生宫门前的广场和石阶上，一如既往地挤满了重生教信徒。何子华正和几个教徒说得天花乱坠，看见袁乃东，立刻撇下同伴，跑了过来。"昨天你跑哪儿去呢？我到处找你了。"何子华对袁乃东说。

"我去四季行宫了。一早就过去了。"袁乃东回答。

"好玩吗？"

"好玩，好多好玩的。"

"什么时候带我过去玩？"

袁乃东点点头，又问道："找我什么事？"

"很多事。"何子华和袁乃东并排而行，同时告诉他，邦妮，十殿长老之一，突然间就死在她的在汴城宫里。邦妮之死，据传是她手底下的一个主祭干的。这个叫谢尔盖的主祭已经上书乌胡鲁，说邦妮失德，受了神罚，亡而不能重生，恳请乌胡鲁任命他为新的长老，接管北美的教区。乌胡鲁没有正面回应，谁也不知道他在想什么。

接下来的一个消息是，克里多尼娅在秦广宫宣布，澳洲教区宣布独立，不承认乌胡鲁是世间唯一真神，不再接受重生教的统辖与管理，断绝与乞力马扎罗山的一切联系。袁乃东知道，在重生教统一世界的进程中，澳洲是最后一块接受乌胡鲁旨意的大陆。历届长老也是自立于重生教之外，独立意识最强的。克里多尼娅在重庆朝天门会议后，就着手准备独立。她的勇气和底气来自于对她忠心耿耿的数十位主教，更来自于六个联队的仙艒。"这仙艒长得像丑陋的蝙蝠，却会下巨大的蛋蛋，在很远的地方，就能把一座城市炸得连根毛都不剩。"何子华如是说。

乌胡鲁听闻克里多尼娅叛变的消息，也不特别愤怒。这样的事情，他已经经历了太多。"就让玛丽和约翰去教训她吧。"乌胡鲁平静地说。

"玛丽和约翰是谁？"袁乃东问，"神将吗？"

"我怎么知道？"何子华耸耸肩。

玛丽和约翰是两个极其常见的名字，一检索，就有无穷无尽的资料汹涌而来。

"还有，瓦伦蒂娜离开她位于布宜诺斯艾利斯的楚江宫，要到乞力马扎罗山来朝圣了。"何子华兴致勃勃地说，"她说她的南美教区出现了三头神兽，二齿兽、水龙兽和冠鳄兽，伤人无数。她曾多次前往安抚，都不顶用。这次来朝圣，就是恳请乌胡鲁，收回神兽。"

袁乃东立刻就想到了狼蜥兽。在古老寨的时候，狼蜥兽现身，咬死了数十位村民；为安抚狼蜥兽，何敏萱被献祭；何牧师说，狼蜥兽乃是我神乌胡鲁派来考验我们的。打死狼蜥兽，会给古老寨带来无穷无尽的灾祸。二齿兽、水龙兽、冠鳄兽和狼蜥兽，这些名字都是有来处的，来自于古生物学，是古代曾经存在过但现在已经灭绝的动物。袁乃东想：这意味着什么？一个神兽工厂？

"邦妮，克里多尼娅，瓦伦蒂娜，三位长老同时出事，这幕后一定有什么故事。"何子华摇头晃脑地说。

"可你还是没有说找我有什么事。"

何子华小心地左右看看，确认周围没有旁人，这才凑到袁乃东耳边说："你发的那个视频，我已经看过了，我和我哥一起看的。我很生气，真的，非常生气，怎么能那么说呢？要是我在现场，一定把那个叫崔玺晶的家伙打个半死，就会夸夸其谈。你怎么能忍得下去？你是去审讯那人的，你怎么不反驳他？"

袁乃东瞪大了眼睛，"崔玺晶说得挺好的呀。"

何子华说："诶？我大哥也这样说，真是奇了怪了。你们俩串通好了的吗？那个姓崔的，就没有一句真话，地地道道的恶魔。"

这时，有三四个信徒经过，何子华闭上了嘴。禁止观看和讨论崔玺晶的视频都是乌胡鲁亲口下的禁令，何子华再莽撞，也是知道规避的。等那几名教徒远去，何子华正要开口，袁乃东掐住了他的话头，"你哥说的好，跟我说的好是不一样的。我说好，说的是崔玺晶的内容；你哥何子荣说好，说的是崔玺晶陈述问题的方式。"

"有区别吗？"何子华歪着脑袋问。

袁乃东微微叹了一口气：何子华虽然当上了重生教主祭，可骨子里还是那个不学无术的家伙，学识上没有一点儿长进。"今天来的人比前两天多啊！"袁乃东看看四周，感叹道。何子华立刻就忘了刚才那个话题，开始滔滔不绝地分析起这些信徒来乌胡鲁神殿的原因，"一年一度的重生节要到了嘛。"

这一天剩下的大部分时间里，袁乃东都和何子华在一起。他不无惊讶地发现，自从上了乞力马扎罗山，何子华表现得比以往任何时候都积极。何子华跟所有见到的人诉说克莱门汀对他的启发，"就像一道白光，照亮我黑暗的胸膛。我豁然开朗，寻到了生命的真谛"；何子华和所有见到的人分享他对《神之书》的理解，"神说，不要去想，《神之书》上有一切的答案。以前我不相信，现在我真的信了"；何子华参加重生教的一切活动，礼忏、祭祀、晨课，一样也不落下，还到处宣称自己愿意抄写一千遍《神之书》，以此把我神乌胡鲁说的每一句都铭刻在心里。以前，袁乃东见过何家老大何子荣虔诚的样子，现在，何家老二何子华的虔诚，是他的十倍乃至百倍。这期间，到底发生了什么？袁乃东还不得而知。看着何子华在人群里游走，宣讲自己的看法，驳斥别人的观点，谁敢质疑他对《神之书》的理解，他就会梗着脖子、圆睁双目、唾沫飞溅地批评回去，以至于谁也不敢和他辩论，袁乃东暗想：这或许真的是信仰的力量？

　　这天深夜，袁乃东再次溜出了房间。想要打听到重生教的秘密，规规矩矩可不行。与到了午夜就空空荡荡的四季行宫不同，午夜时的乌胡鲁神殿依然到处是人，尤其是朝圣者宿舍这边。有值班的堕落者和天神卫，也有很多睡不着的教徒，聚在一起兴奋地讨论教义。袁乃东原本想隐蔽行踪，但很快就发现完全不需要，因为根本没有人在乎他。他放弃了隐蔽，在各个地方与各个人群中穿行，耐心地倾听，同时不动声色地提问，打听那几个他感兴趣的话题。

　　过了一个小时，袁乃东并没有收获什么。这些信徒的热情足够，见识却很狭窄，所说的话，不外乎是《神之书》的些许片段再加上自己的一知半解，没有别的值得称道的地方。唯一算得上是收获的，大概是从一名堕落者那里听到的一个牢骚：

天神卫的名额最初确定的是一千，后来却只有八百名堕落者入选。这是为什么呢？何子荣解释说，总得给剩下的堕落者以希望吧。至于什么时候把那两百个名额补齐，得看堕落者的表现，还得看我神乌胡鲁怎么说了。哎，想当天神卫，真难啊！

就在袁乃东准备放弃，回去休息的时候，一声怪异的吼叫从极为遥远的地方传到了他的耳朵里。

"你们听到了吗？"袁乃东问。

"什么？听到什么？"周围的几个人七嘴八舌地回答。

"声音，好像怪物的吼叫。"

他们安静了一会儿，然后其中一个人说："你听错了吧，这是风声。我们在雪山顶上，这风啊，从来没有停过。"

"风声很大，然而风声里有麝足兽归巢的声音。"一个堕落者说，"你们刚来，还不知道。我们是早就习惯了。"

"麝足兽是什么？"袁乃东假装好奇。

"我神乌胡鲁豢养的十二神兽中的一个。"堕落者说，"哪个地方的人违反了重生教教义，我神乌胡鲁就会放出神兽去惩罚他们。最近，大裂谷那边的游击队闹得厉害。我猜，麝足兽就是去对付游击队的。"

"麝足兽是负责保卫圣山的吗？"

"是的。"

"游击队还在？"

"本来已经被剿灭了，最近换了领导人，又死灰复燃了。"

袁乃东又说了两句话，这才悄无声息地离开，离开乌胡鲁神殿，循着麝足兽的声音，一路追踪而去。夜色正浓，层层乌云遮住了大部分天空，月光自云隙间投射而下，冰川在眼前铺展，一片朦胧。袁乃东不再隐藏身手，全力施展，像一头雪豹，在冰川上跳跃、狂奔，速度越来越快，到后来，竟似在冰川表面上飞一样。寒风凛冽，刮擦着他的每一寸肌肤，他不在乎。

与此同时，他放开自己的感觉器官，全力捕捉麝足兽的位置，并根据它的奔跑速度和方向，计算出它去要的地方。

五分钟后，袁乃东看到麝足兽了。它在一条宽阔的山谷里奔跑，样子和之前见过的狼蜥兽区别挺大，不过，体表覆盖的由可变形材料制造的金属外壳在月光下闪闪发亮。袁乃东在山岭之上，隔着数百米，和它并行奔跑。

麝足兽突然调整了前进的方向，爬上了对面山岭的峭壁。那片峭壁如同被巨斧砍过，没有覆盖冰雪，也没有植被，黑灰色的岩体在白色冰雪的包围下，十分显眼。

麝足兽爬上峭壁的动作，宛如一只没有尾巴的壁虎，迅疾而稳当。

等它爬到一半的时候，峭壁突然裂开一个洞口，一个金属笼子出现在洞口。显然，那就是麝足兽的巢穴了。这时，袁乃东还在这边的山岭上。他估算了一下距离，这边距离洞口所在的地方至少有六百米。他不再犹豫，身形后坐，以最快的速度向着对面峭壁的方向冲去。

路的尽头有一块舌状突出的岩石，他在岩石上跳起，高高地跳向层云密布的天空。要是有翅膀的话，他一定可以飞到月亮上去。然而，他没有。所以，到了最高点，他开始在地球引力的牵引下，以一条优美的弧线，往下方滑落。

袁乃东计算得很准确，弧线的尽头就是对面峭壁洞口下方一米处。

最后关头，他调转身形，手脚向下，减速，尽力撑在峭壁上，缓解了一部分降落时的冲击力。那儿的岩壁还是掉落了很大一块。他不管，匆匆伸手，勾住笼子下方的铁链，然后在巨大的铁链滑动和齿轮转动的轰鸣声里，跟着笼子和麝足兽一起进入神兽的巢穴。

13...

金属笼子底部的滚轮在轨道上滑行。袁乃东及时调整了自己的位置，双臂摆动，如同猿猴一般，移到了笼子后方。笼子继续在轰隆声中滑行，缺少润滑的机器运转起来就是这个样子。笼子里边的麝足兽没有动静，似乎处于休眠状态。

不久，笼子停在了一间屋子里。袁乃东跳下轨道，启用潜行模式，找了个地方藏了起来。"你们去检查一下。"门外传来一个声音，是伊戈尔·德沃斯基神将。这并不奇怪。袁乃东调出数据库里的地图，回顾刚才自己跑过的线路，麝足兽的巢穴在巨壁一号基地里的结论显而易见。

两名技术员拿着平板电脑走了过来，打开笼子，用网线连接了平板电脑和麝足兽，开始读取数据。

伊戈尔神将站在他们身后，默默等待检查结果。

"奔袭距离四百一十二千米，摧毁了一个游击队营地，杀死两名游击队员。战绩并不显著。"一名技术员说，"而且，根据记录，麝足兽遇到了前所未有的反击，身体有七处损伤，需要修复。"

"石墨烯电池损耗严重，耗电速度快于正常值50个百分点。总电量低于1%。"另一名技术员汇报，"差一点儿就回不来了。神将，麛足兽需要更换电池，不能再拖。"

伊戈尔双手背在身后，望着面前的空气，眼眸里闪过一丝痛苦的嘲讽之色。"我们还有备用的石墨烯电池吗？"他问道。此话一出，两名技术员均低下了头。"你们俩负责把麛足兽修好，再送回神兽园充电，等待下一次任务。"伊戈尔命令道，"不需要我在现场监督吧？"

"不需要。"两名技术员异口同声地回答，"坚决完成任务。"

伊戈尔满意地点点头，转身离开。袁乃东继续潜行，跟在德沃斯基身后不远不近的地方。伊戈尔穿过一条长长的甬道，开启了两道密闭门，这才抵达了他的目的地——神兽园。

里边漆黑一片，伊戈尔走进去，摁亮了数盏日光灯。这是一间很大的屋子，四处都是古旧的显示屏和操作台，充满了金属和塑料的味道。屋子中间，金属笼子有三排，每排四个，排列得整整齐齐。笼子里都有一头处于休眠状态的神兽。

伊戈尔走近笼子。笼子上挂着金属制作的铭牌，写着这种神兽的名字。"恐头兽。"伊戈尔念道。恐头兽仿佛听见了他的召唤，眼睛陡然亮了起来。伊戈尔走向下一个笼子，"九峰兽。"九峰兽咧开嘴，发出一声短促的号叫，晃了晃背帆。伊戈尔露出柔媚的笑意，走向下一个笼子。第三个笼子空着，铭牌上写着"二齿兽"。伊戈尔转向第二列笼子。

当先一个笼子也空着，铭牌上写着"狼蜥兽"。伊戈尔在空笼子前驻足。"你最可怜了，十二神兽，就你死得最早。都怪那个叫袁乃东的家伙。"他说，语带悲戚，仿佛狼蜥兽是他夭折的儿子。

袁乃东明白过来。古老寨人说，狼蜥兽几年出来一次，惩罚亵渎天神之人。不出来的时候，狼蜥兽不是躲在哪个山洞里睡觉，而是回到了乞力马扎罗山。仙艖负责运输这些神兽，根据乌胡鲁的指示，飞往世界各地。就像这次，派出二齿兽、水龙兽和冠鳄兽去瓦伦蒂娜的南美教区执行惩罚任务。也就是说，自己大战狼蜥兽，并最终干掉它的全过程，伊戈尔·德沃斯基和他的技术组看到了全过程。

伊戈尔走向下一个笼子，"小驼兽，你好啊！"小驼兽是所有神兽中个头最小的。听见伊戈尔的呼唤，它站起身来，在笼子里快乐地游走，一条长长的带刺的尾巴扫来扫去。"你可真调皮。"伊戈尔满脸笑意，然后昂起头，欢快地叫起来，"犬颌兽！四角兽！珍稀兽！单弓兽！都起来！我制造了你们，给了你们名字，你们就是我的儿子！给我起来。"

所有的神兽都活动起来。伊戈尔满意地看着这一切。他是对神兽们满意，更是对制造出神兽的自己满意。

上一次见到伊戈尔·德沃斯基，他就像重生教这台机器上一个沉默寡言的齿轮。有他无他，似乎都影响不大。但现在看来，独处——和神兽在一起——的时候，他是如此狂放与自我。虽然不知道伊戈尔制造神兽的技术是不是来自铁族（可能性很大却没有直接证据），但藏身暗处的袁乃东又想明白了一件事。为什么重生教要制造神兽，并且用神兽去对付教徒，要让信众生活在恐惧之中呢？原因很简单，这恐惧由乌胡鲁施加，由乌胡鲁解除。恐惧会让信徒渴望得到拯救，而得到拯救的信徒，其信仰会更加坚定。

这时，有技术员匆匆跑来。他在神兽园门前停下脚步，向里边张望，显然是不愿意在这个时候去打搅陶醉中的伊戈尔神将。

良久，伊戈尔注意到了技术员的存在，做了一个安静的手势，七头神兽都停止了活动。"什么事？"他问道，神色恢复到最初的状态。

"克莱门汀长老，她在病毒科，等您。"技术员回答，"催问玛丽和约翰的事情。她对目前的进度极不满意。"

"她对什么事情满意过？"伊戈尔·德沃斯基轻声嘀咕，又说，"我马上过去。"

袁乃东继续跟随。他从笼子附近走过，没有惊动里面的神兽。病毒科距离神兽园不算远，看样子这边是巨壁一号基地的科研中心。而且，从山洞各处的挖掘痕迹看，科研中心的建设要远远早于上一次见到的指挥中心。

克莱门汀的表情极为愤怒，怒目圆睁、呼吸急促，好像世间每一个人都欠她的。在病毒科的负压门前，她用最尖酸刻薄的话语辱骂伊戈尔，责怪他办事不力，没有把我神乌胡鲁的命令放在心上，敷衍塞责，反应迟钝，迟迟没有将玛丽和约翰送到克里多尼娅那个臭婊子身边。"还想不想当神将？不想当就滚！有多远滚多远！"她咆哮着，把每一个字当成子弹发射出去，"重生教不需要你这样的废物！"

克莱门汀把注意力集中在骂人的时候，堪比大规模杀伤性武器。

伊戈尔·德沃斯基又变回重生教齿轮的状态，任凭克莱门汀把唾沫星子喷溅到他的脸盘子上，他低头不语，沉默得如同冰雪封冻的石头。

袁乃东保持着潜行状态。他相信巨壁一号基地还没有什么探测仪器可以发现潜行状态下的他。他从克莱门汀与负压门之间的缝隙，滑进了病毒科。比起克莱门汀对伊戈尔·德沃斯基肆无忌惮的辱骂，他对里边的内容更感兴趣。

负压门内是一条直直的走廊，左右两边是一系列的生物实验室。每一间实验室里都有身着全身性白色防护服的技术员在忙碌。谁都没有说话，透过护目镜，可以看见他们的神色混杂了紧张、苦闷与侥幸。显而易见，在伊戈尔回来之前，他们已经接受过了克莱门汀长老暴风骤雨般的辱骂了。

但袁乃东很快发现，他们的忙碌都是装出来的。他们或在摆满各种生物仪器的实验室里走来走去；或把液体从一根试管倒进另一根试管，再摇一摇，观察液体颜色的变化；或用铅笔在白纸上勾画涂抹出狂犬病毒的剖面图，却把名字标注为"查理"；或俯身在显微镜上观察，却没有闭上不看目镜那一只眼睛，甚至连玻璃切片都没有放到物镜下方。他们的心思全在病毒科门外。此刻，克莱门汀长老开始重复她之前骂过的话，她自己毫无察觉，嗓音和语速，亦如刚才一般。

走廊尽头的房间挂着储藏室的牌子。袁乃东潜行进去。储藏室里是三排大型冰柜，门把手上贴着标签，上面有一行字，前面是代号，后面才是所藏之物的真正名字：

约翰——黄热病毒

查理——狂犬病毒

玛丽——伤寒病毒

爱德华——天花病毒

……

袁乃东一个个看过去，越看越惊心。他在房间里转了一圈，最后在"爱德华——天花病毒"的标签前驻足。数据库里说，以碳族为唯一宿主的天花病毒导致的天花曾是严重威胁碳族生命的传染病。

他握住把手，用力拉开柜门，露出里边码放得整整齐齐的十根试管。每一根试管都装得满满当当的，试管管体贴着的标签上写着"爱德华——天花病毒"。

文庆裕说过，"荧惑守心"期间，在壁山区发生的那场突如其来又悄然而去的瘟疫是我神乌胡鲁降下的惩罚。了解到那段悲惨的往事时，袁乃东就怀疑那场瘟疫是天花病毒引起的，只是没有证据。今天，乌胡鲁下令，用玛丽——伤寒病毒和约翰——黄热病毒去惩罚宣布独立的克里多尼娅和她的教区。那么当年……一念至此，他不禁感到异常的愤怒。

他走到储藏室的电源处。像储藏室这种关键性地方，一般会有自己的独立电源。他观察了片刻，将断电报警与应急电源装置破坏掉，再一一关掉了大型冰柜的电源。他看着大型冰柜的电源指示灯一个个熄掉，心里并无胜利的喜悦。这只能阻止一时，却无法阻止重生教干出更多的坏事。

克莱门汀的辱骂终于结束了。伊戈尔·德沃斯基做出承诺，一天之内克服设备老化等困难，完成对"玛丽"和"约翰"的生产，三天内完成在指定区域投放"玛丽"和"约翰"工作，圆满实施"神罚"。

袁乃东不想再听，于是沿原路返回，从一个侧门回到先前的房间。两名技术员还在修理麝足兽，透过打开了的外壳可以看见麝足兽里边复杂的构造和被子弹击穿的零件。他们手执小型电焊钳，专心焊接着电路板。袁乃东从他们附近悄无声息地走过，上到轨道，向外边走去。

他走到轨道尽头，推开折叠门，望见外边月光照耀下的冰山雪原。他钻出去，站立在峭壁中间的洞口。此时，云层高而远，偏西的月亮搁在基博峰上，如同微瑕的玉盘，把月光像银白色的瀑布一般倾射下来，照得下方的山谷熠熠生辉。

山谷里有什么吸引了他的目光，他凝神观瞧。

这条山谷是从基博峰那边向下方延伸出的数条山谷中的一条，两边都是黑灰色的峭壁，中间较宽，从上往下，有七个冻得严严实实的冰湖。熠熠生辉的，就是这些镜子般的冰湖。冰湖越往下越大，在袁乃东所站之处正下方的冰湖，是最大的。

冰湖里，厚实而扭曲的冰面之下，模模糊糊中，藏着什么不可名状的东西。

袁乃东调整视野，将冰湖单独拎出来放大。湖面并不平滑如镜子，而是像波涛正在汹涌之时因突然降温被直接冻上一样。当然，实际情况上这种应该是湖面冻结以后，被峡谷里的巨风反复吹拂的结果。湖面放大，再放大。等他判断出冰湖里隐藏了些什么时，饶是他上过战场，亲手击毙过对手，见过尸山血海，也禁不住心冷胆寒。

冰面之下，是成千上万具堆叠、冻结、面容扭曲的尸体。

14 · · ·

袁乃东使用母亲给的密码，启动了的"曙光女神号"的自检系统。五分钟后，自检结果出来了。一切正常。袁乃东稍稍松了一口气。不管我将制订与实施何种计划，都不能让母亲参与，而"曙光女神号"，是母亲离开地球回到火星的最佳也可能是唯一的方式。

眼下的地球，能飞上太空的交通工具，大概就只有"曙光女神号"了。

袁乃东在"曙光女神号"的驾驶舱静默了一阵子，思忖着那个不成熟的计划。还有太多的未知，太多的秘密，如果贸贸然行动，会不会带来什么不能预知的结果？母亲常说，他的性格受父亲的影响更大，而他父亲最大的毛病就是不够主动。

袁乃东打开舱门，跳到地上，回望"曙光女神号"。它三十米长，有着简洁的流线型机身，能载三十名乘客，速度很快，可以从太阳系的任何一颗星球（太阳除外）的表面起飞，飞到无垠的太空里。此刻，她静静地停在乞力马扎罗机场的修理棚里，跟旁边几架所谓缺少维护的仙艖相比，真的跟高贵的女神没有两样。

修理棚外传来一阵急促的摩擦声。一架中型客机——袁乃东可不会愚蠢地用"仙艖"来称呼它们——正在跑道上降落。跑道边堆着一架小型客机的残骸，在风雪的侵蚀下，已经斑斑驳驳，几乎看不出本来是什么颜色和样子。袁乃东不知道机场的工作人员为什么不把客机残骸弄走。不说别的，弄走客机残骸，至少会让飞行员不那么紧张，至少会使跑道宽敞一点儿。

难道保留客机残骸就是为了提醒飞行员小心行事的？

客机在跑道尽头停住。舱门打开，瓦伦蒂娜长老走下舷梯。没人迎接，也没有人送她出来。她看着空荡荡的机场，眼泪忽然扑簌簌地滑落下来。

袁乃东可没有心情怜惜瓦伦蒂娜，正欲转身离开，这时，一个敦实的男人从正面迎了上来。

"我的文书说，你在这里，我特地过来看看。"那个男人穿着笔挺的军装，说话直接而简洁。他嘴唇很薄，眼睛很利，"还记得我吗？"

"记得。"袁乃东简单地说，"白磷团团长马承武，我们见过一面。"

白磷团本是文庆裕长老组建的私人武装。在绵阳的时候，这个团打了无敌的伊凡骑兵一个措手不及。大火在荒野上烧了五天五夜，死伤无数。无数的白磷弹曳出弧线、滑过夜空、飞向远方的情形，袁乃东记得清清楚楚。

"我的文书说过你的故事，很传奇啊。"马承武说着，向袁乃东伸出了手，"我很喜欢和你这样的传奇人物交朋友。"

袁乃东对马承武的印象不差。这是一位标准的职业军人，勇武、硬气、爽直。但是交朋友……"你的文书是谁呀？"他礼貌性地握了握马承武伸过来表示友好的手。

"他在那里。"马承武唤了一个名字，一个人在大棚边上露了一下脸，又瑟缩着消失了。那人不是别人，正是魏云，春节运动前二级的领导人之一，出卖了崔玺晶的家伙，后来在文庆裕长老那里宣誓加入重生教，看样子是被分配到白磷团，继续搞宣传工作。

"你们来朝圣的？"

马承武耸耸肩，"在文长老过世后，白磷团奉我神乌胡鲁之命，带上全套装备，赶赴圣山，听候调遣。我们到这儿好几个月了，还没有见到乌胡鲁的面儿。"

从后面一句话里，袁乃东听出了马承武平静的话语里隐藏着一丝丝的不满。"文长老可惜了。"他试探着说，"要是他也在乞力马扎罗山，见到这雪山异乡的星空，会筹算出怎样的未来？'客星倍明，主星幽隐'？"

"我不知道。"马承武说，"文长老收养了我，却没有教我星象之术。恐怕是嫌弃我太过愚钝。"

"收养？"

"十六年前，'荧惑守心'，天降神罚，一场突如其来的瘟疫夺去了很多人的生命。我们全家，就剩下我一个。"马承武说，"文长老收养了我。不只是我，还有好些和我一样的孤儿。白磷团里就有好几个。文长老是一个好人。"

对文庆裕这个评价何牧师也曾经说过。但为什么马承武会给他说这些？因为分享秘密，是拉近两个陌生人距离的一个办法？袁乃东想了想，说："所谓天降神罚，其实是人为。"

马承武猛地睁大了眼睛，不可思议的神情明明白白地挂在他的脸上。"你说什么？"他问。

回到基博峰的途中，袁乃东接到邀请，参加在马文济峰四季行宫为瓦伦蒂娜长老准备的欢迎晚宴。

晚宴在落鲸馆准时举行。能来晚宴的，自然都是重生教的重要人物。四季行宫的大管家桐山和雄在门口，身着黑白相间的礼服，礼貌地将来宾一一领到长桌边指定的座位。袁乃东和萧菁到的时候，何子荣已经在长桌边安静地等候了。克莱门汀穿着黑白格子短裙，板着脸、咬着牙也来了；何子华笑嘻嘻地跟在她后边，仿佛是她黯淡的影子，或者是长长的尾巴。

瓦伦蒂娜很晚才走进落鲸馆。上次见瓦伦蒂娜的时候，她穿着里三层外三层、极为繁复的长老袍服，但这次，她的长老袍服不但大大简化，并且非常窄小。她本是体态丰腴之人，窄小的长老袍服把她勒得死死的，喘不过气来，竟显出几分滑稽，几分落寞，几分可怜。

想必因为她此次前来，是向乌胡鲁认罪的，做如此打扮，是要乌胡鲁同情她、可怜她、轻视她。然而乌胡鲁真会这样想吗？

落鲸馆装饰得富丽堂皇，彩灯高挂，长桌上摆满精美的食物。众人坐在高高的靠背椅上，默默等待。何子华向大哥问好，何子荣只是点头回应。瓦伦蒂娜想找克莱门汀说话，但克莱门汀似乎对自己的手指更感兴趣，她只好尴尬地闭上了嘴。萧菁看看这个又看看那个，突然粲然一笑，似乎明白了什么。

乌胡鲁最后一个到场。他进来得很突然，"都饿了吧，那就开始吃。"他坐到长桌尽头的主位，专心对付盘子里六分熟的牛排。众人这才纷纷开动，刀叉、筷子与碗碟碰撞的声音，此起彼伏。

教奴送上第二轮食物，然后是第三轮。

"酒。"乌胡鲁喊道，"都满上。"

教奴上前，给宾客都斟满了葡萄酒。

乌胡鲁站起身，"干一杯。"

众人纷纷起身，举起杯子，然后陪着乌胡鲁把杯中之酒一饮而尽。

"你们坐下，听我说。"乌胡鲁端着酒杯，给自己又满上了一杯，离开位置，在座椅和座椅之间的空隙穿行，"先来说说十殿长老。现在还有几个活着的长老？我记性不好，瓦伦蒂娜，你帮我数一数。"

瓦伦蒂娜数道："克莱门汀，克里多尼娅，还有我。对了，还有，还有何子荣长老。他七个月前就任长老。"

"顶替因为叛教而被处死的查尔斯，这事儿我还记得。谢谢瓦伦蒂娜的总结。现在重生教还有四位长老，在座的各位，有没有觉得，太多呢？"

这是一个危险的问题。只有克莱门汀双唇开合，说："太多太多。"

乌胡鲁露出欣慰的表情，"历史原因形成的十殿长老模式，一度是非常成功的，这一点毋庸置疑。然而，随着时间的流逝，十殿长老们腐化了，堕落了，野心也膨胀起来，想要获得更大更多的权力，甚至觊觎我的神座。只是一次小小的测试，一个说不上多玄奥的计谋，就把所有人的真面目全都暴露出来了。我得说，这是好事。不是吗？"

"好事，好事。"克莱门汀如鹦鹉学舌那般回答。

此时的乌胡鲁，仿佛切换成表演型人格，所言所行，都夸张至极，就像在舞台上饰演莎士比亚笔下的李尔王，"我是神，我爱我的子民，爱这世间的每一个生灵。我也理解你们。有野心，不是坏事情，这是人之常情。但有理由这样做，并不等于这样做，就值得原谅。不，绝不。神的权威不容轻视，不容挑战，这是世间最高法则，你们要牢记这一点。何子华，你可记住了？"

突然被乌胡鲁点名，何子华紧张得口齿不清，"我……我记住了，神的权威，不容轻视，不容挑战……这是世间最高法则。"

乌胡鲁满意地点点头，"十殿长老模式已经过时了，三巨头时代即将开启。"

无疑，这是一个重磅消息。袁乃东抬眼看着在座诸人的表情，从他们的脸上一一扫过。

"在我之下，只需要三位强有力的领导者，不能再多了。感谢谢尔盖，干掉了邦妮，让候选者少了一个。自然，我也不会同意谢尔盖继任长老的要求，这种蠢货，背叛了一次，就不在乎背叛第二次。还要感谢克里多尼娅，她的背叛直接把自己送出了候选者名单。我相信，'玛丽'和'约翰'会让她后悔的。袁乃东，你说是吗？"

袁乃东假装吃菜，没有回应。

乌胡鲁一仰脖，吞下了杯中血红的酒，"克莱门汀，我的宝贝，是三巨头的必然人选。剩下的两巨头，将在此时在座的诸位之中遴选出来。谁能成为新的巨头？是你，野心勃勃的何子华；是你，忠贞不贰的何子荣；还是你，爱慕虚荣的瓦伦蒂娜？还是你，从天上掉下来的无所不能的袁乃东？甚至还有你，我从小长到大的朋友，四季行宫的老管家，桐山和雄？"

桐山和雄欠身道："少爷，桐山和雄只想一直服侍您，没有别的想法。"

"你可以的。"乌胡鲁停住脚步，"你比这里的很多人都有资格。可以讲，没有你的父亲桐山满，就没有重生教。而你，不管是当初创建堕落者，还是现在执掌四季行宫，都立下无数功劳！你默默无言，不争不抢，别人或许不知道你的功绩，我却是知道的。"

桐山和雄眼眶发红，显是深受感动，而乌胡鲁已经走向下一个目标，"噢，我忘了，请原谅我，还有您，漂亮的克里斯汀娜，您也是有资格的——谁能够最后胜出，成为重生教三巨头呢？让我们拭目以待。"

萧菁放下酒杯，"我不是重生教信徒，对成为什么长老什么巨头都不感兴趣。"

乌胡鲁说："亲爱的克里斯汀娜，听到您这样回答，我真是遗憾啊。不过，我没有别的意思，只是举例说明，说明在座的都有机会。然而，机会并不均等。总有人的机会比别人的更多。世界从来就不公平。我不想否认这一点，我也否认不了这一点。哪怕我是神。"

15

又过了一天，袁乃东接到乌胡鲁的邀请，要他参加今天的晨课。"请您务必前往。"传话的教奴细声细气地说。

重生宫内，乌胡鲁端坐于神座之上，天神卫身着动力装甲，手持热熔枪，在四周拱卫。众人在神座之下，按照地位和职务，分成若干方阵，各自站立。

何子荣领诵今天的晨课。他自小就在老汉儿的教导下参加重生教的各种仪式，耳濡目染，此刻自然是信手拈来，毫无瑕疵。

随后，瓦伦蒂娜长老走出队列，向乌胡鲁陈述三头神兽给百姓造成的困厄，愿意以己之身，代替百姓受难，恳请乌胡鲁收回神罚。乌胡鲁说："此次神罚，本就是因你贪慕虚荣、浮华奢侈而起。三头神兽，稍后我会命令伊戈尔·德沃斯基收回。至于你嘛，就不必急着回去，先留在山上，修身养性，去贪戒痴，学做一个合格的长老。"

瓦伦蒂娜满口应允：自己将在圣山上，一边学习，一边全力督促巨壁三号基地尽快完工。然后低头退下。

何子华越出众人，大声说道："我神乌胡鲁在上，信徒何子华有话要讲。"乌胡鲁道："你说。"何子华严肃地说："据信徒何子华观察，堕落者在叛教者查尔斯的长期领导下，早已经组织松懈，忠心可疑，后继乏力。虽有何子荣长老从堕落者中筛选出天神卫队，但并没有从根本上解决问题。我有一个想法，培养堕落者，要从小孩子抓起。我建议组建少年堕落者。"

此话一出，重生宫里尽皆哑然。重生教视科技为魔鬼，但又不得不使用科技产品来维持统治，堕落者的"堕落"就是违背教义、使用科技产品的意思。信徒需接受阉割，变成中性，方可成为堕落者。阉割本身就需要科技，更不要说他们用的那些武器装备了。然而，之前的堕落者均为成年人，他们是在习练《神之书》多年之后自愿献身的。也就是说，成为堕落者原本有一整套规范和仪程，何子华却建议，把这套规范和仪程，扩大到心智尚未成熟的少年身上……

乌胡鲁沉吟片刻，"这事儿我看行。克莱门汀长老，筹建少年堕落者一事，交给你来办理，你可愿意？"

"没有什么愿意不愿意的，您说，我照办。我的神。"

克莱门汀的回答看似随意，实际上是天真中又透露出执拗，这让乌胡鲁很是满意。然后，乌胡鲁的声音突然变得低沉，"何子荣，你可知罪？"

何子荣大为惶恐，拜服在地，"我神乌胡鲁在上，敬请我神乌胡鲁示下。"

"有人举报，说你看过了那个视频，在我下了敕令之后。可有此事？"

袁乃东心中微漾：何子华说过，他和何子荣一起看过崔玺晶的视频。何子荣看过视频，这是事实。然而，是谁举报的？

"我只是一时好奇——看它是为了批判它。"何子荣颤抖着声音说，"看它是何等的荒谬。"

"可曾看过？"

"看……看过。"

乌胡鲁怒极，脸色也因这愤怒而变得潮红，"岂有此理！我明令禁止，你公然违反，眼里可还有我？也罢，免去何子荣长老之职及一切任职，贬为信众。来人，摘下何子荣的长老冠冕，脱去他的长老袍服，立即逐出神殿。"

何子荣大骇。两名天神卫上前，摘下他的冠冕，脱去他的袍服。冠冕和袍服乃是长老的标志物，是无数信徒追逐的梦想，是重生教至高荣耀的象征。骤然间失去了它们，何子荣变得痴痴傻傻，没有反驳，没有愤怒，没有憎恨，只是傀儡一般，任由天神卫摆弄、推搡，在现场众人无声的注视下，出了重生宫，踉跄着走进外面凛冽的寒风里。

乞力马扎罗山山顶，寒风永远凛冽。

这是在向我示威。袁乃东想。

晨课结束，袁乃东去探望何子荣。还没有进屋，就听见何子荣在愤怒地咆哮，这于一向稳重的何子荣而言，是极少见的事情。"何子华！你何德何能取代我的位置？你未经阉割，未曾经历朝圣的考验，你甚至从来没有真正相信过重生教！"何子荣喘着粗气，扯着嗓子，不顾礼仪地大喊大叫，"你是一个怀疑论者！"

"这很重要吗？"说这话的是何子华。

"当然重要！"

"这么说，你在质疑我神乌胡鲁的判断与决定，质疑我神乌胡鲁的神力？"

"我没有……"

何子华的声音变得无比严厉，"那你为何要反对由我担任天神卫首领？何子荣，我问你，你对我神乌胡鲁坚定不移的信仰上哪儿去呢？你还是那个无比忠神爱教的何子荣吗？就这一点点惩罚都接受不了，你有何脸面，自认重生教徒？好好反思吧。"

说完，何子华抬步离去，出门时看见袁乃东，目色如常，点头示意，也不寒暄，擦肩而过。

袁乃东走进屋里，看见何子荣跪着，身体前倾，双手撑在地板上，头昂着，眼睛仿佛着了火，却紧咬了嘴唇不说一个字。袁乃东伸手去扶他，他低吼着："别碰我！"挣扎着想要自己起身，全力扭动着肢体，却办不到。原来身体已经因为愤怒而变得僵硬，仿佛石化一般，也不知道他跪了多久。袁乃东友好地笑了笑，再次搀扶他。这回何子荣没有拒绝。

"那视频是我上传的。"袁乃东说。

"专门害我？"

"你看过就没有什么收获？"

何子荣咬着牙，缄默不语。这个时候，他说出的任何话都是犯忌的。实际上，袁乃东想，按照《神之书》所说，面对渎神的言论，沉默也是一种不可饶恕的罪过。

"你有没有想过，为什么会这样？"袁乃东追问。

何子荣还是不说话，低下头，踉跄着挪到椅子边，软软地坐下，整个人仿佛被抽去了骨头，如同一堆朽烂的肉一般，瘫在椅子上。

他被抽去的，不是骨头，而是精神力量。

此情此景，不禁令袁乃东黯然，想起几年前与父亲的一段对话。

父亲说："一个人的精神力量不够，还需要外在之物的支撑，需要从外在之物汲取力量，那这种精神力量必定非常脆弱，容易堕落与异化。"

"你的意思是，一切力量都源自内心，要听从内心的召唤吗？"

"我不是这个意思。人心与人性都是很复杂的。从内心发出的召唤，可能是伟大的，也可能是渺小的，可能是善良的，也可能是邪恶的——邪恶到善良之人无法想象的程度。"

"既不能寻求外物的支撑，又不能听从内心的召唤，那你要我怎么办？"

"我的儿子，我有这样说过吗？"父亲看着他，眼神里没有丝毫的责备，"外物也好，内心也罢，都必须是深思熟虑的结果，这样的精神力量才足够强大。"

精神力量的建立极其困难，摧毁它也会极其困难。但像何子荣这一种，就很简单了——实现他意识深处的梦想，再亲手加以摧毁，一切就完结了。对何子荣来说，最初的梦想就是朝圣结束，回到古老寨，继承父亲何福厚的村长兼牧师之位。孰料，在乌胡鲁神殿，目睹了邱启辰暗杀乌胡鲁，无意中救下了查尔斯。查尔斯将他改造为堕落者，并提拔为神将。这一职位可比牧师高好几个档次。等到朝天门会议，何子荣杀死查尔斯，从神将一举跃升为十殿长老之一，正可谓飞黄腾达、荣耀至极，怕是何子荣自己也不曾想过吧。然而，乌胡鲁一则敕令，就将何子荣从至尊的九天之上，打落卑微的凡尘。这一起一落，怎不叫何子荣崩溃？

"你犯的错误，其实很小。据我所知，还有很多牧师、主祭、神将都看过。为什么单单惩罚你？还小罪大惩！是为了杀鸡给猴看吗？不是的。"袁乃东继续追问，"他是在精神上驯服你。"

"为什么要给我说这些？"何子荣有气无力地说。

"因为何子富。"袁乃东答道，"我对不起他。"

何家三兄弟，长子何子荣，从小就被何富贵作为接班人来培养，是最稳重也是最虔诚的那一个。次子何子华，因为"荧惑守心"与瘟疫事件而被父亲嫌弃与厌恶，成为一个什么也不相信的怀疑论者。老三何子富没有人管，野生野长，有自己的爱好、自己的职业、自己的追求，反而是三兄弟中，思想最为开放，思维最为活跃，思考最为深刻。唯一遗憾的是，他死得太早了，还没有来得及窥见更多的秘密，学到更多的知识，认清这个世界的真面目，就死在了绵阳。

"我想你能摆脱重生教的精神控制，摆脱对乌胡鲁的偶像崇拜。我想告诉你，你办得到这一点。"

何子荣没有回答，沉默。

袁乃东调整话题，"我一直有一个疑惑，徐永泽什么时候成为乌胡鲁的？是在朝天门会议之前，还是之后？"

"我为什么要告诉你？"

"我带你去一个地方。不过，你得穿厚实一点儿。还得有心理准备。"

事实上，何子荣没有做好心理准备，或者这事儿，永远没法做好准备。当何子荣看到冰湖之下扭曲、堆叠、冻结的无数尸体时，吐了个一塌糊涂。

待何子荣缓过劲儿来，袁乃东说："你知道这些冰湖下的尸体都是些什么人吗？最虔诚的重生教徒。"

"怎么会这样？"何子荣喘息着说，又是一阵干呕。

袁乃东指着冰湖里的尸体，说："你看他们的面容。他们都营养不良，长期处于饥饿状态。再看他们的手，厚厚的老茧。这是长期劳动的结果。你看他们的衣物，黑的白的，破烂不堪。怎么会这样？"袁乃东又指着前方的峭壁，继续说："在乌胡鲁神殿下方，在这峭壁后边，有一个大得像城市的巨壁一号基地。没有先进的挖掘机器，重生教就是靠三百万的信徒，用极其原始的方式，在大山坚硬的肚子里，花了二十年时间，挖掘出地下城市的。而这些人，这些尸体，就是在挖掘巨壁一号基地的过程中，饿死的、累死的、病死的重生教徒。"

16...

"你说的都是真的？"何子荣惶惑地望着袁乃东。

"你希望成为他们中的一个？为了根本就是虚构的梦想，死在这雪山上，冻在这冰湖里？"袁乃东继续追问，看到何子荣此时此刻的表情，他知道这是一个难得的机会，"重生到底是怎么一回事？"

"不，重生是真的，不是虚构的。"何子荣背向镜子般的冰湖，眼望阳光照射下威严肃穆的基博峰，陷入了深深的回忆之中。

重庆会议结束，处理完各种事情。何子荣和克莱门汀、徐永泽等重生教成员，分批乘坐仙艇回到乞力马扎罗山。一回来，他就请求觐见乌胡鲁，但一直没有见到。前来朝圣的信徒也因为没有见到乌胡鲁而心生疑窦，以至于流言四起，一次又一次考验着信徒的诚心。克莱门汀闭门不出，即便他俩见面也说不了几句话，就陷入相顾无言的窘境。徐永泽没有回自己的教区，到乌胡鲁神殿，听说是乌胡鲁的旨意，然而上山以来，却没有见到乌胡鲁。所以他和新任长老何子荣一样，一头雾水，莫名其妙。

二月初的一天早上，克莱门汀命人来找何子荣，让他去四季行宫，说有极其重要的事情。何子荣在惶惑中匆匆赶到四季行宫。

一个小女孩在四季行宫门前拦住了何子荣。"何子荣，"她叫着他的名字，声音稚嫩，语气却很阴沉，"听说是你救了查尔斯长老，他感激你，就把你阉割成了堕落者，并擢升为神将。对此，你是感谢查尔斯，还是憎恨查尔斯，抑或者是兼而有之？"

这问题不是没有人问过，但从一个胖嘟嘟的小女孩嘴里问出来，格外别扭。"小孩，谁让你来问的？"何子荣不答反问。

小女孩眼睛又大又亮，立在门边，抬头仰望何子荣，眼神却似成人一般阴鸷。"在重庆会议上，你亲手杀死了查尔斯，毫不犹豫，是因为你打心眼里恨他，还是因为踩着他的尸体，可以平步青云，从神将飞升成一神之下的长老？"小女孩没有回答何子荣的问题，而是提出了一系列新的问题。每一个问题都很尖锐。"都说你忠心不贰，那你到底是忠于重生教，还是忠于乌胡鲁，抑或是前两者谁能够赋予你的权力你就忠于谁？这些问题，你想过没有？你有这些问题的答案吗？"

何子荣更加疑惑，"你家大人呢？谁教你说这些的？"

"乌胡鲁。"

这三个字着实吓了何子荣一跳。但那小女孩说完，即闪身离去。何子荣四处张望，没有找见那个看上去怪怪的小女孩。有教奴出门来迎接，何子荣问他小女孩的事情，教奴回答："那是大管家桐山和雄的孙女，叫桐山葵。到山上快半年了，古灵精怪，神出鬼没的。才六岁，说话就像大人，尤其是说起《神之书》，简直头头是道，比很多大人都深刻。有人甚至开玩笑说，桐山葵很快会打破克莱门汀创下了纪录，成为重生教年龄最小的长老。"

教奴边说边走，将何子荣引至涅槃馆。在重生树下，克莱门汀、桐山和雄、徐永泽、德沃斯基等重要人物都在，桐山葵也在。她站在大人中间，神态自若。徐永泽长老却明显有几分紧张，面色潮红、手足无措，不停地晃动着他圆滚滚的身体。

克莱门汀向众人讲话，说今天要大家来，是来见证乌胡鲁重生。乌胡鲁重生，是重生教最重要的仪式，能够见证的，都是最受天神眷顾与宠爱的信徒。

听到这话，何子荣激情澎湃，心中涌起无限的幸福感。但克莱门汀接下来说的话，就令他错愕万分。"乌胡鲁神力无边，有化身万千。在各个皮囊之间任意转换。"克莱门汀说，"每一个重生教徒都渴望成为乌胡鲁的皮囊，这是无限的荣耀。此刻，乌胡鲁已经选定新的皮囊。那就是徐永泽长老。"

此话一出，何子荣望向徐永泽，彻底明白徐永泽紧张的原因了。

"徐永泽，你可愿意？"问这话的，却是桐山葵。

徐永泽长老应声出列，毕恭毕敬地说："我愿意。"

桐山葵道："那就开始吧。"

说完，她迈步走向重生鼎，徐永泽跟在她身后，亦步亦趋。

"难道……此刻乌胡鲁在桐山葵体内？"何子荣惊讶地问道。

一旁的桐山和雄答道："是的。"

何子荣瞥了一眼这位比自己的老汉儿严肃十倍的大管家，看见他寒霜一般的面容下，嘴角微微抽动，在极力掩饰某种情绪。他把目光移向重生鼎，毕竟那里正在发生的事情更加重要。

重生鼎一侧外翻，变成一段台阶。桐山葵走上台阶，走进重生鼎，徐永泽跟着走进去。台阶翻转而上，重新成为重生鼎的一部分。站在下边，看不到重生鼎里的桐山葵和徐永泽。

克莱门汀双手放到胸前，念念有词："与乌胡鲁同死，又与乌胡鲁一同复活，这才是真正的重生。我们若在他死亡的形状上与他联合，也会在他重生的形状上与他联合。"

桐山和雄把这话说了一遍，然后是德沃斯基。何子荣也照着说和做。这话是《神之书》中的一句，何子荣早就烂熟于心了。

接下去就是沉默，在场之人谁也不说话，个个都像是泥塑。

也不知过了多久，重生鼎发出清脆的鸣叫。克莱门汀脸上露出雀跃的神情，"哈！成了！"重生鼎再次翻出台阶，徐永泽圆滚滚的身影出现在那里。他慢吞吞地挪动着脚步，仿佛刚刚从万年的沉睡中醒来，灵魂已经悸动，四肢百骸还停留在梦里不肯醒来。

"恭迎我神乌胡鲁重生！"克莱门汀跪下，磕头，一次又一次。

桐山和雄跪下，喜极而泣。

何子荣跪下磕头，口念"恭迎我神乌胡鲁"，却偷偷拿眼角看那人（徐永泽或乌胡鲁）。在重生宫，邱启辰暗杀乌胡鲁那天，他只远远地看过一次乌胡鲁，那是一个干瘦枯槁、须发皆白、仿若圣贤的老人。但那也只是乌胡鲁的皮囊之一，并非他一直的形象。正如先前克莱门汀所说"我神乌胡鲁法力无边，有化身万千"。何子荣看着那人步履渐渐稳当，动作渐渐正常。他走向重生钟，拿起重生锤，敲击了最小的那个钟，然后一路敲击下去，声音越来越大，在整个涅槃馆里回响、轰鸣，久久不散。

那人敲完七个重生钟，一丢下重生锤，立刻转向台下。"吾乃乌胡鲁，天上地下的真神。"他说，神色和语气都与之前的徐永泽截然不同，"你们，要么忠诚于我，服从于我；要么与我作对，成为我的敌人。没有别的选择。"

台下四人齐齐地回答："恭迎我神乌胡鲁重生！"

袁乃东凝神听着何子荣的讲述，这时不禁问道："这就重生了？"

何子荣回答："乌胡鲁在徐永泽体内重生，我亲眼所见。重生是真实存在的。"

"那桐山葵呢？"

"死了。"

袁乃东在风逝馆看过桐山葵的照片，知道这个结果。可是……"在桐山葵身上到底发生了什么事？"

"在乞力马扎罗山，知道这事儿的也就四个人。乌胡鲁、克莱门汀、桐山和雄，还有我。"何子荣不无骄傲地说，"而我，是知道得最为详细的那一个。"

乌胡鲁重生后，何子荣抓紧时间，向乌胡鲁提出组建天神卫队的建议。这支卫队将由最忠诚的堕落者组成，乌胡鲁直接指挥，装备最为先进的动力装甲。这个建议得到乌胡鲁的大力支持。他指定何子荣全权负责堕落者的筛选。乞力马扎罗山上上下下原有四五千名堕落者，经过何子荣的忠诚审查，最终有八百名堕落者成为第一批光荣的天神卫。

也正是在对堕落者的忠诚审查中，何子荣查到一个秘密。"其实也不算完全的秘密，在那之前，我就隐隐约约知道一些内情。那次忠诚审查，堕落者中有相互举报的，也有积极认罪的。我把资料串联起来，就知道是谁安排的、谁支持的、谁实施的，知道是什么时候、在哪里、怎么做的，知道了整个阴谋的全过程。"

弥勒会天王邱启辰能够携带武器，顺利觐见乌胡鲁，竟是查尔斯事先安排好的。最关键的是，查尔斯还安排了最忠心于他的堕落者去破坏了涅槃馆。这就是为什么邱启辰能刺杀成功，并且最开始乌胡鲁和克莱门汀都没能重生的原因。查尔斯还特意撤走了四季行宫的所有堕落者和教奴，让整个四季行宫变成暂时的死城。

然而查尔斯忘了一个人，四季行宫的大主管桐山和雄。

发现重生鼎被破坏，桐山和雄毅然启用了备用鼎。只是这个备份系统功率稍差一点儿，平时也没有怎么维护，桐山和雄不是很放心。稳妥起见，他先用克莱门汀做实验，结果证明备份系统还能正常工作。然而，轮到乌胡鲁的时候，就出了问题。乌胡鲁的备用身体在被送进重生鼎做准备工作时突然抽搐起来，然后在很短的时间里死掉了。这是从未遇到的事情。桐山和雄很快查出，乌胡鲁的备用身体被注射了某种毒物，一旦启用，就会毒发身亡。这也是查尔斯安排人干的。

怎么办？桐山和雄一时之间也没了主意。四季行宫里当时只有他和刚刚重生的克莱门汀。克莱门汀是傻的，只会一丝不苟地执行命令，根本不会想什么办法。然而，时间不等人，他必须想到解决之道。

彼时查尔斯已经开始派出堕落者，来四季行宫打听乌胡鲁的重生情况。倘若他知道乌胡鲁没能重生，局势势必迅速恶化。桐山和雄必须尽快完成乌胡鲁的重生。这时，他看到了桐山葵。这个孙女是他不久前从游击队里抢回来的。一个主意在他脑子里形成。克莱门汀也同意这种做法，于是，桐山和雄狠下心肠，就拿孙女桐山葵充当了乌胡鲁的新皮囊。

桐山葵只有六岁，乌胡鲁对此很不满意。没有哪一个重生教信徒会接受一个六岁的小女孩当教主和天神。幸得乌胡鲁重生成功，令桐山和雄和克莱门汀都重获了主心骨。乌胡鲁思虑良久，让桐山和雄放出似是而非的消息，迷惑查尔斯。查尔斯搞不清楚乌胡鲁到底有没有重生，不敢轻举妄动，但又不甘心。这才有了联络同为全新派的伊凡长老，率军南下，进攻远古派文庆裕长老，又在重庆朝天门非法召开长老会等诸般事情。

17....

这就是乌胡鲁要让我花七个月的时间来朝圣，母亲被俘两个月才见到乌胡鲁的原因，也是徐永泽长老旦夕之间变成乌胡鲁的原因。袁乃东吐出了心中憋了很久的气。

何子荣的描述虽然流于表面，但从他的回忆中，不难猜出整个事情的全过程。只是缺少科学理论与技术细节——这超出了他的知识水平——需要进一步研究。桐山和雄说过，他的父亲桐山满，就是研究人格迁移的。所谓的重生，其实就是人格迁移，将一个人的人格或者说意识、灵魂，迁移到备用身体里。

根据何子荣的描述，备用身体有两种。一种是重生者的克隆体，另一种是捐献者的皮囊。一般情况用克隆体，特殊情况用皮囊，但也并非这么绝对。比如，这次事件中，乌胡鲁在第一次重生时，遇到意外，被迫迁移到了桐山葵身上，但局势稳定之后的第二次重生，他仍然选择了迁移到徐永泽的皮囊里。

袁乃东继续想：人格或者意识或者灵魂，是能够在特定物理系统中发生的过程，是神经网络中信息传递过程的涌现。人类大脑拥有约八百五十亿个神经元，每个神经元通过轴突、树突与其他神经元相连接。在神经元相连的地方，信号通过神经递质这种化学物质的释放和吸收而传递。一份完整的人脑详细信息至少占用两万兆字节。将原大脑的褶皱、突起和链接，复制到新大脑里，使新大脑出现相同的褶皱、相同的突起、相同的链接，这种涉及两万兆字节的复制，还要至少精确到小数点往后数很多位才行。

考虑到大脑最底层那些精微的小程序已经进入量子力学的领域，这种复制的容错率会低得惊人。

还有，新大脑在接受人格迁移以前需要保持什么状态？必须是如婴儿刚出生一般的原初大脑，没有褶皱，没有突起，没有链接。克隆体是早就制备好的，他们会允许克隆体自行长大吗？应该不会。理论上讲，克隆体应该一直待在培养槽里，他们长大的只有身体，大脑处于未发育的原生状态。捐献者的皮囊则要麻烦得多，他们有自己的记忆。所以，在人格迁移之前，会对捐献者的大脑进行处理，抹去褶皱、突起和链接，恢复原生状态。

克隆体是用重生者的 DNA 克隆而来，可以最大限度地避免人格迁移后出现的人格与身体的排异现象。只是这种方法，需要长时间的准备。据此推测，重生只会是极少数重生教高层的特权，一般信徒哪有可能早早就准备好克隆体呢？

直接使用现成的所谓皮囊，相对而言，速度较快。但其危险性也显而易见，容易出现人格与身体的排异现象。袁乃东想：也许人格会拒绝接受这具身体，精神失常，自行崩溃；也许会出现身体拒绝人格的现象，所有的神经链接都在，但人格就是指挥不动身体的运作。这都是极可能发生的事情。

迁移了新的人格，大脑与身体多半会有一个磨合期。最开始磨合期会很长，随着技术的熟稔，磨合期会逐渐缩短。像乌胡鲁这种经常更换身体的人，磨合期已经缩短到什么程度了呢？这个问题有待回答。

说到大脑与身体的磨合……碳族的行为不仅来自大脑的指挥，还来自身体，来自身体的各个部位，所以肌肉和骨骼也是有记忆的。必须强调的一点是，碳族身体的所有犄角旮旯里，特别是内脏中，"居住"着一百万亿以上的微生物组。这些微生物组，对身体的正常运作影响极其巨大，大脑受其影响，也是不可避免的事情。碳族身体不是单个的有机体，而是无数微小的有机体一同运作组成的超级有机体。那么，皮囊残留的身体记忆，是否也会成为乌胡鲁现有人格的一部分？假如皮囊会影响记忆，那重生过多次的乌胡鲁，用过多个皮囊的乌胡鲁，还是最初那一个乌胡鲁吗？

这个问题让袁乃东深思，几个新的问题自然而然浮现出来：人格迁移后，原先的身体是怎样处理的？如何确定迁移后那个皮囊里的人格是乌胡鲁而不是捐献者的？还有，既然说重生是人格迁移，是对大脑扫描结果的复制，那可不可以多复制几份？这些问题，暂时都还是未解之谜。

袁乃东把何子荣送回乌胡鲁神殿。分手时，何子荣面色惨白，对袁乃东说："我感觉自己就像是大草原上迷了路的鬣狗。成群的鬣狗可以战胜狮子，孤单的一只鬣狗呢？"他失魂落魄，摇摇头，咬着牙，强自振作，走回自己的住处。袁乃东希望他能渡过这一难关。信仰崩塌，对任何人来说，都是一场天崩地裂一般的灾难。

在回住处的路上，袁乃东遇到了何子华。他正在一个角落，与几名朝圣者聊天，狂热地表示他所说的才是"死不是生，生不是死，是为人间。黑不是白，白不是黑，是为天堂"这句话的正确解释，别人说的都是狗屁。他说得滔滔不绝，与曾经意气风发的何子荣竟有九分相似。一时之间，袁乃东有些恍惚，竟分不清楚，眼前这人是何子荣还是何子华。然而，细细一想，又感觉不对，何子华与他的大哥还是有很大的不同。何子荣昔日的虔诚是发自内心的，而何子华看上去……

何子华看上去比谁都虔诚，然而也仅仅是"看上去"。他看到何子荣的成功，何子荣从小就比他虔诚，从候补牧师提拔为神将，再从神将飞升到长老，靠的是运气，更靠的是虔诚。他看到克莱门汀，那么傻的一个人——不是傻就是有病——也能年纪轻轻，当上十殿长老之一，一呼百应，声名显赫，靠的不是别的，正是对乌胡鲁毫不保留的无限虔诚。

从内心出发，何子华并无任何虔诚可以奉献。从骨髓里，他就是一个怀疑论者，不可能不顾一切地相信什么东西。但他会表演，会表演虔诚，非常卖力的表演。方法很简单，就是看大哥何子荣怎么做，再夸大十倍，就足够了。谁也不敢说他不虔诚，哪怕有人已经看出他在表演虔诚也不敢质疑。因为说他的虔诚是表演，这样的话本身就是不虔诚，就是对重生教的不信任，就是对我神乌胡鲁的不恭敬，就是要背神叛教。

想到这里，袁乃东冲何子华招招手，示意他过来。何子华讲得正高兴，却掐断话头，迈着欢快的步子朝这边走来。

"刚才你说的那些，对生与死的理解，挺有意思。"

"我随便瞎说的。不瞒你说，这些话都是我老汉儿曾经教过的。我学得不如我哥好，就瞎说。"

"黑不是白，白不是黑，是为天堂。"

"嗨，别逗我了。《神之书》上全是这种囫囵话，模棱两可，想怎么解释都成。你知道吗，伊戈尔要倒霉了。"

"怎么？"

"我听说，伊戈尔管理的巨壁一号基地昨晚出了大事，"何子华此刻的表情，完美地诠释了什么叫幸灾乐祸，"玛丽、约翰，还有那啥爱德华，全死了。乌胡鲁非常生气。因为无法让玛丽和约翰去惩罚反叛的克里多尼娅。乌胡鲁一生气，后果很严重。"

袁乃东看着何子华的脸，"你知道'玛丽'和'约翰'，还有'爱德华'是什么吗？"

"不是什么神将吗？"

"不是。'玛丽'是伤寒病毒，'约翰'是黄热病毒，在碳族的历史上，这两种病毒都曾多次造成大规模瘟疫，造成数千万人非正常死亡。乌胡鲁是要伊戈尔把这两种病毒投放到克里多尼娅的教区，造成疫病流行，杀死很多很多人。"

"可怕。"何子华评价道。

"2106年，'荧惑守心'，一场天花病毒制造的瘟疫在重庆市璧山区肆虐。那天花病毒，代号是'爱德华'，也是乌胡鲁命人释放的。"

"真的？"

"是真的。"

"就算是真的，又关我什么事？"何子华愣怔了片刻，恼怒地说。

"看看你的脸，你脸上的瘢痕就是当年那场天花病毒袭击留下的。"

"那又怎么样？"何子华望着袁乃东，就像望着恐怖的怪物。"那又怎么样！"他把这话重复了一遍，然后迅速离开，就像袁乃东是那带来瘟疫的天花病毒。

何子华的表现出乎意料。他本不是何子荣那种的虔诚者，可是……袁乃东想，难道表演久了，表演多了，会混淆表演与真实？

18．．．

夜里，袁乃东一个人在房间里沉思。他躺在床上，眼睛也闭着，但脑子里在反复推演今后要怎么做。重生教的崛起，还有太多的谜团。怎么对付重生教，更是一个复杂到极点的问题。难题太多，凭他一个人的力量，顾此失彼，总有照顾不到的地方。杀死乌胡鲁，是很容易的事情，甚至阻止他重生，也不是完全没有办法。但杀死之后呢？那些数以亿计的乌胡鲁的狂信者会如何……这时，忽然响起了敲门声。

打开门，一个身着牧师服装的人钻了进来。袁乃东没有阻止他，因为第一时间他就判断出这人的真实身份。

"你条件好多了。"崔玺晶望望四周，如此评价，"有吃的吗？"

"有。"袁乃东从壁橱里端出糕点和水果，搁到茶几上。两人面对面坐下。崔玺晶拿起糕点，一口气吃了好几块，看样子是饿坏了。

袁乃东说："不在山下领导游击队，跑山上来干吗？"

"游击队？我听说了，游击队的新任领导人挺猛的。可惜不是我。上次你放我走，我没有走，一直在山上呢。"崔玺晶一边吃一边说，"这里是重生教的大本营，好不容易进来，不仔细探究一番，亏得慌。再说了，那谁说过，最危险的地方最安全。知道我逃了，重生教肯定会全力抓捕，与其在山下躲躲藏藏，不如在山顶优哉游哉。说真的，在乌胡鲁神殿潜伏，比想象中容易。这里每天都有朝圣者来，有朝圣者去，人员变动极大。你只需要不停地点头，承认他们说的都是对的，他们就不会对你有任何的怀疑。还有，你不要忘了，我年轻的时候，也是'虔诚'的重生教信徒。对他们那一套说辞，我熟稔无比。"

"确实是这样。"袁乃东说，"那你都探究到什么秘密？"

崔玺晶问："乞力马扎罗山的登山营地为什么叫织田营地，你知道吗？"

"知道。因为出资建设营地的是织田敏宪，'乞力马扎罗号'航天母舰舰长。2077年12月，他和战舰一起，死在了火星轨道上。织田敏宪还有一个身份，他是当时世界上最知名的科技与金融寡头组织织田财团的二公子，时任财团大家长织田信仁的弟弟。"袁乃东说，"我查阅了大量资料，发现织田财团的崛起与上个世纪一件历史性大事有关，那就是铁族的诞生。"

2025年，铁族诞生，然后就是惨烈的第一次碳铁之战。最初，铁族不曾意识到碳族也是一种智慧生物，他们只是对裸猿这种动物稍稍感兴趣，所以在重庆裸猿研究所对碳族展开了大规模的研究，并获得了前所未有的资料。在此之前，限于道德、伦理和法律，最主要的原因是技术，碳族对于自身，尤其是大脑的研究，其实是非常有限的。而铁族不在乎这些，所以他们的研究肯定是有史以来，对碳族最为透彻的研究。第一次碳铁之战结束后，这些碳族资料不知所踪。据说被铁族封存起来，但坊间传闻，这份资料最终落到织田财团手里。

没有人知道织田财团是怎么得到这份资料的。反正，自此之后织田财团的人体插件技术突飞猛进，在极短的时间里，成了智能植入系统的直接销售商和其他人体插件公司的主要供应商。织田财团因此在相当长的时间里，占据着世界上最大份额的插件市场。也正因为如此，织田财团从一个名不见经传的日本小公司成为世界级的超大公司，其名下拥有的资产，数以千亿计。

织田财团并不满足于在商业上的巨大成功。历史经验告诉他们，没有政治上的支撑，商业上的成功基本上就是昙花一现。因此，在大规模扩张开始不久，织田财团就积极地在当时的地球同盟领导层中寻找合作伙伴，并有意识地扶植自己的人进入地球同盟。可以查证，好几个地球同盟的高级领导，甚至包括两位执委会成员，与织田财团过从甚密。而织田家族通过投资、入股、捐赠等方式，大量介入地球同盟的各种工程建设，包括名噪一时的太空军舰队。太空军舰队五大主力战舰之一，以速度著称的"乞力马扎罗号"，就是织田财团捐建的。

"可以说，在 2077 年之前，织田财团在商业和政治上的地位十分稳固。然而，第二次碳铁之战的突然爆发改变了一切。这次碳铁之战，于 2077 年 8 月份开始，在同年 12 月月底陡然结束，前后不过五个月，但对织田财团的影响却是致命的。"袁乃东说，"炸毁'乞力马扎罗号'不过是个开始，战后，萧瀛洲建立的军政府展开了对织田财团的一系列调查，得出的罪名包括大规模行贿、违反科技伦理、贩卖致命性武器、有组织犯罪和谋杀。坊间传闻，织田财团被查，与地球同盟创始人靳灿之死有关。靳灿秘书长死于 2077 年 8 月，一直有传言，说他并非自然死亡，而是死于谋杀。织田财团自然经不起查，各种罪名一一落实，财团骨干纷纷落网，包括族长织田信仁，但最后的宣判书里，并没有谋杀靳灿秘书长一项。有人说，这是交易的一部分，但同样的，并没有实质性证据能够证明这一种说法。经过这一番折腾，织田财团元气大伤，就此泯灭，消失在历史的长河里。"

袁乃东停了片刻，崔玺晶没有插话，默默等待着。"然而，织田财团真的消失了吗？"袁乃东说，"我很怀疑。我怀疑织田财团在重生教里得到了重生。"

"你有什么证据？"崔玺晶似乎并不怎么震惊，只是用赞许的眼光鼓励袁乃东继续说下去。

"四季行宫武藏馆门前有两座巨型机甲的模型。巨型机甲本是一种华而不实的大号玩具，但织田财团的科研机构曾经研制过。'乞力马扎罗号'航天母舰在火星轨道上执行'双蛇计划'时，织田敏宪舰长曾经派出两个巨型机甲，用威力巨大的核弹炸毁了火卫一。这是历史上唯一的一次巨型机甲用于实战。我查过了，武藏馆门前的巨型机甲与炸毁火卫一的巨型机甲，一模一样。"

"这个证据太牵强了，没有什么说服力。"崔玺晶评价道，"还有吗？"

袁乃东说："四季行宫大管家桐山和雄的父亲叫桐山满，资料上说他的研究方向是人格迁移，或者说意识备份。这是当时的热门研究，兴盛一时。"

桐山满计划通过纳米级的精细扫描，把人脑里的一切，从结构到记忆，都复制到电脑里，建立一个与本体完全相同的数字化人格。当时有一个权力很大的官方机构，叫科技伦理管理委员会，主张对一切科技研究进行严格的管制。桐山满的研究显然违反这个委员会的条例，委员会曾经多次对桐山满进行告诫与处罚。桐山满倒是非常执着，屡败屡战。然而，不知道为什么，人格迁移总是归于失败，建立起的数字化人格总是在短时间里就陷入自我否定状态，很快消散成不可复原的数字碎片。有科学家指出，这是因为扫描是即时的，只能记录下当前的思维状态，缺少之前的记忆，而记忆，哪怕是那些已经被遗忘了的，也是健全人格的重要组成部分。但桐山满不信这个邪，继续实验。在一次实验事故后，他被判刑，还被科技伦理管理委员会永远剥夺了做实验的资格。

"与桐山满有关的最后一个消息是他被织田财团的科研部门招募了，但那之后，就没有任何与他有关的消息。直到几天前，我在四季行宫风逝馆看到他的照片。"袁乃东说，"我怀疑，重生教的所谓重生系统，就是桐山满研制成功的人格迁移装置。桐山和雄说过，他父亲，为重生教的诞生，做出了不可替代、彪炳千秋的贡献。"

"不用怀疑，就是这样。"崔玺晶满意地说，"我一直在研究重生教的起源。我很早就发现，织田财团与重生教有着千丝万缕的联系。2078 年之后，织田财团确实没了，但它的人员、资产和技术，并没有消失，而是转移到草创时期的重生教。织田财团的一切都融进了重生教，重生教借此壮大，踏上了征服世界的坦途。就像你说的那样，织田财团在重生教里得到了重生。"

"我还有一个大胆的猜测，"袁乃东说，"乌胡鲁就是重生后的织田敏宪。"

"结合桐山满的研究，这个猜测真算不上大胆。"崔玺晶说。

"因为这个的证据，除了刚才提到的巨型机甲，还有桐山和雄。桐山和雄一直称呼乌胡鲁为少爷，并且声称他和少爷从小一起长大。我查过了，这个人只能是织田敏宪。在桐山满进入织田财团后，他的儿子桐山和雄与织田家的二公子年纪相仿，玩到一块儿去了。桐山和雄说，他和少爷都是重生小说的深度爱好者。我强烈怀疑，重生教的重生二字，就出自重生小说。"袁乃东说，"此外，还有一个理由。我母亲。"

"哦，说来听听。这个我还不知道呢。"

"织田敏宪年轻的时候曾经追求过我母亲。"袁乃东说，"我母亲那时特别喜欢穿黑白格子的衣裙，因为小时候的一件事，她还从来不吃蛋，什么蛋都不吃。"

"噢，黑白格子的衣裙，从来不吃蛋。"崔玺晶沉默片刻，"还真有可能是重生教那些教义和禁忌的来历。"

"单独看其中一个线索，可能只是没有根据的胡乱猜测。但这么多线索，指向同一个结论……即便可能是杯弓蛇影，也值得重视，去寻找更多的线索。"袁乃东皱了皱眉头，"问题是，织田财团与重生教、乌胡鲁的关系，推理到下一步时，我推不走了。"

"怎么？"

"重生教创立于 2078 年，距今四十四年；一统地球是在 2200 年，距今不过二十二年。现在还活着的四十四岁以上的人肯定都见过重生教创立之前的世界，那个与现在截然不同的世界，可如今看来，还记得那个有量子寰球网、太空电梯和星际战舰，记得智能植入系统、地下高速交通、光合垂直农场的世界的人，已经少之又少。为什么会这样？"袁乃东说，"二十几年的时间，怎么就能使绝大多数人忘记过去呢？那可是一段集体记忆，不是某一个人的啊！以现有的技术，抹掉一个人的部分记忆，应该办得到，但抹掉所有人的，不可能啊！"

"你的这个疑问，也是我一直以来的疑问。"崔玺晶捏捏自己的鼻子，又用手梳理了一下蓬乱的头发，"这些头发迟早会因为思考这些无解的问题都脱掉。"

崔玺晶拿起一只香蕉，剥开，一口咬下去。

"如果不是生活在这个时代，我才不愿意研究这些劳什子玩意儿。"崔玺晶凝神想了一会儿，说，"换一个安静点儿的时代，我也许会去搞音乐？或者去深海潜水？我还没有去过海边呢。嗯，也可能去当机器人工程师，每天琢磨线路设计，有空就发表论文，没空就不管它。总之，可能性很多，但反正不是什么地下抵抗组织的领导人。"

他吃完香蕉，把香蕉皮搁到茶几上。"我得走了，在一个地方待太久，容易暴露。"他说，"忧心太多，迟早会秃顶的。"

袁乃东起身送他，"跟你聊天，我很高兴。"

"我也是。"

崔玺晶说完，微微一笑，推开门，走进基博峰沉沉的夜色之中。

第五章　远　征

1 ....

天亮之后，基博峰上的风云变幻，令人瞠目结舌。

伊戈尔·德沃斯基因为办事不力，出现重大失误，未能及时完成乌胡鲁安排的任务，被撤掉神将之职，投入监狱，等待审判。

乌胡鲁亲口宣布何子华为新一任长老，负责堕落者的重组与更新工作。何子华感激涕零，激动地表示："誓死效忠我神乌胡鲁，愿为我神乌胡鲁肝脑涂地，在所不辞。"

稍后，乌胡鲁颁布了两道敕令。一道是恢复何子荣的神将之职，任命他为白磷团团长；紧接着的第二道敕令是命令何子荣率领白磷团，去讨伐游击队。

袁乃东的数据库里可没有这支游击队的资料。他找人打听，七拼八凑，打听到游击队的历史可以追溯到十年前。"创始人叫桐山秀树，没错，就是四季行宫那位铁面大管家的儿子。"一位教徒说。游击队的规模一度很大，建立了十多个根据地，影响力从撒哈拉沙漠一直延伸到南非，遍及大半个非

269

洲。重生教屡次派出堕落者前去剿灭，都以失败告终。"直到查尔斯长老上位，就任堕落者首领后，以铁血与怀柔并用的手段，一个个拔出游击队的根据地，逐步消灭游击队存在的基础，这才扭转了局势。两年前，桐山秀树被击毙，游击队就此覆灭。查尔斯……"说到这里，那个教徒咽了咽口水，止住了话头。现在查尔斯长老作为叛教者已死，谁还敢为他说好话？

另一个教徒接过话头，说："游击队最近半年却死灰复燃了，据说是因为有了新的领导人，还是个女的，特别能打。他们在埃塞俄比亚高原和刚果河流域，分别建立了四五个根据地，声势日渐浩大。"

何子荣刚刚撤职，又立刻被提拔，这其中一定发生了什么事情。袁乃东思忖了片刻，去找何子荣。何子荣正安排堕落者收拾房间。他脸上有明显的笑意，眼睛里闪着兴奋的光，跟之前精神崩溃的样子，判若两人。换而言之，他又找回了那根精神支柱了。袁乃东略为黯然。重生教的诱惑，还是那样巨大。乌胡鲁只要招招手，心有怀疑的何子荣，立刻就忙不迭地跟过去了。

简单地恭喜了何子荣后，袁乃东问马承武是怎样安排。

"白磷团原团长马承武，因为在白磷团南迁的过程中表现出消极情绪被贬为副团长，负责协助新任团长何子荣——也就是我——开展工作。"何子荣嘴角上扬。

"不要忘了，你前不久才被从长老的尊位降为普通教徒。"袁乃东提醒他，"一会儿升职，视之为珍宝；一会儿降职，弃之如敝履。看上去随意任性，本质上却是在一升一降之间，明确无误地告知你及所有信徒：生死荣辱，皆出乌胡鲁之手。由此，争先恐后地忠诚于乌胡鲁，就成为你们最大的追求。"

何子荣耸耸肩，"那又怎样？我乐意。提醒你，不要再挑拨我对乌胡鲁的忠心。降职，是乌胡鲁对我的忠诚考验，而你所说的那些，是另一场忠诚考验。我通过考验了。"

为什么面对压倒性的证据，何子荣反而更加坚持原来的想法呢？袁乃东愣了片刻，说道："乌胡鲁的这种安排，让你将功折罪的意图很明显，但也给你挖了一个深坑。马承武长期指挥白磷团，对团里的方方面面都非常熟悉，倘若他不肯配合，甚至处处使绊，你的工作将无法开展。别说剿灭游击队，连在白磷团立稳脚跟都成问题。你所能倚仗的，就只有乌胡鲁的一纸任命书，还有马承武对重生教的虔诚，以及文庆裕一手组建的白磷团对乌胡鲁和重生教还剩多少忠心。"

"这个就不劳你操心了。"何子荣保持着兴奋的状态，"马承武在乌胡鲁面前宣誓，他会尽忠职守，戴罪立功，全力协助我剿灭游击队。他发誓的时候，我就站在乌胡鲁身边。"

"你就这么相信马承武的誓言？"

"你这个没有信仰的人，你哪里会懂誓言对重生教信徒的重要性。"何子荣慷慨激昂，"我们不轻易宣誓，一旦宣誓，必会一诺千金。"

袁乃东微微叹了一口气，说："我跟你一起去。"

这话显然出乎何子荣的预料。他惊讶地问道："乌胡鲁的命令？"

"不是。我自己想去。"袁乃东说，"你放心，我不会抢你的军功。剿灭了游击队，你重登长老之位，就是唾手可得的事情，甚至成为三巨头也不是什么难以实现的梦想。我不是重生教信徒，对这些不感兴趣，我只是好奇，想看看那些游击队。"

　　白磷团的五十多辆车向着东非大裂谷驶去。公路时有时无，通行质量和效率实在堪忧。虽然之前通知教奴维护过，但出了乞力马扎罗山的范围，所谓有公路跟没有公路，区别不大。这公路，时而曲折如羊肠小道，装甲车在其上行驶，必须小心翼翼，因为随时可能发生碰撞乃至倾覆，有时还得停下来，等待前方的装甲车清理挡住去路的石块或者野牛野马。时而宽阔如通天大衢，在碧蓝的天空下，想怎么开就怎么开，开得久了，甚至会产生一种错觉，仿佛一直这么开，就能开到天上去。

　　袁乃东被安排到后勤连。后勤连连长叫毛勇，下巴上蓄着一圈短短的胡子，见面就递给袁乃东一根味道极浓的烟。在袁乃东拒绝后，他也不在意，赶紧给自己点上。接下来的大多数时间里，他烟不离嘴。"在山顶，全是冰，风一吹，冷得直打哆嗦。现在好了，到山脚了，不冷了，妈的，热得只想把皮都剥下来。"毛勇坐在越野吉普里，一边抽烟，一边骂骂咧咧，不停地抱怨。途中，在一个斜坡上，整个车队停了下来，有士兵过来请毛勇去看看。毛勇去了，不久回到车上，车队又开始缓缓移动起来。"没有我，这堆铁疙瘩全得趴窝。"毛勇恶狠狠地抽着烟。

　　袁乃东问他跟马承武的关系如何，也是因为"荧惑守心"成为孤儿的吗。毛勇回答："我不是。军官里边董锐、黄文军、宋青山、杜显圣，还有马承武，他们五个是。""那你是怎么到的白磷团？"袁乃东追问。毛勇说他打小就喜欢机械制造与维修，后来更是迷上了发明，听说了仙艇的存在，打算自己也造一架。结果，这违反了重生教的教义，被人举报，遭堕落者抓了起来。幸得文庆裕长老器重，不但免了腰斩之刑，还把他送到了白磷团当后勤连连长，负责白磷团的后勤工作。"好歹活着，还能折腾自己喜欢的玩意儿。"毛勇最后说，"够了。"

"文长老是个好人了，可惜自杀了。据说是被逼的。你觉得是吗？"

"打听这个干吗？"毛勇警惕地望了袁乃东两眼，猛吸了两口烟，把那烟掐灭，然后将烟头使劲儿扔进全地形车带起的滚滚灰尘里。

车队继续在山巅、峡谷、山腰之间穿行。红日高挂，热气在大地的每一个缝隙里升腾。袁乃东看看前方，又看看后方。他和毛勇所乘坐的全地形车在车队的中间，以便白磷团第一机械维修师前后跑。按照司机的说法，就没有毛勇维修不了的机器，"别看他胡子邋遢，一脸狠劲，'心灵手巧'这个词可是为他准备的。"

这车队的组成也颇为复杂，两辆轮式越野侦察车当先开路，然后是自行加农炮、自行榴弹炮、自行火箭炮、轮式步兵战车、雷达指挥车、后勤保障车、医疗救护车等顺次跟着，既浩浩荡荡，又拉拉杂杂，行进速度并不算快。最后边是两辆大型油罐车，由四辆安装了轻型装甲的战地吉普护卫着。在这些庞然大物跟前，小巧玲珑的全地形车就像大象跟前的蚂蚁。就这阵势，搁一百年前，也挺吓唬人的。袁乃东想，现在嘛，打个伊凡的骑兵，还是轻而易举的。

车队行进了三个多小时，路边的植被已经一换再换，甘蔗、香蕉、可可等热带植物郁郁葱葱，最多的是剑麻，那种看上去就不好惹的植物长得铺天盖地，一望无涯。远远近近的莽原上，非洲象、斑马、鸵鸟、长颈鹿、犀牛等成群结队地出没，疣猴、蓝猴、阿拉伯羚、大角斑羚等隐蔽在草丛与树丛里。一路之上，都没有见到碳族活动的影子，没有房子，没有牲畜，也没有田地。天地之间，仿佛就白磷团是唯一的碳族。

"这所有的武器，加农炮、榴弹炮和火箭炮，都发射的是白磷弹吗？"袁乃东问。

"主要是白磷弹。"毛勇回答，"也有其他的。"

"为什么？"袁乃东查过资料了，白磷弹作为一种燃烧武器，虽然可怕，但却不是威力最大的炮弹。而且，不管什么炮，只发射白磷弹的话，作战效果都会大打折扣。

"马团长。"

"什么？"

"我们的团长马承武在重庆的大山沟里发现了一条白磷弹生产线，那是很久之前遗留下来的。在文长老的全力支持下，组建了白磷团，十几年下来，就攒下来这些家当。没有文长老，就没有白磷团。照重生教的规矩，除了堕落者，谁也不能碰这些东西。妈的，老子才不想被阉割了去当什么堕落者。"

全地形车突然来了个急刹车。整个车队都在一片嘈杂声中停下来。四处都有士兵扯着嗓子喊，想知道发生了什么事情。毛勇骂骂咧咧地下了车，去打听情况。袁乃东站起来，望向前方的峡谷。车队的前一半已经进了峡谷，后一半原地杵着，他心中升起一种警惕来。这种地形太适合……就在这时，峡谷那边传来密集的枪声。

"游击队吗？"司机脸色略为发白。

袁乃东没有回答，跳下车。

后方陡地传来油罐车燃烧爆炸的声音，大地为之一颤，然后，滚滚浓烟向着天空涌去。

2

游击队的这次伏击给白磷团造成的最大损失就是那辆爆炸的油罐车了。峡谷里的袭击只是佯攻，后方的油罐车才是游击队的主要目标。当四辆战地吉普担起护卫之责后，游击队就放弃了对第二辆油罐车的进攻，转身消失在剑麻丛里。

何子荣和马承武一前一后来到爆炸现场。何子荣脸色铁青，起初一言不发，随后连珠炮地责骂护卫油罐车的士兵，用词越来越尖酸刻薄，旋即又自行停住，向一旁站立的马承武求助。马承武淡淡地说："没人受伤吧？来，把这里清理干净。天也快黑了，叫弟兄们安营扎寨，今晚就在这儿过夜。"

"在这里过夜？不怕游击队再来？"

马承武没有回答何团长的问话，扯着嗓子喊了一声"杜显圣。"一个身材魁梧的士兵应声跑了过来。"你，带上侦查连，搜索周围，布置警戒线。保证兄弟们今晚睡一个好觉。"

赤道地区的夜黑得慢。当霞光铺满大地的时候，白磷团开始吃晚饭。袁乃东去找白磷团新旧两位团长，询问下一步安排。"找到他们，消灭他们。"新团长何子荣的回答非常笼统。旧团长马承武则条分缕析地回答着："今天半道遭遇袭击，说明游击队的情报工作非常到位。达成目标、一击即走、毫不恋战，说明他们的指挥官头脑清醒，士兵令行禁止。万万不可小觑。明天，我们先到东支裂谷附近驻扎，站稳脚跟，也稳住游击队。我不怕他们来打，我怕他们知道我们来了，就一哄而散，逃往别处。稳住，再徐徐图之。袁乃东，你的看法呢？"袁乃东点头称是。不过，他承认的其实是另外一件事。

是夜，袁乃东离开帐篷，开启潜行模式，离开了白磷团营地，寻到白天游击队员消失的地方。他们留下的痕迹，在袁乃东眼里，就像手掌上的纹路那样显眼。

袁乃东一路追踪下去。

这条小路——实际上根本不能称之为路——曲曲折折，袁乃东沿着这条路时而穿过莽莽草丛，时而越过潺潺小溪，时而挤过悬崖与悬崖之间的狭缝，时而经过鬣狗或者秃鹫的巢穴，惊起一阵纷扰。漫天星光下，非洲大陆一点儿也不安静，相比白天，更加喧嚣。无数的夜行动物号叫着、咆哮着、长鸣着，"吱吱吱""嘭嘭嘭""呜呜呜"，声浪一阵赛过一阵。袁乃东就在星光与喧嚣中疾行，去往游击队的营地。

东非大裂谷是世界第一裂谷带，被称为"地球伤疤"，南起赞比西河的下游谷地，向北经希雷河谷至马拉维湖北部，自此裂谷分为东、西两支。其中东支裂谷是主裂谷。游击队所在的地方，就是东支裂谷的一段，位于乞力马扎罗山以北一百六十千米处。这里丛林密布，别说藏一支神出鬼没的游击队，就是藏千军万马也不在话下。

击毁白磷团油罐车的这支游击队小组共五个人，携带着好几种来处不同的轻型武器。根据他们留下的痕迹，他们没有受过正规的军事训练，所作所为都是在长期的战斗生活中摸索出来的。粗糙、简单，有时还非常直接，但有效。有一两次，他们布下的迷魂阵，在短时间里诱使袁乃东走上了错误的道路。但袁乃东很快发现端倪，及时调整了方向。他的速度比常人快好几倍，这个时候也不需要掩饰，所以一个小时后，滑下一条长达一千米的悬崖，他已经看到了游击队的岗哨。

放哨的人皮肤黝黑，衣裳破旧，背着一支电热式步枪，隐蔽在一棵大树的阴影里，嘴角叼着一支烟，却没有点着，只是时不时地抬起头，向着袁乃东来的方向张望。他似乎在等待，而不是放哨。袁乃东思忖片刻，退出潜行模式，走向岗哨。

"袁乃东？你是袁乃东吗？"那人并不特别惊奇，张口就问。他有一张黝黑的饱经风霜的脸，袁乃东敢肯定自己之前没有见过他。他是怎么一眼就认出自己的？在袁乃东点头之后，那人露出了欣慰而略带苦涩的笑容，"我在等你。有人告诉我，你一定会来。"

"谁告诉你的？"

"你先回答我几个问题。"那人说，不等袁乃东回答，就自顾自地往下说，"我叫塔姆桑卡·简特杰，游击队成立的时候我就跟着桐山秀树了。"

"塔姆桑卡？那座被重生教毁灭的城市？"

"是的，我出生在塔姆桑卡。我父亲用城市的名字为我命名。后来——它毁灭了。我是塔姆桑卡为数不多的幸存者。我……"塔姆桑卡哽咽着，说不出话来。

"我很抱歉。"

沉默了片刻，塔姆桑卡接着说："都过去了，我不想再提。"他顿了一下，又问道："在乞力马扎罗山上，你可曾见过一个叫桐山葵的小女孩？她是四季行宫大管家桐山和雄的孙女。她现在怎么样呢？"

"桐山葵和你是什么关系？"袁乃东不答反问。

塔姆桑卡强行按捺住情绪，"桐山秀树还活着的时候，我是他的勤务兵，桐山葵几乎就是我一手带大的。后来，在查尔斯的指挥下，堕落者杀死了桐山秀树，游击队解散了。我带着桐山葵在这一带东躲西藏了一年多，还是被堕落者找到。堕落者打伤了我，抢走了桐山葵，把她送到了她的爷爷桐山和雄身边。"

"我没有见过桐山葵本人，只见过她的照片。"袁乃东说，"桐山和雄告诉我，她死了。"

"她，桐山葵，是怎么死的？"惊讶、愤怒、自责，诸般情绪混杂让塔姆桑卡有些语无伦次，"她，她那么怕死。她一定很难过，她那么小。"

这事情说起来很复杂，袁乃东简单地回答："桐山葵应该走得很安详。"

在成为乌胡鲁的皮囊之前，桐山葵的原生人格肯定会被处理。某种仪器会抹去她大脑里的所有记忆，使她的大脑变得空白，然后等待乌胡鲁的人格移植进来。这个过程会是痛苦的吗？袁乃东不知道。他只能猜测，这是一个安详的过程。后来，乌胡鲁的人格又从桐山葵身体移植到了徐永泽的身体里，桐山葵小小的身体被处理掉了。

也就是说，桐山葵经历了两次死亡。第一次，是人格上的。第二次，是肉体上的。

"死亡怎么可能是安详的呢？"塔姆桑卡激动地说，"你别看她小，才六岁，可她一直……她亲眼目睹了秀树爸爸的死，在那之后，她就一直做噩梦，常常在噩梦中尖叫着醒来，浑身是汗。她老是问'塔姆桑卡爸爸，死亡是什么'，'是不是每一个人都会死'，'为什么会这样'，'塔姆桑卡爸爸什么时候死'，'我什么时候死，能不能不死'……"

说到这里，塔姆桑卡已经哽咽得说不出话来。他强行闭了嘴，掏出打火机来点烟，手颤动着，烟点了好几次才点燃。他贪婪地吸了两口烟，然后怔怔地看着袅袅的烟气升向夜空，"我以为她到了爷爷那里，日子会过得好一点儿。"

袁乃东不想告诉塔姆桑卡，正是桐山葵的爷爷桐山和雄把桐山葵送上重生鼎的。毋庸置疑，这也是某种形式的献祭。"你刚才说，有人在等我？"他问。

塔姆桑卡回答："还有一个人在等你，她已经等得太久了。"他转身，穿过这片树林，向附近的一个山坡走去。他朝上方指了指，"在那里。"然后叼着烟旁若无人地走开了，自始至终他都没有碰他背着的那一杆枪。

袁乃东在疑惑中走向山坡。

一个幽怨而深沉的声音在空气里飘荡。"如果我会唱非洲的歌，我想唱那长颈鹿，以及洒在它背上的新月；唱那田中犁铧，以及咖啡农淌汗的脸庞。"不知道为什么，那声音忽然停下来，似乎不满意。片刻，在一声轻微的叹息之后，继续吟诵，只是声音变得清亮而愉悦，仿佛之前的幽怨深沉只是模仿，而此刻，才是那人真实的声音："那么，非洲会唱我的歌吗？草原上的空气会因我具有的色彩而震颤吗？孩子们会发明一个以我的名字命名的游戏吗？圆月会在我旅途的砾石上投下酷似我的影子吗？还有，恩戈罗山上的苍鹰会眺望、寻觅我的踪影吗？"

在金星的时候，这段话袁乃东听铁红缨念过，出自一本叫作《走出非洲》的古书。抚养铁红缨长大的叔叔特别喜欢。但诵念这段话的，显然不是铁红缨，而是另一个他认识的、他以为再也不会见面的女孩子。

上次见何敏萱的时候，还是半年多以前，在绵阳地下城。彼时白磷弹引发的大火正在外面的荒原上熊熊燃烧。袁乃东与一众春节运动的幸存者藏身于绵阳地下城的一个独立街区，躲避大火的同时，也躲避重生教的搜捕。有一天，袁乃东去找何敏萱。她在僻静的角落里发呆。"有些事情，我希望解释一下。"他说。

何敏萱埋首不语，又努力抬了一下头，"你说。"

"那天，我不该抛下你，把你置于危险的境地。即便是作为普通朋友，这样做也是不对的。非常抱歉。"

"这么说你拿我当朋友呢？"何敏萱敏感地捕捉到了袁乃东话里的关键词。想了想，她问道："当时你跑开，是为了什么？我很好奇。"

"我看见天上飞过一艘狩猎者战舰，我以为铁红缨会在船上。"

"铁红缨？"

"一个我在金星执行任务时认识的女孩子。我跟你说过，我有爱的对象，就是她，铁红缨。"

"她喜欢你吗？我猜……她也一定喜欢你。你这么优秀，走哪里都会有女孩子喜欢的。"

袁乃东避而不答，"我的情况有点儿特殊，那天你也看见了。可以说我处于碳铁两族之外，既不是碳族，也不是铁族。也可以说我介于碳铁两族之间，既是碳族，也是铁族。

"我本不该有感情，不该有爱。爱是什么？爱是为了繁殖下一代的副产品，是激素在捣鬼，是多巴胺的奖赏，是见色起意，是权衡利弊。我不该有这些。我有数据，有算法，有逻辑，有推理。是的，我看上去有感情，但那些不过是对碳族表情的模仿，是面部肌肉与皮肤运动还有肢体语言的涌现，是基于碳族个体与群体行为模式的应激反应。"

何敏萱追问："那铁红缨是什么？"

"铁红缨，她是例外，是冗余，是……我惦记与牵挂的对象，是我爱的人。"

后来，他和冉翠他们分道扬镳，他先是去了重庆，见证了朝天门会议，又踏上了朝圣之旅，千里迢迢来到非洲的乞力马扎罗山。他没有想过会再见到何敏萱。而且……现在白磷团就在几十千米之外虎视眈眈，竟跟在绵阳地下城有种莫名其妙的相似之处。

此时此刻的星空似乎比别处的更为璀璨，一颗一颗的星星仿佛是耀目的钻石，撒落在黑天鹅绒一样的天穹上。漫天星光下，袁乃东迈步走向山坡上的何敏萱。

3....

山坡上有一片裸露的岩石，这里原有的植被被清理到下边的沟里。何敏萱蹲在岩石边，双手在岩石里翻找着什么。听见袁乃东的脚步声，她站起身，回过头，冲袁乃东甜甜一笑，"袁大哥，好久不见。"

"好久不见。"袁乃东回应道。何敏萱穿着的丛林迷彩服明显裁剪过，更合身了。她的头发剪短了很多，显得更清爽了。袁乃东意识到，在分开的这段时间里，何敏萱的变化不少，虽然她脸上的笑意还是如山溪那样率真与野性，但她的眼神有了战士的刚毅与决绝。"在忙什么？"他问。

"睡不着的时候，你会干些什么？"何敏萱问，不过她没有等袁乃东回答，一屁股坐到一块岩石上。"我会来这里挖化石。"她接着说，"还记得吗，古老寨山上的上龙化石，我还把它当成天神的遗迹祭拜来着。"

"挖到了吗？"

"挖到了不少动物化石，有时间我带你去看我的收获。不过还没有挖到古人类的化石。"何敏萱说，"最早的人类就是在这里演化出来的，感觉好神奇。我们呼吸的空气，是我们远祖呼吸过的；我们脚下的这块土地，是我们的远祖踏足过的；我们仰望的星空，也是我们的远祖曾经抬头瞧过的。"

袁乃东几乎被这几句话迷住了，思绪不由得飘飞起来。数百万年前，东非高原迅速隆起，原有的森林在很短的时间里消失，变成浓密而陌生的大草原。生活环境骤变，生物最简单的解决生存问题的办法就是迁徙，然而东非大裂谷挡住了猿猴们迁徙之路，那时的大裂谷比现在有更多的河流与湖泊。有少部分猿猴迁徙到了刚果盆地的森林继续在树上生活，那就是后世的黑猩猩。但大多数猿猴没有找到出路，不得不学着在大草原上生活，学着直立行走，学着抓捕猎物，学着抓起石块投向袭来的狮子，学着……这是一个史诗般的过程。从基因组群到身体构造的改变，从行为模式到组织方式，都在不停地改变。极其痛苦，极其漫长。没有学会改变的，都被淘汰了。那么如今，是不是又到了需要改变的时候？袁乃东想。

他走到何敏萱近旁，继续听何敏萱说她的化石。她说她挖到了和狮子一般大的恐猫，下颌骨异常强大，咬合力惊人。还挖到过硕鬣狗，现在那些斑点鬣狗的远房亲戚，在史前人类的头骨上，发现过硕鬣狗咬出的孔洞。袁乃东静静地听着，就像他曾经在古老寨听何敏萱讲云雾山的四季一样。

倘若不是生活在这个混乱的年代，崔玺晶说他大概会去当机器人工程师，何敏萱很可能会当化石猎人，满世界挖掘化石。那么我呢，换一个时代，我会做什么呢？从小到大，他都被父母教导，他这一生的使命就是致力于促成碳铁两族共存。他没有想过，自己的一生，还可以有别的过法，现在忽然间明白这一点，竟有些惶恐，有些不知所措。

"我是不是话太多了？"

"不是。"

何敏萱莞尔一笑，问："我去过乞力马扎罗山了，去过好几次。有一次差点到山顶，结果被识破了。嗯，在半山腰，我看见一种奇怪的树，有桉树那样高，却没有叶子，树干光秃秃的。那是什么树？"

"千里木。"

"千里木？"

"一千两千的千，里面的里，木头的木。"

"好特别的名字。"

"实际上，千里木是菊科下面的一个属，包括十一个种。乞力马扎罗山有两种千里木，细长的本种千里木和粗壮的乞峰千里木。"

"它怎么能生活在那么高那么冷的地方啊？"她继续追问。

袁乃东微微一笑，做了详细的解释。

现在看来，何敏萱的变化，用脱胎换骨来形容，也不算夸张。最大的不同，不是她的知识量增加了，而是在思维模式的改变。此时的何敏萱，思维模式更接近铁匠，而不是何子荣。倘若何子富没有死于绵阳地下城，那他来到乞力马扎罗山，看到千里木，多半也会好奇地问出同样的问题……

"你说的这些，我的数据库里都有。"何敏萱说，"可是读起来枯燥乏味，远没有听你讲起来生动有趣。"

"你的数据库？"袁乃东敏锐地抓住了对方话里的关键词。

"是的。"何敏萱卷起一只袖管，给袁乃东看她光滑细嫩的手臂。在手背后方，忽然裂开一个口子，弹出一张指甲盖大小的晶片。她嘿嘿笑着，取下晶片，"都在这里边"，晃了一晃，又把晶片插回手臂上的口子，按动一下，晶片和口子一起消失了。"还行吧？"她问，神情和小孩子向同伴炫耀自家的玩具一般。

"你进行了赛博格改造？"这事儿在火星是稀松平常的事情，在地球上，袁乃东倒是第一次见到。

"全身性的。能够改造的部分都改造过了。不要用这种眼神看我。我接受改造，是为了我自己。生逢乱世，我得学会自己保护自己，不成为任何人的负担。在需要的时候，我还可以保护我的家人、我的亲人、我的爱人。"何敏萱扑闪着大眼睛，语气在那一瞬间变得沉重，"你无法理解三哥死在我怀里时我的心情。"

何子富的死也是袁乃东心上的一道永远的伤疤。"谁给你改造的？"袁乃东问。赛博格改造所需要的科技是阿米级的，他不觉得地球上有什么地方还保留着这样的技术。

"呵呵呵。"何敏萱像听到一个了不得的笑话，笑得浑身都颤动起来，"你绝对想不到，呵呵呵，至少有四个袁乃东。"

袁乃东心中忽然一动，就听何敏萱扳着手指说："一个是无所不知先生，说起话来，旁征博引、滔滔不绝、连绵不断，仿佛自带搜索程序的百科全书；一个是私人侦探，善于嬉皮笑脸、插科打诨、装疯卖傻，同时情感丰富、非常贴心，舞台上的小丑就是这般模样；一个是旁观者，敏感大气、超然物外，同时缺少感情，就像一台忘了安装感情程序的智能机器；第四个是大树，高挺俊朗而又不失秀气，体贴入微，总是试图为谁遮风挡雨，但有时又显得非常笨拙。"

他并没有在何敏萱跟前展示过私人侦探的角色，会这么说的人只会是……"到底哪一个才是袁乃东的真实面目呢？四者合一，就共同构成了袁乃东？抑或，这四者只是袁乃东的四个侧面？"何敏萱继续说，"我不知道诶。"

"是铁红缨！铁红缨给你做的赛博格改造！"

何敏萱颔首表示赞同，"刚才这段话，就是红缨姐姐告诉我的。"

然后，何敏萱讲述了她与铁红缨的相遇。

离开绵阳地下城后，在烟熏火燎的荒原上，沿着一条大河，何敏萱和冉翠等人去找春节运动的另一个秘密基地。走了一段时间，他们与一队伊凡刀骑兵不期而遇。虽说是溃兵，但瘦死的骆驼比马大，骤然相逢，短兵相接，只几个来回，春节运动的几个幸存者就被全部被捕。

一个刀骑兵的领队过来看俘虏。有人建议留下，说不定有用；有人建议杀掉，带着走是麻烦，还得供吃供喝。领队迟疑片刻，说男的杀死，女的留下。

刀骑兵手起刀落，如同砍瓜切菜一般。何敏萱看见几颗脑袋脱离身体，滚落地上。那些脑袋，一离开身体，似乎就变小了。有的杵在原地，仿佛被黏稠的鲜血粘住；有的蹦着跳着，宛如还有生命一般，一直蹦跳到很远的路边，蹦进大火燃烧后的灰烬里。

"别看。"冉翠低声说。

何敏萱已经看见了。但她没有惊呼，没有尖叫。她是忘了惊呼，忘了尖叫。她怔怔地望着那些尸体，望着那些脑袋，忘了呼吸。

领队命人牵来一匹马，让冉翠和何敏萱骑上去。"不要想逃跑。"领队很平静地说，"我们很喜欢狩猎。"

刀骑兵们继续在大火燃尽的荒原中行进。越来越多的溃兵加入进来。他们的队伍越来越庞大，而逃跑的希望越来越渺小。黄昏时分，他们已经出了白磷弹轰击燃烧的范围，周围的植被开始变得正常，但空气里依然满是微微发热的尘埃，不时引发一阵咳嗽。

骑兵们选在一条山谷里搭建临时营地。他们忙碌的时候，来了两个装备极好的翼骑兵。也许是战败了心情不好，也许本就有历史积怨，总之，新来的翼骑兵颐指气使，只想坐享其成，不肯动一根手指头的做派，很快引发不满，翼骑兵与刀骑兵发生了激烈的肢体冲突。

在冉翠的提示下，两人各自抢了一匹马，趁乱逃出了临时营地。

骑兵在后边呐喊着紧追不舍。

何敏萱虽说跟铁匠学过骑马，但像这么剧烈的全速奔跑，还是平生第一次。山地马跟平原马，也是两种类型。

马蹄腾踏，颠簸得太厉害，有好几次她都差点从马背上摔落。

而追兵越来越近。

蹄声雷动，比她的心跳还要剧烈。

回头瞥见那个领队笑得狰狞的脸，何敏萱终于把憋了大半天的恐惧全部尖叫出来。

"敏萱！"冉翠大叫着，脸色苍白如雾气中的月亮。

刀骑兵的领队骑术高超。他的马已经到了何敏萱旁边，只需一伸手就能把何敏萱从马背上擒拿过去。何敏萱害怕得心都要从嗓子眼里跳出来。就在这时，领队连人带马消失了。

不，准确地说，是领队被什么东西击中，连人带马嘶叫着跌倒在地，而何敏萱的马继续往前冲。

又有三个追兵被击中。

余下的追兵见势不妙，拨转马头。

何敏萱稳住重心，继续往前冲，很快看见了那个救了她的人。

那人挺立在一块荒草中的巨石之上，手持一杆长枪，身着一袭耀目的红袍，长发垂腰。夜风骤起，只见她衣袂翻飞，长发亦如无数的银蛇当空舞动。

4 ...

"铁红缨。"袁乃东说。

"对，就是红缨姐姐。红缨姐姐一出场就救了我和冉翠姐。"何敏萱说，"我太佩服红缨姐姐了，太厉害了。"

铁红缨的身手袁乃东见过。他更关心别的事情。"后来呢？"他追问道。

"后来，我和冉翠姐上了红缨姐姐的飞船。"

"奥蕾莉亚号"停在附近的一个山坳里。但一开始，铁红缨并没有打算邀请冉翠和何敏萱两个人上飞船，甚至没有承认自己是铁红缨这个事实。

铁红缨目送骑兵远去，收敛表情，眼神变得冷漠。她收了长枪，跳下巨石，对冉翠的感谢和何敏萱的自我介绍无动于衷，自顾自地走开，就像这两个人不存在。何敏萱急中生智，喊道："别走，我知道你是谁。"

"你说你知道我是谁，可笑。"铁红缨发出放肆的笑声，继续离开，"可笑至极。我自己都不知道我是谁，你如何知道？"

"铁红缨，你是铁红缨。"

"我确实用过这个名字。"铁红缨停住离去的脚步，疑惑不已，"或者说，这是我众多名字中的一个。你是从哪里知道的？"

"我认识袁乃东。"何敏萱说，"我们是袁乃东的朋友。"

"袁乃东。"铁红缨嘴角上扬，露出一丝带着苦涩的笑意，"那个傻瓜。"

"袁大哥才不是傻瓜呢。"何敏萱大着胆子反驳道。

铁红缨颇有兴趣地打量着何敏萱，"他此时在哪里？那个傻瓜。"

"我不知道。"何敏萱有些赌气地说。说完她就后悔了，她发现自己这样说的原因竟有几分是出于嫉妒，而不是铁红缨对袁乃东的贬低。对此，她感觉到强烈的惶恐。我这是怎么啦？

冉翠在一旁补充："今天早上我们才分开，袁乃东说他要去重庆找文庆裕。"

铁红缨沉默了片刻，忽然伸出手指，在何敏萱额前快速滑过，随即露出洞悉一切的诡异笑容，"小丫头，我知道你在想些什么。跟我来。"

两人跟着铁红缨步行了一段距离，来到一处山坳，"奥蕾莉亚号"停在那里。很难描述它的样子，只觉得非常怪异，不可名状。飞船里边，却很常规，各种舱室，一应俱全。各种先进得近乎神话的设备，看得两人眼花缭乱。

"船上只有红缨姐姐一个人？"何敏萱把心态调整好，嫉炉什么的，全都丢一边去。

铁红缨回答："一个或者五个，后来是六个。然而，常常只有一个。够了。"

何敏萱对袁乃东说："这话是什么意思，我当时并不明白，直到现在，也不明白她是什么意思。"

袁乃东想了想说："大概是说她死去的那些姐姐吧。"

"我听红缨姐姐说过，她那几个姐姐：乌苏拉、卡特琳、海伦娜、齐尼娅，还有塔拉。她说她们已经死了，但她们又还活着。"

袁乃东脑海里滑过这些人迥异的面容。他见过她们，但现在她们确实已经死了。"在金星战役中，铁红缨身上发生了很多事情，然而有很多，甚至可能是绝大部分，我都不知道。"他不禁怅然起来，"她说她要到一颗叫作'泰坦尼亚'的小卫星上制造狩猎者军团。她给你说过这事儿吗？"

"泰坦尼亚被铁族摧毁了，在她回去之前。"

"啊！"袁乃东不由得惊叹。也就是说，这两年里，铁红缨一个人驾驶着"奥蕾莉亚号"在太阳系里飘荡？最多加上她姐姐们的鬼魂。他的心隐隐疼起来。"然后呢？"他用提问代替思考。

"然后我向红缨姐姐提出，改造我，我要像她一样优秀，英勇善战。"何敏萱说，"红缨姐姐没有马上答复我。她给了我三天的时间，让我考虑清楚，考虑清楚这样做的一切后果。"

何敏萱的决心经受住了时间的考验。冉翠劝她再斟酌一下，毕竟是把血肉之躯置换成电子机械，有一定的危险。她回答说，再危险能比得上被一队疯狂的骑兵在身后追？

三天后，何敏萱再一次向铁红缨提出她的要求。铁红缨没有反对。事实上，在这三天里，铁红缨为何敏萱量身定制了一套全身性的赛博格改造方案。哪里的组织需要强化，哪里的器官需要更换，哪里的神经需要链接，哪些部位可以切除，哪些设备需要植入，哪些血肉必须保留，等等，都有翔实的计划。

整个改造过程分成四个阶段，花了两天时间。

又花了两个星期的时间，何敏萱学会了如何操控自己的新身体。平常是什么模式，作战是什么模式，紧急情况下又该怎么办，她知道得一清二楚，并且用得越来越熟练——熟练得就像这副身体是她与生俱来的一样。

在这一过程中，她发现铁红缨的积极性比她还高，对她每一天的进步，铁红缨比她还高兴。有一天，她专门向红缨姐姐询问，铁红缨淡淡地表示：这样，我就不用为那个傻瓜操心了。

铁红缨确实有很多事情要操心，最近的一件就是要救出被重生教关押的薇尔达·沃米。在何敏萱接受赛博格改造后不久，铁红缨单独出去过两天。她回来说营救失败，堕落者的防御比她想象的强得多。等何敏萱的训练基本结束，铁红缨说她要去非洲乞力马扎罗山，因为薇尔达被送回了重生教总部，问何敏萱和冉翠的意见。

何敏萱说："我要跟着红缨姐姐，我还有很多东西需要向红缨姐姐学习。"

冉翠说："直捣黄龙，我喜欢。只要能打击重生教，我愿意做一切事情。"

就这样，三个人来到非洲，来到赤道的艳阳之下，热浪之中。

袁乃东默算了一下，铁红缨等人到这边的时候，他还在朝圣之路上艰难跋涉，幕天席地，风餐露宿。"然后你们就遇到了游击队？"他问。

"我们到这边的时候，游击队已经名存实亡了。游击队创始人桐山秀树一年多前战死，非洲各处的根据地纷纷陷落，只剩下极少数人还在战斗。"何敏萱说，"我们遇到了其中一支，塔姆桑卡率领的。你已经见过他了。这支反抗重生教的游击队装备很差，很缺物资，人员很少，还缺少训练，但他们一直没有放弃。"

后边的事情，袁乃东在山上已经听过了。游击队换了新的领导人，不但死灰复燃，而且迅速扩张，影响力遍及了大半个非洲。在铁红缨的指挥下，发生这样的事情，完全是理所当然的。"带我去见铁红缨。"他说，"今晚我过来找游击队领导人是有事的。"

遇见何敏萱是意外，知道她在绵阳地下城之后的故事，也是意外；知道铁红缨是游击队的领导人，更是意外中的意外……先前那个叫塔姆桑卡的岗哨，还有后来的何敏萱，都表示出知道袁乃东要来的样子，大约就出自铁红缨的安排吧。

"不在。"何敏萱说，"红缨姐姐不在，不在地球上。"

"她在哪里？"

"红缨姐姐去金星了。"何敏萱解释，"我们截获了一份情报，一支铁族舰队从火星出发，去拆毁金星和水星，制造戴森阵列。红缨姐姐说，她要全力以赴制止这件事的发生。"

　　游击队截获的这一份情报多半是碳铁盟发给萧菁的。也就是说，袁乃东爬上乞力马扎罗山基博峰那天，铁红缨还在地球，离他只有一百六十千米。然而……他深吸了一口气。这事儿在意料之外，但在情理之中。毕竟，铁红缨是在金星的硫酸云海之上的飘浮城市里长大的。她对那里有特殊的感情。然而袁乃东还是怅惘起来。他曾经不止一次地想过与铁红缨重逢的情景。

　　铁红缨推开门、跳下来，或者坐起身、抬起头，望向他，眼波流转，唇齿翕动，"你好呀，袁大哥。好久不见。"

　　——铁红缨曾经这样亲昵地和他说过话吗？

　　眼前的铁红缨，如此熟悉，又如此陌生。

　　"你有没有觉得我变了呢？"铁红缨忽然问道。她凑到袁乃东跟前，仿佛要看清楚他脸上的每一丝变化。

　　"经历了这么多的事，谁都会改变。"袁乃东说，"上一次见你，还是两年前的事情，两个地球年。"

　　"两年。"铁红缨咀嚼着这两个字，就像这个词具有深刻的含义。

　　她的表情变得丰富，时而面沉似水，时而轻言浅笑，时而惊涛骇浪，时而忧伤莫名。

　　然而，她已经去了金星……现实打破了袁乃东的幻想。他暗自叹息一声，抹去对铁红缨的惦念，"那么，现在你就是游击队的领导人呢？"

　　"不，不是我。"何敏萱回答，"是冉翠姐。"

5....

冉翠原来是春节运动的二级机构领导人，负责后勤组，在袁乃东的印象中，她是性格内敛、沉稳而理性的。

"冉翠姐得到情报，说你在白磷团里，就安排了那场袭击。"

"你们的情报工作做得很好啊。"

"魏云，记得他吗？他是我们的情报来源。"何敏萱道，"冉翠姐说，以你的本事，一定能找到这里。"

"她怎么就笃定我一定会来？"

"其实这话是我说的。我知道你……相信你……哎呀，就是赌一把，没别的，赌你会来。你不来，也没有什么。袭击油罐车，迟滞白磷团的行动，目的就已经达到了。"

袁乃东提醒道："你大哥何子荣现在是白磷团团长。"

"我知道。"何敏萱说，"这也是一件麻烦事情。我大哥对重生教无比虔诚，是老汉儿的孩子中最虔诚的那一个。头疼。好了，我的故事讲完了，我带你去见游击队最高领导人。"

何敏萱伸出左手，撑到岩石上，一使劲儿，整个人头下脚上，倒立起来。"不过，得追上我才行。"她脸上闪出促狭的笑意。因为是倒立着，这抹笑意格外诡异。随后，她肘部弯曲，再迅速伸直，把自己像流星一样弹射了出去。她在空中滑出了一条十几米长的优美弧线，双足落地，又立刻身形下挫，再度弹起，落地处已是坡脚处的森林边缘。再次起跳，她的身影已经消失在星光下的热带丛林里。

　　袁乃东知道她是纯心炫耀，但也起了竞胜之心。他哈哈一笑，原处跳起，几个兔起鹘落，就从山坡进入丛林，不久就追上了何敏萱。何敏萱在一棵大树上等他，看他过来了，莞尔一笑，立刻又向着丛林深处跳去。

　　两人一前一后，在丛林的树梢之上跳跃，仿佛不受引力的影响。这其实是最大限度地利用了弹跳力与引力的结果。这种跳跃，带来一种自由的感觉。袁乃东觉得自己很久没有这样的体验了。

　　何敏萱在一处树屋旁停下。袁乃东也落到她身边。"冉翠姐，我把他带来了！"何敏萱大声喊着，"我继续去挖化石，你们慢慢谈。"

　　树屋门从里边打开，透出亮光来。冉翠出现在灯光里。"敏萱！"在她的喊声里，何敏萱已经跳上树梢，消失不见了。"这丫头。"冉翠感叹了一句，对袁乃东说，"请进吧。"

　　树屋里陈设简单，除了床，就是一张摆着几摞纸的书桌。冉翠示意袁乃东坐下。"你真的相信敏萱说的？"她坐到书桌的对面，张口就问。

　　"说的什么？"

　　"她改造身体不是为了你。"

　　袁乃东没有回答。

　　"《海的女儿》故事你肯定听过吧？"

　　"听过。"

　　"敏萱就是那为了爱不顾一切的人鱼。"

　　"不，不是这样的。"

"那是怎样？"冉翠追问。

"她不是人鱼公主，我也不是什么骄傲到自负的王子。"袁乃东说，"我三更半夜跑来找游击队领导人，肯定不是为了这事儿。"

冉翠马上正色道："那好，敏萱的事儿先放一放。你先说来这儿的目的。"

袁乃东说："我过来是有两件事。第一件，我要对付重生教，但靠我一个人办不到，我需要同盟军。"

在朝圣之路上，袁乃东对重生教还心存幻想，以至于后来同意挖掘薇尔达脑海中的秘密。但在看到冰湖里的尸体后，他对重生教就再也没有丝毫幻想可言。

"在这一点上，我们的目标是一致的。"冉翠说，"仅凭个人的力量，是无法击败乌胡鲁，更无法打垮重生教的。所有反对乌胡鲁和重生教的力量必须放下成见，求同存异，团结起来，形成合力，才能达成推翻重生教，再建碳族文明的伟大目标。"

"是的，以我的本事，杀死乌胡鲁不是什么困难的事情。然而，仅仅是杀死——彻底杀死——乌胡鲁是不够的。相信乌胡鲁的信徒还有那么多，简单地杀死乌胡鲁，只会使他们更加相信他是天神。更何况，觊觎天神之位的人，还有那么多。照现在的情况，彻底杀死乌胡鲁，只会导致地球碳族内部更加剧烈的动乱与暴力活动。"

"没错。你有什么打算？"

"釜底抽薪。我要调查清楚重生教当初是怎样完成对碳族的思想改造的，我要把重生教的秘密都公之于众，要让所有人都看清楚乌胡鲁的真面目，从而打破人们对乌胡鲁的迷信。"

"是的。"冉翠说，"这也是我参加抵抗运动以来一直的困惑。想要改变信徒对于乌胡鲁的崇拜实在是太难了。"

"今晚，我来的第二件事就是想了解游击队创始人桐山秀树的事情。他是重生系统的设计者桐山满的孙子，四季行宫大管家桐山和雄的儿子，我想知道，他这样一个身份的人，为什么会成为叛教者。这当中有什么故事吗？"

"桐山秀树，我没有见过他。我们遇到游击队的时候，他已经死了。"冉翠伸手拍了拍书桌上的那一些纸，"最近我在读桐山前辈留下的资料，其中就有你想知道的故事。桐山秀树发现了重生教控制信徒思想的秘密，这秘密让他无法接受，于是选择了反叛。"

"具体是什么？"袁乃东急切地问，"我已经知道织田财团与重生教的联系，而乌胡鲁，就是死而复生的织田敏宪。"

"知道得还不少。"冉翠问，"那你知道'寄生虫叛乱运动'吗？"

袁乃东当然知道，之前还曾经与崔玺晶讨论过。这项运动发端于二十一世纪七十年代末，第二次碳铁之战结束之后。该运动认为碳族社会的停滞，源自于碳族对于智能设备的过分依赖。在智能设备出现之前，碳族所有的工具都可以看作是碳族肢体的延伸；智能设备则可以看作是碳族大脑的延伸。众所周知，器官特化的动物适应能力很差。譬如雪豹，在茫茫雪原称王称霸，但到了平原，仅仅因为温度过高就会得肺炎而死。碳族也有一个特化的器官，那就是大脑。碳族能够自傲为万物之灵，全靠平均重量约为一千四百克且表面布满褶皱的大脑。现在的问题是，智能设备的大量使用，使碳族的大脑成了摆设，而碳族成了为智能设备而活着的"寄生虫"。智能设备经常更新，一代又一代，发展得飞快，而"寄生虫"则在退化的道路上越走越远。解决问题的办法就是"寄生虫叛乱"，直白一点儿讲就是把智能植入设备从我们的身体和生活中清除出去。

"我父亲说过，寄生虫叛乱运动其实是二十一世纪反科技浪潮的一个必然产物，本质上是面对铁族的威逼而自乱阵脚的举动。"袁乃东说，"有智能设备尚且不是铁族的对手，摒弃智能设备难道就能打败铁族吗？"

"是这个逻辑。可惜很多傻瓜想不明白。"冉翠点头道，"诡异的是，重生教兴起之后，竟然也大力支持'寄生虫叛乱运动'。而智能植入设备，是织田财团发家致富的起源。为什么重生教会支持'寄生虫叛乱'，挖自己的老根呢？这当中发生了什么事情？桐山秀树发现的秘密，就是这些问题的答案。"

冉翠从那些纸中抽出四张来，递给袁乃东。他快速扫了一遍，理出了一个头绪来。

有很长一段时间，在很多地区，拆除体内的智能植入设备，是加入重生教的先决条件。2200年，在重生教代表地球与铁族签署和平协议之后的几年里，体内还有智能植入设备的碳族成员被视为邪恶的异教徒，一度成为重生教的重点猎捕对象。然后智能植入设备就从地球碳族的日常生活中消失了，就像从来没有出现过一样。而且，这些事情后来都被遗忘了，即使专门去图书馆里去找，也不太可能找到，因为相关书籍都被烧掉了。

织田财团为重生教的诞生与崛起，提供了为至关重要且不可取代的帮助。这种帮助，不仅仅是资金上的——显而易见，大规模的宗教宣传早就过了只靠口口相传的阶段，必须使用现代化的手段。而这，就意味着数以千万计的宣发费用——最重要的一点是，织田财团掌握着当时世界上最先进的人体插件技术。表面上看，这项技术的优势在于使各种功能的器件进入人体且不受任何排斥，使得人体智能插件终于能够大量上市，广泛地进入人体，乃至大脑，执行各种检测、治疗、协助和强化任务。但在暗地里，启用并修改后门程序，这些智能插件能够执行别的隐秘任务——机器催眠。

6....

桐山秀树在资料里写道："织田财团制造并销售的智能插件，都有后门程序，无一例外。这些后门程序原本是用来收集使用者的个人信息，以方便织田财团进行个性化的广告推送。这种广告，精确无比，你想要买什么，它就给你推送什么，推送到你的心坎上。"

即便有少部分人面对精确推送的广告，心生警惕，甚至写出文章，提醒大家，还公开表示抗议；但对大多数人而言，这是一种满足自身欲望的最简单而高效的方式。欣然接受是最好的选择。然后，从一个需要出发，新的需求又被制造出来。在资料中，桐山秀树用一个古老的笑话来帮助理解这一个过程：朋友送了一束鲜花，非常名贵，主人高兴极了。看着鲜花，闻着香气，主人忽然觉得花瓶配不上这么名贵的鲜花，于是买了新的花瓶。看着名贵的鲜花插在新的花瓶，主人又觉得搁花瓶的茶几破旧不堪，于是买了新的茶几。接下来，主人买了新的沙发、新的桌椅、新的灯具、新的……甚至新的房子。等忙完这一切，主人才豁然发现，不知道什么时候，鲜花已经凋谢了，而鲜花的香气，他只闻了一次。智能插件的后门程序，就好比笑话里的那束鲜花，不停地刺激"主人"的消费欲望，而欲望本身，即使不刺激，也是无穷无尽的。

因此，织田财团以智能插件起家，并将之作为主营业务，在它崛起之后，依托售卖智能插件赚取的巨额财富和后门程序秘密收集的海量信息，迅速向制造、粮食、能源、金融等行业扩张。

桐山秀树感叹道："看起来是我们制造和使用工具，但在这个过程中，这些工具也驯化了我们。这些工具改变的不只是我们的行为和生活方式，对我们的身体，包括大脑，也有实质性的改变。很早就有研究表明，长期用笔的作者与用打字机的作者，在思维方式方面是有所不同的，脑部结构也出现了微妙的变化。当工具可以进入人体乃至大脑时，这种影响就更加直接更加明显也更加剧烈。"

2078 年，"食梦貘计划"的第一个试验品诞生，乌胡鲁横空出世。乌胡鲁接手了织田财团，在极短的时间里，将其改造为重生教的大本营。织田财团的人力物力全都用于传播重生教。原本用于收集个人信息以便精准推荐广告的后门程序成为传教的最重要的工具。

桐山秀树以惊悚的笔调写道："在你沉睡的时候，你大脑里的智能插件还在勤勤恳恳地工作。不是为你，是为了乌胡鲁，为了重生教。它在你的脑海里吟唱，长长短短、深深浅浅。那不是耳语，你根本听不见它的声音。它向你的潜意识的最深处注入一条信息，是为'机器催眠'。这条信息在注入的时候也不会有什么不良反应，不会马上发生什么，直到你看到重生教的标志，看到重生教的条文，看到乌胡鲁的名讳，看到无数信徒对着乌胡鲁无比虔诚地顶礼膜拜，你会突然间心生激动，浑身激荡起澎湃的热流。你会觉得，那就是你这辈子所要追求的东西，值得你用一辈子去守护的对象，是的，那就是乌胡鲁，那就是重生教！"

在这种情况下，桐山秀树也能做理性的分析："考虑到个体差异，有人特别容易被机器催眠，而另一些人恰好相反。但没有关系。使用织田财团智能插件的人数足够庞大，哪怕只有十分之一的使用者接受了机器催眠，在不知不觉中成为重生教的忠实信徒，那数量也是以千万计的。而这数千万坚定的信徒向周围的人传播重生教，一传二，二传四，四传八，使重生教的传播比历史上任何一场瘟疫的规模与速度都要大都要快。从鲜花到整栋房子的笑话，在这个故事里依然成立，并且放大了数十倍。就这样，在极短的时间里，重生教依托人体智能插件取得了思想上的统治地位，进而在全世界取得了统治地位。

然而，这件事一旦完成，智能插件就成为极为危险的存在。因为重生教能通过智能插件完成的事情，别的个人或者组织也能完成。所以，在2200年，所谓的大和平时代开始前后，重生教助力"寄生虫运动"，从暗地里怂恿到明面上的教义支持，系统地拆除本已经安装到人体内的各种智能插件。

袁乃东心中咯噔一声响，就像最后一块拼图放上去，整个拼图一下子成为一个整体，还突然亮了起来。"谢谢。"袁乃东对冉翠说，"我知道接下来该怎么做了。"

在来地球之前，父亲卢文钊曾经给袁乃东分析过三次碳铁之战的异同：

2025 年，第一次碳铁之战爆发，碳族是被动的无辜受害者。铁族向碳族发起进攻，不是为了取代碳族在地球的统治地位，更不是为了消灭碳族，只是单纯想要保护自己。它们甚至不知道它们想消灭的碳族其实是一种有智慧的生命！虽然第一次碳铁之战最终是碳族获胜，但付出的代价是三十亿人的死亡。

第二次碳铁之战则相反。出于对铁族的仇恨，也出于对未来的恐慌，碳族中的好战分子于 2077 年主动挑起了第二次碳铁之战。但事情却没有如这些人预见的那样发展。碳族倾尽全力建造的太空舰队不堪一击，铁族的反攻来得迅猛而爆裂。因为对抗铁族而建立起来的地球同盟转瞬间分崩离析。碳族不得不签下屈辱的城下之盟，以避免更多不必要的伤亡。

"第三次碳铁之战从 2119 年就已经开始，然而大多数碳族成员根本不知道，而知道的大多数又不在乎。"卢文钊感叹道。地球上的碳族不知道，火星上的碳族不在乎。像碳铁盟这种，致力于碳铁两族共同发展的组织，少之又少。毕竟秉持这种想法的个体，无论是在碳族这边还是在铁族那边，都是异类中的异类。"也许，碳铁之战的结局早已注定？我们的种种努力，是否都是瞎子点灯、飞蛾扑火？"

从袁乃东记事以来，父亲一直都是坚定而执着的。像这种自我怀疑，是极少见的情况。当时，袁乃东不知道如何回答父亲。现在，他想对远在火星的父亲说："即便结局已经注定，我也要奋起抗争。"

袁乃东又和冉翠谈论一阵合作事宜。冉翠说，游击队一直在试图救出薇尔达，但重生教把薇尔达藏得很深。铁红缨临行前也特别叮嘱过，一定要救出薇尔达。袁乃东承诺，这事儿优先办理。

天已渐亮，他离开游击队的营地，原路返回。

太阳一出来，地面就像着了大火，每一寸空气仿佛都在燃烧。袁乃东回到白磷团的临时驻地，看见车辆和人员都在，知道马承武遵照了约定。他去到马承武的帐篷，黄文军、毛勇、董锐和宋青山等几个连长都在。

毛勇一边吸烟一边抱怨："把我们从万里之外的重庆招来，连人带设备，一路颠沛流离，痛苦不堪。等我们到了，又把我们晾在山脚，好几个月不闻不问，大有让我们自生自灭的架势。等到游击队壮大起来，把麝足兽都干趴下了，这才想起了我们，叫我们去剿灭。你说剿就剿吧，咱白磷团就是干这个的，临出发又给我们硬塞了一个啥也不懂的团长。这都叫什么事啊！"

黄文军看着马团长，说："我觉得吧，就是故意搞白磷团。"他没有说是谁，但言下之意已经很明显，在场的几个人都点头同意。宋青山补充道："都知道咱们是文庆裕长老一手组建起来的，忠心可疑。没有让白磷团像伊凡骑兵那样就地解散，已经是神恩浩荡了。"董锐撇撇嘴，说："杀死伊凡的那几个首领也没有逃脱秋后算账。"毛勇把手里的烟掐灭，梗着脖子说："文长老死得最他妈冤了。"

这话说到所有人的心坎上。众人都把目光投到马承武身上。在此之前，马承武一直没有说话，面色如常。当毛勇大着胆子说"文长老死得最他妈冤了"时，他的眼睑不由自主地跳了一跳。"现在不说这个。"马承武转向袁乃东，向他问好，又问他游击队的情况。袁乃东把昨晚的情况简单地介绍了一下，最后说："游击队的新任领导人我认识，这是预料之外的事情。显然，这是好事情，有利于我们要完成的事情……"

负责情报工作的杜显圣掀开门帘钻进来。"刚才接到乞力马扎罗山的通告。"他说，"昨天晚上，乌胡鲁在重生宫亲自主持了宣判大会，公开审理并宣布将对伊戈尔·德沃斯基、崔玺晶等八名异教徒和叛教者施以火刑。"

袁乃东听到了崔玺晶的名字，忙问："什么时候执行？"

杜显圣回答："已经执行了。马上宣判，马上执行。说是为今年的重生节预热。"

袁乃东心往下沉。"崔玺晶，那个春节运动的领导人，是什么时候被捕的？"袁乃东盯着杜显圣，努力不让自己的目光显得过于可怕。

杜显圣摇头，"我这就去查。"一旁的宋青山说："不用了，老杜。我已经查过了，崔玺晶是前天晚上被捕的。"宋青山是白磷团的教官，负责武器方面的培训工作。他面部轮廓柔和，倘若不是额头和下巴有天花留下的瘢痕，也算得上是美男子了。

"怎么回事？"马承武问。

"和咱们的新团长有关。"宋青山解释，"因为任命书来得突然，我就起了疑心。几天前咱们这位新团长才从长老的尊位上被撸成了普通信徒，怎么眨个眼的工夫，就又升职呢？”

“说重点。”董锐不耐烦地说。

宋青山白了董锐一眼，说：“你个急性子。前天晚上，新团长本来想去找袁乃东，却在门口遇到了崔玺晶。作为春节运动的领导人，崔玺晶一直在重生教的通缉令里。最近他逃了一次，通缉的悬赏加了好几倍。咱们这位新团长就悄悄跟着他，看他藏在哪里，然后去通知了天神卫。崔玺晶就这么着被抓住了。”

袁乃东一边默默听着，一边陷入了回忆之中。“我也是。”崔玺晶说完，微微一笑，推开门，走进基博峰沉沉的夜色之中。然后被捕，审判，火刑。他仿佛看见乱蓬蓬的头发下崔玺晶温润如玉的脸庞，在火焰中抽动、扭曲，整个人化作数不尽的灰烬。

这时，帐篷外传来一阵喧嚣。有人强行突破了警卫的阻挡，进到马团长的帐篷里来。何子荣穿着神将的服装，气势汹汹地扫视了一圈，干吼道：“怎么还不出发？”

袁乃东一步跨到何子荣跟前，一把抓了他的衣领，把他拧了起来。

“你要干什么？”何子荣惊恐地挣扎着。

“办你。”袁乃东回答。

7....

“你们还看着干吗？”何子荣没有放弃。

马承武没有说话，只是幽幽地看着他。其他几个人也以同样的神情看着他。何子荣明白过来，"你们是一伙的。我神乌胡鲁不会放过你们异教徒和叛教者。火刑，全部火刑，一个都逃不过。"

袁乃东用力一扔，将何子荣扔到半空，任由他跌落到地上。这一扔一跌，把何子荣吓得魂飞魄散，但他又强撑着从地上爬起来。

"给你最后一个机会。"袁乃东问，"重生教，或者所有的宗教到底是什么？你知道吗？"

何子荣望着自己的脚尖，拒不回答。

袁乃东说："我父亲讲过一个故事。"

二十世纪四十年代，碳族内部发生大规模战争。史称"第二次世界大战"，简称"二战"。

二战期间，美国军队曾经在一个非常边远的小岛上修建了机场，作为中转站，向前线的部队运送从枪支弹药到香烟咖啡等在内的各种物资。小岛虽小，却也有土著人。起初，土著人很害怕，也很好奇。美军邀请他们参观机场，还给他们分享香烟、啤酒和罐头。他们对此感到既高兴又迷惑。后来，战争结束，中转站没用了，美军就撤离了那个小岛。

又过了好多年，有人来到那个小岛并惊讶地发现，土著人在废弃的机场，排着不怎么整齐的队伍，喊着不怎么嘹亮的口号，拿着树枝在手里胡乱地舞动，似乎在模仿军队训练。他们又捡来数十张树叶，整理、分发，捏在手里，一边喊叫一边扔到桌子上，还装模作样地提防同伴看自己的树叶，像极了打扑克。

这些土著人在干吗呢？经过学者的一番研究，得出了一个令人啼笑皆非又发人深省的结论。原来，多年以前，土著人看到当年美军这样做了之后，就有金属做的大鸟为他们运来香烟、啤酒和罐头。所以，在美军撤离之后，土著人模仿美军训练和打扑克，期待有一天，也有金属做的大鸟，为他们送来香烟、啤酒和罐头。

"在这个故事里，土著人只是把训练和打扑克当成一种祭祀或者祈祷的行为，模仿着做，他们并没有真正懂得这样做的原因和目的。"袁乃东说。

"我不懂你在说什么。"何子荣回答。

袁乃东微微一愣，万万没有想到何子荣会这么回答。细细一想，也确实如此。说不定何子荣连扑克都不知道，而且他还跟其他信徒一样把金属做的大鸟叫作"仙艖"，他又如何理解蕴藏在这个故事里的深意呢？袁乃东缓了一缓，换了个方向，又问："冰湖下重生教信徒的尸体你也看见了。那些尸体，生前哪一个不是对乌胡鲁忠心耿耿？你想成为他们中的一个，被埋进冰湖里，连个墓碑都没有？"

"是，我看见了。那些尸体非常可怕。晚上做噩梦的时候我也会梦见。我不想成为他们中的一个。但那又怎么样？"何子荣倔强地说，"我现在所做的一切，不就是为了不成为他们中的一员？我是神将，我是至尊的长老。如果我能成为史无前例的重生教三巨头，我想埋谁就埋谁！谁能把我埋进冰湖里！谁能说我错呢！"

何子荣的这种想法，让袁乃东放弃了和他讲道理。袁乃东看向马承武，"他是你们的了。我猜，你们早就想这么干了。"

马承武命人把何子荣押下去。"马团长，接下来你有什么打算？"袁乃东问，"上次我提出的建议，你没有正面答复。"

上次在机场，在给马承武讲过"荧惑守心"与天花病毒的故事后，袁乃东问马承武今后的打算，马团长以沉默作为回答。这一次，他不打算再沉默了。"弟兄们，"他的目光从帐篷里的几个连长脸上一一扫过，"这段时间，我一直在问我自己一个问题。文长老是白磷团的大树，文长老在的时候，是他为白磷团遮风挡雨。文长老也是白磷团的舵手、主心骨、司令员，为白磷团指引行动的方向。现在，文长老没了，白磷团该怎么办？我想了很久，没有答案，直到我遇到了袁乃东兄弟，知道了当年那场天降瘟疫的秘密。"

说到这里，马承武很刻意地停了下来，看着在场的人。

黄文军诚恳地说："马团长，你说怎么办，我就怎么办。我听你的。"

毛勇急切地说："造他娘的反，给文长老报仇。"

毛勇此言一出，董锐等人立刻附和，帐篷里顿时喧嚣起来。马承武挥挥手，止住大家的话头，"我决定，从此刻起，白磷团脱离重生教，与游击队合作，共同对抗乌胡鲁，为冤死的文庆裕长老报仇。"

掌声和欢呼声四起。"这不是一件容易的事情，实际上是非常危险的事情。"马承武等大家稍微安静后接着说，"重生教盘根错节，势力极其强大。不说别的，仅仅是拱卫乞力马扎罗山的堕落者与天神卫，人员的数量和装备的质量都远远超过白磷团。说这些，就是提醒诸位，切莫掉以轻心，我们随时可能牺牲。"

袁乃东提醒道："现在，我们最大的优势，就是乌胡鲁还不知道白磷团已经起义了。保密工作一定要做好。"

"对，保密。这事儿杜显圣负责。切不可走漏消息。"马承武在杜显圣做出保证后，点着头继续说，"起义，白磷团起义了。刚才没有想到合适的词语来形容咱们这次行动，现在知道了。起义。是的，白磷团起义了。"

袁乃东建议道："还需要一个人，作为白磷团和游击队的联络人……"

帐篷外传来几声异响，有人惊呼，有人惨叫，有人惊恐地高喊："抓住他！别让他跑啦！"袁乃东来不及惊讶，闪电般地蹿了出去。远处的一座帐篷边，四名押走何子荣的白磷团战士四仰八叉地倒在地上。他们面容惨白，身体以奇怪的方式扭曲着。看样子是被谁在极近的距离快速击打心脏部位所致。不过，他们都还活着。下手者手下留情，只是要他们在短时间内失去战斗力，没有要他们的命。

这时，更远处的一道身影吸引了袁乃东的目光。白磷团的临时营地建在昨天遇袭的峡谷入口，营地一半在峡谷里，一半在峡谷外。那道绿色的身影贴着左边的岩壁，快速向上攀爬，宛如猿猴一般。袁乃东调整视野，将那道身影拉近，放大，不无惊讶地发现，那道身影是两个人。一个是何子荣，另一个则是何敏萱。何敏萱用一根束缚带将何子荣绑在自己身上，正手脚并用地在岩壁上快速移动。岩壁又陡又直，可供抓握和借力的地方不多，但丝毫没有影响背着何子荣的何敏萱。她的动作迅速至极，手脚交替使用，时而跳跃，时而挪动，眨眼间已经攀爬到岩壁三分之二的高度。

帐篷里的白磷团的其他人也出来察探。袁乃东对马承武说："叫他们别开枪，我去抓何子荣回来。"旋即双足一顿，双臂一展，跳到十几米开外。这超乎常人的弹跳力激起了现场的一阵惊呼。袁乃东不管，七八个兔起鹘落，已经到了营地边缘的岩壁底下。与此同时，他仰望何敏萱和何子荣时隐时现的身影，计算出他们要去的位置，然后计算出去那里的最短路径。何敏萱虽然经过赛博格改造，但她背着何子荣，肯定会受到不小的影响。袁乃东有信心追上她。

太阳高挂，天空蓝得鲜亮，空气宛如滚滚的岩浆，阳光照耀下的大地，无论是山脉还是丛林，颜色都特别鲜艳浓烈。袁乃东全力以赴，跳上陡直的岩壁，沿着规划好的路线，向顶上攀爬。这岩壁历经千年的风吹日晒，柔软的部分早已掉落，剩下的部分兀立在空气之中，层层叠叠，怪异，然而无比坚实。

不到一刻钟，袁乃东攀爬到了四百米高的岩壁顶端。那儿有一块舌状巨石，他翻身上去，站在巨石边缘，向四周张望。前面是一大片热带丛林，密密麻麻地生长着各种植被。

何敏萱忽然掀开一片叶丛，一个人走了出来。她穿着裁剪过的丛林迷彩服，留着一头齐耳的短发，显得英姿飒爽。她走上巨石，走到袁乃东跟前，露齿而笑："来啦，袁大哥。比我预估的要快三分钟。袁大哥真厉害。"

话音未落，她的拳头闪电般地攻向袁乃东的心脏部位。

8...

何敏萱这一拳来势凶猛而突然。

袁乃东没有闪避，没有格挡，硬生生地用胸膛扛下了何敏萱这有千钧之力的一拳。

啪！拳头与胸膛相撞，发出一声巨响。

一击即中，令何敏萱非常诧异。袁乃东原地未动，面色如常，更令她诧异。袁乃东立身巨石边缘，在她的预计里，受她一拳，不说一定会跌落悬崖，至少也应该退后几步啊！她抿紧嘴唇，退后半步，转身跳回热带丛林。枝叶晃动一下，她的踪影就不见了。

袁乃东也不犹豫，飞身跃入丛林。他还没有站稳，就见前方袭来一道白亮的"闪电"。他伸手格挡，"闪电"在微微接触到他的手掌时，迅速后撤。那不是闪电，而是连在一起的刀刃。

刀片隐没于树丛之中。

袁乃东在杂草丛里慢行。满目苍翠，阳光透过浓密的枝叶，投下数道光斑，照在他的脸上、身上。他把感官放开，探索着周围空气最微小的扰动。

第二次袭击自身后而来。

他听见了锐利的刀刃割破空气之声，刀刃与刀刃之间摩擦的声音。他急速向后弯腰，一连串雪亮的刀刃从他脸和胸上方划过，切断了附近的一片枝叶。

刀刃与少女的吟哦之声一起消失在一棵造型古怪的大树边。

袁乃东略一思忖，信步走到那棵大树边上，背靠大树。那棵大树当有数百年寿命，树身需四五人才能环抱。巨大的板根向着四面八方延伸，仿佛参天巨人那紧紧抓住大地的脚。以他的感知与运动能力，他本没有必要靠大树来阻挡来自后方的袭击。实际上，这是一个诱惑何敏萱出击的陷阱。

果然，新的袭击自头顶而来。

却是佯攻，刀刃在上方一闪即逝，后如鬼魅一般出现在袁乃东身体两侧，从左边和右边同时袭来，而且都是真的。原来那翅膀一般的刀刃有两组。袁乃东既不惊讶，也不闪避，静待刀刃切到离自己很近的地方，然后左手右手同时闪电般交叉出动。

他左手食指与拇指对握，捏住了右边袭来的刀刃；右手食指与拇指对握，捏住了左边袭来的刀刃。

那刀刃是用碳 – 钛合金打造而成，轻盈而锐利。

这一连串刀刃，它们的根部是连在一起的。

他催动体内的能量源，双手用力，想要将刀刃的主人从暗处拉扯出来。但听得所有刀刃一起震动，发出细微且刺耳的嗡嗡声。又听见身后"咔啦"一声轻响，有什么东西折断了。他一慌神，手指一空，刀刃已经抽离，转身时，却见那棵四五人环抱的大树树身显出裂纹，显然是两组刀刃对向切割造成的。他跳离原处，看见大树轰然倾倒，一道人影自大树后方冲天而起。

那道人影身形纤细，却长着一对巨大的刀刃翅膀。

袁乃东奋起直追，越过还在倾倒的大树，迅速拉近与何敏萱的距离。何敏萱回头，一个浅笑抛来，却又猛拍刀刃翅膀，飞进了丛林中的一处石林里，消失不见了。

　　袁乃东站在石林边，没有进去。"敏萱。"他呼唤她的名字。然后看见她出现在前方三十米远的空中，刀刃翅膀在她背后扇动着。她调整了一下姿势，沿一条斜线，向着他飞扑过来，就像猫头鹰扑向地面的猎物。问题是在何敏萱与袁乃东之间，除了十几米的距离，还有两块巨大的岩石。何敏萱的飞行高度已经低于岩石，她的飞行速度没有丝毫减慢，而两块巨石之间的缝隙，远远小于展开后宽达十米的刀刃翅膀。何敏萱向着覆满苔藓的岩石狠狠地撞去。

　　撞击并没有发生。在最后一刻，刀刃翅膀收回到何敏萱的后背，她双手抱胸，借着先前飞行的势头，滑过岩石的缝隙，扑到袁乃东跟前。旋即那对刀刃翅膀从她后背弹出，"哗哗"一阵轻响，将袁乃东完全包裹在内。

　　"不错，能攻能守，还能飞。"袁乃东赞道，"这刀刃翅膀，是你红缨姐姐给你设计的吧？"

　　"红缨姐姐说，这叫外挂。"何敏萱说。

　　外挂？有趣的名字。火星上叫插件。在火星上，有数以十万计的插件供袁乃东选择，可惜这是地球，一个合格的插件都没有，袁乃东的很多本领都无从施展。就像"弹丸号"被击毁后，他安全掉落地球，倚仗之一就是一副大翅膀。

　　何敏萱收了翅膀，说："袁大哥，在古老寨的祭台上，我第一次见到你飞，你不知道我当时的震撼与激动。现在我也能飞了。"

　　"我能够理解。"袁乃东说，"有一些事情，我也希望你能够理解。"

　　"什么事情？"

　　袁乃东说："我与你红缨姐姐有太多相同之处。我们都是为了眼下的碳铁之战而被制造出来的战争机器，都是带着使命出生的。我们俩也有很多的不同。最大的不同不是制造我们的技术，而是成长经历。最初铁红缨是不知道自己的来历与使命的，而我，一开始就知道，知道自己是与众不同的，是重任在肩的。所以，她会抗拒，而我会欣然接受。当然，我们也会有发展，也会有变化。比如现在，铁红缨主动去往金星，只身对抗铁族舰队，这就是说，她已经接受了那个与生俱来的使命。而我，在来地球的时候则开始抗拒这个使命。"

　　第一次听父亲说起自己到地球去的任务时，袁乃东是拒绝的，对整个任务是持否定态度的。"到地球去找重生教，协助他们对抗铁族？"袁乃东惊讶地对父亲说，"现在统治地球的重生教不是邪教吗？他们敢与铁族对抗吗？他们都已经放弃科技多少年了，即便他们想对抗铁族，但有那个能力吗？我这一去，有什么价值呢？"

　　"你说的都对。问题是我们没有更多的选择了。"卢文钊似乎早就猜出袁乃东会这样说，"现在，在碳族的几大殖民星球中，火星政府早就放弃了对抗铁族，他们想的是如何讨得铁族的欢心，以便在铁族集体内卷的时候也能够跟着进入超脑，从此以电子化的形式生活千秋万世。我不知道他们哪里来的信心，认为铁族会感动于他们的努力，从而把他们作为铁族的一分子。火星政府已经下令，宣布碳铁盟为非法组织，禁止碳铁盟的活动。我们潜伏在政府里的成员被清理出来，好几个位居高位的碳铁盟同情者也转变了立场。至于金星政府和木星政府，两者规模不大，影响力有限，而且也怯于对抗铁族。如何能保住他们此刻的家业，是他们最为关心的事情。反而是人口众多、重生教统治非常稳固的地球，很有希望成为对抗铁族内卷的中坚力量。"

到了地球后，见识了重生教统御下的情形，袁乃东才真切地认识到父亲所说的"希望"是什么。那分明是"病急乱投医"的另一种表述。不过，卢文钘接下去说的一段话，袁乃东还是同意的。"地球是碳族的母行星，目前住着数量最多的碳族群体。碳铁盟口口声声说是为了碳族和铁族两族共同的未来，但大多数碳族却不知道碳铁盟的存在。这是多么滑稽的事情啊！"卢文钘说，"你此次前往地球，任务之一是让地球的碳族知道碳铁盟的存在，任务之二是让他们参与到对抗铁族内卷的事业中来。"

袁乃东对何敏萱说："两个任务我都完成得不好。正如乌胡鲁曾经问过我的那样，这任务是父亲安排的，是出于他的命令，不是我真正想做的。我觉得做这个任务没有意义，也就没有积极性，也就没有主动去做什么的主观愿望。"

"然而你还是来了地球。"

"因为布置完任务后不久，我父亲就过世了。"

"我……对不起啊。"

"病痛折磨了我父亲很久，他的过世，是油干火尽。我来地球，是完成父亲的遗愿。"袁乃东说，"幸好，我来了地球。因为来了地球之后，我找到了自己想做的事情。"

"是什么？"

"我现在想做的事情，就是推翻重生教的邪恶统治，重建一个全新的地球，全力应对铁族的威胁。时间很紧，紧得无暇做其他任何事情。"袁乃东回答，"所以，我想知道，你为什么要参与到这一件事情中来？"

何敏萱沉默了很久，久到袁乃东以为她不会回答这个问题。"你肯定听过《海的女儿》吧？我是我老汉儿讲给我听的。最后的结局令人感动嘘唏。很多人认为，这个童话是歌颂人鱼公主对王子纯真爱情的。最开始我也这样认为的。然而当我在改造后，特意从数据库找到《海的女儿》原著来看，才发现不是这么一回事。"

"你发现了什么？"

"在这个故事里，陆地上用两条腿走路的碳族虽然只有几十年的寿命，却有永生不灭的灵魂，而海里用鱼尾巴游泳的人鱼，虽说能快快乐乐地活到三百岁，死后却只能变成海上无知无觉的泡沫。正是对死亡的恐惧，对成为没有知觉的海上泡沫的害怕，促使人鱼小公主向往陆地，渴望变成真正的碳族，进而拥有不灭的灵魂。为此，她不惜与海底女巫做交易，交出自己完美的嗓音，喝下变身的毒药，把尾巴拆分成人的两条腿，然后每走一步，都像走在刀尖上，那么疼、那么苦。但她愿意忍受，愿意接纳，愿意改变，因为这是她真正渴望的事情。"何敏萱说，"至于她对王子的爱情，可以看作是她因为恐惧死亡而渴望变成碳族进而拥有不灭灵魂的副产品。"

"我明白了。"袁乃东轻声问，"那么重生教呢？重生教对你意味着什么？"

"重生教于我，什么都不是。就像我在重生教眼里什么也不是一样。"何敏萱说。

何敏萱从来不像何子荣那样虔诚，她受铁匠何子富的影响更大。她也参与重生教的各种活动，但也只是默默参与，从来没有把心放进去。她在云雾山上祭拜璧山上龙的化石，从某种程度上讲，就是对重生教的反叛。为此，她差点儿被献祭给狼蜥兽。

何敏萱继续说："自从离开了古老寨，我见识到了一个全新的世界。古老寨孕育了我，也束缚了我，限制了我。有个成语叫井底之蛙，很准确地描述了我在古老寨的生活状态。说不定现在也是，只是井口从古老寨那么大，扩展到地球那么大而已。我还没有到过金星和火星呢。"

"以后有机会去的。"袁乃东又补充道，"推翻重生教以后。"

"袁大哥，我懂你的意思，我能够理解你。"何敏萱望着袁乃东，认真地说，"需要我做什么，你尽管说。"

"需要你做的事情很多。"袁乃东说，"我有一个计划，需要在重生节完成。"

"听你的安排。"何敏萱笑道，"我也想随便过节呢。"

袁乃东望着何敏萱，感受着少女无所保留的赤诚，也感受着自己深深的歉意——他不能为她做更多的事情。"第一件事情，我要把何子荣带回去，接下来的行动里，需要他的配合。"他对少女说道。

第六章 无尽的天堂

1

何子荣外表温柔，内心坚定。说服何子荣合作，不是一件容易的事情。何敏萱努力过，对这个妹妹的反复劝说，何子荣来来去去只有一句话："你还小，你不懂。不懂就不要瞎说。"董锐威胁过，说要斩断他的手脚，挖出他的眼睛，剥下他的皮，何子荣只淡淡地说："谢谢你，谢谢你成全我圣徒之名。"直到袁乃东出面告诉他，是他的二弟何子华举报他观看崔玺晶视频，害他被撤掉长老一职。当时是何子华邀请何子荣观看视频的，何子华一开始就设下了陷阱，目的就是干掉三巨头的有力竞争者。"难道你想眼睁睁地看着何子华当上比长老还要荣耀的巨头，而你却要死在这非洲的艳阳之下吗？"袁乃东说。沉默良久，何子荣狠狠地吐出三个字："他不配！"何子荣这才配合起白磷团与游击队的计划来。

每年六月六日的重生节，是重生教唯一的法定节日。根据《神之书》的记录，六月六日是乌胡鲁重生的大日子。除重生节之外的所有节日，都是禁忌，是不允许过的。凡过异教徒节目的，都会遭到堕落者的逮捕与对应等级的惩罚。

六月一日，何子荣、马承武以及董锐、魏云等人，押送着游击队首领冉翠和另外四名游击队的领导人，沿着乞力马扎罗山的朝圣之路往上攀爬。袁乃东打扮成白磷团的士兵，混在押送的队伍里。因为重生节的缘故，路上遇到的重生教信徒比平日多了好几倍。堕落者的检查也比平日严格了好几倍。幸而有何子荣在，因为他曾是堕落者的最高领导人，堕落者都认识他，所以一路走来也没有遇到什么特别大的麻烦。

在此之前，何敏萱、毛勇、黄文军、杜显圣、宋青山等人已经按照计划，分批进入乞力马扎罗山了。到目前为止，一切正常。

六月五日中午，重生节前一天，在织田五号营地休息时，袁乃东意外地发现乞力马扎罗山的无线网络恢复了。因为要阻断崔玺晶宣讲宗教的视频地传播，所以无线网络在此前被关闭了。最近重启也许是因为重生节要到了，需要上传下达的信息太多。

对袁乃东而言，这是意外的惊喜。惊喜到他需要重新调整推翻乌胡鲁的计划。

重生教的统治，依然是建立在对信息的绝对控制上的。不管是把曾经遍布全球的量子寰球网废掉，还是假借"寄生虫运动"之手拆掉人体智能插件，抑或是烧毁除了重生教的图书之外的所有书籍，都是为了最大限度地实现对信息的控制；袁乃东的信息学导师道格拉斯曾经说过：传递信息的方式越原始，传递的信息量越少，越容易控制；至于故意把信息弄得复杂，让普通人望而生畏，放弃理解，进而把解释权牢牢掌控在少数精英手里，则是非常拙劣但异常有效的措施。简单地说，重生教通过把控传递信息的渠道，对所传递的信息按照重生教的教义进行加工篡改，来实现信息控制。在一次次重复之后，仅过了短短几十年的时间，就轻易重塑了全体信徒的人生观、价值观和世界观。

这曾是一直困扰袁乃东的一个问题。倘若要反对重生教，就必须面对重生教数以亿计的信徒。袁乃东再厉害，也不可能杀死所有重生教教徒吧。怎么办呢？最简单的答案就是告诉所有人真相。

袁乃东离开五号营地，躲到一个僻静的地方，花费了两个小时，精心剪辑了一个视频。原始素材是他来地球后的所见所闻：从重生教的诞生到"寄生虫反叛运动"，从桐山秀树的游击队到崔玺晶的春节运动组织，从巨壁系统到冰湖下成千上万的尸体，从惨烈的绵阳之战到血腥的朝天门会议，从大杀四方的神兽到恐怖莫名的天降瘟疫，从塔姆桑卡的毁灭到堕落者的创立……袁乃东把重生教的秘密都剪了进去。

在剪出一个九十分钟的完整版后，袁乃东又进一步加工，剪了一个三分钟的预告版，一个十五分钟的精简版，并为它们都配上了恰如其分的音乐和旁白。短时间版本便于传播，重点在于吸引观众；九十分钟版则完整而清晰，适合追求真相的观众。

所有的剪辑工作都是在袁乃东脑子里完成的。随后，袁乃东接入无线网络，避开重生教的防火墙及其他安全措施，将名为《重生教的真相》的三个视频一一上传。

《重生教的真相》会主动呈现到所有正在使用的网络终端

上。袁乃东设下了一个机制，保证这个视频无法被追踪，也无法被删除。只要想看，任何时候都可以被找到。

看到《重生教的真相》的信徒们会怎样呢？袁乃东当然不会奢望看一个视频，就能改变所有重生教信徒那根深蒂固的三观。毕竟这些三观是他们从小就学习的，是身边所有人都相信的。毫无疑问，改变三观是一个长期的过程，肯定不是说变就能变的。从现在开始，到重生节，还有十多个小时的时间。在十多个小时里，有多少人会改变呢？

初步计算表明，最多有百分之一的信徒会毅然接受真相的内容，因为这部分信徒原本就对重生教心存疑惑；百分之九的信徒会动摇和疑惑，但不会表现在言行上，因为太过危险；百分之九十的信徒会无动于衷，甚至会嗤之以鼻、激烈批评，恨不得把制作和上传视频的家伙当场掐死。

袁乃东默想：即使不能拯救所有的信徒，但让每一个人知道重生教的真相，也是应该的。由此他又得出一个结论：推翻重生教的统治后，要完成的第一件事就是重建量子寰球网。

袁乃东传完视频，又给住在马文济峰四季行宫的母亲萧菁打了网络电话。嘘寒问暖后，袁乃东让她找个时间去检修一下"曙光女神号"。"上一次我去的时候，飞船上满是灰尘。毕竟我们要靠它回火星。"袁乃东说，"地球我已经腻了。等重生节一过，我们就回去。火星才是我们的家。"然后他问："重生节那天，你是怎样安排的？"萧菁在电话那头回答："乌胡鲁早就邀请我了，要我去基博峰的神殿参加重生大典。他有重要的事情宣布。"

挂掉电话，袁乃东走回人满为患的织田五号营地。营地里大部分是第一次到乞力马扎罗山朝圣的信徒。这样的信徒平时就络绎不绝，重生节期间，数量至少增加了五倍。与往年相比，今年的重生节又尤为特别，数量就更多。乌胡鲁早已昭告天下，将在重生节上宣布重生教三巨头的名单。迄今为止，除了乌胡鲁自己，没人知道三巨头是谁。从十殿长老到三巨头，顶层权力机构的大变动，必然引发了重生教信徒们的议论。

袁乃东穿行在人群中，各种说法纷至沓来，传入他的耳中。

有的说，最没有悬念的是克莱门汀长老，她对乌胡鲁的忠心日月可鉴，大家都看到了。有的说，新晋长老何子华恐怕会打破史上在位时间最短长老的记录，因为长老这个职位马上就会消失。有的说，也不知道瓦伦蒂娜长老有没有机会成为三巨头之一，但看上去很悬，她参加过朝天门会议，已经失去了我神乌胡鲁的信任。有的说，你们都忘了一个人，四季行宫主管桐山和雄，据说《神之书》其实是他为我神乌胡鲁编撰的，我神乌胡鲁与桐山和雄的关系，就像光和影子，说不定，这次桐山和雄会再从幕后走上前台呢。有的说，我很看好何子荣，这人的经历很神奇，在很短的时间里几起几落，从目睹邱启辰的暗杀，到朝天门会议手刃叛徒查尔斯，再到乌胡鲁神殿之上突然从长老的至尊之位被降为普通信徒，最近又被任命为白磷团团长去剿灭游击队，命运不可谓不跌宕，颇有几分主角的模样。

说到何子荣，信徒们多议论了一会儿。擢升长老以后，何子荣有好几个月的时间在乌胡鲁神殿主持重生教的各种仪式。那个时候的何子荣威仪严谨，有规有矩，肃穆而不严苛，庄重而不死板，举手投足间充满了仪式感。参加过的信徒对何子荣的印象都很好。而且，何子荣又立了大功。就任白磷团团长后，他身先士卒，亲率白磷团去大裂谷作战，在短短的几天时间里，就剿灭了作乱已久的游击队，擒获了游击队首领冉翠。

"彼时数百枚白磷弹划过湛蓝的天空，落到游击队的营地，燃起的大火烧了整整三天。来不及逃脱的游击队员纷纷葬身火海，宛如遭受了火刑。"说这话的信徒语带激动，仿佛亲眼看见，"何子荣将押送游击队首领冉翠至基博峰，作为重生节的大礼，敬献给我神乌胡鲁。你们自己说，这样的人应不应该成为三巨头？要是最终名单里没有何子荣，我第一个不服。"

这话引来一片赞叹与附和之声，但也有信徒提醒："一切都是我神乌胡鲁说了算。"那个力挺何子荣的信徒回道："我神乌胡鲁圣明，必然会看到何子荣的忠诚。"众信徒纷纷点头称是。

忽然，有细微的颤动从大地深处传来。在很短的时间里，袁乃东已经判断出这不是地震也不是火山喷发，但这是什么造成的？他正在疑惑，就看到远处的基博峰上，一枚古老的火箭正冉冉升向湛蓝的天空。

一名老年信徒叹道："又发射飞梭了！"

信徒们望着那飞梭，望着它拖着的闪动的长长尾焰，直到它飞到云层之上，再也看不见了为止。

"经常发射吗，那飞梭？"袁乃东问。

"不算经常吧。"一名年轻的信徒回答，那名老年信徒则说："神迹岂是可以经常见到的？"

乌胡鲁发射了什么？疑惑中，袁乃东走到何子荣等人休息的木屋附近，却见马承武匆匆迎了上来。马承武从军多年，性格坚毅沉稳，此时却面色仓皇，显然是出了什么事。他凑近袁乃东，低声说道："何子荣死了。"

一个意外。

袁乃东没说什么，几步跨进木屋，看见两具尸体躺在地上，其中一具是何子荣的，身上中了好几刀。董锐急切地解释："刚才何子荣说他要上厕所，不料杀死了看守他的士兵，要逃走。我去抓他，没有掌握好分寸，一不小心把他给杀死了。"

"他是不是听见了什么？"袁乃东问。

"有信徒认出他来，祝他顺利当上巨头。"魏云回答，"我觉得从那时起，他的情绪就有些不对，在看见飞梭发射之后，何子荣的变化最为明显。"

"你怎么不早说？"董锐恨恨地对魏云说。

魏云不满地回答："我怎么知道他要逃跑！"

董锐继续说："他要逃跑成功，我们都得死！你不知道吗？"

马承武道："现在讨论这些，有什么用？一路上何子荣都非常配合，让我们都放松了警惕。"

马承武这样说，显然是为了制止争吵，可魏云继续说："我还是觉得奇怪。何子荣也不傻，为什么选在这个时候逃跑啊？到山顶上，当着乌胡鲁的面儿揭穿咱们不行吗？"

"把我们带上山，即使在最后关头揭穿咱们，何子荣也会失去乌胡鲁的信任，也就永远失去了当上巨头的机会。"袁乃东解释道。然而何子荣突然逃跑，跟发射火箭有没有关系呢？难道何子荣知道火箭上天后有什么特别重要的任务？可惜何子荣已经死了，没有办法回答袁乃东的问题。"何子荣不傻，他只是被当上巨头这个贪念蒙蔽了心智。"

马承武说："问题已经出了，再抱怨也没有用，赶紧想办法解决。我还指望何子荣领着我们顺利抵达乌胡鲁神殿呢！"

望着何子荣没有血色的面孔，袁乃东说："我来吧。"

2...

六月六日上午，基博峰上热闹非凡，重生教一年一度的重生大典正在乌胡鲁神殿进行。呜呜的长号吹起，声声震天；咚咚的大鼓敲起，阵阵销魂。两千名堕落者身穿崭新的戎装，手持闪着寒光的利刃，在神殿四周执勤。坚毅的表情诉说着他们对重生教与乌胡鲁的忠心。神殿内部的警卫则是由八百名身穿动力装甲的天神卫负责。他们的动力装甲上过新漆，颜色饱满艳丽，漂亮得令人嫉妒。他们怀里都抱着大号的热熔枪，随时准备将来犯之敌化为齑粉。

重生宫里，此刻挤得满满当当。五千名信徒分成数十个方阵，整齐地站立着。方阵前，有牧师和主祭当领队，维持纪律。所以，重生宫里人虽多，却没有人说话，也没有人发出异响，现场安静得仿佛没有一个活人。他们呼出的热气，在重生宫上方积成一团团的雾气，才让这里显出一点点生气。

又是三声长号，声音动人心魄。

满头银发的桐山和雄昂首立于神座边上，用洪钟一般的声音喊道："恭迎我神乌胡鲁！"

重生宫之中五千人同声喊道："恭迎我神乌胡鲁！"

如此重复了三次，呼喊的声音一次比一次的高亢。

乌胡鲁在长号声里，在呼喊声里，走进重生宫，在众信徒虔诚得近乎狂热的注视下，缓步走向神座。他今天穿着全套的神装，黑得深沉，白得耀眼，明显隆起的腰间系着金色镶钻的腰带，丰腴的左手攥着一个金色的十字架。他头上戴着一顶高高隆起的金色神冠，神冠上装饰着许多淡金色小刺，前后都垂着一串串珠帘。珠帘随着他的步履轻轻摇动，发出"哗哗"的声响。

何子荣、瓦伦蒂娜、马承武等人皆身着华服，侍立阶前，目送乌胡鲁抬腿走上台阶，坐到黑白分明的神座上。乌胡鲁威严地环视四周，旋即开口说话。他的声音不大，借助拾音系统，使重生宫里距离神座最远的信徒都能清楚地听到他的教导与训令。

乌胡鲁说了他对形势的分析，简单介绍了三巨头的来历。第一个被公开名字的巨头是桐山和雄。"他是《神之书》的真正作者，是堕落者的创始人，在重生教的创立与发展过程中，做出了不可磨灭与不可替代的卓越贡献。"乌胡鲁这样评价道。

铁塔一般的桐山和雄跪下，泪流满面，颤声接受了乌胡鲁的恩赐。

天神卫送上巨头的特制冠冕，乌胡鲁起身为桐山和雄戴上。现场爆发出潮水一般热烈的掌声与欢呼声。乌胡鲁又说："桐山家族为重生教做出贡献的可不只是桐山和雄一个人。在此，我宣布，追封桐山满为重生教永远的第一圣徒，追封桐山葵为重生教永远的第一圣女。"桐山和雄再次跪下，磕头，磕头，再磕头，巨头冠冕都磕掉了，还在磕。这两个名字对多数信徒来说都很陌生，但丝毫不妨碍他们在牧师和主祭的指挥下，整齐划一地鼓掌和欢呼。

第二个被公开名字的巨头是克莱门汀，这毫无悬念。"她给重生教带来了前所未有的活力，重生教需要这样的新鲜血液。她是重生教的希望之光。"奇怪的是，克莱门汀没有在重生宫里。就在众信徒巴巴地望着乌胡鲁刚刚现身的入口，以为克莱门汀也会从那里进来的时候，克莱门汀的身影出现在了重生宫上方氤氲的空气之中。

这是空气成像技术，但现场的信徒并不知道。当克莱门汀凭空出现时，他们仰望上方，大张了嘴巴，不由自主地发出"神迹"的惊叹声。

看上去比平时大了五六倍的克莱门汀穿着一身臃肿的服装。这是身航天服，黑白两色，跟天神卫的动力装甲类似，又有很多不同的地方。她的脸在透明的面罩之下清晰可见。她依旧画着浓妆，深陷的眼窝里无神的眼珠子俯视着重生宫里的众信徒。她厚厚的嘴唇上下开合，发出尖细而轻佻的声音："猜猜我在哪里？哈哈。"

"亲爱的，我宣布，你是巨头了。"乌胡鲁说。

"谢谢我的神。"克莱门汀咯咯地笑着。

克莱门汀身边出现了一个人影。何子华穿着和克莱门汀一样的航天服，向着众信徒挥手，面罩之下，满脸都是谄媚与骄傲混合的笑意。"我神乌胡鲁，我是您的忠实信徒，我在拉尼亚凯亚，向您致以最崇高的敬意。"

"何子荣"的脸色骤变，却不能表现更多。

乌胡鲁道："克莱门汀正在执行一项特别的任务，是今年重生节最大的惊喜。在场的各位，你们有福了。"

在信徒们的欢呼声中，"何子荣"咂咂嘴巴，没有说出话来。事情已经超出了计划。

空气波动着，出现了新的画面，是外边广场上矗立着的一排黑白十字架。每一个黑白十字架上都绑着一个人，当中那个是游击队现任首领冉翠。剩下的被绑之人不是游击队的，就是从地牢里提出来的叛教者或者异教徒。

乌胡鲁说："接下来我要宣布第三位巨头的名字。他从小接受重生教的教诲。他的父亲是重生教的一名牧师，正是千千万万像他父亲一样的牧师，在最艰苦的地方传播重生教的教义，坚守重生教的信仰，才使重生教发展成今天的模样。他们是重生教赖以生存的最重要的基石。他就是刚刚带领白磷团剿灭游击队，今天早上才回到神殿参加重生大典的何子荣。"

掌声和欢呼声再度响起。

"火是世界的本原。"乌胡鲁又说，"它使黑的更黑，白的更白。对重生教的忠实信徒，它是温柔的抚摸；对重生教的险恶敌人，它是凶猛的吞噬。"

桐山和雄喝道："烧死叛教者，烧死异教徒！"

众多信徒齐声高呼："烧！烧！烧！"

"何子荣"离开队列，走到乌胡鲁跟前，朗声说道："住口！"此言一出，现场顿时变得无比安静。瓦伦蒂娜轻声说："你疯了吗？"乌胡鲁眯缝着眼睛，望着"何子荣"，沉声问道："为什么？"

　　"何子荣"浑身散发出淡淡地蓝色微光，有什么东西在皮肤之下涌动，下一秒，露出了袁乃东的本相。

3...

　　"哦，是你呀。"乌胡鲁略感惊奇，一丝笑意爬上他的脸颊，"有趣。"他经历的风风雨雨不知道有多少，眼前这件事，也将是无数风雨中的一件。时间多得很，他并不着急。近旁的八个天神卫举起了手中的热熔枪，他挥手止住了天神卫的行动，又等现场的众信徒安静下来，这才对袁乃东说："何子荣呢？你在这里，那他多半已经死了。"

　　袁乃东说："本来不想杀他的。"

　　"可怜。"乌胡鲁前所未有的和蔼，仿佛何子荣真是他的孩子。从精神层面上来说，何子荣以及和何子荣一样的重生教信徒，还真是乌胡鲁的孩子。他叹了口气，道："袁乃东，我见过你父亲。我听过他讲的一个故事。"

　　"《猎人、狐狸和鬼》？"

　　"对，就是这个故事。卢文钊讲的这个故事太有名了。不对，我没有见过卢文钊，也没有亲耳听卢文钊讲，而是听别人转述的。这个别人，是护士，或者是别的什么人，我不记得了。重生了太多次，我的记忆变得越来越不可靠了。"乌胡鲁陷入了沉思，"但我记得故事的内容，记得一只孱弱的鬼找猎人帮忙，驱逐占领了它家的狐狸。我还记得结论，说人类是一体的。"

　　袁乃东说："这一次，我们需要想象，想象人类是一体的。想象你身边的每一个人，想象地球上的每一个人，想象太阳系里的每一个人，想象你自己，都是人类这个大家庭的一员。在这个大家庭里，我们休戚相关，我们荣辱与共，我们风雨同舟。请你记得，把这句话记在心里，还要告诉你的孩子，如果可以，也请铭刻在基因上：人类是一体的。"

"记得很准确嘛，卢文钊就是这样说的。"

那是父亲年轻时做过的最为霸气的事情，可以吹嘘一辈子那种。袁乃东可没有少听父亲讲过："2077 年 12 月 30 日晚，我父亲劫持了在量子寰球网上过新年的四十亿人。这是史上规模最大的劫持事件，空前绝后。我父亲本是一档科技节目主持人，在劫持了四十亿人后，他干起了老本行。先是讲了《猎人、狐狸与鬼》的故事，又讲了一个著名的多巴假说，最后说了刚才我说的那段话。"

"对对对，事情的过程就是这样。"乌胡鲁的神情变得异常专注，"这话原本平淡无奇，并无多少新意，就是强调面对铁族亡种灭族的威胁，人类要团结一致对付铁族，也不是什么新鲜论调。甚至可以说大而无当，根本只是许下了一个苍白的诺言，说是团结成一体就可以打败铁族。那由谁来团结？团结谁？如何团结？以何种方式团结？这些细碎却无比重要的问题都没有答案。"

"现在，这些问题有答案了吗？"

"有了。"乌胡鲁说，"由我来团结，团结重生教的信仰者，以重生教的方式团结。这是一个无比正确的选择。其结果，你已经看到了。整个地球，都置于重生教的统御之下，这是空前的一次，也是绝后的一次。重生教能够摧枯拉朽，一统地球，你的父亲卢文钏是最应该被感谢的人之一。因为借助量子寰球网神奇的传播力，卢文钏真的在数以亿计的世人心中种下了'人类是一体'的观念。所以，在传播重生教的过程中，我没有遇到多大的心理阻力。"

"这不是我父亲想要的结果。我父亲讲那个故事的目的，是为了碳族能够弥合分裂，将松散的力量团结到一处，找到与铁族共存的办法。不是为了重生教……"

"但这是现实，无比冷酷又无比真实的现实。不是别的，就是重生统治了地球，是重生教将碳族团结成一个整体，创造出数不尽的神迹。而且，故事一旦讲出，如何理解，就成了听众的事情。"乌胡鲁微笑着点头，"在我心目中，你父亲是一位不折不扣的英雄。"

乌胡鲁所说的，在逻辑上是完全成立的。但像一统地球这样复杂的事情，原因不可能只有一个。崔玺晶就说过，重生教之所以能够迅速扩张，是因为时代的列车开得太快，被抛弃的那些人只好全力以赴去拥抱重生教。必须加入，必须信仰，不能怀疑，不能退出。在重生教的集体怀抱里，无比温暖。然而……

袁乃东沉默了片刻，说："我父亲卢文钏后面的故事你就不知道了。事实上，大多数人都不知道。他后来和我母亲结婚，到了火星，继续生活；后来他参与创立了碳铁盟，一个非政府组织，致力于促进碳铁两族的和平共处，结果两边都不讨好；后来的数十年里，他深受脑伤的困扰，当年他劫持量子寰球网上四十亿用户的时候，接受了超限的信息，导致他分裂出数十个人格……"

"非常遗憾。"乌胡鲁叹道，"我是为克里斯汀娜遗憾。她这几十年，过得一定不幸福。克里斯汀娜，你在哪里？"

"不用找了，她已经离开了。"重生大典还没有正式开始，白磷团的一个战士就执行袁乃东的命令，带着萧菁离开了乌胡鲁神殿，"别想着用她来威胁我。"

乌胡鲁哈哈一笑，似乎袁乃东讲了一个低级笑话，"你说你要拯救碳族，这是你自己的想法，还是你父母给你安排的任务啊？你打算怎么办？杀了我？你以为可以杀死我？你以为杀死我就可以解决所有的问题？啊，把所有的罪恶都推到一个人的身上，正是你这种人的想法。愚蠢。"

"如果是从前，我还可能被你的花言巧语给迷惑，但现在我不会了。"袁乃东说，"初到地球，我对碳铁盟交予我的任务是很抵触的。目之所及，我见到了什么？愚昧，无知，迷信，顽固，僵化，狂热，自私，拒绝改变，漠视生命。我不停地问自己，这些家伙，有什么值得我费心费力去拯救？在这种思路的指导下，我做起来事情来毫无主动性，只是任由各种人和事来推动。然而，一路走来，我也遇到了很多人。他们都不完美，有各种缺陷、各种毛病，但他们身上的那些优秀品质却比钻石还要亮，还要珍贵。随着调查的深入，我发现，那些信徒，其实也是重生教的受害者。渐渐地，我的想法变了，做起事情来也主动积极得多。同时，我也不再把自己当作一个拯救者，我没有那个资格，我所能做的，就是尽可能地唤醒更多的人，推动事情往更好的方向发展。"

"所以你就上传了那些所谓揭露真相的视频？"乌胡鲁保持着脸上的微笑，"你以为你说了，他们就会相信？你不会这么愚蠢吧，要知道，百分之九十的人都会歪曲事实以迎合自己心中的理念。"

"总比不说好。"袁乃东有些无奈地说，"能救几个是几个。"

到现在为止，袁乃东还没有听到几个人讨论《重生教的真相》。只有一次，有一个信徒用最激烈的言辞诅咒它，但旁边的信徒没有附和。这件事非常怪异，不知怎么的，不讨论《重生教的真相》成了信徒们不约而同的选择。

"哈，又在幻想自己是救世主。"乌胡鲁说，"你有没有想过，这些人，这些裸猿，这些碳族的个体，这些重生教的信徒，愿不愿意被你拯救？你们愿意吗？"

"不愿意。"重生宫中众信徒齐齐答道。

"在重生教的治理下，在我神乌胡鲁的光辉照耀下，我们已经生活在白天堂里，一片安宁祥和，谁愿意被你拯救啊？"一旁的桐山和雄大声说道，"倒是你，袁乃东，更像生活在无边的黑地狱里，老是幻想着这个世界就要毁灭了，幻想着自己能够拯救一切，挽狂澜于既倒，幻想着能够逆天改命，羽化飞升，成神成圣。然而，幻想就是幻想，与现实没有一点儿关系，除了蛊惑人心，制造恐慌，煽动暴乱，于现实更没有一点儿的助益。"

这时，冉翠带着游击队进入了重生宫。刚才还绑在十字架上等待火刑的她，此刻手握电热枪，显得杀气腾腾。一队天神卫冲上去，与游击队对峙。以各种身份潜进乌胡鲁神殿的游击队有六十多人，此刻他们亮明了身份，手中拿着他们能找到的最好的武器。"乌胡鲁，你死定了！"冉翠吼道。袁乃东记得她听说崔玺晶死讯时的神情。那是比她自己死了还要难过的感觉。

乌胡鲁向后一靠，眼里闪过无畏且挑衅的目光，对所有人说："来呀，来杀死我！"

袁乃东忽然一笑，"四季行宫，重生系统在四季行宫里。对你来说，皮囊不重要，坏一个扔一个，但重生系统很重要。就在刚才，我接到消息，白磷团对四季行宫的炮击，已经开始了。"

还在东支裂谷的时候，袁乃东就问过白磷团后勤连连长毛勇，有没有办法把白磷团的重型装备，那些榴弹炮、加农炮或者火箭炮，从山脚弄到山上去。去山上的朝圣之路是供重生教信徒步行的，没有可供这些轮式或者履带式重型装备行驶的道路。

"简单。把设备拆成零件，分批搬运到山上，再组装起来。到时候，只需要找一个平台，一个山头，或者一个斜坡，就能把白磷弹打到乌胡鲁神殿。"毛勇叼着烟，自信满满地说，"不妨告诉你，从第一眼看到乌胡鲁神殿，我就琢磨怎么把它干掉。这是出于某种怨念，抑或是军人的本能？呵呵。"

"不，白磷弹的目标是四季行宫。"

"乌胡鲁神殿呢？"

"那里我负责。"

毛勇说得容易，事实上很困难。他和黄文军一起，带着白磷团的两个连，花了六天时间，才在重生教的眼皮子底下，完成了对白磷团武器的拆解、搬运、组装和布置，并且在指定时间里开始炮轰四季行宫。

乌胡鲁眼皮跳了两下，"这么说，白磷团叛变了呢？"

马承武朗声道："不是叛变，是起义。白磷团起义了。"

"文庆裕那个老东西，还真不是省油的灯，死了还给我捣乱。"乌胡鲁道。他不是蠢货，自然很容易就猜出白磷团起义的原因。

在董锐、杜显圣等人的带领下，白磷团的近两百名战士手执各种武器，快步进入重生宫。正殿内的气氛为之一变。与此同时，袁乃东挥了挥手，接管了重生宫的空气成像系统，将毛勇传过来的画面，投射到在场诸人头顶上方的空气。有了无线网络，他能做的事情多得多。

只见五门三十二管火箭炮架设在一片浓密的千里木丛林之中，烟雾腾起，发出连续的啸声，无数颗赤红色的白磷弹，划出一条条优美的弧线，飞过湛蓝到极点的天空。画面有一种说不出的美。弧线的尽头是马文济峰的四季行宫。那些白磷弹在距离地面十几米的地方，忽然减慢了速度，前端弹头爆开，向着四季行宫喷出无数道白色或者黄色的烟柱。烟柱着地即化作黏稠的液体，粘在建筑上，迅速燃烧起来。数百个地方同时着火。高温下，那黏稠的液体又流动起来，把火又传递到更多的地方。眨眼间，四季行宫的一切，凤翔、水云、赤城、随风、苍龙、烟柳、武藏、日升、鹤舞、落鲸……都在熊熊烈焰之中摇动、倾颓、坍塌，化为飞灰！

武藏馆前的巨型机甲雕像在画面中出现了几秒钟，旋即消失在烟尘之中。"烧死那个狗日的。"毛勇粗俗而发自内心的话语在重生宫里回荡。

五千名信徒默默看着。画面上的火光映照在他们苍白的脸上，他们宛如没有灵魂的雕像。

乌胡鲁站起身来，展开双臂，宛如大鹏展翅，"碳族的末日是由碳族的恶念造成的。倘若肯听我之敕令，必不至此……神的力量超越一切！一切能形容或者不可形容之物，都归于它，它不是存在，也不是没有。一切创造、维持、破坏，不过是它极微小的一部分，而超越于一切的它，无法被定义，无法被形容，无法被比喻。我即是神，神即是我！"

他的宣讲仿佛是遭受白磷弹袭击后剧烈燃烧的四季行宫的旁白。袁乃东对乌胡鲁，也对在场的所有人说："不管重生系统在四季行宫的哪里，三轮白磷弹轰击，相信你仰仗的重生系统现在连个渣都不剩了。我知道，没有重生系统，你什么都不是。重生系统毁灭之时，就是你的末日，织田敏宪！"

袁乃东叫出了乌胡鲁的本名，这令乌胡鲁怒极反笑，笑得阴恻恻的，宛如夜枭。"你死过吗？我死过。死过好几次。七次，还是八次？记不清了。次数已经太多，多到令我恍惚，令我麻木。"乌胡鲁定定地望着袁乃东，"我的大脑向你开放，来吧，看看我最不可告人的秘密。"

无数的信息向着袁乃东奔涌而来。

4 ....

第一次到乞力马扎罗山时，织田敏宪刚从太空军校毕业，正是意气风发、踌躇满志的年纪。那时地球同盟如日中天，野心勃勃地想要建造太阳系历史上规模最为庞大的太空舰队。去的时候，织田敏宪的心情并不太好，而乞力马扎罗山特有的赤道雪山风光令他的不悦一扫而光。他向织田财团提议，投资乞力马扎罗山，搞旅游开发。这个提议理所当然地遭到了财团的拒绝。"投资是要讲求回报的。开发乞力马扎罗山，盈利模式是什么？利润率是多少？怎么保证这笔投资收益的长期和稳定？"他们说。言下之意就是你懂个屁的投资啊。财团现任家长，织田敏宪的大哥织田信仁也"关切地"拍着他的肩膀说："你现在的任务，是搞好与太空军总司令的关系。其他的事情，不要你操心。"

他们越是劝阻，织田敏宪想要开发乞力马扎罗山的心情越是强烈。从小到大，他的一切，衣食住行，吃喝拉撒，都在织田财团的掌控之下。不说上军校这样的大事，就是像何时开心，何时伤感，何时彬彬有礼，何时粗鲁得像野兽，这样的小事，都是基于财团的利益，由财团一手安排。开发乞力马扎罗山，是织田敏宪这辈子自己想干的第一件事。于是，他开始与财团那些老古董斗智斗勇。拉拢一部分人，收买一部分人，打击一部分人，多数情况下用智力，但需要使用武力时也毫不犹豫。所以，情况很快逆转，在不久以后的财团会议上，开发乞力马扎罗山的项目全票通过。

织田信仁问弟弟为什么执着于开发乞力马扎罗山。织田敏宪回答："因为你们都反对。"

资金到位，技术也很成熟，乞力马扎罗山的开发很快得到全面推进。高兴之余，织田敏宪命人在山顶冰川上修建了一座面积不小的家族行宫。第一次在行宫举行家宴，是织田敏宪自己掏腰包，私下用空天战机把家族的老古董们直接送到乞力马扎罗山的山顶的。在喝下好几瓶清酒之后，织田信仁抓着织田敏宪的手，说："我曾经以为你选择乞力马扎罗山是因为海明威的《乞力马扎罗的雪》。我记得你很喜欢海明威，喜欢他笔下永不言败的硬汉。"织田敏宪不说话，只看着哥哥发红的脸颊。他看过哥哥说的那篇小说，只觉得太过絮叨，不知道作者到底想要表现什么。他不喜欢。实际上，海明威的所有小说他都不喜欢。织田信仁松开手，在空气中挥舞了一下。"现在我知道了，不是。"他凑近织田敏宪，嘴里喷着酒气，做着耳语的动作，声音却很高亢，"这里远离人群，非常偏僻，很适合搞阴谋。"

织田信仁所说的阴谋有一个很具体的所指，那就是织田财团一直在偷偷进行的"食梦貘计划"。

"食梦貘计划"的主持人叫桐山满。他一直致力于人格迁移的研究，在经历过无数次失败后，他提出了一个全新的方案。具体而言，就是在一个人很小的时候，就用仪器记录下他的一切，保存下所有的记忆，连做过的梦都不例外。这才是真正意义上的意识备份。

织田敏宪是"食梦貘计划"的第一个实验品。他六岁那年就接受了复杂的开颅手术，植入了一套意识汲取与传输装置。这个装置能把织田敏宪经历与体验的一切，通过无线电波，传送到意识备份系统里。"一旦成功，"织田信仁说，"将为织田财团打开数字化永生之门，并带来滚滚财源。相信我，每一个富豪都梦想着长生不死。"

家宴过后，意识备份系统被秘密搬到乞力马扎罗行宫。通过量子寰球网，织田敏宪与数字备份系统保持了高度一致的同步状态。哪怕他远离地球，去了月球，甚至火星，也会有专门的卫星通道供他使用。对于此事，他有种莫名的兴奋感，竟丝毫没有意识到有什么不妥。有人说他是哥哥的小白鼠，他表示无所谓，然后把那人打了一顿。哥哥曾经告诉过他，这套系统存在的意义在于，假如他死了，他可以借由这套系统"重生"——这岂不是很奇妙的事情？织田敏宪看过很多传奇故事，几乎每一个传奇人物都经历过死而复生，并且他们在重生后都变得更为强大。假如我也重生过，就足以证明我也是传奇。他这样想着，捏紧了拳头，渴望着重生后获得登峰造极的力量。

太阳系的局势却在这时日趋恶化，碳铁两族的矛盾在各方势力的推动下，不但没有减缓，反而进一步加剧。第二次碳铁之战眼看着就要爆发。在织田财团的安排下，织田敏宪向太空军总司令萧瀛洲之女萧菁求婚。内心极为抵触的他，对此采取了非常极端与错误的方式，果不其然，他遭到了萧菁毫不留情地拒绝。于是，织田敏宪得以全力以赴准备作战。孰料，为保住"乞力马扎罗号"航天母舰，织田财团竟通过军方的秘密途径，使得在太空舰队浩浩荡荡远征火星之时，速度最快的"乞力马扎罗号"却奉命留守地球。眼见着要到手的军功与荣耀被拱手让人，这令织田敏宪愤懑不已。

当太空舰队在去火星的途中，遭遇"中子星陷阱"，全军覆没的消息传来，织田敏宪既震惊又庆幸，但更多的是难以遏制的兴奋。筹谋已久的"双蛇计划"终于可以执行了。

2077 年 11 月，在织田敏宪的指挥下，"乞力马扎罗号"在最短的时间内飞到了火星的环绕轨道上。他一方面派出空天战机对铁族的火星城市进行袭扰；一方面在火卫一上挖掘隧道，安放超大当量的核弹。后者的目的是以炸毁火卫一，用火卫一的无数碎片轰击火星地表，进行战略威慑，迫使铁族回到谈判桌上。

然而火星铁族不接受威胁。在动用先进的能量武器解决了火卫一的危机之后，把"乞力马扎罗号"也击毁在火星轨道上。织田敏宪没能逃掉，跟"乞力马扎罗号"一起变成了茫茫宇宙中的齑粉。

织田敏宪死后二十七分钟，在亿万千米之外的地球上，在乞力马扎罗山的四季行宫里，重生系统按照织田敏宪生前的安排第一次正式启动。一具在培养槽里浸泡很久的身体被送到了手术台上。这具身体是织田敏宪的克隆体，DNA上与织田敏宪完全相同，但脑子里空空如也，没有任何东西。意识备份系统保存的数以亿万计的数据被"灌输"到克隆体的脑子里。"灌输"过程极为漫长，因为克隆体的脑子需要对奔涌而来的记忆进行梳理、整合、匹配。这不是一个愉快的过程。

两个星期后，克隆体从混沌中醒来。他感觉周围一片朦胧，像裹在又湿又冷的浓雾之中；四肢麻木，思想僵硬，感官迟钝。他无法思考、无法观察、无法动弹，跟一块冻得硬邦邦的鲕鱼肉没有区别。

有身穿白色制服的工作人员上前询问、观察、测试、记录。他们在浓雾中进进出出，有时悄无声息、幽灵一般，有时又面目狰狞、四肢扭曲，一颦一笑间，带着诡异的巨大声响，还有种种难以描述的古怪味道。

随着时间的推移，浓雾慢慢散去，世界开始变得清晰而稳定。他学着开口说话，最开始只能发出简单的"啊啊啊"；学着自己吃饭，虽然筷子就像狡猾而伶俐的狐狸，总也拿捏不住它；学着下床，像童话里的人鱼那样走路，极其痛苦，然而却是活着所必须经历的。

他也渐渐能听懂医生的话，认出了满头银发的桐山满，还有额头宽宽的桐山和雄。他开始能读懂文字性材料，从只言片语到成型的句子，再到完整的文章。

从别人嘴里了解你自己的过往是一件非常古怪的体验，就像躺在冰冷又黏稠的河底淤泥里，目睹无数的垃圾从头顶漂过，还得从垃圾的种类和数量推测出这个世界的真面目。

"你是织田敏宪，织田财团的二公子，'乞力马扎罗号'航天母舰舰长。"桐山满总是这样说，反复说，还写下来让他认读，仿佛这句话比其他话重要千百倍。

每个字他都认识，但合起来是什么意思，他就不知道了。

事实上，从混沌中醒来，他就不停地问自己一个问题：我是谁？

这是一个比其他问题重要千百倍的问题。

然而没有答案。

我是织田敏宪。

我不是织田敏宪。

我是织田敏宪吗？

我不是织田敏宪吗？

我是谁？

织田敏宪又是谁？

在反复到无限的自我肯定与自我否定中，他备受煎熬，无比痛苦。

他继续琢磨，在痛苦中不能自拔。"我是谁"这个问题仿佛一道横亘天地的冰墙。他无法逾越它，无法绕过它，只能一次又一次撞击它，撞得头破血流。

大脑神经元的突触在撞击中生长着、融合着，彼此伸向对方。更多的往事勾连在一起，渐渐从无穷无尽的碎片，以自组织的方式，涌现成一个"自以为"完整的记忆。

他记起作为织田财团二公子的那些日子。

他记起了太空军校那些意气风发的岁月。

他记起了"乞力马扎罗号"，还有火星铁族与"双蛇计划"。

他记起了自己已经死掉了这个事实。

与"我是谁"相比，接受"自己已经死掉了"这件事似乎不是什么难事。但新的问题是：我为什么会死而复生。这个问题不难回答。他想到自己读过的那些传奇故事，那些重生小说，想到自己对那种力量的渴望，最后一个结论就自己跳了出来：

你重生了，因为你是天选之子；你重生了，你是来做大事的。

他抬起头，透过窗户，远眺斜上方那个近乎完美的锥形山峰。夜色漆黑如墨，冰川明亮如斯。他忽然想起了十年前第一次攀登乞力马扎罗山时，一个当地官员与他的对话。

"那最高峰，我们不叫它基博峰，那是异族人的说法。我们叫它乌胡鲁。"

"乌胡鲁？什么意思？"

"乌胡鲁在当地斯瓦希里语中的意思是'自由'。"

"自由。"

十年后的他，与2078年6月6日的他，一起琢磨着这个词语，心神摇荡，仿佛每一个细胞都激动起来。

"叫我乌胡鲁。"他对自己说，对桐山满说，也对全世界说。

5...

乌胡鲁的往事排山倒海一般涌过来，看似多得不计其数，但袁乃东接受这些信息所花的时间，其实不过几秒钟。在电光火石的瞬间，袁乃东洞悉了乌胡鲁的一生，从最初到最后。这些真实的回忆补充了更多的细节，使织田敏宪到乌胡鲁的转变，更加翔实和具体。有不少内容都可以添加到《重生教的真相》里边去。袁乃东这样思忖着，忽然间发现自己不能动弹了。

感觉还在，周围每一个人的神情和声音，他都知道；思维还在，他很清楚地知道自己在哪里，正在干什么。然而，大脑与身体脱了节，他指挥不动自己的身体。无法迈动脚步，也无法移动手指，甚至无法眨动眼睛。

他成了一尊活雕像。

发生了什么事？他不无惊恐地想。然后就明白了。在他深入乌胡鲁的脑海，尽情挖取乌胡鲁的秘密时，乌胡鲁也趁机突破了他的心灵防线，进入到他的脑海里。大脑之间的链接是双向的。时间很短，却足以让乌胡鲁切断他的大脑与身体的联系。

乌胡鲁啥时候有这本事的？他艰难地想，思维变得凝滞，仿佛行将冻结的河流。难道是因为使用了徐永泽的皮囊？徐永泽精于算计，并且善于洞悉人心……

乌胡鲁啧啧笑道："袁乃东，你知道了我的秘密，我也知道了你的秘密。真好。秘密交换秘密。呵，克里斯汀娜一直不肯正面说的秘密原来是这个。你，袁乃东，根本不是人。我知道你的存在后就觉得很奇怪，卢文钊和克里斯汀娜的儿子，为什么会叫袁乃东。因为你不是他们的亲生儿子。你是一个数字化产品，是一个彻头彻尾的怪物，是介于碳族与铁族之间的杂种。"

重生宫响起众信徒的惊叹、叱责与怒骂之声，澎湃如同阵阵海涛。

袁乃东说不出话来，他的人格、思想或者灵魂，被束缚、拘禁、寄生在这具皮囊、躯壳或者行尸里。他想说，我确实是一个数字产品，但那又怎样？

他的来源很复杂。25%的基因信息来自卢文钊，25%来自萧菁，剩下的50%全部来自一个钢铁狼人。这些基因信息在电脑上组合在一起，形成完整的基因链，再用3D打印机以生物金属作为原材料打印出第一个活体金属细胞。生物金属，不是生物，不是金属，而是两者的结合，既可以看成是生命拥有了金属的特质，也可以看成是金属拥有了生命的活性。

那一个活体金属细胞是他的开始，那细胞分裂、演化、增殖，不停地生长，长出组织，结成器官，连成系统，最后涌现出一个叫作"袁乃东"的小婴儿。然后，卢文钊和萧菁抚养了他。

　　袁乃东是用铁族的方式制造出来的，但他不是铁族；袁乃东是以碳族的方式一天天长大的，但他不是碳族。他就是一个"介于碳族与铁族之间的杂种"。

　　最初卢文钊提出这个计划的时候，遭到所有知情者的反对。普遍的看法是"这是脱了裤子放屁——多此一举"。要制造铁族，就用流水线生产，材料充足的话，几分钟就可以制造一头钢铁狼人；要制造碳族，卢文钊和萧菁努一把力，也可以制造出受精卵来——为什么要去制造"介于碳族与铁族之间的杂种"？费了半天力，碳族反对，铁族也不认可，得不到任何好处。

　　当时，一个叫袁野的教授型人格在较长的时间里占据了卢文钊的身体。这个人格聪慧、睿智、执着，特别善于劝说他人。"眼下的局势亘古未有，我们得有一些新的想法，容忍新的做法。哪怕这些想法和做法离经叛道，在短期内看不到任何的收益。"他反复说，竟说动了萧菁同意他的计划。说起来，萧菁一直是大小姐的脾气，任性起来，是谁也挡不住的。于是，这个计划就按照卢文钊或者说袁野教授的设想执行起来。

　　"袁乃东"这个名字也是袁野教授取的。

　　袁乃东很小就知道自己与众不同。父亲和母亲从来没有隐瞒过他的身世。就如他对何敏萱说过的那样，他很早就坦然接受了自己的身份。他也多次见过袁野教授这个人格。在他一度迷惘，疑惑于自己到底是铁族还是碳族的时候，袁野教授对他哈哈大笑，说："你不是铁族，也不是碳族；你既是铁族，也是碳族。铁族给了你身体，碳族给了你灵魂。何必执于一端，自寻烦恼呢？铁里边加上碳，不就是钢嘛。钢族。以后，再有谁问你是什么族，你就告诉他，你是钢族——碳铁成钢，举世无双！"

此时此刻，他想向着重生宫里的众人解释，可是无法说出口。

桐山和雄带头喊道："烧死他，烧死这个怪物！"重生宫之上的五千人齐齐鼓掌，同时很有节奏地喊道："烧！烧！烧！烧死这个怪物！"动作与话语之整齐，仿佛训练了很久。

马承武靠近袁乃东，询问他的情况，没有得到回应。

乌胡鲁看着马承武，问："袁乃东是个怪物，你还打算跟着他造反？"

"他是怪物，我早就知道了。但那又如何？"马承武说，"我也被人叫作怪物，叫了很长一段时间。你知道为什么吗？因为这张脸上曾经满是瘢痕。我感染过天花病毒，好不容易活下来，却留下的满脸瘢痕。现在看不到那些瘢痕，是因为后来文庆裕长老命人给我做了整容手术。文庆裕给了我第二次生命。可是，那些瘢痕，还有它所带来的屈辱与痛苦，却永远地留在了我的心上。而当年那场天花瘟疫，就是你，自诩为天神的乌胡鲁，为了惩罚几个对重生教出言不逊的人，恶意释放的。"

"哈，我都不记得有这样的事情。"乌胡鲁说，"那你是铁了心要造反，也罢。"旋即下令把他们都抓起来。冉翠等人正与天神卫对峙，听到乌胡鲁的命令，一名游击队员贸然开枪，却被天神卫当场击毙。在场的信徒齐齐发出呐喊，声振九霄。局势已变，不说重生宫里的五千名信徒，仅仅是身着动力装甲的天神卫，数量就比游击队和白磷团加起来还多，冉翠一时没了主意，只好和马承武一样，丢下武器，束手就擒，被推推搡搡地押送到乌胡鲁跟前。

"还不跪下？"桐山和雄喝问。

押送的天神卫们拳打脚踢，迫使所有俘虏跪下。

乌胡鲁走到近三百多个俘虏跟前，一一审视。有人埋头不语，有人怒目圆睁，也有人微微发抖。"你们今天的行动，只是一场不起眼的军事冒险。成功与否，全靠袁乃东。没了他，你们什么都不是。"乌胡鲁吸了吸鼻子。

"你把袁乃东怎么了？"冉翠问。

"他就是失去了行动能力而已。"乌胡鲁说，"我没有杀他。我对他的皮囊很感兴趣。说不定下一次重生，我会选袁乃东的身体作为新的皮囊。"

"四季行宫里的重生系统不是毁了吗？"

"幼稚。"乌胡鲁呵呵一笑，并没有进一步解释。

"桐山葵是怎么死的？"说这话的是塔姆桑卡。他是抚养桐山葵长大的人，对于桐山葵之死耿耿于怀。他跪在地上，脖子却昂着，看向以前的大管家，如今的三巨头之一的桐山和雄："我问的是你，桐山葵的爷爷！"

桐山和雄身体微微一僵，却以极快的速度掩饰住了他心底的涟漪，冷冷地说："桐山葵为我神乌胡鲁而死，死得其所。她曾经是我神乌胡鲁的皮囊，这是她一生的骄傲。如今，她已经被敕封为重生教永远的第一圣女，更是无比尊崇，无比荣耀。她生命虽短，却比所有的星辰……"

塔姆桑卡大声抢道："那是你的骄傲，你的尊崇，你的荣耀！不是桐山葵的！你，踩着桐山葵的尸体，走上了今天的巨头之位。我永远诅咒你！"

"住口！"桐山和雄喝道，面色铁青。

乌胡鲁走到塔姆桑卡跟前，凝神看着他黝黑至极的脸："恶臭。你们的皮囊充满了恶臭，让我厌恶。只有火能清除。所以我喜欢火。来人，把他们都送到火刑架上，把火准备好，我们要用前所未有的方式庆祝今年这个特别的重生节！"

就在这时，一个幽幽的声音在乌胡鲁耳边响起："死亡到底是怎么一回事？"

6...

当塔姆桑卡提到桐山葵时，袁乃东感觉到了一丝异样。他的身体依然僵立着，如冻结的雕像一般，但他的思维开始活跃起来。因为在那一瞬间，乌胡鲁减弱了对他的控制。

不，不是乌胡鲁那个复杂到极致的人格，而是一个稚嫩到极致的人格。那个人格是桐山葵……塔姆桑卡的呼喊，唤醒了她！

在不久之前，袁乃东有一个疑问：乌胡鲁重生了多次，更换了多次身体——这些身体，有乌胡鲁自己的克隆体，也有被摧毁了人格的皮囊。这些身体，有没有在乌胡鲁的人格里留下痕迹？现在，袁乃东有了答案。答案是肯定的。就在刚才，他深入乌胡鲁脑海，挖取乌胡鲁的秘密时，他就注意到，多次重生的乌胡鲁，人格早已不是纯粹的织田敏宪，而是以织田敏宪为主体，附带了连续的人格碎片。这个人的人格占百分之几，那个人的人格又占百分之几。乌胡鲁是一个集合，一个汇总，一个人格嵌合体。在不同的时候，展现出的是乌胡鲁人格的不同侧面。有时候某个侧面甚至强大到可以视为一个完整的人格，然后，在下一个时刻，又切换到新的人格侧面上。

五岁的桐山葵目睹过秀树爸爸的死亡，又跟着塔姆桑卡爸爸在东非大裂谷东躲西藏，目睹过一次又一次非正常死亡。对死亡的恐惧，伴随着她短暂的一生，也是她生命中最深刻的记忆。所以，塔姆桑卡唤醒的，肯定不是桐山葵完整的人格，只会是桐山葵的一个碎片，对死亡极端恐惧的那一小部分。

于是，乌胡鲁或桐山葵暂时放松了对袁乃东的精神控制。

袁乃东抓住了这一丝细到极点的机会，让身体的一部分获得了控制。他张嘴对乌胡鲁或桐山葵说："死亡到底是怎么一回事？"

此言一出，乌胡鲁或桐山葵立刻愣住了。

袁乃东继续说，用小女孩的口吻说："为什么所有人都要死？可不可以不死？秀树爸爸死了，塔姆桑卡爸爸也会死吗？我也会死，你也会死，只是时候不同，地点不同，对吗？"

乌胡鲁脸色骤变。桐山葵的人格碎片在那一刻尖叫着烟消云散，不留一星半点，织田敏宪的主体人格汹涌而出，占据了徐永泽这具皮囊的全部。

乌胡鲁的这一转变在瞬间完成，时间短得可以忽略不计，但已经足够袁乃东挣脱乌胡鲁的摆布，重新获得身体的所有控制权。

他没有任何的犹豫，手起、拳落，轰击到乌胡鲁胸前。力道之猛，竟将乌胡鲁的身体直接击穿。乌胡鲁太危险，局势太危险，容不得他再心软。他迅速收拳，然后看着乌胡鲁痛得面容皱成一张废纸，跟跄着倒下。鲜血喷涌而出，染红了一大片地板。

事起突然，谁也没有看清楚发生了什么，现场没有一个人反应过来。桐山和雄跟跄着走到乌胡鲁身边，摸了摸他的胳膊。"少爷死啦！"他颤巍巍地嚷道，"你……你这个怪物！你你你杀死了少爷！害他不能重生！"他站起来，指向袁乃东，"天神卫，杀死他！"

没有天神卫行动。

他们穿着动力装甲，手抱热熔枪，是重生宫之中火力最强的人。但此刻，不知道为什么，他们都杵在原处，没有人响应桐山和雄的命令。这是重生教统治体系的弊端，乌胡鲁一死，没人知道自己下一步该干什么。

桐山和雄愣愣地看向四周，忽然间注意到，自己无意中说出了乌胡鲁已死且不能重生的实话。"天神卫，听我的命令，我是巨头，我命令你们，开枪、开枪，把这些异教徒，这些叛教者，全部干掉！"桐山和雄困兽犹斗，继续咆哮着。

还是没有天神卫行动。

行动的是塔姆桑卡。他从地板上一跃而起，宛如一只矫健的豹子，直扑满头银发的桐山和雄。他扑倒了桐山和雄，使劲儿掐住了桐山和雄的脖子。桐山和雄没有怎么挣扎，就追随他的少爷去了。

冉翠上前，搀起塔姆桑卡，走到袁乃东跟前。"终于可以自由地过春节了。"她说，"崔玺晶可以瞑目了。"

马承武也走过来。"接下来怎么办？"他向外环视一圈，问。

袁乃东耸耸肩。马承武这个问题可以指眼下，眼下要拿还在重生宫之上的那些重生教信徒怎么办；也可以指今后一段时间，要成立什么样的组织，建立什么样的机构，实行怎么样的统治。在乌胡鲁死后，这个问题立即变得突出。但袁乃东对此并没有什么答案。

击杀乌胡鲁，曾经是遥不可及的事情，但现在已经是不可更改的事实。然而，接下来呢？接下来做什么呢？重建量子寰球网？

这时，一直默不作声的瓦伦蒂娜分开众人，款步前行，走到袁乃东跟前，扑通一声跪下，"我神袁乃东。"

袁乃东愣了愣，说："不，我杀死乌胡鲁，推翻乌胡鲁的统治，可不是想要成为下一任天神！"

瓦伦蒂娜继续叩拜，"我神袁乃东！这个神座总得有人坐上去，除了您，还能是谁？您杀死了恶魔乌胡鲁。他坏事做尽，罪大恶极，十恶不赦。但您得明白，长期以来，地球都是在重生教的统御之下才保持平和安定，一旦权力的中心出现了真空，引发的就会是灾难性后果。"

"不，不是这样的。"袁乃东看着神座，若有所思。

"我神袁乃东。"瓦伦蒂娜继续说，"你不同意，他们也不会同意。"她说的他们，指的是现场那些重生教信徒。在乌胡鲁死后，他们陷入了无所适从的茫然状态。此刻，经瓦伦蒂娜点醒，立刻有牧师或主祭高呼"我神袁乃东"，此起彼伏。旋即，零散的声音汇成一个节奏，"我神袁乃东！我神袁乃东！我神袁乃东！"

这震耳欲聋的声音似乎真的有某种不可思议的魔力，连袁乃东也不禁愣怔在原处，一时之间不知道该如何回应这山呼海啸般的要求。一种莫名的情愫在他心底里滋生，野火一般蔓延，滋滋的灼热传递到他的每一根神经……他踌躇着。如果坐上那神座，是不是就可以号令地球？是不是就能天上地下，唯我独尊？是不是就可以更好地完成碳铁盟交予的任务？

有几个牧师如瓦伦蒂娜一般跪下，随后，陆陆续续有信徒跪下，更多的信徒齐刷刷地跪下。转瞬间，重生宫之上还站着的，就只有袁乃东及马承武等几人，还有那些在重生宫四处保持警戒的天神卫。下跪，是重生教的礼仪之一，但现在，它显然被赋予了更多的含义。

重生教的权力高度集中在天神（教主）身上，只要袁乃东愿意，坐上那黑白交织的神座，旧有的一切组织机制就可以完美地运转起来，实现他所有的意志。

哪怕这个意志荒谬到极点！

瓦伦蒂娜抬起圆脸，无比真诚地说："我神袁乃东，我将献上微末之躯，永远追随我神袁乃东！"

袁乃东觉得这一幕似曾相识。他忽然间明白，十殿长老中，瓦伦蒂娜比任何一位长老都害怕失去长老这个位置，因为长老之名，是贪慕虚荣的她所能捞取到的最大头衔。因此，不管安坐于神座之上的是乌胡鲁，还是袁乃东，都不重要，只要她依然保有"长老"之名，就可以了。我神乌胡鲁，或者我神袁乃东，只是换一个称呼而已。至于重生宫里的那些信徒，又何尝不是如此呢？他顿时从成神的幻梦中清醒过来。

但问题依然存在。这些狂热的信徒，数量巨大，聚在一起，能量也巨大。他必须想一个方法。"今天的庆祝活动到此为止，大家都散了吧。"袁乃东大声说，"其他事情，以后再说。"

在牧师和主祭的指挥下，各个方阵的信徒有序离开。这是他们每天都要做的事情，也算是轻车熟路，所以现在做起来也是有条不紊，毫不忙乱。只是今天发生的事情实在是有点儿多，而且很多内情他们都不知道，所以他们的脸上多少挂着迷惑不解、惶恐不安的神情。

瓦伦蒂娜从地上站起来，一脸不解地望着袁乃东，"就这样任由他们离去？他们之中，还有很多是恶魔乌胡鲁的忠实信徒，您不抓住机会，把他们全都查出来？"

马承武和冉翠都望着袁乃东，等着他说话。

"查出来又怎么样？把他们全部杀死？"袁乃东不答反问。

"他们不会相信恶魔乌胡鲁已经死了。"瓦伦蒂娜继续说，"他们会相信，已经重生了无数次的恶魔乌胡鲁会再一次重生。他们会在暗地里等待，等待这一天的到来……"

这时，站在附近的一名天神卫动了动，手里的热熔枪呜呜一声，射出的赤白色光流正中瓦伦蒂娜后背，瞬间将她变作一缕烟尘，只余少部分焦炭掉落地上。

7...

那名天神卫一击得手，便马上瞄准了下一个目标。这热熔枪威力巨大，喷射出的光流的温度高达两千摄氏度，即便隔着一千米的距离，也能瞬间将一个人完全汽化。在绵阳的时候，何子荣就曾经拿热熔枪轰击袁乃东，以袁乃东钢族的体格尚且不能抵挡，当时他丢掉了一只胳膊才得以狼狈逃走，更何况其他人。

空气灼热，热熔枪即将发射第二次。"躲开！"袁乃东低吼一声，纵身向前，扑向那名天神卫。热熔枪最大的缺点是无法连续发射。因为发射光流，耗费电能巨大，需要一个蓄积的过程。袁乃东欺近那名天神卫，在他第二次发射之前，一手擒住了热熔枪，用力向上一抬，使这次发射的光流命中了重生宫的天花板，把那里熔出一个焦黑的大坑。

与此同时，袁乃东在那名天神卫的动力装甲上一阵快速拍击，破坏了它的传动系统。这事儿袁乃东刚到基博峰时曾经干过，也算是熟门熟路。天神卫抽搐着倒下。

袁乃东伸手掀开这名天神卫的面罩，看见一张陌生的、异常年轻的脸。这人可能只有十四五岁。"你干什么！"袁乃东问。这名少年脸色苍白，两只眼睛却死死地盯着袁乃东，毫无惧意。"比起敌人来，我更讨厌叛教者。"少年说，语气是与他的年龄不相符的老迈和阴狠，"瓦伦蒂娜早该死了。"

那语气又是如此熟悉，就像刚刚才听过。袁乃东眼睛发亮，心头发颤，"你是……乌胡鲁！"那少年盯着袁乃东，忽然桀纣一般笑起来。"你猜！"他促狭地说。

毫无疑问，瓦伦蒂娜担心的事情发生了，刚刚死去的乌胡鲁就在这少年天神卫的体内重生了。

这是怎么办到的？袁乃东快速地思考着。按照何子荣的描述，乌胡鲁的重生是在四季行宫涅槃馆的重生鼎里进行的。袁乃东专程去看过，涅槃馆里的重生鼎是供人参观的摆设。白磷弹轰击四季行宫没能摧毁乌胡鲁的重生系统。也就是说，真正的重生系统在别处，也许就在这乌胡鲁神殿里？

回顾先前乌胡鲁的记忆，所谓重生，其实是人格迁移的另一种说法。它包括三个过程：第一，对原生人格进行二十四小时不间断地保存；第二，摧毁备用皮囊的旧有人格；第三，备份人格"迁移"到备用皮囊之中。整个过程都需要无线网络的支持。这样的话……袁乃东伸手去少年乌胡鲁的脖子后方翻找，很快发现一个黑色匣子，一端连在动力装甲上，一端连进了他的脊椎里。毫无疑问，这就是天神卫随身携带的重生装置。

之前，袁乃东一直认为以地球现在的科技水平，重生系统的体积一定很大，就像重生鼎那样，没想到却是这么一个小玩意儿。换而言之，所谓的重生鼎、重生树、重生钟，其实都只是重生仪式中用来制造庄严与神圣感的道具。袁乃东捏着黑色匣子，思忖着。在乌胡鲁死后，它自行启动，一边接受中央电脑传来的数据，一边摧毁天神卫的旧有人格，然后，再把乌胡鲁的人格数据复制到天神卫的神经系统之中。整个过程中，天神卫都会无法动弹。这就是刚刚这名天神卫杵在原地，不听桐山和雄命令的原因。

等等，不只是这名天神卫杵在原地，所有的天神卫刚才都僵立不动……"每一名天神卫都安装了这种重生装置？"袁乃东问，"发射到太空中的克莱门汀和何子华是去组建覆盖全球的重生系统？"

少年乌胡鲁没有回答，面色突然从苍白变得潮红。他嘴角露出一丝鬼魅般的笑意，"吾乃世间天神！"伸手抓住袁乃东的胳膊。袁乃东顿感不妙，挣脱了少年的手，原地跳起五六米，这才避开了少年不知何时引爆的手雷。饶是如此，仍有少许弹丸，击中了袁乃东。他浑不在意，冲马承武和冉翠等人喊："快拿武器！乌胡鲁重生了！每一个天神卫都可能是重生的乌胡鲁！"

同一人格的数次迁移，没有违反任何一条科学法则。只要乌胡鲁愿意，迁移多少次都没有问题。

当初，何子荣从五千名堕落者中，遴选出八百名天神卫，其唯一的标准就是对乌胡鲁要高度忠心。天神卫是乌胡鲁最狂热最虔诚最忠顺的信徒。成为乌胡鲁的皮囊，是他们梦寐以求的事情。让他们随身携带重生装置，随时准备成为乌胡鲁的皮囊，这对他们来说，是无比的骄傲与荣耀。

此刻，这基博峰上，乌胡鲁神殿里，到底重生了多少个乌胡鲁？

袁乃东来不及细想，举起刚才从少年天神卫手里夺来的热熔枪，向着附近的两名天神卫果断开枪。

白磷团和游击队的战士都久经沙场，天神卫出手杀死瓦伦蒂娜时他们就觉得不对。袁乃东制服那名天神卫，那名天神卫却拉响手雷，自爆而亡，这份悍不畏死的恐怖决绝，更令他们心冷胆寒。刚才他们被俘时，所有的武器堆在地上，由两名天神卫守护着。此刻，他们眼见袁乃东击倒守卫武器堆的那两名天神卫，立刻一拥而上，纷纷抢夺堆在地上的各种枪支。武器的重要性，他们心底特别清楚。

马承武抢到了一把电热枪，喝令战士们就地构建防御阵型。白磷团和游击队进入重生宫的战士加起来也就三百多人，在人数上，根本没有办法和重生教相比。这重生宫也缺少依托，并不是防御作战的理想之地。但没有别的办法，事情已经发展到这种地步，只能边打边想。

重生教那边，原本信徒正在有序离开。瓦伦蒂娜死的时候，他们已经走了一半，留在重生宫里的另一半注意到了神座这边的异样，却不知道发生了什么。这些人一部分继续往外走，一部分驻足观望。等到那名天神卫自爆，还在重生宫里的那些信徒齐齐望向神座这边，看见白磷团和游击队去抢地上的武器后，他们忽然间明白了什么。

一名站在侧门边的天神卫大喊："吾乃世间天神，吾命令吾之忠实信徒，即刻杀死这帮异教徒与叛教者！"

至少一千名信徒听到了这话，毫不犹豫地向着袁乃东、马承武、冉翠、塔姆桑卡等人所在的地方冲过来。

袁乃东发现自己又错了。他曾经疑惑，乌胡鲁重生之后，要如何证实自己的身份。现在看来，根本不用证实，只要他说他是乌胡鲁，信徒们就会毫不犹豫地相信。宗教本质就是相信，而不是证实。崔玺晶说得对。

信徒们潮水一般狂奔而来，满脸兴奋。"我神乌胡鲁！我神乌胡鲁！我神乌胡鲁！"他们一边呐喊，一边狂奔，状如不顾一切、汹涌而来的丧尸。然而，丧尸失去了自我意识，只剩下对血肉的渴望。他们呢？他们也失去了自我意识，只剩下对乌胡鲁的狂热信仰。乌胡鲁没有依靠重生系统在他们体内重生，但他们已经是乌胡鲁的精神复制品。

马承武率先射击，冉翠喝令分组作战，白磷团与游击队都行动起来。一时之间，热熔枪、电弧枪、电热枪纷纷开火，枪声四起，硝烟弥漫。呐喊声、惨叫声、爆炸声，响成无法分辨的一片。

袁乃东想不通，这些信徒明明手无寸铁，面对白磷团与游击队密集的枪火，为什么还要拼命往前冲！前面的倒下，后边的跨过前面的尸骸，继续往前冲！没人后退，没人恐慌，狂热写在他们每一张脸上。

袁乃东持枪点射，起初的目标是混在信徒中的天神卫。但很快，他不得不开始射击那些普通信徒——他们已经扑到很近的距离了。

天神卫也开始射击。袁乃东不知道他们是原生的天神卫，还是重生后的乌胡鲁，但结果都是一样的。远处天神卫的射击命中了几名白磷团战士，使得袁乃东一方的防御火力出现了空档，汹涌而来的信徒们趁机冲到了防御阵型最前端的董锐等人的跟前。

董锐连射三枪，枪枪命中当先那名信徒的胸膛，可那名信徒依然扑到了他的身上。

袁乃东开枪，杀死了第二名准备扑到董锐身上的信徒。董锐趁机推开压住自己的那名信徒的尸体，正要起身，第三名信徒已经扑了上来。袁乃东再开枪，热熔枪却没有动作，看枪身显示屏，电池用完了。袁乃东丢下热熔枪，随手捡起一把电弧枪，射击，那名信徒在电火花中抽搐两下，不再动弹，董锐也没了动静。

电弧枪造型宛如狗头，本来是一种近距离警卫武器，通过向目标人物隔空放电，使目标人物昏厥，瞬间丧失战斗力。这种枪的射程只有三十米，不算远，但胜在无须专业训练，只需简单地朝着目标所在的方向开枪就可以达成目的。但不能精确瞄准的毛病就是可能造成误伤。董锐到底是被信徒杀死的，还是被自己误伤的？袁乃东来不及细想，拇指弹动，将电弧枪的功率调到最高档，开枪，电弧在空气中如同银蛇一般游动，一次性击倒了冲到近前的四名信徒。

还有更多的信徒冲到了近前。

还有更多的信徒在后边等着冲到这边来。

袁乃东拔下电弧枪的高能量电池，左手食指伸进电池盒，触摸到电源接口，右手食指扣动扳机，巨量的电能从指尖涌入枪身，再被转换为耀眼的电弧发射出去。

这次的电弧特别明亮，以袁乃东为中心，在信徒之间传递，呈扇形向外肆意扩张。扇形电弧持续了大约两秒钟。在电弧亮光照射下，信徒们的脸格外扭曲，膨胀得失去了人样。至少三十名信徒在电弧熄灭时倒下，空气中充斥着焦煳的气息。

信徒们的冲击总算停了下来，马承武趁机重建了他们的防御阵型。但又有天神卫以乌胡鲁之名下令，于是，信徒们的潮水冲锋再一次开始。

袁乃东丢下手中的电弧枪，退回到马承武和冉翠的队伍之中。

冉翠递了一把电弧枪给袁乃东，"只能用一次？"

袁乃东拿过电弧枪，"是的。"

电弧枪的攻击范围本来没有这么广，威力也没有这么大，是袁乃东将自身能量注入枪身造成的这一效果，但电弧枪也因此受损，不能再次使用。

信徒们疯狂地冲了过来。

白磷团与游击队再一次开火……

在这一片混乱之中，伴随着一阵破碎声，左侧一面玻璃窗被什么给撞穿，一头四足神兽出现在窗台上，龇牙咧嘴、摇头晃脑。袁乃东认出来，那是伊戈尔制造的十二神兽之一的小驼兽，不由得暗自苦笑。要对付乌胡鲁们还有他丧尸一般的信徒，已经很困难了，再加上神兽……

小驼兽摇摇细长的尾巴，弓身跳下窗台，两个健步，冲到一名天神卫跟前，将他扑倒在地。

情况陡变，连袁乃东在内的所有人都没有反应过来，不知道发生了什么事。又见犬颌兽跟在小驼兽后面跳进重生宫，扑向另一名天神卫；恐头兽和麝足兽从侧门钻进来，开始袭击狂热的信徒；在正门那边，九峰兽、四角兽、珍稀兽和单弓兽甫一出场就开始滚扑撕咬，吓得聚集在那里的信徒四散而逃。

一道长着翅膀的人影自天窗滑落。

在众人殷切的目光里，何敏萱滑了一个大半圆，旋即收拢刀刃翅膀，准确地落到袁乃东跟前。"我没有来晚吧？"她说。

8 ...

"不，来得正是时候。"袁乃东回答道。

几天前，在丛林的空地上，袁乃东对何敏萱说，他的计划需要何子荣，还需要她。"而且你是至关重要的一环。"现在看来，确实如此。何敏萱的任务是潜进乞力马扎罗山，找到埋葬了重生教信徒的冰湖，再找到悬崖上供四足神兽进出的洞口。"进入巨壁一号基地之后，找到薇尔达·沃米，把她救出来。"袁乃东说，"这是你红缨姐姐留下的任务。"

袁乃东把存在脑海里的三维地图直接打包发给何敏萱，到时候何敏萱只要跟着标注好的地图走，一定不会迷路。这在以前是不可想象的。袁乃东十分庆幸，何敏萱经过了赛博格改造。

他又叮嘱了几句，要注意时间，与重生大殿这边的行动配合。"过早行动容易打草惊蛇，晚了的话则可能行动失败。"袁乃东说，"毕竟是在重生教核心区域行动，在数量上，他们是我们的几百倍。而突袭，是我们唯一的优势。"

当时，何敏萱调皮地敬了一个军礼。

此刻，袁乃东问道："那些神兽是怎么一回事？"

"冰湖里的那些尸体真是吓死我了。"何敏萱话题陡然一转，说，"路过神兽园的时候，我忽然想起我那些跑山鸡，我想要是这些神兽能像跑山鸡一样听从我的指令就好了。当时看守神兽园的只有两个人。后来我才知道，其他人都跑去指挥中心，看飞梭发射了。我花了一点儿时间，改造了神兽们的程序。喏，那就是结果。"

袁乃东已经看见了：四角兽身形最为高大，头上有犄角，身上有九块三角形骨板，一路狂奔，左顶右撞，将无数信徒撞翻在地；单弓兽长长的尾巴由九节金属组成，每一节上都生着尖刺，挥动起来，一次可以扫倒七八个信徒；珍稀兽有一张特别夸张的大嘴，一张开就发出令人心惊胆战的异响，同时无数尖利的牙齿像菊花，一边旋转着，一边舒展开。

八大神兽加入战团之后，现场局势顿时为之一变。信徒们再也无法发起丧尸潮一般的冲锋。每当他们试图聚集，就会有神兽飞奔过去，用犄角、用长尾、用尖牙、用利爪，将他们驱散。反复几次后，他们信心大减，纷纷从侧门逃出重生大殿，以躲避神兽们的骚扰。

是的，骚扰。袁乃东注意到，神兽们只是恐吓、威逼、骚扰，破坏重生教信徒的进攻。由始至终，没有杀死一名重生教信徒。毕竟，何敏萱还只是一个十七岁的孩子，让她指挥神兽大杀四方，未免太过残忍。

幸得，重生教信徒们如滔滔江水一般，流出了重生宫。

神兽们的骚扰战术能够成功，多半得益于重生教信徒长期以来对神兽存有的敬畏之心。那是乌胡鲁的神兽，是惩罚异教徒与叛教者的。在他们看来，神兽向自己进攻，肯定是因为自己做错了什么，心里自然就先慌了、怕了。即便有个别聪明的信徒可能猜测神兽出了问题，但内心最深处对神兽的敬畏，一时半会儿是克服不了的。再加上身处庞大的群体之中，他们的行为很大程度上受群体影响。先前血勇上头，悍不畏死，踏尸冲锋，是群体行为的一个极端；此刻人心涣散，各自逃命，宛如巢穴被破、无家可归、任由命运摆布的蚂蚁，是群体行为的另一个极端。

活人一走，遍地的死尸就如水里的礁石一般冒了出来。大殿四处是重生教信徒的尸体，横七竖八，以各种姿势堆叠、摆放。很多焦黑的尸体都残缺不全，面目全非。空气中充斥着金属生锈的灼人味道。

"结束了吗？"魏云在脸上抹了一把汗。

马承武命令杜显圣率领一部分战士扩大防御阵型，继续保持战斗姿势，另一部分战士对受伤的战友进行战场急救。刚才的进攻中，牺牲了包括警卫连连长董锐在内的二十几名战士，另有三分之一的战士受了不同程度的伤。

何敏萱吹了三下口哨，神兽们从各个地方飞快地跑到她的身边。她拍拍小驼兽的脑袋，摸摸九峰兽宛如九座山峰的背帆，敲敲犬颌兽鼓凸在外的獠牙，无比亲昵。恐头兽把麝足兽挤到一边，凑到何敏萱身前，何敏萱却退后一步，展开了一侧的刀刃翅膀，调皮地用翅膀尖儿扇了它两下。

冉翠走到何敏萱的近旁，"敏萱，辛苦你了。"

何敏萱答道："冉翠姐，我不辛苦。"

"薇尔达·沃米呢？"

"宋青山他们带着的，随后就到。"

按照最初的计划，去巨壁一号基地营救薇尔达的，除了何敏萱，还有宋青山带领的六名战士。考虑到薇尔达处于长期的沉睡状态，他们还特意携带了搬运装置。从山脚到山顶，又是走的非常规路线，他们这一路，不但辛苦，而且万分危险。修改程序，控制伊戈尔制造的神兽，是计划之外的事情。就连袁乃东也不得不承认，这事儿何敏萱干得漂亮至极。

袁乃东对何敏萱竖起了大拇指，这是由衷的赞叹。如果是他去，估计就想着怎么干掉神兽，而不是如何敏萱一般，想到要驯服神兽，为自己所用。何敏萱腮边泛起一片红色，却没有说话。马承武走过来，紧紧握着手里的电热枪。"天神卫在聚集，还有堕落者。"他忧心忡忡地说，"他们在准备下一次进攻。"袁乃东点点头，呼吸沉重。

　　负责守卫重生宫的天神卫只有五十来个，刚才的激战中死了十多个，但更多的天神卫在乌胡鲁神殿的其他地方，如今正逆着溃散的重生教信徒的人流，向着重生宫而来。他们身穿动力装甲，手里握着热熔枪和电热步枪，战斗力超强。他们原本就是从堕落者中遴选出来的最忠心、最优秀的人。如今，他们还随身携带着重生装置，随时可以为乌胡鲁的重生提供身体。现在的天神卫，只是一部分重生为乌胡鲁，还是全部都重生为乌胡鲁，袁乃东不知道。

　　还有堕落者。他们穿着堕落者的黑白两色制服，手里拿着铁锤、短刀和长鞭，少数拿着电弧枪。看上去有些滑稽，但他们有数以千计的数量，训练有素，手里的原始武器也能致死，对乌胡鲁的忠心更是毋庸置疑。他们也是不容忽视的力量。而白磷团和游击队这边，行动之前精心挑选的武器虽然比堕落者的先进，但子弹打一发少一发，参战的人员也是牺牲一个少一个，是经不起车轮战的。

　　袁乃东沉吟片刻，问："联系毛勇和黄文军，问问他们现在的情况。"

　　毛勇和黄文军率领的火箭炮连队，第一个任务是用白磷弹轰击四季行宫，第二个任务则是轰击乌胡鲁神殿。两个目标相距数十千米，幸得都在火箭炮的射程之内。最难的事情，是找到可以同时轰击四季行宫和乌胡鲁神殿的地方，作为架设火箭炮的阵地。这事儿也幸得有毛勇，经过一番考察与测算，还真让他找到了这样一个地方。"轰完四季行宫，只需要对火箭炮进行很小的调整，就能炮轰乌胡鲁神殿。"毛勇兴奋地说。这是他期待已久的事情。毕竟他说过，"第一眼看到乌胡鲁神殿，我就琢磨怎么把它干掉"。

马承武回答："刚才联系过了。火箭炮阵地炮轰四季行宫的时候，被一队巡山的堕落者发现了。他们正在激战。毛勇受了伤。"

意料之外，但也是情理之中的事情。不可能所有的事情都按照计划来，总有意外。袁乃东扬声对何敏萱说："敏萱，不能再手下留情了，必须下死手，事情才能真正结束。"何敏萱微微点头，轻嗯一声，表示知道了。"我们还得主动出击，不能等他们集结完毕。"袁乃东说完又对马承武说，"这边就交给你，还有冉翠姐了。"

就在这时，地板忽然颤动起来。

袁乃东第一个发现，然后是何敏萱，接下去所有人都发现了。因为不但地板，连同窗户、侧门和墙壁都如蜜蜂的翅膀一般颤动起来。就像那个古老的传说里，乞力马扎罗山里面沉睡万年的巨大恶魔正在苏醒。它睁开了眼睛，打了一个呵欠，抬起头，耸了耸因为长期沉睡而麻木的脊梁……

颤抖持续了十七秒。

"地震了吗？"塔姆桑卡差点儿跌倒。

"是火山要喷发！"魏云惊恐地喊道。

乌胡鲁神殿建在火山口里，这是一个很多人都已经遗忘了的事实。经过魏云的提醒，所有人都想起来了。惊恐的情绪瘟疫一般在转瞬间传染到每一个人的脸上。白磷团和游击队久经沙场的战士也都惴惴不安，毕竟沙场拼杀是一回事，火山喷发是另外一回事。

袁乃东放开自己的感官，去视界之外探询。不是地震，也没有沉睡万年的火山即将喷发的迹象。引发整个基博峰颤抖的力量，来自山腹之中的巨壁一号基地。在那里，有什么庞然大物，正在缓缓启动。

那是什么？难道巨壁一号基地活过来了？

"我重生了。"一个天神卫说。在一片嘈杂之中，他的声音平静而辽远。"我重生了，是因为我是天选之子。"在他的带领下，更多的天神卫齐声诵念。

然后，所有的天神卫，所有的乌胡鲁，都不约而同地诵念："我重生了，是因为我是天选之子。"他们的声音越来越高亢，"我重生了，我是来做大事的。"

9...

乌胡鲁说他死而复生是来做大事的。这话袁乃东在乌胡鲁的记忆找到过，是织田敏宪第一次重生后说的。毋庸置疑，创建重生教，一统地球，这都是前无古人的大事。那一统地球之后，难道是一统太阳系？然而以乌胡鲁现在的实力，再加上重生教如此严厉地压制科技的发展，致使民间所用的科技成果都是上个世纪的残羹冷炙，想要一统太阳系，那是完全不可能的事情。就算是铁族，凭借群体智慧，经过全力发展，目前也才刚刚摸到太阳系的边缘。乌胡鲁到底想干什么？

千般念头一转即逝，眼前堕落者与天神卫的攻击又到了。只见一个天神卫带领三十名堕落者向着这边冲过来，第二队、第三队也做好了攻击的准备，第四队甚至排到了重生宫的一扇侧门外，车轮战的意图无比明显。这一次冲锋，跟之前的信徒们送死一般的冲锋也不一样，有火力掩护，有机动佯攻，有分兵突进，对白磷团和游击队造成了极大的威胁。

袁乃东已经做好了主动出击的准备，此刻他放大了自己的感觉范围，迅速查找最危险的敌人。忽然感应到后方传来强烈的危险气息。他抓起一支电热枪，几个蛙跳，来到神座后方。不知何时，已经有六名天神卫潜伏到了那里。

袁乃东一边冲，一边持枪射击。他的移动，轻盈而快速，仿佛蜻蜓点水一般，双足在地板和墙壁之上轻轻一点，即滑到下一个位置，不给对方瞄准自己的机会。他手中的电热枪，若论单发威力，不如热熔枪，但胜在可以连续射击，密集的火力足以覆盖那六名天神卫。

天神卫们拼命射击。热熔枪喷出的气流在袁乃东身后留下一道道触目惊心的弹坑，而电弧枪闪烁的火花，则照亮了现场的每一个细节，竟使这次一对六的对抗呈现出油画般精致的画面。

袁乃东前行、暂停、旋转、射击，继续前行，身形宛如鬼魅，运动轨迹难以预测。

天神卫纷纷倒下。他们的动力装甲虽然覆盖了身体的大部分，但关节部位，使用了柔性材料的关节部位仍是脆弱的。袁乃东瞄准的，正是动力装甲的关节。

等袁乃东冲到这六名天神卫的跟前时，已经没有一名天神卫还站着。他掀开近旁一名天神卫的面罩，看见一张苍老而倔强的脸，两只眼睛喷着狂热又平静的火焰。这是一种奇怪的表情，既狂热，又平静，乌胡鲁是怎么做到的？

"黑就是黑，白就是白。没有黑，哪有白？没有白，又如何定义黑？"那个老年乌胡鲁声音嘶哑地说，"生就是生，死就是死。没有生，哪有死？没有死，又如何定义生？"

袁乃东说："那你一次次重生，死而复生，又算怎么一回事呢？"

"生死无常，唯死永生。安心上路，极乐共享。死不是生，生不是死，是为人间。黑不是白，白不是黑，是为天堂。"乌胡鲁叹息道，"是啊，我重生了一次又一次。岁月漫长，琐碎又悠远。皮囊换过，寄居其中的灵魂，在生与死之间徘徊，徘徊，等待最终的到来。我原本不知何时做那件大事，但此刻我知道了。"

乌胡鲁说着，奋力去抓身边的电弧枪。袁乃东照着他的脑门，给了他一枪，制止了他最后的反击。放眼四周，到处都有天神卫率领堕落者发起进攻。

袁乃东换了一个弹夹，继续出击，重点攻击天神卫。不管他是不是重生后的乌胡鲁，杀了再说。天神卫一共有八百个。现在，这八百个天神卫是不是已经全部重生为乌胡鲁？不过，乌胡鲁们如此前赴后继，悍不畏死，极不合理。

要知道，乌胡鲁最大的本事是通过瞄准人性的弱点，蛊惑人心，煽动信徒，去实现他的意志。他自己亲自上阵，又算怎么一回事？难道是因为自我复制的数量多了，谁也不服谁，毕竟教主只能有一个，所以用这种方式减少乌胡鲁的数量？谁最后一个活着，谁当教主？

脑中的思忖没有影响袁乃东的出击。他依旧在重生宫各处快速移动，同时持续射击。弹火纷飞中，他又杀死了至少五个乌胡鲁。但他心中的焦虑没有减轻，反而更重了。他焦虑的不是乌胡鲁杀之不尽。只要乌胡鲁们继续冲锋，他就有把握把他们全部杀死。如果乌胡鲁们四散而逃，倒是麻烦事情，因为只要逃走一个乌胡鲁，可能造成无穷的后患。袁乃东焦虑的是，乌胡鲁说的大事，正在别处发生，而他不知道那是什么事。他只是隐隐觉得，那是一件极大的坏事，而且很可能与他有莫大的关系。

那会是什么事？和发射上天的克莱门汀有关吗？刚才大地的震颤是前兆吗？答案都是未知，所以袁乃东更加焦虑，更加起劲地射击，射击。

何敏萱也没有闲着。在她的操控下，八大神兽各显神威，也不再局限于伤人，而是切切实实的杀人。在移动射击中，袁乃东还与九峰兽搞了一次联合进攻。与此同时，何敏萱也不时展开刀刃翅膀，站在防御阵型的边缘，攻击靠得太近的天神卫与堕落者。袁乃东发现自己低估了何敏萱的心理承受能力。实际上，从小到大，何敏萱目睹过古老寨与铁围寨、大茅寨之间的数次流血冲突。从某种程度上说，也算是久经沙场。

天神卫组织的第二队、第三队攻击被都击溃了。

第四队攻击暂停下来。

袁乃东回到防御阵型中。马承武面色阴沉，而冉翠脸现焦灼。"塔姆桑卡牺牲了。"她说。袁乃东愣了片刻，脑子里先出现的是荒原上被重生教诅咒为罪恶之城的塔姆桑卡废墟，然后才是那个面容黝黑、神思焦虑的游击队老战士。收敛心神，袁乃东扫视一圈，发现近四十名战士在这三轮天神卫的冲锋中牺牲，一半的战士受伤。"毛勇那边，还没有消息。"马承武补充道。言下之意是，不用考虑毛勇和黄文军用白磷弹轰击乌胡鲁神殿会不会打到自己人的问题。

袁乃东安慰了两句，又去看望何敏萱。"刀刃翅膀不错。"他说。何敏萱回了一个微笑，骄傲地回答："外挂嘛。"又问："他们在干什么？"

她问的是天神卫。

三轮冲锋失败之后，天神卫们改变了战术。他们召集来更多的堕落者，堕落者又召集或者"驱赶"来更多的信徒。重生宫已是尸骸遍地，连空气都凝滞着死亡的气息。他们不再进攻，转而在重生宫四周设下防御，将白磷团和游击队团团围住。这样做的目的，不是消灭起义者，而是将起义者困在这重生宫里。"他们在拖延时间。"袁乃东焦灼地说，"他们在等待什么事情发生。"

"等待援军吗？"何敏萱问。

"不，我是说，我不知道。"袁乃东无法解释自己的焦灼。是因为无所不知先生受到了挑战吗？

这时，重生宫之外响起了密集的枪声。"应该是宋青山他们。"何敏萱侧耳听了片刻，"是我刚才出来的地方。"说着，她展开了翅膀，拍动两下，原地起飞，如同一只猫头鹰，从一扇碎裂的窗户飞出了重生宫。小驼兽、麝足兽和珍稀兽紧紧跟随。

不久，在何敏萱和神兽的护卫下，宋青山等人进到重生宫。两名战士推着一个搬运装置，所以行动的速度不快。小驼兽不见了，有了单弓兽和九峰兽的前护卫，这一组人才突破天神卫与堕落者的包围，有惊无险地达到神座附近。

宋青山擦着额头的汗，跑向马承武，行了一个军礼，"报告团长，我完成任务了。"

马承武颔首，"很好，你辛苦了。"

宋青山继续说："她醒了。薇尔达醒了。她说她要见一个人，那个人曾经进入过她的梦境，窃取了她的秘密。我上哪儿去找这样一个人？"

马承武愣了片刻，"我也不知道。"

"她要找的是我。"袁乃东说。为了获取巨壁系统的启动密码，袁乃东曾经去过薇尔达的脑海里"挖取"。在薇尔达看来，他就是进入她梦境的窃贼。想到巨壁系统，袁乃东心中一动，一种难以抑制的危机感，令他前所未有的心慌意乱。

他走到搬运装置附近，看着里边的薇尔达·沃米。黑色的长发平铺在她身下，她的眼睛微微睁开。

"是你，是你，我在梦境之中见过你。你是袁乃东。梦中见时，我依稀觉得你很面熟，现在想起来，我在金星见过你的。"薇尔达斜睨着袁乃东，"你犯了一个大错。"

"什么？"

"你从我的梦境里窃走了巨壁系统的启动密码。可你知道巨壁系统是什么吗？重生教要拿巨壁系统做什么事情吗？最初徐永泽要我为重生教设计巨壁系统时，我也不知道。但设计完后，我猜到了，谜底让我无比恐惧。我强令自己沉睡，谨守巨壁系统的启动密码，那是世间唯有我知道的秘密。而你，却窃走了它。"

袁乃东曾经猜测薇尔达之所以保持沉睡，不愿意醒来，是因为她真正擅长的其实是理论物理而不是工程设计与制造——虽然真的要薇尔达做，她也做得出来，只是要多花一点儿时间而已。现在他知道自己猜错了。但薇尔达说他犯下的是"大错"。"巨壁系统，到底是什么？"他语气沉重地问。

薇尔达喃喃自语道："巨壁，巨壁系统，是放大版的死亡哨音。它不是对外防御，而是对内攻击，目标是地球。乌胡鲁要毁灭地球！"

10...

虽然是铁族与碳族的集合，但有生以来，袁乃东也犯过无数次错。记错，看错，听错，估计错，判断错，信错了人，做错了事。然而，此前所有的错，加起来都没有这一次严重。

之前的忧心，有了解释。然而……

死亡哨音是薇尔达发明的超级武器，由三艘狩猎者战舰，"奥蕾莉亚号""希尔瓦娜斯号"和"温蕾萨号"，共同执行。死亡哨音第一次使用，就在木星附近，一举干掉了铁族最大的星舰"立方光年号"，第二次使用死亡哨音是在金星，一口气将三分之二个铁族舰队化为齑粉，消散在星际之中。

倘若巨壁系统是放大版的死亡哨音，那地球……

"巨壁系统已经启动了吗？"薇尔达问。

"已经启动了。"现在可以肯定，刚才基博峰的颤抖，就是巨壁系统正式开始工作了。"有什么办法，可以阻止巨壁系统？"袁乃东问，"比如，炸掉整个巨壁一号基地。"

"不，不行。"薇尔达说，"把巨壁一号基地炸了，你也只能拯救三分之一的地球，因为还有巨壁二号基地、三号基地。干掉巨壁系统的关键不在地上，关键在天上——拉尼亚凯亚。它是整个巨壁系统的总控制中心。"

拉尼亚凯亚是多年前太空军司令部的所在地，位于地球同步轨道上，是一个能容纳数万人的空间城。在第二次碳铁之战后，所有的太空活动被逐步放弃，拉尼亚凯亚和其他已经建成的地球环组件一样，最终被抛弃了。现在看来，乌胡鲁为了执行巨壁计划，重新启用了拉尼亚凯亚。

"还来得及吗？"袁乃东问，"巨壁系统已经启用了一个小时。"

"不知道。"薇尔达说，"这是巨壁系统第一次使用，没有经过任何调试。而未经调试的庞大系统，谁也无法保证它第一次使用就能正常工作。"

袁乃东心中又燃起了希望的火苗。巨壁系统虽然如期完工，但考虑到完成它的技术是如此原始，如此粗糙——它只是一些古老科技产品堆叠在一起的庞大得畸形的怪物——想要战胜它，也不是完全不可能的。

"我去。"他对薇尔达说，"我犯下的错，我来改。"

袁乃东走向何敏萱，"敏萱，我需要你的帮助。"

"我已经准备好了。"

"我们去拉尼亚凯亚，那里距离这里三万六千千米。"

"怎么去？"

"坐宇宙飞船去。"

"好咧。"

何敏萱对冉翠说："我已经把你设置为这些神兽的主人。你的命令，就和我的命令一样。"

"当心，敏萱。"冉翠说。

"你也当心。"何敏萱说，"等我回来，我们一起去挖化石。"

袁乃东也叮嘱马承武坚守阵地，"全靠你了。"马承武一脸坚毅："没问题。"

何敏萱伸出双臂，抱住袁乃东，刀刃翅膀全部展开。她扇动两下翅膀，飞了起来，再一次从破碎的窗户飞出了重生宫。下面传来"啪啪"的枪声，这是几个乌胡鲁在向着天空不甘心地射击。他们的子弹都射空了。然后，白磷团、游击队和神兽们向着天神卫和堕落者发起了冲锋。从空中俯瞰，整个乌胡鲁神殿都变成了战场。

在遥远的山头上，腾起一道道烟柱，数十颗白磷弹向着乌胡鲁神殿飞去。应该是毛勇和黄文军他们在击败了巡山的堕落者后，终于有机会向着乌胡鲁神殿开炮了。

然而，这一切都已不再重要。

袁乃东反手勾住了何敏萱的腰部。两个人在凛冽的寒风里，沿一条弯曲的弧线向着山脚飞去。神殿、雪原、斑马岩，向后急速后退。他们一头扎进滚滚云海里，飞了好一阵才钻出厚厚的云层。冰湖、峡谷、千里木，已经被他们远远地抛在身后。

他们继续飞，看见朝圣路上，溃散的信徒宛如失去了家的蚂蚁。有人看见了他们，立刻跪下，不停地磕头；另一些人大声诅咒，虽然隔得太远，听不见他们诅咒了些什么；更多的人则是沉默不语，宛如冰下的石头。

他们飞得很快，很快找到织田四号营地，又找到乞力马扎罗机场。在袁乃东的指引下，两个人降落到机场的维修棚里。

"曙光女神号"好好的还在。希望它没事儿。看到飞船，袁乃东不由得想到了母亲，不知道她此时怎么样了。但眼下事情紧急，他无暇多想。于是领着何敏萱，上了"曙光女神号"，钻进驾驶室，以最快的速度启动了飞船。

"真漂亮啊。"何敏萱赞叹道。

袁乃东本来想解释"曙光女神号"在火星上是很普通的飞船。想一想，又算了。"去拉尼亚凯亚，全靠它了。"袁乃东看着仪表盘上的各种数据和指示灯。自检跑完，一切正常。他对何敏萱说："坐好，绑好安全带。起飞的时候会有很大的震动。"

何敏萱收了翅膀，依言坐下。袁乃东在操作台上，运指如飞，下达了一连串的指令。发动机低低地吼叫着，船身晃动，然后"曙光女神号"稳稳地飘出维修棚，划出一道斜向上的优美弧线，向着蓝天，向着蓝天之上的太空，以最快的速度飞去。

最初几十秒的震动是最为剧烈的。

过了卡门线，震动明显减少。再往上，空气越来越稀薄，飞船的速度越来越快。当窗外出现地球巨大的弧线轮廓时，引力似乎突然消失了，一切都飘浮起来。

"有趣。"何敏萱感受着失重环境下的各种变化，"我在数据库里都读到了，但还是没有自己亲自感受来得真切。"她看向窗外，被眼前的美景所震撼，立刻张大了嘴。"那就是地球？好美呀！"她说，"完全没有办法用语言来形容。"

袁乃东把飞船的驾驶权交给主控电脑，自己呆坐一旁，不去打搅何敏萱欣赏宇宙的美丽。何敏萱忽然转头，对袁乃东说："袁大哥，谢谢你。"袁乃东奇怪地反问："谢我什么？"何敏萱回答："没有你，我怎么能看到这样美丽的景色呢？"袁乃东暗叹一声，"我该谢谢你才对。"何敏萱模仿袁乃东的语气，"谢我什么？"袁乃东回答道："谢谢你陪我一同作战。"

"我们这是去拯救地球的路上。如果不能及时赶到拉尼亚凯亚，在克莱门汀启动巨壁系统之前阻止她，这一切都会在死亡哨音里，烟消云散。"

"可怕。"何敏萱如此评价。

"真正可怕的不是死亡哨音，而是使用它的人。"袁乃东说。他盯着窗外，沉默了很久，然后对何敏萱说："我犯了大错。"

"我总是以常理来揣度乌胡鲁。最初，我以为乌胡鲁的目的是要维护重生教的统治，然而不是；然后，我以为乌胡鲁的目的是要继续活下去，然而不是。乌胡鲁说，他死而复生是来做大事的。创建重生教，是大事；重生教一路披荆斩棘，所向披靡，最终一统地球，更是大事。但在那之后呢？跟统一地球相比，什么样的事情能称得上是大事？唯有毁灭地球！

"生杀予夺，一切尽在掌握！哪怕对象是地球，也是如此。这是何等的骄傲，何等的尊崇，何等的荣耀！与之相比，翻手为云覆手为雨，简直微不足道。

"然而，我再仔细想了想，这种说法也不全对，无法解释所有的问题。就在刚才，我想明白了：乌胡鲁的目的不是毁灭地球！不是灭绝碳族！而是另有深意……

"织田敏宪死过，和他挚爱的'乞力马扎罗号'航天母舰一起死在了火星上。后来经由桐山满制造的人格迁移系统，他又死而复生，在地球的乞力马扎罗山马文济峰四季行宫里活过来。摇身一变，变成了乌胡鲁，世间的天神。

"死而复生这一事件在乌胡鲁心里留下的烙印太过深刻。死亡，重生，然后获得某种力量，某种不可思议的自由。这成为织田敏宪或者乌胡鲁一以贯之的执念。他认为并坚定地相信，自己能做到，整个地球也能做到。毁灭了地球，它会在无根宇宙的某个角落重生，并且变得更加美好！这才是乌胡鲁制造巨壁系统，全心全意毁灭地球的真正原因！"

何敏萱也被这个结论完全震住了。"怎么可能？"她轻声问道。

"刚才你也看见了，乌胡鲁在天神卫体内重生无数次，倘若他只是想继续活下去，或者继续维护重生教的统治，他没有必要亲自上战场冲杀。地球的毁灭与重生，才是他眼中的大事。"袁乃东的语速越来越快，语气也越来越坚定，"实际上，他在拖延时间，为克莱门汀启动、调试、运行巨壁系统争取时间，因为他知道，能够阻止克莱门汀的，只有我。"

"如你所说，乌胡鲁的所谓重生，其实是人格迁移，背后是一整套科技产品在支持。可地球毁灭后如何重生？有什么在背后支撑？又如何能证明？"

"他们只需要相信，不需要证明。"

何敏萱思忖了好一会儿，点头说："接下来我们怎么办？"

袁乃东说："找到拉尼亚凯亚。"

11 ...

地球同步轨道距离地面三万六千千米。在这个距离的飞行器，因为地球引力的关系，即使在不靠自身动力的情况下，也会与地球自转保持一致，方向相同，速度相同。在地面的人看来，位于地球同步轨道的飞行器，就像静止的一样，永远在同一个地方。所以，这条轨道也叫作地球静止轨道。

拉尼亚凯亚位于地球静止轨道上，非洲乞力马扎罗山正上方。一天前，克莱门汀与何子华乘坐火箭，去往拉尼亚凯亚，它在那里；一天后，袁乃东与何敏萱驾驶"曙光女神号"，赶往拉尼亚凯亚，它还在那里。

"曙光女神号"飞得极快，两个小时后它已经飞到了拉尼亚凯亚的附近。在这个距离上，地球看上去小了许多，蓝色的海洋与白色的云层彼此嵌合，细节全部消失了，只剩下大体的轮廓与坚硬的色块。其他方向上，散落着璀璨的星星，仿佛纯黑的幕布上镶嵌着无数颗大克拉的钻石。

"那些星星，都没有眨眼睛耶。"何敏萱说。

袁乃东看着越来越近的拉尼亚凯亚。这座曾经的太空军总部，整体设计参考向日葵，直径六千米，厚两千米，是当时碳族所能建造的最大的太空城市。数万名太空战士曾经在拉尼亚凯亚生活与训练。第二次碳铁之战中，碳族太空军的火星远征舰队，在萧瀛洲的率领下，也是从这里出发，飞向"中子星陷阱"。如今，它被废弃了，荒凉、寂寞，看不到一丝生气，宛如一座没有墓碑的孤坟，仅供祭奠碳族当初的勃勃野心。

"拉尼亚凯亚，这个词来自夏威夷语，意思是无尽的天堂。乌胡鲁想要打造的，在毁灭之后重生的，不就是无尽的天堂吗？"袁乃东说。

曾经，天文学家还用拉尼亚凯亚命名了一个超星系团。

这个超星系团包含约十万个星系，范围达到五点二亿光年，总质量相当于银河系的十万倍。直径十万光年的银河系位于这张巨大之网的一个节点之上。至于碳铁两族居住的太阳系，不过是这个节点上一粒微不足道的尘埃，遑论地球。

然而，宇宙如此浩瀚，地球却仅此一个。

袁乃东忽然明白父亲为什么一定要自己来地球了。他仿佛听见卢文钊用不再有力的声音说："那是我们的根。"一种古老而宏大的情愫在他心底蔓延。"我们过去。"他按捺不住，激动地说。

袁乃东向拉尼亚凯亚发出降落的申请，没有得到任何回应。"看来只有手动降落了。"袁乃东说。

"那是什么？"何敏萱忽然指着屏幕的一角问。

袁乃东把画面放大，看见何敏萱所指的是一艘圆饼一样的小型宇宙飞船，附着在拉尼亚凯亚的紧急对接口上。显然，这艘宇宙飞船就是一天前，重生教发射的那一艘。在它旁边，还有两个紧急对接口。

这一发现，让袁乃东欣喜。之前他还在考虑用"曙光女神号"强行冲进拉尼亚凯亚，或者借助何敏萱的刀刃翅膀展开时的弹力，将自己"弹"到拉尼亚凯亚。现在看来，都不用了。

在早期的宇航任务中，两个飞行器的空中交汇与对接是非常重要也是非常困难的。为安全起见，对接口都是机械式的，无须电脑控制，只要对接口的机械装置相一致，碰上了就自动运作，把两个飞行器相互锁定。

　　袁乃东操纵"曙光女神号"，缓缓靠近拉尼亚凯亚，就像一条沙丁鱼慢慢靠近一头蓝鲸。他查过了，虽然"曙光女神号"是在火星制造的，但紧急对接口这一古老的技术及其标准却是太阳系公用的。这不能不说是一种幸运。

　　第一次对接出现了些许偏差，"曙光女神号"险些撞上了拉尼亚凯亚的外墙，幸而它及时启动了姿态发动机，在最后关头止住了前进的势头，退后数十米，然后调整数据，调整姿势，进行第二次对接。

　　这一次完满成功。

　　袁乃东和何敏萱离开驾驶舱，下到对接口所在的过渡舱。舱门在他们身后自动关闭。"那边不一定有空气。"袁乃东说。何敏萱回答："一切正常，没有问题。"袁乃东抓住对接口的旋转门，用力拧动，一下，两下，又一拉，门洞打开，传来空气流动的声音。除此之外，一切正常。

　　袁乃东弓身钻过门洞，进入拉尼亚凯亚。何敏萱跟在他后边。这是她第一次在失重环境下活动，所以有些笨拙与小心翼翼。

　　没有亮灯，四周一片漆黑。"能看见吗？"袁乃东开启了夜视功能，同时问何敏萱。"能看见。"何敏萱说，"不用照顾我。"袁乃东熙然一笑，抓住仓壁上的扶手，用力一推，将自己推向前方。何敏萱学着袁乃东的样子，在失重环境下游动。她学得很快，很快就如人鱼畅游海底一般游刃有余。

　　这里是拉尼亚凯亚的一处码头，人造引力系统早就失效了，但还有空气，不过非常浑浊，充满杂质，不能用于呼吸。

每一间舱室都特别高大，此时显得特别空旷。他们手脚并用，在空旷的舱室之间游行，像水底的海豚那样自由，畅快。周围异常安静，只有他们两个活动的声音在舱室和甬道回响，仿佛深夜里情侣的呢喃。

前方漆黑如墨，忽然传来一阵异响，一道光柱从黑暗中冒出来，摇摇晃晃。那是一个穿着航天服的人，光柱由他肩膀上的射灯发出。他显然很不习惯在失重环境下活动，加上黑白两色的航天服又特别的臃肿，所以行动起来磕磕绊绊，狼狈不堪。

袁乃东打了一个手势，让何敏萱去堵那人的后路，自己迎上去，与那人正面相对。那人的射灯照到了袁乃东，顿时惊慌失措。此人不是别人，正是何家老二何子华。此时，袁乃东穿着何子荣华丽的元老服——在刚才的激战中元老服破损了好几个地方——突然出现在无比黑暗的巨大甬道里，可把何子华吓坏了。

"克莱门汀呢？"袁乃东劈头就问。

何子华盯着袁乃东的脸，好半天才缓过劲来，"吓、吓死我了。你、你……怎么在这里？你没有穿衣服？不不，你怎么没有穿我这种衣服？没有空气啊你不会死吗？"

"我不需要空气。"袁乃东说，"快说，克莱门汀在哪里？"

面罩之下，何子华的面色变得极为难看。他的脸皱缩着，嘴哆嗦着。"我、我不知道。我到处走走，没想到会、会遇到你。"他的声音颤抖着。话音未落，他转身就跑，在失重环境下，这一突然爆发的错误动作，令他在原处旋转起来。何敏萱自后边拉住了他的胳膊，将他从狼狈的旋转中解救出来。

何子华好不容易站稳，喘息着用土话说："哟，是幺妹儿，你怎么会和袁乃东在一起啊？你也没有穿航天服！"

何敏萱说："回答他的问题。克莱门汀，在哪里？"

何子华看看袁乃东，又看看何敏萱，眼里露出认命的神色，"克莱门汀发病了。你不是说她有病吗，她确实有病，病得深沉。到了这里，什么都轻飘飘的，克莱门汀就发病了，啊……阿斯伯格……什么症。她发病了，疯狂地踢打、咒骂，还咬我。"

"她现在在哪里？"袁乃东追问。

"她死了，死了，对，她死了。"

"怎么死的？"

"她发病了，咬我，咬得好疼，我就掐她，掐她脖子，使劲儿掐。你知道她这人特别可恨，我原来一直恨着她，没有人不恨克莱门汀。她利用了我，一直在利用我。我，我一使劲儿，没控制住，就、就把她掐死了。"何子华语无伦次地说。

"她的尸体呢？"

"扔了。我很害怕。她死了，先是软绵绵的，后来变得硬邦邦的。我一害怕，一害怕就把她的尸体扔到了外边。"

"控制室，巨壁系统的控制室在哪里？"

"什么巨壁？什么控制室？"

"别装傻！不为了巨壁系统，乌胡鲁为什么会把你们发射到拉尼亚凯亚来？"袁乃东怒道。

"我、我、我不是装傻，我只是一时没有想起。你也知道，我没有大哥那么忠心耿耿，也不如三弟那样聪明绝顶。我想起来了，刚才的事情，我杀死克莱门汀那个蠢货的事情，就发生在控制室。"

"带我去控制室。"

"克莱门汀启动了那个巨大的机器，叫什么名字我忘了，也许就是你说的那个什么巨壁，可是没有反应，就像坏掉了。她启动了三次，都失败了，又启动了三次，还是失败了，接着又是三次。直到……直到连续的失败耗尽了克莱门汀的耐心，她就发病了。她发病了就疯狂地骂我，挖苦我，诅咒我。她骂人可厉害了，入骨三分啦——还不要命地咬我……"

何子华开始重复先前说过的话，但袁乃东已经察觉出不对来。"你撒谎！"他吼道，"敏萱，你抓住他！"

说着，他像一颗出膛的炮弹一般，以最快的速度，向着控制室的方向游了过去。他只希望还来得及。

何子华一开始就撒谎了。谎言一个接着一个。目的就是拖延时间。克莱门汀和何子华到拉尼亚凯亚已经一天了。肯定如何子华所说，他们反复多次地启动巨壁系统。克莱门汀患有阿斯伯格综合征，患有这种病的人有一个特点，就是专注于简单的事情时特别专注，千百次重复同一个动作，不会使他们厌倦。会厌倦的是何子华。薇尔达说过，巨壁系统是建筑在不靠谱的科技产品的基础之上，启动失败是必然的事情。但克莱门汀坚持着启动，再加上地球上三个巨壁基地的重生教技术人员的共同努力，巨壁系统终于成功启动。

这就是先前乞力马扎罗山颤抖了十七秒的原因。

然后，乌胡鲁，重生在天神卫里的乌胡鲁们作出了那个疯狂的决定。"我原本不知何时做那件大事，但此刻我知道了。"乌胡鲁如是说。就在今天，一年到头，重生教唯一的节日——重生节，做那件筹谋已久的大事。

毁灭地球，让地球重生，迎来无尽的天堂！

而且，正是因为袁乃东等人的行动，促使乌胡鲁下定了决心。

现在，克莱门汀做到哪一步呢？巨壁系统已经完全启动了吗？还有机会阻止她吗？希望在哪里？袁乃东更加焦灼。难道要寄希望于用手工方式打造的巨壁系统不会发挥作用，一启动就噼里啪啦坏掉？乌胡鲁曾经说过，巨壁系统还有三个月才能完工，但乌胡鲁说的话，能相信吗？

何子华一路过来留下的痕迹非常显眼。他后悔一开始就不该与何子华纠缠。他啰里啰唆的话，一半是真话，一半是谎言。然而现在不是后悔的时候。他继续在黑暗中游动，飞行。

拐了好几个弯后，袁乃东看到一片亮光，在四周的黑暗里，极其显眼。那就是拉尼亚凯亚的中心控制室。灯光照耀下，一个人影正在一排操控台上忙碌。那人穿着臃肿的黑白两色航天服，动作却非常快捷。

袁乃东破门而入，无声地向着那人冲过来。

克莱门汀听见破门的声音，侧身，冲着飞过来的袁乃东呆呆地笑了笑。面罩之下，她的笑容如此诡异，可以说是傻，也可以说是痴，也可以说是完成乌胡鲁交予的任务后无比自豪的表情，还可以说是"我就这样做了你能把我怎么样"的极度自信。

她拉下了手握着的电闸。

与此同时，袁乃东扑到了她的身上，将她撞得飞了起来。

然后，袁乃东将电闸快速关上。他四处观瞧，中心控制室的灯光依然柔和，操控台上显示的各种图像和数据也没有骤变。地球得救了吗？不知道为什么，他依然惶惑。

克莱门汀缓缓地爬起来，抓住操控台的一角，稳住身形。刚才的撞击，至少撞断了她好几根肋骨。她面露痛苦之色，却又咯咯地笑着，强行压下所有的痛苦，抬起手臂指了指操控台上的一个屏幕。

袁乃东凝神去看。屏幕上是一幅他曾经在巨壁一号基地控制中心看过的示意图。地球在示意图的中心，三个分别标注为拉尼亚凯亚、斯隆和格勒—赫伽瑞的光点，蔓延出一个包裹整个地球的淡紫色光环。

三个光点同时向着地球发出一道深红的射线。

袁乃东惊恐地意识到，在他到达中心控制室之前，一切都已经发生了。克莱门汀拉下的电闸，不过是压死骆驼的最后一根稻草。

光环之内，地球如同眨眼一般，闪动两下，然后悄无声息地消失在时空的涟漪里。

尾声　幺妹儿

这是何敏萱第一次到太空。

在此之前，她只从数据库里了解到，太空是极其危险的地方。

冷，背对太阳的地方，零下一两百摄氏度，能把你的每一个细胞冻得比钢铁还要坚硬；热，被太阳照耀的时候，四五百摄氏度，你体内所有的液体都会沸腾。面对太阳，强烈的光线亮得能灼瞎你的眼睛，即使你闭上眼睛，也无法逃避眼瞎的命运；背对太阳，星光虽然格外灿烂，却只能照亮星星周围一小片空域，你的身边是一片黑暗。

资料上说，太空里还有无处不在的辐射。那是恒星燃烧时顺道释放出的宇宙射线，包括大量自由运动的质子和电子，少量的氦原子核和重元素，以及极少的伽马射线和中微子。这些射线充斥着太阳系的每一立方厘米，大部分来自我们的母恒星太阳，少部分来自其他恒星。

"太空并不欢迎碳族。"何敏萱记得那份资料最后得出了这样一个结论。现在，她觉得这个结论没有任何问题。"太空并不欢迎碳族，太空也不欢迎任何形式的生命，甚至孕育了生命的那一颗星球。"她定定地望着窗外，原先地球所在的位置，此刻一无所有，空得让人心虚。

回"曙光女神号"已经半个小时。在这半个小时，袁乃东没有说一句话，竟有几分痴痴傻傻。

"我不知道是我亲生父亲是谁，我也没有见过我妈妈，在我出生的时候，她就死掉了。"何敏萱打破沉默，对袁乃东说，"人人都羡慕我，说我生得不幸，却被何村长当亲生女儿养大，又是极为幸运的。他们说我聪明、乖巧、懂事，可在那样一个家庭环境里，我不得不聪明、乖巧、懂事。因为人人都知道，你不是何村长亲生的，是顶替何村长渴望的第四个儿子长大的，你还不是儿子那一种性别。你不聪明不乖巧不懂事，你就对不起所有人。

"每一个人都叫我幺妹儿，不论年纪大小。听上去不错，充满爱意，实际上呢，却带着某种深藏心底的轻视。我去鸡公岭喂跑山鸡，努力让我变得有用。我到上山去祭拜璧山上龙，当时也不知道为什么，只觉得非这样做不可。后来经过赛博格改造，从数据库里学到了一个词：安全感。是的，去祭拜璧山上龙，实际上就是去求一份安全感。然而，事实证明，那没什么用。

"当有村民举报，说我淫祭，要把我献给狼蜥兽的时候，老汉儿连一句阻止都没有。其他村民甚至乐见其成。在他们眼里，我能献祭给狼蜥兽，是我的荣幸；献祭一个我，保住古老寨，也就不枉老汉儿抚养了我十多年。然而你来了，干掉了狼蜥兽，你救了我，给了我活下去的希望。我感谢你，发自内心地感谢你。

"然后你又离开了我。

"在春节运动地下基地的入口，你抛下我，去追'奥蕾莉亚号'的时候，我真的绝望了。那个枪骑兵向我冲过来，我连躲闪的念头都没有。我渴望着那冰冷的长枪将我洞穿，好结束我无边的痛苦。我没有死成，三哥替我死了。他挺身而出，用自己的身体挡住了那名枪骑兵的进攻。我能怎么办？我得替三哥活着，痛苦，然而必须顽强。

"痛苦之中，我给自己定了一个目标，认识铁红缨。我想知道，到底是什么样的神仙姐姐带走了你的心。只是没有想到，这个目标那么快就实现了。但我自始至终都没有搞懂，你和红缨姐姐之间，到底发生了什么事情。"

袁乃东嘴唇翕动两下，终于开口说话了，"有一个人，叫塔拉·沃米，是铁红缨的大姐。她有预言的超能力，她的预言，都以某种方式变成现实，从来没有落空过。她曾经告诉我，我同某个人的相遇与结合，会导致碳族与铁族的同时毁灭。所以我得躲着那个人。"

"那个人是红缨姐姐？"

"对，铁红缨。"说到这三个字的时候，袁乃东的眼神变得飘忽而痛苦。"我非常害怕，你懂我的意思吗？"他疲倦而焦躁，"当我知道我的未来关系着碳铁两族的存亡后，我、我很害怕。我不敢说话，我不敢做事，我怕，怕我说过任何一句话，做过的任何一件事，都可能在未来给碳族和铁族带来毁灭性的打击。不，你不会懂的。"

"你不说，我永远不会懂。"何敏萱说，"你老是把我当成不懂事的幺妹儿。"

"抱歉。听说过蝴蝶效应吗？那边竹林里的蝴蝶，现在扇动几下翅膀，可以在半个月后于千里之外的海边引发一场台风。这是一个比喻，强调的是微小的举动也可能带来巨大的后果。"袁乃东顿了一下，似乎在寻找合适的词语，"我就是那只蝴蝶。只要我扇动翅膀，就会导致碳族与铁族的毁灭。可是，要是我不扇动翅膀，会不会也是同样的结果呢？我甚至不知道，在我存活的这二十九年里，我的言行是否已经导致碳铁两族走在了毁灭之路上呢！"

袁乃东陷入了沉思，眼睛因为无法言说的痛苦而眯缝起来，语气也越来越绝望，"所以，我主动拒绝，刻意避开铁红缨。但就像铁匠所说，拒绝本身就是一种诱惑。越是拒绝，越是能够感受那种诱惑。恐惧与渴望，两股巨大的力量，相互排斥，又如此强烈地共存于一体，仿佛谁也离不开谁。我到底还是没有与铁红缨再一次相遇。然而，却导致了另一个结果，地球消失了，那个生机勃勃的行星和它上面的全部碳族，所有的山川、河流、森林、草原，都消失在了巨壁系统发出的死亡哨音里。"

何敏萱想了想，问道："如果红缨姐姐在这里，会不会是另外一个结果？"

"另外一个结果？碳铁两族的共同灭亡吗？我不知道，不知道哪一个结果更好。"他艰难地说，"然而可以肯定，是我犯下了大错，铸成了今日的结果，与铁红缨没有任何关系。是我的错。"

"事情已经发生了，再痛苦也没有用。"何敏萱简单地安慰道，又问，"接下来会发生什么呢？我是说，地球毁灭之后。"

"会发生很多事情。"

"比如，比如月亮会怎样？没了地球，它会到处跑吗？"

何敏萱不无惊讶地发现，自己竟有些兴奋，有点儿像在"奥蕾莉亚号"上，接受赛博格改造前躺到手术台上的感受。那种混合了恐惧与渴望的兴奋，支撑着她度过了短暂的人生里最为黑暗的日子。然后她再一次庆幸自己当时的选择。如果不是进行过赛博格改造，她就不会跟着袁乃东乘坐"曙光女神号"来拉尼亚凯亚，那她就会和现在的地球一起，化为宇宙这个更大的海的"泡沫"。

此刻，她并不完全知道，地球的消失，对于碳族意味着什么，对于铁族意味着什么，对于整个太阳系又意味着什么。她只隐隐约约感觉到，翻天覆地的变化即将发生。说到底，她还只是一个十七岁的少女，这些剧烈的变化，已经超出了她的认知。她虽然生在地球上，长在地球上，但她只是最近才知道地球的存在，才开始对地球有一些粗浅的认知。对地球的消失，她并不伤心，也不惧怕。她只是惊讶，惊讶于那么大那么漂亮的一个东西，说消失就消失，连个残渣都没有剩下。

地球消失了，接下来会发生什么？她非常想知道这个问题的答案。肯定会是一个全新的世界。在这个全新的世界里，她不想再当幺妹儿了。

（本书完，敬请期待《碳铁之战4：彩虹尽头》）